06.03

dtv

Am Anfang steht die Vernichtung des Zwergenkönigreiches durch die Menschen. Entsetzt von König Pellehuns Grausamkeit, sagt sich der junge Ritter Uther von seinem Herrn los und sucht nun mit Merlins Hilfe seine Geliebte, die Elfenkönigin Lliane. Diese ist durch die Geburt ihrer gemeinsamen Tochter in einen großen Konflikt mit ihrem Volk gestürzt worden. Es kommt zum Bruch mit ihrem Gemahl, dem Elfenkönig Llandon, der aus Eifersucht einen gnadenlosen Krieg gegen die Menschen beginnt. Lliane zieht sich mit ihrem Kind nach Avalon zurück, wo Uther sie schließlich findet. Nach einiger Zeit sind Llianes Kräfte auf ihn übergegangen, und Uther versammelt als Pendragon ein Heer aus Menschen, Elfen und Zwergen, um das Reich von der Tyrannei des Herzogs Gorlois von Tintagel zu befreien. Der hatte nach Pellehuns Tod die Herrschaft an sich gerissen und die junge Königswitwe Igraine genötigt, ihn zu heiraten. Nachdem Igraine jedoch gegen ihren Unterdrücker aufbegehrt hat, entflammt zwischen Uther und ihr eine alte Leidenschaft neu ...

Jean-Louis Fetjaine wurde 1956 geboren. Studium der Philosophie und der Mittelalterlichen Geschichte. Er arbeitete als Journalist, seit 1985 als Verleger. Mit ›Vor der Elfendämmerung‹ (1998), dem Auftakt zu seiner erfolgreichen Elfentrilogie, betrat Jean-Louis Fetjaine das Fantasy-Universum. Inzwischen zählt er zu den wichtigsten französischsprachigen Vertretern dieses Genres. ›Die Nacht der Elfen‹ (1999) erzählt die Fortsetzung der ›Elfendämmerung‹; ›Die Stunde der Elfen‹ (2000) beschließt den Zyklus. ›Der Weg des Magiers‹ (2002) ist der Auftakt zu einer neuen Fantasy-Serie.

Jean-Louis Fetjaine

Die Nacht der Elfen

Roman

Aus dem Französischen von
Svenja Geithner

Deutscher Taschenbuch Verlag

Von Jean-Louis Fetjaine
sind im Deutschen Taschenbuch Verlag erschienen:
Vor der Elfendämmerung (20842)
Die Stunde der Elfen (24334)
Der Weg des Magiers (24409)

Ungekürzte Ausgabe
Juli 2005
Deutscher Taschenbuch Verlag GmbH & Co. KG,
München
www.dtv.de

Titel der französischen Originalausgabe:
›La nuit des elfes‹

Umschlagkonzept: Balk & Brumshagen
Umschlaggestaltung unter Verwendung eines Gemäldes aus ›Phantastes‹
von © Friedrich Hechelmann, Isny
Satz: KCS GmbH, Buchholz/Hamburg
Gesetzt aus der Berling (QuarkXPress)
Druck und Bindung: Druckerei C. H. Beck, Nördlingen
Gedruckt auf säurefreiem, chlorfrei gebleichtem Papier
Printed in Germany · ISBN 3-423-20823-6

Die Personen
in alphabetischer Reihenfolge

ANTOR:	Königliche Wache, von der Königin Igraine geadelt
BALDWIN:	König der Zwerge unter dem Roten Berg
BEDWIN:	Bischof von Logres
BLAISE:	Mönch und Beichtvater der Königin Igraine
BLODEUWEZ:	Elfische Heilerin, Freundin Llianes
BLORIAN und DORIAN:	Brüder der Königin Lliane
BRAN:	Jüngerer Bruder Rogors, Regent unter dem Schwarzen Berg
CYSTENNIN:	Baron, Vater von Uther
ELAD:	Kaplan des Marktfleckens von Cystennin
FREHIR:	Barbarenkrieger, Freund von Uther, Häuptling des Dorfes Seuil-des-Roches
GORLOIS:	Seneschall des Königs Pellehun, Hausmeier des Palastes und Herzog von Tintagel, dann Herrscher des Königreichs von Logres und Gemahl von Igraine
GWYDION:	Elfischer Druide
IGRAINE:	Königin von Logres, zweite Gemahlin des Königs Pellehun und spätere Gemahlin von Gorlois
ILLTUD:	Im Königreich von Logres als Heiliger angesehen, ehemals Ritter mit dem Namen Illtud de Brennock, Abt
LÉO DE GRAND:	Herzog von Carmelide, Bruder von Igraine

LLANDON:	König der Hohen Elfen
LLEU LLAW GYFFES:	Löwe mit der sicheren Hand, Druidenlehrling bei den Elfen
LLIANE:	Königin der Hohen Elfen, Gemahlin des Königs Llandon
MAHAULT:	Hehlerin in der Unterstadt von Kab-Bag, Mitglied der Gilde
MERLIN:	Kindmann, halb Elf, halb Mensch. Mit elfischem Namen Myrrdin.
MORGANE:	Tochter von Uther und Lliane. Mit elfischem Namen Rhiannon (die Königliche)
PELLEHUN:	König von Logres
ROGOR:	Thronerbe unter dem Schwarzen Berg
TILL:	Spurensucher, Grüner Elf
ULFIN:	Einer der zwölf Recken, Wachen des Großen Rates, und Freund von Uther
UTHER:	Einer der zwölf Recken, Geliebter der Königin Lliane, Vater von Morgane/ Rhiannon

Wohl weiß ich, warum die Erle purpurn ist
Und der Hänfling grün,
Warum Hagenbutten rot sind,
Warum eine Frau nie zur Ruhe kommt
Und warum die Nacht herniedersinkt.

Ich weiß, dass der Schwan schwarze Füße hat
Und die Spitze des Speers vier Kanten,
Weiß, dass die himmlischen Wesen nie fallen werden,
Weiß, welches die vier Elemente sind.
Doch ihr Ende, das bleibt mir verborgen.

Taliesin, 6. Jahrhundert nach Christus

Für meine Zwerge
Hugo, Justine und Éloïse

Prolog

Auf der Welt herrschte einst Friede. Nach der alten Religion hatten die vier Stämme der Göttin Dana, die Tuatha Dê Danann, die Mittlere Erde erhalten, um sie unter sich aufzuteilen: die Menschen das Meer und die Küsten, die Zwerge die Berge, die Elfen die riesigen Wälder und die Dämonen – das Volk der Ungeheuer – das Land von Gorre, die Fernen Lande jenseits der Berge. Und jedem Volk wurde ein Talisman anvertraut, gleichsam ein Viertel der göttlichen Macht, um das Fortbestehen der Stämme auf ewig zu sichern: Den Elfen fielen das Wissen und der Kessel von Dagda zu; den Menschen die Königsherrschaft mit dem Stein von Fal, dem Fal Lia, der ächzte, sobald sich ein rechtmäßiger König näherte; den Ungeheuern Raserei und Gewalt, mit der Lanze von Lug; und die Zwerge wurden mit dem Reichtum bedacht, dank des Schwertes von Nudd. Ein goldenes Schwert, das sie kontinuierlich, von Generation zu Generation mit den schönsten Edelsteinen schmückten, die sie in ihren Bergen fanden. Dieses Schwert hieß Caledfwch in der Sprache der Zwerge, Excalibur in der der Menschen.

Und dann kam der Tag, an dem unter den Menschen die alte Religion in Vergessenheit geriet und sie an nichts mehr glaubten, nicht einmal mehr an Gott, trotz der Mönche. Allein die königliche Macht des Fal Lia diente ihnen als Religion, und ihre Herrschsucht verleitete sie zu dem Glauben, dass sie das auserwählte Volk seien, dem es beschieden sei, über die Erde zu regieren.

Am Ende eines langen Krieges gegen die Dämonen ersann der König der Menschen, Pellehun, mit Hilfe seines Seneschalls einen Plan, der eine Seite gegen die andere aufwiegeln sollte, das Volk der Elfen gegen das der Zwerge, und dabei seine eigene Macht stärken.

Der Talisman der Zwerge wurde von Gael gestohlen, einem Grauen Elf, Mitglied der allmächtigen Gilde der Diebe und Mörder, die dem Seneschall Gorlois unterstand. Die Zwerge waren bereits gerüstet zum Krieg, um Caledfwch zurückzuerobern, aber eine Abordnung aus Vertretern jedes Volkes, angeführt von Lliane, der Königin der Hohen Elfen, wurde ausgesandt, die versuchen sollte, den Frieden zu retten. Unglückseligerweise sah die Gilde sich vor, und so wurde Gael zwar gefunden, ermordet von einem Teilnehmer der Expedition, doch sein Geheimnis nahm er mit sich ins Grab, und die letzten Überlebenden, Lliane und der Ritter Uther, bemerkten zu spät, dass sie Opfer eines Komplotts waren. Es war zu spät, um einen aberwitzigen Kampf zwischen den Zwergen vom Schwarzen Berg und den Sumpfelfen zu verhindern, zu spät, als dass die Menschen, selbst im Herzen von Loth, hätten versuchen können, die Zwerge, die dort noch lebten, auszurotten, ebenso wenig wie ihren König Baldwin.

Das Nichtwiedergutzumachende war geschehen.

Excalibur war von da an in den Händen von Pellehun, und die Herrschaft der Menschen über die Gesamtheit der Völker schien unausweichlich.

I

Die Schlacht

Langsam und schweigend. Wie ein Strom aus grauer Lava, der aus den Eigeweiden eines Berges gespien wird, scharten sie sich in dichten Reihen unter den Oriflammen der großen zwergischen Herrschergeschlechter zusammen. Und diese nicht enden wollende Flut bewaffneter Krieger überrollte nach und nach die ganze Ebene, ohne Geschrei oder Hornklänge, wobei sie in ihrer Lautlosigkeit nur umso furchterregender wirkte. Es war noch früh, und die ersten Sonnenstrahlen tauchten das Gras in ein kaltes Licht, in dem die Tautropfen zu glitzern begannen. Das Heer des Königs hatte für die Nacht sein Lager am Fuß der Roten Berge errichtet, und die Armee der Menschen war im Morgengrauen starr vor Kälte erwacht. Als sie die Augen aufschlugen, fühlten alle, gleich ob Ritter oder Fußvolk, wie ihnen das Herz stockte bei dem grässlichen Anblick, den diese gigantische Horde bot. Die Blicke wandten sich König Pellehun und seinem Seneschall zu, die unbewegt auf ihren Streitrössern verharrten, einander zum Verwechseln ähnlich mit ihrem grauen, geflochtenen Haar und ihren einfachen blau-weiß gestreiften Waffenröcken über der Rüstung, ebenso eisig und schweigend wie das Heer der Zwerge, als sei ihnen die Schlacht, die sich da ankündigte, völlig gleichgültig.

Die Menschen liefen zurück in ihre Reihen, getrieben von den Sergeants, mit klopfenden Herzen und bleiernen Armen, und eine Weile übertönten die lauten Befehle, das Trappeln der Schritte und das Wiehern der Pferde die Angst. Dann hieß es erneut warten. In der Mitte der Front hörten die Spießträger und die Fußsoldaten, die in ihren eisenbeschlagenen ledernen Brünnen steckten, den Chor der Mönche, die die Prim sangen, den ersten Teil des Stundengebets. Sie hatten sich dicht um ein gigantisches Kruzifix geschart, und einige von ihnen bekreuzigten sich. Weiter hinten frühstückten Kavalleristen und Ritter mit betont gleichgültiger Miene, während ihre von panischer Angst ergriffenen Knappen eilig ihre schweren Streitrösser rüsteten.

Ein lang gezogenes Beben lief plötzlich durch die vorderen Linien der menschlichen Armee. In der Ferne, eine Meile von den ersten Reihen der Bogenschützen entfernt, hatten sich die Zwerge vom Roten Berg zum Klang ihrer bronzenen Trommeln in Bewegung gesetzt. Pellehun beugte sich zu seinem Seneschall, dem Herzog Gorlois, murmelte ihm ein paar Worte zu, und dieser trabte gemächlich los, um die für den Proviant zuständigen Knappen zusammenzutreiben. Gleich einem Schwarm Stare stoben sie zurück in ihre Linien, beladen mit großen Körben oder kleinen Fässern, gossen den Wein direkt in die Helme und warfen ihre Brote in die Menge, und diese unerwartete Ausgabe von Speisen und Getränken löste im Handumdrehen Tumult unter den Kriegern aus. Gorlois ging mit gutem Beispiel voran und begrüßte den anbrechenden Tag, indem er einen Schlauch schwenkte, aus dem er sich den Wein aus einigem Abstand in den Mund laufen ließ, so dass alles über sein Kinn und seinen Waffenrock rann: dunkler, blutroter Grenache; dann gab er seinem Pferd die Sporen und ritt durch die Reihen seiner Soldaten.

»Esst und trinkt!«, brüllte er und warf dabei den Schlauch einem Degenkämpfer mit Kindergesicht zu. »Das ist der Leib und das Blut Christi!«

Wieder begann er, schallend zu lachen, während er bis zur ersten Linie galoppierte, in der die Bogenschützen standen und schon einen Satz Pfeile vor sich ins grüne Gras steckten, acht bis zehn jeder, damit sie schneller schießen konnten. Ohne anzuhalten, riss er einem adligen Sergeant ein Banner in den Farben des Königs aus den Händen und rammte es etwa hundert Klafter vor der vordersten Linie in den Boden. Dann trabte er gemächlich den halben Weg zurück, wohl wissend, dass ihn nun alle anblickten.

Hass, Schrecken, Hoffnung.

Der Herzog Gorlois lächelte, doch sein garstiges Gesicht, in dem nur noch ein Auge prangte und das von einer langen Narbe entstellt war, hatte nichts Vertrauenerweckendes. Der Seneschall war für menschliche Begriffe genau wie Pellehun selbst alt, auch wenn ihn ein Zwerg als Jüngling bezeichnet hätte. In seine Haare waren rote Bänder geflochten, das Kinn war anders als bei der Mehrheit der Ritter glatt rasiert, und er war klein, verfügte aber über ungewöhnliche Kräfte; er war im und auch für den Krieg geboren. Er ließ seinen Blick über die Front schweifen, hielt Ausschau nach dem König und sah, dass dieser sich im Hintergrund hielt, eskortiert von seinen zwölf Recken, seinen persönlichen Wachen. Und es schien ihm, als nicke Pellehun ihm zu.

»Bogenschützen!«, brüllte er, während er auf das in den Boden gespießte Banner zeigte. »Der erste Schwarm Pfeile, wenn sie auf dieser Höhe sind! Und dann zehn Pfeile pro Mann, bevor sie nehmen können, was wir gekommen sind, ihnen zu bringen!«

Der Seneschall zog bedächtig ein großes Schwert aus der Scheide und hob es hoch in die Luft, wobei er sich in den Steigbügeln aufrichtete, damit jeder es sehen konnte.

Es war ein goldenes Schwert, das da in der fahlen Morgensonne schimmerte, über und über mit kostbaren Edelsteinen besetzt und im Laufe der Jahrhunderte von den kunstfertigsten Goldschmieden unter den Bergen ziseliert – das Schwert von Nudd, der Talisman, den nach der Legende die Göttin Dana den Zwergen anvertraut hatte und den sie »Harten Blitz« nannten, Caledfwch in ihrer kehligen Sprache. Excalibur in der Sprache der Menschen.

Es erhob sich ein ohrenbetäubendes Stimmengewirr, in dem der Rest seiner Rede unterging. Die ältesten Soldaten spürten, wie ihnen beim Anblick des Schwertes das Blut in den Adern gefror, und es war ihnen unbegreiflich, wie es sich im Besitz des Königshauses befinden konnte; die Vorstellung, dass Pellehun eines solchen Frevels fähig gewesen war, erfüllte sie mit Entsetzen. Die Jüngsten unter ihnen wussten gar nichts von der Existenz der Talismane und bestürmten ihre älteren Kameraden mit Fragen. Und selbst die Mönche bekreuzigten sich.

Gorlois gab seinem Pferd die Sporen und ritt im Schritt zwischen die Linien zurück, wobei er nach wie vor das Heilige Schwert der Zwerge schwenkte. Die Soldaten wichen vor ihm zur Seite und verstummten, aber der Herzog würdigte keinen von ihnen auch nur eines Blickes. Er blieb inmitten der Bogenschützen stehen, die Augen auf das Schlachtfeld gerichtet.

»Excalibur!«, rief er laut. »Der Talisman der Zwerge! Das ist der Grund, warum ihr in die Schlacht ziehen werdet und warum wir siegen werden! Ohne Talisman sind die Zwerge zum Untergang verurteilt! Und bald werden die Menschen, und nur die Menschen, die Herrschaft über diese Erde haben!«

Einige Mönche und Priester zuckten zusammen und warfen erzürnte Blicke zum Bischof Bedwin hinüber, aber der verzog keine Miene. Die christliche Religion war noch jung. Weder der Herzog noch Pellehun waren ihrer würdig. Wie viele Menschen glaubten diese beiden an nichts, außer an den Preis des Blutes, doch sie wussten, dass das Volk die Frömmigkeit brauchte. So war es schon immer gewesen … Es würden noch andere Könige kommen.

Um Gorlois herum hatten die Bogenschützen wieder Stellung bezogen, in drei Reihen à dreihundert Mann. Bekleidet mit einem einfachen Überwurf aus blau-weißer Baumwolle und einem ledernen, mit Eisenbändern verstärkten Helm auf dem Kopf, trug jeder von ihnen einen Köcher mit fünfundzwanzig Pfeilen und einen großen Bogen aus Eibenholz, der gute sieben Ellen maß. Zu beiden Seiten formierten sich in dichter Aufstellung Blöcke aus Fußsoldaten, Spießträgern, Degenkämpfern sowie allen Arten sonstiger Soldaten. Und diese ganze Menge stand wartend da und sah zu, wie die Zwerge langsam vorrückten, gleich einer marschierenden Mauer, einer gigantischen Schlange mit tausend schillernden Schuppen, die überall dort aufblitzten, wo die Sonne auf die Eisenklinge eines Beils oder das blanke Metall eines Helmes fiel. Die Menschen knabberten an ihrem Brot, schlürften ihre letzten Tropfen Wein, mit finsterem Blick, starr vor Hass oder Angst. Ihr Trommelfell bebte beim Klang jener gewaltigen Trommeln, die den Marschrhythmus der Zwerge bestimmten. Bum, bum. Und die Erde erzitterte unter den Schritten der Feinde.

Die Sonne stand jetzt hoch, und Fliegen begannen die schweißgebadeten Menschen zu umschwirren. Die Bogenschützen trockneten ihre nassen Hände an ihrem Waffenrock ab, befeuchteten mit der Zunge die Fiederung ihres ersten Pfeils, um sie zu glätten, während sich auf der anderen Seite die Zwerge unaufhaltsam voranschoben. Fünfhundert Klafter noch, hoffentlich … Vielleicht eine halbe Meile.

Gesichter wandten sich Gorlois zu, weit aufgerissene Augen warteten auf ein Zeichen, einen Befehl, irgendetwas, um endlich gegen diesen Angriff vorzugehen. Als sie auf dreihundert Klafter herangekommen waren, schoss plötzlich ein junger Bogenschütze seinen Pfeil ab, was völlig lächerlich war, denn er bohrte sich weit vor der dunklen Menge der Zwerge in die Erde. Und wie auf Kommando fingen die Menschen an, Beleidigungen zu brüllen, zu spucken, die geballten Fäuste zu schwingen und ihre Waffen zu erheben. Halbtot vor Angst.

»Stellt euch für einen Moment vor, ich sei in besagtem Wald«, schmetterte der Seneschall, der in seinen Steigbügeln stand, *»in den Händen einen Bogen aus jenem roten Eibenholz!«*

Gorlois unterbrach sich und sah sich nach irgendwelchen Veteranen unter den Bogenschützen um. Doch alle, wirklich alle kannten das Lied des Barden Iolo Goch, den Großen Gesang des Bogens. Ab der zweiten Strophe fielen Hunderte von Stimmen in die alte Kriegshymne mit ein:

»... *In den Händen einen Bogen aus jenem roten Eibenholz, gut gespannt, mit einer soliden, straffen Sehne, mit einem gleichmäßig runden und geraden Schaft, mit einer sauber geschnittenen Kerbe ...*«

Auf den hoch aufgesteckten Oriflammen waren nun die Runen der Zwerge unter dem Roten Berg zu erkennen – die in der Überzahl waren – und daneben die düsteren Feldzeichen des Geschlechts von Troïn, ein schwarzgrundiges Wappen, auf dem sich ein goldenes Schwert vom Schildhaupt über den Pfahl hinunter erstreckte, eben jenes Schwert, das der Herzog Gorlois so herausfordernd schwenkte: Es gehörte den Nachkommen Troïns, angeführt von dem Kronprinzen Rogor, durch die Schlachten dezimiert, erniedrigt durch den Verlust des Talismans, dessen Hüter sie waren. Gestern noch eine Ehre, heute eine Schande. Die Zwerge von Rogor marschierten vor allen anderen.

»... *mit einer schön langen Fiederung, zusammengebunden mit grüner Seide, mit einer sauber geschärften Pfeilspitze aus bestem Eisen, schwer und solide, grün und blau von der Härtung, die das Blut eines Wendehalses spritzen lässt ...*«

Die bewaffneten Clans des gesamten Zwergenvolkes hatten sich dort zu einem heiligen Krieg versammelt, Soldaten, Jäger und sogar Frauen, die hoch oben auf schweren, von Ponys gezogenen Wagen thronten und aus Leibeskräften auf bronzene Trommeln einhieben, bum, bum, im langsamen Marschrhythmus der Armee.

»... *Stellt euch vor, ich hätte meinen Fuß auf ein Grasbüschel gesetzt, den Rücken an den Stamm einer Birke gelehnt, der Wind bliese mir ins Kreuz, um mich herum strahlender Sonnenschein, und das Mädchen, das ich mehr als alle anderen liebe, stünde ganz dicht bei mir, um mir in die Augen zu sehen ...*«

Der Rest des Gesangs war nicht mehr zu hören, er ging unter im Gebrüll der Soldaten links und rechts von den geschlossenen Reihen der Bogenschützen. Dann erklang das Grauen erregende Knurren, als die Zwerge das Schwert von Nudd im Herzen der feindlichen Linien funkeln sahen. Nun fingen sie an zu rennen. Und die Erde erbebte unter ihrem schweren, dröhnenden Trappeln.

Der erste Schwarm Pfeile verdunkelte den Himmel und prasselte gleich einem Gewitterhagel nieder. Noch bevor die ersten Geschosse die Menge der bärtigen kleinen Krieger getroffen hatten, legten die Bogenschützen bereits einen neuen Pfeil auf, zielten, spannten den Bogen, krümmten den Rücken und streckten die Brust heraus; der Daumen der rechten Hand, der den Pfeil hielt, berührte das Ohr oder den hinteren Rand des Kiefers – einen Moment nur, und die Finger lösten sich und ließen die Sehne mit einem unbändigen Zischen vorschnellen, wieder und wieder. Zehn Pfeile pro Bogenschütze in weniger als einer Minute. Und Pellehun verfügte über ungefähr tausend Bogenschützen …

Die Zwerge schätzten den Einsatz von Pfeil und Bogen wenig. Selbst Schleudern benutzten sie, wenn überhaupt, nur zu Jagdzwecken. Als der surrende Schwarm von Pfeilen auf sie niederging, ballten sie die Fäuste um die Stiele ihrer Streitäxte, zogen die Köpfe ein wie bei Regen und rannten noch schneller – über die Toten und die von Pfeilen durchbohrten Verletzten trampelten sie einfach hinweg. Das Banner, das Gorlois in die Erde gerammt hatte, wurde unter ihrem Ansturm herausgerissen, doch die Bogenschützen lancierten ihre Pfeile jetzt ganz flach und feuerten ganze Geschwader ab, die wie Peitschenhiebe in die Linien der Feinde prasselten, ihre Lederpanzer durchbohrten, ihr Fleisch durchstießen und die zorntrunkenen Krieger vor den entgeisterten Blicken der königlichen Armee auf die Erde nagelten. Einige Zwerge drangen bis zu den ersten Reihen der Bogenschützen vor, rasend vor Schmerz und Hass, und ein Hagel von Hieben ging nieder, als sie mit voller Wucht ihre zweischneidigen Äxte herabsausen ließen; sie bahnten sich scheußliche, blutbespritzte Schneisen, und schon griffen ihre Hände nach Caledfwch, dem Heiligen Schwert, als sich, auf einen Befehl Gorlois' hin, die Reihen der Fußsoldaten teilten. Wie Wasser durch einen Deich, der plötzlich unter dem Andrang der Wellen nachgibt, stürmten die angreifenden Ritter in die Bresche herein und prallten auf die dezimierten Reihen der Zwerge. Lanzen gegen Äxte. Eisen gegen Leder.

Nicht einer sollte an das Schwert herankommen.

II

Rhiannon

Es war kühl unter dem Blätterdach der Bäume, größtenteils jahrhundertealten Eichen, deren dichtes Geäst nur feine Sonnenstrahlen durchließ, gleich schräg hereinragenden Lanzen, die das Moos zwischen dem Unterholz in ein Schachbrett aus Licht und Schatten verwandelten. Es war kühl, und doch war der nackte Körper Llianes von einem dünnen Schweißfilm überzogen. Dies war nicht allein eine Folge der Wehen. Sie kamen noch in ziemlich großen Abständen und waren nicht allzu schmerzhaft. Nein, der Grund war ein anderer. Eine diffuse, Grauen erregende Empfindung, als stimmten Tausende Wesen ein schauerliches Geheul an, als geriete die Welt ins Wanken. Die Elfenkönigin, die auf einem Polster aus in der Sommersonne vergilbtem Farnkraut am Fuße einer Esche – dem Baum der Fruchtbarkeit – lag, stützte sich auf einen Ellbogen und suchte den Blick von Blodeuwez, der Heilerin. Das Kinn in die Luft gereckt, die Nase schnuppernd im Wind, runzelte die blonde Elfe die Brauen. Sie nahm ebenfalls jene ungewöhnlichen Schwingungen wahr.

Es war ein seltsamer Anblick, sie so besorgt zu sehen. Seltsam und nicht sehr beruhigend … Lliane wollte etwas sagen, aber eine neuerliche, jähe Wehe nahm ihr den Atem. Diesmal war der Krampf heftig, heftiger und länger als all die vorangegangenen. Lliane riss die Augen auf, erstaunt von der Intensität des Schmerzes, und biss sich auf die Lippen, um nicht zu schreien. Dabei krallte sie ihre Hand heftig in die ihrer Freundin.

»Atme«, murmelte Blodeuwez.

Die Wehen kamen in immer kürzeren Abständen. Die Heilerin strich Lliane behutsam lange Strähnen schweißnassen, schwarzen Haares aus der feuchten Stirn, dann rang sie sich trotz des seltsamen Gefühls der Angst, das sie quälte, ein Lächeln ab. Warum war sie nur so besorgt? Sie hatte die Kunst des Heilens bei Gwydion erlernt, einem der berühmtesten Druiden vom Volke der Wälder, und hatte bereits einer Vielzahl von werdenden Müttern bei der Niederkunft beigestanden. Bei den Elfen wurde selten ein Kind geboren (anders als bei den Menschen, die sich unablässig vermehrten), und die Ankunft eines Neugeborenen von königlichem Blut war ein wichtiges Ereignis. Doch es war nicht allein die bedeutende Situation, deretwegen sich ihr die Kehle und das Herz zusammenschnürten ... Zunächst war da dieser stumme, furchtbare Schrei gewesen, der direkt der Erde zu entspringen schien, und jetzt dieses Gefühl diffusen, irrationalen und unerklärlichen Schreckens, den sie beim Anblick Llianes empfand.

Blodeuwez wandte sich zum Kreis der Bandrui hin, der Druidinnen aus dem Wald, die die Menschen Hexen nannten und die so blass wirkten in ihren dunkel schillernden Moirégewändern. Doch deren unsteter Blick, der für sie alles andere als beruhigend war, verriet dasselbe Unbehagen. Sie bemerkte, wie die Königin sie musterte, und suchte nach einem beschwichtigenden Wort, doch genau in dem Augenblick verebbte die Wehe, und der Druck um ihre Hand ließ nach. Die Heilerin schob ihre Finger in das Geschlecht der Königin, um die Weitung des Muttermunds zu ertasten. Die Fruchtblase war zum Zerbersten prall, und zweifellos musste man sie aufstechen, um die Entbindung zu beschleunigen, doch bei der Vorstellung, dass sie ihre Sache schlecht machen könnte, überkam sie ein Gefühl der Hilflosigkeit und der Lähmung. War der Bauch der Königin nicht ungewöhnlich aufgedunsen?

Konnte es sein, dass sie Zwillinge gebar? Das wäre eine Erklärung …

»Du musst dich auf die Seite drehen«, sagte sie. »Dann geht es leichter …«

Lliane wandte den Blick von dem Laubwerk dicht über ihrem Kopf ab, das, so friedlich und stark, im Sonnenlicht schillerte, und bedachte ihre Gefährtin mit einem Lächeln.

Vielleicht hätte sie es ihr sagen sollen …

Das Kind, das sie erwartete, stammte nicht von Llandon, ihrem Gemahl, noch von irgendeinem anderen Elf. Es war das Kind eines Menschen. Das Kind von Uther. Nie zuvor hatte eine Elfe einem kleinen Menschen das Leben geschenkt. Vielleicht würde sie dabei sterben? Vielleicht ließ die Natur das nicht zu? Doch Myrrdin war die Frucht einer ähnlich gearteten Verbindung. Es war also möglich. Lliane schloss die Augen und genoss die wenigen schmerzfreien Sekunden, wenn ihr auch das Bild Myrrdins weiter im Kopf herumspukte. Der weißhaarige Kindmann, zart wie ein junger Elf, und doch von einer Aura der Macht umgeben, die selbst sie bei der ersten Begegnung erschreckt hatte. Würde das Baby sein wie er?

Ein neuer Krampf setzte ihren düster ausschweifenden Gedanken ein Ende, und sie nahm ihn fast dankbar hin. Diesmal konnte sie allerdings nicht anders und stöhnte vor Schmerz laut auf. Das Kind, das sie unter dem Herzen trug, war zu groß für eine Elfe. Sie spürte, wie es sich, riesenhaft, in ihrem Bauch bewegte, ihren Leib bis aufs Äußerste dehnte, sich einen Weg durch ihr Becken bahnte, es zerteilte. Das Kind Uthers …

»Ich werde die Fruchtblase aufstechen«, bemerkte Blodeuwez leise. »Du wirst davon nichts spüren.«

Lliane nickte und schloss die Augen. Sie spürte, wie die Elfe ein Stöckchen in sie hineinschob, und schon ergoss sich ein Schwall lauwarmer Flüssigkeit über ihre Beine, was eine neuerliche, noch heftigere Wehe auslöste.

»Es ist alles gut«, sagte die Heilerin, so ruhig sie vermochte.

Sie warf das verunreinigte Stöckchen weit fort, wobei sie einen unerklärlichen Drang empfand zu fliehen, die Lichtung Hals über Kopf zu verlassen, ohne sich noch einmal umzudrehen. Die Königin litt zu sehr, das ging nicht mit rechten Dingen zu. Die Wehe verebbte, und Lliane entspannte sich wieder, erschöpft, die Augen tränenfeucht. Die Bandrui um sie herum mit ihren unsteten Blicken murmelten leise und scheu lächelnd ihre Beschwörungsformeln; sie waren ihr keine Hilfe. Einzig Blodeuwez hätte sie verstehen können, wenn sie nur mit ihr gesprochen hätte.

»Denk an dein Baby«, hob die Heilerin in demselben sanften Ton wieder an. »Versuch es dir so vorzustellen, wie es in ein paar Minuten sein wird ... Glaubst du, es wird ein Junge?«

»Nein«, erwiderte Lliane. »Es wird ein Mädchen ...«

Das Lächeln ihrer Freundin gefror für einen kurzen Moment, so sehr hatte die ruhige Gewissheit der Königin sie aus der Fassung gebracht.

»Ich habe es im Traum gesehen«, fuhr sie heftig atmend fort, während sie sich mit der Zunge über die ausgetrockneten Lippen fuhr. »Sie stand mitten in der Nacht im Wald und spielte Flöte, und strahlend helle Feen, leuchtend wie Glühwürmchen, bildeten einen Kreis um sie herum, um ihrem Spiel zu lauschen ... Sie war bereits groß, fast erwachsen. Sie hatte ...«

Lliane lächelte ihre Freundin an.

»Sie war blond, so wie du, und trug eine Krone aus Buchs im Haar ...«

Eine neue Schmerzattacke, außerordentlich heftig und unvermittelt, entlockte der Gepeinigten einen gellenden Schrei. Lliane richtete sich halb auf, aber Blodeuwez drückte sie energisch zu Boden, um daraufhin ihre Finger, die weiß wie Meerschaum waren, auf ihr geschwollenes Geschlecht zu legen.

Sie spürte, wie das Fleisch zuckte, sich spannte, und plötzlich auseinander wich und den Blick auf eine runde, glatte und schmierige Fläche freigab.

»Da ist es!«, rief sie aus. »Ich fühle es! Ich fühle es, Lliane! Press! Press ganz fest!«

Die Königin hörte sie nicht. Keuchend, gemartert von Schmerz, hatte sie den Eindruck, als werde sie bei lebendigem Leib gevierteilt. Die Druidinnen des Waldes hatten sich nun ganz dicht um sie herum versammelt, um ihr Gesicht mit frischem Wasser zu benetzen, ihren Bauch zu massieren und den Duili Fedha zu rezitieren, »Die Elemente des Waldes«, die altüberlieferte Magie der Bäume, die die Elfen als Ogam bezeichneten.

Die Frucht der Früchte bin ich,
Das Produkt aus neun Samen und Steinen:
Denn Blaubeere, Pflaume, Brombeere, Quitte,
Himbeere und Birne,
Vogelbeere, Kirsche und Schlehe
Sich in mir zu gleichen Teilen vereinen.

Ailm, Pethbioc, Gort, Muin ... Tanne, Schilfrohr, Efeu und Wein: die Baumsymbole für Geburt, Leben, Stärke und Fruchtbarkeit. Die Bandrui zeichneten Ogam-Runen auf ihren Bauch, die das Unglück abwenden sollten, doch sie wechselten viel sagende Blicke, und das Lächeln war von ihren Lippen geschwunden.

»Los, los, press! Komm schon, ich kann es fühlen!«

Dasselbe Unbehagen bedrückte sie alle, ohne dass sie die Ursache hätten benennen können. Und sie sahen fasziniert zu, wie die nassen und blutverschmierten weißen Hände von Blodeuwez ein fratzenhaft verzogenes, bläuliches Gesicht aus dem zum Zerreißen gespannten Geschlecht der Königin herauszogen.

Lliane stöhnte dumpf, und der kleine Körper schoss in einer wellenartigen Bewegung vollständig heraus, direkt auf die Knie der Heilerin. Als öffnete ihr die Entbindung die Augen, verspürte Blodeuwez nun ebenfalls die unerträgliche Beklemmung, die die Druidinnen dazu veranlasst hatte, Abstand zu halten.

»Es ist … Es ist tatsächlich ein Mädchen«, sagte sie mit brüchiger Stimme.

Doch sie wagte nicht, Lliane anzusehen, als sie das Neugeborene betrachtete, das all den übrigen Kindern so ähnlich war, die sie mit auf die Welt gebracht hatte, und doch so anders als diese, und es gelang ihr nicht, sich wieder zu fassen. Blodeuwez weinte, ohne dass es ihr bewusst gewesen wäre. Gänzlich ermattet, sank sie auf das Lager aus Farnkraut hin.

Die ersten Schreie des kleinen Wesens hallten unter dem Blätterdach wider, ohne dass sie es vermocht hätte zu reagieren. Die Königin war ohnmächtig geworden. Die Druidinnen hatten das Weite gesucht, und sie war alleine. Sie überwand ihr Unbehagen und betrachtete das Baby, das da auf Llianes immer noch dickem Bauch lag, zum ersten Mal genauer. Seine Haut, die Größe seiner Arme und Beine, die Form seines Schädels … Das Kind war nicht normal. Ja, noch schlimmer, von ihm ging etwas Beklemmendes aus, gleich einer körperlich intensiv spürbaren Schwingung; eine beinahe unerträgliche Schwingung. Langsam richtete sie sich auf und stützte sich auf einen Arm, dann kroch sie zu ihr hinüber … Absolute Stille hatte sich über die Lichtung gebreitet. Selbst die Vögel und der Wind waren verstummt, als hätten die winzigen Tränen des Neugeborenen sie zu Stein erstarren lassen. Sie war alleine. Lliane war noch immer bewusstlos. Niemand würde etwas erfahren … Es genügte, nichts zu tun. Sie liegen zu lassen …

»Fort mit dir.«

Die Heilerin zuckte zusammen, überrollt von einer Woge der Panik.

Myrrdin.

Der Kindmann.

Er würdigte sie nicht eines Blickes, sondern war ganz auf die Handgriffe der ersten Hilfe konzentriert, jene, die sie selbst hätte durchführen müssen: Er durchtrennte die Nabelschnur, befreite den Mund des Babys von dem Schleim, der ihm die Luft zum Atmen nahm, und wickelte es behutsam in seinen

Mantel ein, um es zu wärmen. Dann beugte er sich über Llianes Bauch, den er mit großem Eifer massierte, bis sie mit einer letzten Wehe die Plazenta ausstieß. Blodeuwez robbte auf dem Rücken fort, die Augen weit aufgerissen in einer Mischung aus Grauen und Empörung. Wie konnte er sich an diesen Ort wagen, in das Herz des Waldes von Eliande, auf diese verbotene Lichtung, der Verfemte, der durch und durch unlautere Druide, weder Elf noch Mensch? Wie konnte er es wagen, die Königin zu berühren?

Lliane war wieder zu sich gekommen und sah zu, ohne zu reagieren, zu erschöpft, als dass sie versucht hätte, ihre Blöße zu bedecken. Myrrdin hatte sich wieder erhoben, das Neugeborene in den Armen; er stand da so schmal in seinem langen blauen Gewand, dass er groß wirkte, lächelnd, als sei er der Vater, mit jenem trotz seiner kurzen grauen Haare jugendlichen Gesicht, und drückte das Kind zärtlich an seine Brust.

»Morgane ... Hab keine Angst, ich bin da. Ich werde mich um dich kümmern ...«

»Sie gehört dir nicht!«

Der Kindmann drehte sich friedfertig um und hörte nicht auf zu lächeln. Lliane richtete sich mühsam auf, sie war so schwach, dass sie der nächsten Ohnmacht nahe schien, aber aus ihren funkelnden hellgrünen, fast ins Gelbliche spielenden Augen war eine ungebrochene Stärke zu lesen.

»Aber sicher doch«, murmelte Myrrdin. »Im Übrigen ist die Zeit noch nicht reif.«

Er hielt ihr das Kind hin, das aufgehört hatte zu weinen, dann entfernte er sich, mit eben jenem unerträglichen Lächeln. Lliane presste ihre kleine Tochter eng an sich, sie war so schön und so wild trotz der Tränen und trotz des Blutes. Als sie sie zum ersten Mal selbst ansah, sie, die Mutter, empfand sie ein Gefühl der Angst, das ihr schier das Herz zerriss. Dieser rosige Teint, diese runden Bäckchen, diese drallen kleinen Arme ... Das war keine Elfe. Aber auch kein Menschenmädchen.

»Unter Umständen wirst du dich niemals daran gewöhnen«,

murmelte Myrrdin. »Meine eigene Mutter konnte sich nie mit meinem Anblick anfreunden …«

Lliane blickte ihn derart hasserfüllt an, dass er die Fassung verlor.

»Ich gehe«, stotterte er. »Möchtest du, dass ich Uther Bescheid gebe?«

»Ich möchte, dass du für immer verschwindest«, schrie Lliane.

»Ich werde da sein, wenn du mich brauchst.«

Und er ging mit ruhigen Schritten davon, aber doch so rasch, dass er fort war, noch ehe Blodeuwez Zeit hatte, sich zu der Königin und ihrem Kind zu begeben.

»Wie lautet dieser Name, den er ihr gegeben hat?«, fragte sie.

Lliane trocknete sich die Tränen, warf ihr langes schwarzes, schweißnasses Haar nach hinten und musterte die Heilerin ernst.

»Myrrdin ist nie da gewesen. Er existiert nicht. Es ist nur ein Wesen aus einem Traum, der schon in deinem Gedächtnis gelöscht wird. *Hael hlystan ansyn aefre geswican*!«

Blodeuwez schwankte, von einem Schwindel ergriffen, und die Erinnerung an den Kindmann wich für immer aus ihrem Geist. Einen Augenblick zögerte sie, blinzelte dann, als sei sie gerade erwacht, lächelte ihre Freundin an und hockte sich neben sie. Das Baby war während des Stillens eingeschlafen, ganz ruhig … Das kaum zu ertragende Gefühl der Beklemmung, das sie bei seiner Geburt empfunden hatte, war schwächer geworden, und jetzt vermochte sie dem Kind ins Gesicht zu sehen.

»Du hast dich getäuscht in deinem Traum«, sagte sie. »Sie ist gar nicht blond …«

Lliane lächelte, hielt den kleinen, runden Kopf ihrer Tochter ein Stück von sich weg und betrachte den braunen Flaum, der ihn bedeckte. Man hätte meinen können, es handle sich um einen Spatz, der in einen Tümpel gefallen sei …

»Sie sieht dir ähnlich«, fuhr Blodeuwez fort. »Und doch … Sie ist keine Elfe. Nicht wahr?«

Lliane erschauderte, aber sie vermied es, Blodeuwez in die Augen zu sehen.

»Du kannst mit mir sprechen, weißt du …«

»Sie ist die Tochter eines Menschen«, sagte sie schließlich leise.

»Kenne ich ihn?«

Die Frage der Heilerin entlockte Lliane ein krampfartiges Lachen, und mit diesem Lachen kamen auch die Tränen zurück, wie ein Fluss, der seine Deichmauern durchbricht. Die Königin kam sich schmutzig, nichtswürdig und abscheulich vor. Dieses Kind, das sie hatte behalten wollen und das sie nicht einmal richtig anzusehen wagte, dieses Kind, das sie da gerade im Herzen des Elfenreiches auf die Welt gesetzt hatte, in der Nähe von Llandon, der nicht sein Vater war, weit fort von Uther, den sie verlassen hatte, dieses Kind war jetzt da, doch sie empfand nicht jenes Gefühl der Vollkommenheit, der Vollendung, auf das sie so sehr gewartet hatte.

Blodeuwez hielt die Königin und ihre Tochter eng umschlungen, ihre weit aufgerissenen Augen starrten ins Leere, bis Llianes Tränen versiegten. Die beiden Freundinnen blieben Stunden dort sitzen, versunken in ihre Träume. Lliane dachte an Uther, den sie Monate zuvor abgewiesen hatte, sobald ihr Bauch sich gerundet hatte. Wo hielt er sich jetzt auf? Es war ihr gelungen, ihn in Llandons Armen vollständig zu vergessen, als sich die Elfen vom Rand der baumlosen Ebenen zurückgezogen hatten, um sich in den Wald von Eliande zu verkriechen, weit fort von den Menschen, den Zwergen und dem Krieg. Der Krieg war allerdings nicht bis zu ihnen vorgedrungen, nur sein Echo war ab und an gleich einem obszönen Brausen zu vernehmen gewesen.

Blodeuwez für ihren Teil dachte an Llandon und an all die Zeit, die verstrichen war seit der Rückkehr der Königin, die Tage und Monate des Schweigens, während alle um ihn herum sich über die Geburt eines Erben freuten. Sie versuchte, sich das Gesicht des Königs der Hohen Elfen wieder vor Augen zu rufen, seine Haltung gegenüber der Königin, aber keine ihrer Erinnerungen legte für sie nahe, dass er sein Unglück ahnte. Oh, natürlich, die Elfen kannten weder Eifersucht noch Schande, nicht einmal das, was die Menschen Liebe nannten. Paare bildeten sich selten für die Ewigkeit, und jedes Kind hatte mehrere Mütter. Doch dieses Kind war nicht einmal von einem Elf …

»Sein Vater heißt Uther«, platzte die Königin jäh heraus. »Das ist einer der menschlichen Ritter, die mich auf der Suche nach Gael begleitet haben. Er … Sie sind nicht wie wir, weißt du, sie haben dieses Verlangen, diese Hingabe, die sie Liebe nennen … Ein solches Bedürfnis …«

Lliane hielt inne, und Blodeuwez respektierte ihr Schweigen. Zumindest für einige Sekunden.

»Und du, hast du ihn auch geliebt?«, fragte sie schließlich.

»Das habe ich geglaubt … Und dann habe ich Angst bekommen. Du kannst dir gar nicht vorstellen, was das heißt, geliebt zu werden. Die Frau eines Einzigen zu sein, keinen Clan mehr zu haben, zu zittern, sobald er fortgeht … Wir lebten im Wald des Nordens, bei den Barbaren.«

Lliane lächelte und streckte ihrer Freundin einen Arm entgegen.

»Hilf mir auf die Beine …«

Blodeuwez nahm das Kind, dann wickelte sie die Königin in ein langes Gewand von der Farbe der Blätter. Sie setzten sich in Bewegung und tippelten zu dem Bach, in dem sich traditionellerweise die frisch gebackenen Mütter und ihre neu geborenen Babys badeten, um sich zu reinigen, bevor sie wieder zu ihrem Volk zurückkehrten.

»Eines Abends kehrte er verwundet zurück«, fuhr Lliane fort, die bereits nach wenigen Klaftern außer Atem war.

Sie fasste sich an die Wange und wirkte so traurig dabei …

»Er hatte eine Schnittwunde im Gesicht, vom Ohr bis zum Kinn hinunter. Und seine Haare waren voll von getrocknetem

Blut. In jener Nacht bin ich fortgegangen. Ich weiß nicht, warum.«

Diesmal versuchte Blodeuwez weder Lliane zum Reden zu bringen, noch sie zu verstehen (sie war nun einmal eine Elfe und wusste nicht, dass die Liebe Angst machen kann).

Sie verließen die Lichtung auf demselben Weg, den auch Myrrdin eingeschlagen hatte, und wechselten keine einzige Silbe, bis sie über das Säuseln des Laubes und das Zwitschern der Vögel hinweg das ruhige Plätschern des Baches vernahmen. Lliane entledigte sich mit einer einfachen Schulterbewegung ihres Kleides, nahm der Heilerin vorsichtig ihr Baby aus den Armen und stieg in das fließende Wasser, in das sie rasch bis zur Taille eintauchte. Das Wasser hatte kaum seine Füße berührt, als das Baby zu schreien begann.

»Das ist seine menschliche Seite!«, bemerkte Blodeuwez lachend. »Sie frieren immer!«

Lliane lächelte, verschwand aber vollständig im kühlen Nass und tauchte mit dem Kind auf den Grund des Baches. Um sie herum trübte sich das Wasser und spülte das Blut und die Sekrete fort, mit denen sie bedeckt waren. Das Baby fing an zu schwimmen, da es instinktiv das flüssige Element wiedererkannte, aus dem es gekommen war. Es war keine Elfe, doch es öffnete seine großen, grünen Augen und lächelte, als es gleich einer Nixe durch die Strömung glitt. Ein Menschenbaby hätte nicht diese Ruhe gehabt. Lliane streichelte zärtlich sein Gesicht, das rund war wie ein Apfel, und den Kranz aus feinem Haar, der sanft im strömenden Wasser wogte und von demselben Braun wie das Haar Uthers war …

Als sie den Fluten entstiegen, hatte das Kind, das eng an die Brust seiner Mutter geschmiegt lag, aufgehört zu weinen. Lliane legte es auf die Erde und rieb es mit einem Lächeln, aber zugleich den Tränen nahe, trocken, dann zog sie ihr Moirékleid wieder über, das Blodeuwez ihr reichte.

»Wie wirst du sie nennen?«, fragte die Heilerin.

Der Name Morgane schoss der Königin durch den Kopf. Muirgen ... »Dem Meer entstiegen ...« Eine Name, der ihre menschlichen Wurzeln verriet. Lliane verwarf ihn sofort wieder.

»Sie soll Rhiannon heißen«, sagte sie. »Rhiannon, die Königliche, damit niemand vergisst, dass sie die Tochter einer Königin ist.«

Über die Ebene hallte ein dumpfes Grollen. Das unablässige Murmeln der Mönche, das Wehgeschrei der Verwundeten, Zwerge wie Menschen, das Gelächter der Überlebenden, sowie dann und wann der schrille Schrei einer Tränen lachenden Marketenderin, die von einem brutalen Haudegen gerempelt wurde. Das Rasseln der Waffen, die in rauen Mengen vom Schlachtfeld aufgelesen und auf Wagen geworfen wurden. Und über allem das Brummen der Fliegen in der drückenden Hitze, die flirrend über der Erde lag.

Pellehun, dem unter seiner Rüstung der Schweiß hinunterrann, war all die Zeit über im Sattel sitzen geblieben und schweigend durch das immense Leichenfeld geritten. Und während sein Seneschall an der Spitze der Chevalerie Jagd auf die kläglichen Überreste der Zwergenarmee machte, ließ der König das ganze Grauen auf sich wirken. Blutlachen, zertrümmerte Schädel, Schwärme von Pfeilen, die die Erde spickten wie ein Nadelkissen. Keiner wagte ihn anzusprechen, seit sich Gorlois selbst, der im Galopp von den Linien der Sieger zurückgeritten kam, wie ein Stallknecht hatte anfahren lassen müssen. Die Vernichtung der Zwerge ließ keine Freude aufkommen. Nur würgenden Ekel.

Pellehun gab seinem Pferd die Sporen, und es sprengte auf der Stelle im Galopp davon. Die Gardisten seiner Eskorte waren nur einen kurzen Moment verdutzt, dann stürmten sie hinter ihm her und trieben ihre schweren Streitrösser an, bis sie ihn eingeholt hatten.

»Zurück!«, brüllte Pellehun. »Zwanzig Schritt zurück! So lasse man mich doch allein, zum Henker!«

Und der König beeilte sich, ihnen zu entkommen. Sein Pferd machte einen Satz, um der Leiche eines Zwergenkriegers auszuweichen, und kam mit solcher Wucht wieder auf, dass der König stöhnte, weil die scharfkantigen Verbindungsstücke seines Plattenharnischs am ganzen Körper in sein Fleisch schnitten. Pellehun zog die Zügel an, so dass sein Reittier in den Trott zurückfiel, doch das war noch schmerzhafter. Vor ihm standen einige Sträucher beieinander, die zwar kümmerlich waren und nur wenig Schatten boten, aber doch besser als gar nichts. Ligusterbüsche, behangen mit jenen schwarzen Beeren, die unter dem Namen Hundsbeeren bekannt waren. Selbst dort lagen Gefallene ... Wie waren sie wohl getötet worden, dort, jenseits der Reichweite der Pfeile? Der König zwang sein Pferd jetzt, im Schritt zu gehen, und ließ die Zügel los, um die eiserne Kettenhaube, die seinen Kopf bedeckte, in den Nacken zu schieben. Seine langen grauen Haare, die mit goldenen Kordeln durchflochten waren, troffen vor Schweiß, vor seinen Augen tanzten weiße Pünktchen. Mit weit offenem Mund schnappte er nach Luft; seine Hände zitterten, als er sich das Gesicht trocken wischen wollte. Pellehun schloss für einen Moment die Augen, und fast in derselben Sekunde ertönte ein entsetzlicher Schrei, ein Stoß, sein Ross, das sich aufbäumte und unter ihm zusammenbrach, als habe sich soeben ein Abgrund unter seinen Hufen aufgetan. Aus seinen Lungen entwich alle Luft, als er mit voller Wucht auf den Boden prallte, das Bein unter seinem mit einem Pferdeharnisch bedeckten Streitross zerquetscht. Um ihn herum zu allen Seiten bärtige Fratzen. Zwerge, die wie Pilze aus dem Boden geschossen waren. Er kam nicht einmal mehr dazu zu brüllen, als ein eisernes Beil seinen Harnisch und sein ledernes Gambeson zerteilte, so dass seine Rippen zerbrachen und das Blut herausspritzte. Die Gardisten waren sofort zum Angriff übergegangen, und zwischen den Bäumen herrschte Tumult, aber Pellehun nahm nichts mehr wahr. Über ihm war dieses Gesicht. Lange Haare unter dem Helm, ein dichter roter Bart, schwarze, hassfunkelnde Augen ...

»Schau mich an!«, donnerte der Zwerg. »Ich möchte, dass du weißt, wer dich tötet!«

Pellehun war nicht im Stande zu antworten, aber er kniff die Augen zusammen, um besser zu sehen.

»Ich bin Rogor, Prinz von Ghâzar-Run, Thronerbe unter dem Schwarzen Berg!«

Neben ihnen brach ein von einer Lanze durchbohrter Zwergenkrieger zusammen, doch Rogor würdigte ihn keines Blickes. Pellehun nickte, auf den Lippen die Andeutung eines Lächelns, und raffte seine letzten Kräfte zusammen, um zu sprechen.

»Das ist ... Gerechtigkeit.«

»Was?«

Der alte König hustete, wodurch er sein Kinn mit Blut besudelte, und sein Kopf fiel zurück ins Gras. Rogor betrachtete ihn mit unbändigem Hass, dann richtete er sich langsam auf, schwang sein Beil hoch in die Luft und hieb mit aller ihm zu Gebote stehenden Kraft zu, um den Hals so sauber zu durchtrennen, dass der Kopf des Königs einige Fuß weit rollte, wie eine Eisenkugel, die von ihrer Kette losgemacht worden ist. Der Zwerg hob ihn an den Zöpfen hoch, ließ ihn wie eine Schleuder herumwirbeln und warf ihn mit Schwung auf die Ritter der königlichen Leibwache.

»Troïn ist gerächt!«, brüllte er wie von Sinnen.

Dann entschwand er in Richtung der Berge.

III

Im Wald von Eliande

Im Herzen des Waldes erstreckte sich zwischen Himmel und Erde die Stadt Eliande. Es war eine Stadt wie ein Spinngewebe, ein unentwirrbares Geflecht aus Lianen und Zweigen, Blättern und Dickicht, mit gelblich-grünen Farnpflanzen, so hoch wie Elfen, die ein leuchtendes Blätterdach über dem Boden bildeten. Einige Bewohner hatten ihre Hütten direkt auf der Erde errichtet, unter jener lichtdurchlässigen Kuppel, andere hatten sich sogar in die Erde vergraben, zwischen den glatten Wurzeln der Buchen. Doch der Großteil der Elfen lebte in den Baumwipfeln, direkt unter dem Himmel, in Verschlägen, die nichts mit irgendetwas von dem gemein hatten, was ein Mensch als Behausung angesehen hätte.

Diese Stadt war so sehr mit dem Wald verschmolzen, dass man sie hätte durchqueren können, ohne es überhaupt zu merken, denn man fand dort weder den für menschliche Städte charakteristischen Lärm noch ihre fortwährende Betriebsamkeit und auch keinerlei Essensdünste. Die Elfen spürten weder Kälte noch Nässe, und ihr Begriff von Komfort erfüllte die anderen Völker mit tiefer Bestürzung. Das war der Grund dafür, dass sie keine wirklichen Gebäude errichteten und dass ihre Städte, selbst wenn sie noch so groß waren – und diese hier war die größte von allen –, in den Augen der Menschen nur ein unbedeutender Wust aus Pflanzen waren. Und doch war Eliande eine unendlich weitläufige und sehr alte Stadt, die entstanden war, lange bevor die ersten befestigten Burgen der Menschen auf der Ebene aufgetaucht waren. Man hätte dort vergeblich nach einem Palast gesucht oder nach Geschäften, ja selbst nach Stadtmauern. Es gab dort weder Straßen noch Plätze noch einen allgemeinen Treffpunkt und kaum eine Lichtung. Aber sämtliche Bäume waren mit Runen versehen, und in sämtliche Felsen waren, teils seit urdenklichen Zeiten, naive, von Blättern eingerahmte Gesichter oder seltsame Spiralen gehauen, deren Sinn den Elfen selbst nicht mehr geläufig war.

Zu einer Zeit, als die Welt noch jung war, hatte der Überlieferung zufolge die Göttin Dana den ersten Wald geschaffen, um die drei Bewusstseinsebenen miteinander zu verbinden, die himmlische Sphäre, welche die oberen Äste der Bäume streiften, die der Oberfläche und des äußeren Scheins, auf der diese wuchsen, und die unterirdische Welt, in die ihre Wurzeln eindrangen. Die Göttin hatte die sieben heiligen Bäume gepflanzt: Eiche, Birke, Weide, Haselstrauch, Erle, Stechpalme und Apfelbaum, und aus diesem kleinen Hain war die gesamte Vegetation im und um das Königreich von Logres entstanden. Für jeden Baum gab es ein Ogam-Symbol, eine pflanzliche Rune, wodurch ein heiliges Alphabet entstand, auf dass die Wälder bis in alle Ewigkeit zu denen sprächen, die sie zu lesen vermochten.

Dort, im Herzen des kleinen Haines, hatten die Elfen auch ihren Talisman versteckt, den Kessel von Dagda, den Gral des göttlichen Wissens. Und an diesem Ort pflanzte sich die Lehre der Göttin fort, dort wurden die Eingeweihten zu Drud Wid, Gelehrten der Bäume ...

Doch das lag lange zurück, und der Wald war nach und nach verschwunden, immer weiter zerstört von den rodenden Bauern, durchsetzt von kahlen Stellen und immer größeren Schneisen, die bald bis zum Meer führten. Zu Beginn war es eine langsame und harmlose Entwicklung gewesen, beinahe lächerlich, so machtlos wirkten die Menschen mit ihren Äxten und Sägen gegenüber diesem riesigen, unendlichen Ozean aus

Bäumen. Und doch überzog nun das flache Land der Menschen die Erde, und es waren nur hier und da von Gestrüpp, dornigen Zweigen und in Regen und Wind vermodernden Baumstümpfen gesäumte Wälder übrig geblieben.

Die Elfen hatten lernen müssen, außerhalb des Waldes zu leben. Einige hatten sich in den Sümpfen angesiedelt, in den Marken des Heidelandes, in dem die Monster ihr Unwesen trieben. Andere, die Grüne Elfen genannt wurden, lebten in den Wäldern und im Dickicht in der Nähe des kleinen Volkes. Die Küstenelfen hatten sich den Menschen in den Dünen angeschlossen und sich mit dem Meer vertraut gemacht.

Von ihrem einstmaligen Gebiet blieb nur ein großer Wald bestehen, der letzte, für den die Elfen in die Schlacht gezogen waren und der sich um den Hain aus den sieben heiligen Bäumen herum erstreckte. Die Menschen nannten ihn Eliande, nicht ahnend, dass dies der Name war, mit dem die Elfen einst den ganzen Wald bezeichnet hatten; und mit der Zeit hatten die Elfen selbst ihm den Namen Brocéliande gegeben – Land Eliandes. Jene, die noch dort lebten, wurden Hohe Elfen genannt, und Lliane war ihre Königin.

Es war schon fast dunkel, als Lliane, gestützt von Blodeuwez, am Rande der Stadt anlangte. Ein mildes orangefarbenes Licht, glitzernd von Pollen, fiel blitzend durchs Laubwerk. Lliane musste lächeln, als sie bemerkte, dass die Bäume zu Ehren des Neugeborenen bemalt oder mit Girlanden behangen waren, und sie drückte Rhiannon, noch fester an sich. Als sie vorüberkam, verneigten die Elfen sich schweigend, zeichneten hier und da Glück bringende Runen in ihre Richtung – *Oferleof aetheling bearn* – und formierten sich zu einem fröhlichen Zug, der der jungen Mutter folgte. Im Nu liefen ganze Heerscharen hinter Lliane und Blodeuwez her. Trotz ihrer stattlichen Zahl zogen sie so friedlich zwischen den Bäumen der Elfenstadt hindurch, dass sie nicht einmal den Gesang der Vögel störten.

Lliane, die mit den Tränen kämpfte und kaum noch Luft bekam vor Rührung, verlangsamte ihren Schritt. Hier war alles so ruhig ... Ihre Vorfahren hatten diesen Ort Kaer Sidhi getauft, Stadt des Friedens, und nie war ihr dieser vergessene Name passender erschienen als an diesem Tag. Um die Mundwinkel der Königin herum lief ein Zucken, und die Kehle schnürte sich ihr zusammen. Sie seufzte, um ihre Angst zu vertreiben, und warf ihr langes schwarzes Haar nach hinten, die Augen glänzend vor Tränen. Rhiannon war auf ihrem Arm eingeschlafen, das Gesicht halb hinter ihren kleinen feisten Händen verborgen. Ein Gesicht, das zu rund war, zu rosig ... Llandon würde die Situation auf Anhieb erfassen.

Sie ging wieder weiter und bemühte sich zu lächeln, als brächte sie nicht jeder Schritt der Schande und dem Exil näher, weit entfernt von diesem Wald von Eliande, den sie so liebte. Blodeuwez löste sich, ohne es zu merken, von ihr. Schon boten ihre Arme keine Unterstützung mehr, ihre langen, fast weißen Hände glitten über das Kleid ihrer Freundin wie Geister, und Lliane machte sich mit einem Stoß in die Seite aus ihrer schlaffen Umarmung los.

Es war gut so. So konnte sie Llandon allein gegenübertreten. Und keiner würde es bemerken, wie die Züge des Königs beim Anblick des Kindes versteinerten, keiner sähe den Zweifel und den Kummer in seinen Augen.

Die Sonne war hinter dem Wald verschwunden und tauchte die obersten Zweige in schillerndes Gold und Silber, während das Unterholz langsam im Dunkel versank. Lliane empfand das als beruhigend, auch wenn die Finsternis jene Elfen mit den Katzenaugen nicht allzu stark beeinträchtigte. Das Baby stöhnte im Schlaf und bewegte seine kleinen Gliedmaßen. Aus seinem kleinen Schmollmund quollen winzige Speichelblasen; Lliane betrachtete gerührt, wie es die Augen zusammenkniff und dann eine Reihe drolliger Gesichter schnitt, lustig oder todernst, als verlange ihm diese Tätigkeit ungeheure Konzentration ab. Sie hob es an ihre Lippen und flüsterte ihm beruhigende Worte ins Ohr, dabei sog sie den köstlichen Babyduft ein und strich zärtlich über die samtweiche Haut seiner Wange.

»Zeigst du sie mir?«

Lliane fuhr unwillkürlich zusammen. Vor ihr stand Llandon. Er streckte den Arm nach ihr aus, doch in seinen Augen war kein Lächeln zu lesen. Es wusste Bescheid, ja natürlich ... Wie hatte sie glauben können, dass er sich täuschen ließ? Der König der Hohen Elfen trat noch einen Schritt näher und nahm das Tuch fort, das Rhiannon bedeckte. Trotz seiner Selbstbeherrschung schreckte er merklich zurück und wurde unsicher beim Anblick des Kindes. Er griff sich mit der Hand an die Kehle, denn er verspürte dasselbe, was die Druidinnen vor ihm auf der Lichtung gefühlt hatten, diese Beklemmung, die Lliane selbst damals beim Anblick Myrrdins überkommen hatte. Der Blick des Königs, der einen Moment verstört war, wanderte zu seiner Gemahlin und war so stumpf, dass es Lliane erneut das Herz zerriss. Sie streckte den Arm aus, um ihm zärtlich über die Wange zu streichen, doch er wich zurück, als hätte sie ihm einen Schlag versetzt.

Mit einer Geste, die zu brüsk war, als dass sie dem Volk des Waldes hätte normal erscheinen können, nahm er ihr das Baby aus den Händen, presste es an seine Brust und bedeckte es sorgfältig mit dem Tuch. Dann bahnte er sich einen Weg durch die Gruppe der hinter ihm versammelten Würdenträger und bedachte nicht einmal Gwydion, den großen Druiden, der auf ihn zugekommen war, um das Kind zu segnen, eines Blickes, sondern verschwand mit dem Kind in seiner Hütte.

Baldwin fühlte sich seit Jahrhunderten wie ein alter Mann. Seit sage und schreibe zweihundertunddreißig Jahren regierte er nun schon unter dem Roten Berg, und das war lang, selbst für einen Zwerg ... Der alte Baldwin war bereits geraume Zeit vor dem Krieg gegen die Monster König gewesen, sogar noch bevor Pellehuns Vater geboren war, ja seit so langer Zeit, dass er schließlich zu der Überzeugung gelangt war, dass er ewig leben würde. Doch seine Regentschaft endete im Desaster. Die Zwerge hatten sich von der Göttin abgewandt, und diese hatte ihnen Caledfwch abgenommen, das Goldene Schwert, ihren »Harten Blitz« und Talisman. Sein Volk war untergegangen, weil es dies vergessen hatte. Untergegangen aus Stolz. Untergegangen auf Grund der wahnwitzigen Anmaßung, ohne Götter leben zu wollen.

Und all das war sein Fehler.

Die Berge um ihn herum waren erfüllt von lärmendem Getümmel und Wehklagen, doch der König hörte nichts. Das Gesicht hinter seinem wild wuchernden Bart und seinen buschigen Augenbrauen verborgen, betrachtete er seine Krieger, oder zumindest die, die noch am Leben waren. Ihre geflochtenen Bärte waren schwarz von verkrustetem Blut, ihr düsterer Blick, der noch starr vor Schreck war über das, was sie gesehen hatten, verlor sich in der Ferne, und ihre eisenbeschlagenen Lederpanzer waren mit Erde verschmiert. Denn die Überlebenden hatten sich unter dem Pfeilhagel auf den Boden werfen und, stöhnend vor Entsetzen, durchs Gras kriechen müssen. Es gab keine Ehre mehr unter dem Roten Berg. Die Ehre der Zwerge war auf der Ebene geblieben ...

Der König schlug die Augen nieder, gebeugt von der Last der Schande und des Grams, und als er sie wieder öffnete, sah er sich suchend nach den beiden Rittern um, die unter dem Berg Zuflucht gefunden hatten.

»Messire Ulfin!«

Der alte Baldwin hob ziemlich müde die Hand und machte dem Größeren der beiden ein Zeichen, näher zu treten. Dieser zögerte, warf seinem Kameraden einen kurzen Blick zu und ging dann mit rasselnder Rüstung auf den König zu, wobei er im Vorbeigehen von den Zwergenkriegern, die nur widerwillig den Weg freigaben, gerempelt wurde. Welcher Art auch immer die Dienste gewesen sein mochten, die er ihnen früher einmal erwiesen hatte – Ulfin war ein Mensch, der zudem noch einen der zwölf Recken des Königs Pellehun stellte, und seine bloße Gegenwart war ihnen unerträglich geworden.

»Ulfin, mein Freund, es ist an der Zeit, dass wir uns verabschieden«, sagte Baldwin, während er den Ritter, der vor ihm niedergekniet war, mit beiden Händen auf die Füße zog. »Als du mir geholfen hast, aus Loth zu fliehen, in dieser schrecklichen Nacht des Massakers, hast du mir das Leben gerettet. Doch, wie du siehst, ist das Massaker bis zu uns gekommen ... Dieses Leben gebe ich dir zurück. Es wäre wenig ruhmreich, hier zu sterben.«

»Sire ...«

»Nein, nein ... So ist es.«

Baldwin blickte sich nach dem anderen Ritter um und deutete mit dem Kinn zu ihm hinüber.

»Siehst du, er hat schließlich doch Recht behalten.«

Ulfin folgte seinem Blick. Der Mensch, dessen Kopf, Schultern und Brustkorb aus der traurigen Versammlung der Zwerge herausragten, hatte, abgesehen von seiner Statur und seinem langen Schwert, das er an der Seite trug, kaum Ähnlichkeit mit einem Ritter. Das braune Haar zu mehreren Zöpfen geflochten, das Gesicht im Gegensatz zu Ulfin und dem Großteil der übrigen Ritter bartlos, war er gleich einem Elf mit einem grünen Waffenrock und einem einfachen Panzerhemd aus Rohleder bekleidet, das ihm bis zu den Knöcheln reichte und ihm das Aussehen eines Schmiedes verlieh. Der Mann war noch jung, aber seine Augen wirkten, als seien sie tausend Jahre alt. Und sein Gesicht war von einer langen, noch roten Narbe gezeichnet, die sich vom Ohr bis zum Kinn hinunterzog. Baldwin zögerte, dann hob er die Hand, um ihm zu bedeuten, dass er sich zu ihnen gesellen solle.

Er kam bis zu ihnen heran, erklomm die drei Stufen, die zum Thron hinaufführten, und starrte den alten König fragend an, bis ihn ein Rippenstoß Ulfins daran erinnerte, was sich geziemte.

»Lasst es sein«, sagte Baldwin, als der junge Mann eilig ein Knie auf die Erde setzte. »Das hat wirklich keine Bedeutung mehr ...«

Er schenkte ihm ein Lächeln (was bei ihm nie sicher auszumachen war unter seinem üppig wuchernden Bart) und reichte ihm brüderlich die Hände.

»Uther ...«

Der alte Zwerg nickte, ungerührt von dem missbilligenden Murren, das durch die Reihen der Zwergenkrieger lief.

»Wie hätten wir dir glauben sollen?«

Uther erwiderte nichts. Neun Monate ... Er war neun Monate in den Kerkern unter dem Roten Berg eingesperrt gewesen. Neun Monate, ohne das Tageslicht zu erblicken, anfangs in Ketten, dabei Schlägen und der täglichen Drohung ausgesetzt, dass er dem Hass des Prinzen Rogor ausgeliefert würde; dann, nach und nach, waren Fragen gekommen, und man hatte ihm zugehört, als offenbar wurde, dass sein unglaublicher Bericht möglicherweise ein Körnchen Wahrheit enthielt. Uther verdankte sein Leben einzig der Gegenwart Ulfins, seines Waffenbruders, und der Schuld, in der der alte Baldwin bei Letzterem stand. Doch als man ihm endlich Gehör geschenkt hatte, war es zu spät gewesen. Die menschliche Armee hatte bereits den Großteil der zwergischen Königreiche erobert. Neun Monate, ohne Lliane wiedergesehen zu haben ...

»Ihr müsst fort von hier, alle beide«, begann der alte Herrscher erneut. »Die Berge ...« Er zauderte einen Moment. »Die Berge werden sich wieder schließen.«

Baldwin hob die Hand und ballte sie zur Faust, wie um die Auslöschung seiner eigenen Stadt anzudeuten. Ein Beben lief durch die Reihen der Zwergenkrieger, doch der König achtete gar nicht darauf.

»Wisst Ihr, warum wir diese Schlacht verloren haben, Ritter?«

»Die Bogenschützen«, entgegnete Ulfin.

»Ja ... Was für eine Gemeinheit, nicht wahr? Wir hatten

nicht einmal die Zeit, uns zu schlagen ... Aber das allein ist es noch nicht. Wir sind von unserem eigenen Talisman besiegt worden. Dem Schwert des Gottes Nudd. Der Legende nach verlor er bei einer großen Schlacht einen Arm, und der Zwerg Credne schmiedete ihm einen Arm aus Metall. Seither nennt er sich Nuada Airgetlám, Nuada oder auch Nudd mit dem silbernen Arm ... Als Zeichen seiner Dankbarkeit haben die Zwerge das göttliche Schwert erhalten. Caledfwch ... Wie nennt ihr es gleich noch? Excalibur?«

Ulfin nickte bestätigend.

»... Und, hat das Wort für Euch eine bestimmte Bedeutung?«

Der Ritter antwortete nicht.

»Nein, natürlich nicht ... Ihr seid wie wir, ihr habt es vergessen. Und dann habt ihr ja eure neue Religion und dieses Kreuz, das euch jetzt als Talisman dient. Glaubst du persönlich daran, Uther?«

»Natürlich nicht!«, rief der Ritter aus. »Das ist eine Religion für Feiglinge, die andere Wange hinzuhalten, wenn man geschlagen wird, Gott um Gnade zu bitten ... gerade recht fürs Volk.«

»Und Pellehun, glaubt er daran?«

»Ganz bestimmt nicht«, erwiderte Uther mit einem verächtlichen Lächeln. »Aber sie kommt ihm sicherlich sehr gelegen. Je ärmer einer ist, desto eindringlicher versprechen die Mönche ihm, dass er nach dem Tode ins Paradies eingeht, was für den König ...«

Baldwin unterbrach den Recken mit einer ungeduldigen Handbewegung.

»Warum hat er uns Caledfwch gestohlen?«, schrie er, und seine Stimme klang mit einem Mal heiser und brüchig vor Zorn. »Das ist es, was ich wissen will!«

Uthers Lächeln erstarrte zu einem beklommenen Grinsen. Unwillkürlich trat er einen Schritt zurück und warf einen Blick auf die Wache des Königs unter dem Roten Berg. Die Augen der Zwergenkrieger funkelten vor Hass, und ihre Hände waren um ihre Streitäxte geklammert.

»Warum hat er uns bestohlen, wenn er keinen Glauben hat?«, brüllte Baldwin. »Es gibt so viele andere Schätze, warum ausgerechnet das Schwert?«

Der alte König blickte die beiden Männer eine ganze Weile herausfordernd an, dann ließ er sich wie ein Stein in seinen Thron zurückfallen.

»Uther hat Recht gehabt«, fuhr er mit dumpfer Stimme, wie zu sich selbst gewandt, fort. »Euer König hat uns von Beginn an zum Narren gehalten, wobei er sich unseren alten Hass auf die Elfen zu Nutze gemacht hat ... Ich für meine Person wollte nur, dass man uns Gerechtigkeit widerfahren lässt. Dass der Tod Troïns gerächt wird. Das war eine Frage der Ehre, versteht ihr?«

Ulfin und Uther nickten, aber sie begriffen es nicht.

»Eigentlich glaubte ich, dass das alles nur eine Legende sei, die Göttin, der Talisman ... Hübsche Märchen, gerade recht für die Elfen! Und das ist der Grund, warum der Talisman uns zum Verhängnis wurde. Doch Pellehun, der wusste es ...«

Baldwin sah auf, um Ulfin eingehend zu mustern. Er war groß (auch wenn in den Augen der Zwerge alle Menschen groß wirkten), größer als Uther und imposanter, in seinem Plattenharnisch, über dem er einen Waffenrock aus rotem Tuch trug, der mit den Runen des Berges versehen war. Sein blonder Bart war allerdings ebenso kurz wie der eines Zwerges von nicht einmal fünfzig Jahren. Wie der Großteil der menschlichen Ritter trug er das lange Haar zu mehreren Zöpfen geflochten, die seine Ohren und seinen Nacken vor Schwerthieben schützten und dank derer zugleich sein Gesicht frei war. Darin konnte man bereits die Spuren der Zeit erkennen, Falten und Narben. Wie alt mochte er wohl sein? Fünfzig? Sechzig? Nein, nein, nein ... Die Menschen wurden nicht so alt. Vermutlich allenfalls halb so alt. Ein lächerliches Alter unter dem Berg. Aber so war das menschliche Leben, sie starben jung, unablässig wurden welche geboren, scharenweise, das ganze Jahr über, und sie verbreiteten sich über die ganze Erde, wie Würmer, die ein Stück Holz zerfressen.

»Warum hast du mich in jener Nacht gerettet, Ulfin?«

»Weil das eine Schändlichkeit war«, antwortete der Ritter, ohne zu überlegen. (Wozu noch überlegen? Er hatte seit jener albtraumhaften Nacht unablässig darüber nachgedacht.) »Indem er Euch innerhalb der Mauern des Großen Rats angegriffen hat, hat sich König Pellehun der schlimmsten Form von Treuebruch schuldig gemacht, und es war eine Ehre, ihn zu verraten.«

Baldwin wurde von einem jähen Zucken geschüttelt, er stieß ein asthmatisches Grunzen aus, das, wenn man es recht bedachte, durchaus als Lachanfall zu deuten war.

»Eine Ehre, die schwer zu ertragen ist, was, Ritter? Und doch liegst du richtig. Du bist im Recht gegenüber allen anderen, das heißt, du befindest dich im Unrecht. Ihr irrt alle beide ... Zwei Verrückte ... Du hättest mich töten müssen in jener Nacht, Ulfin. Mir im Schlaf die Gurgel durchschneiden sollen. Dann wärest du heute Abend im Lager der Sieger ...«

Der Ritter schüttelte den Kopf. Wie oft hatte er eben diese Idee in Gedanken durchgespielt!

»Zumindest werdet ihr am Leben bleiben«, bemerkte Baldwin, während er sich zu den beiden Männern hinunterbeugte. »Hier zu sterben bringt gar nichts. Geht fort von hier, seht zu, dass ihr Lliane wiederfindet, erzählt ihr, was geschehen ist ... Und nehmt Bran mit euch mit. Wir müssen wissen, ob euer König das Schwert vielleicht nur mit dem Ziel gestohlen hat, einen Krieg zwischen Elfen und Zwergen auszulösen, oder ob er tatsächlich an die Macht der Talismane glaubt. Richtet Lliane aus, dass wir euch erwarten, unter dem Berg ...«

Uther hörte den Rest des Satzes nicht mehr. Lliane wiederfinden, endlich ...

»Hast du mich richtig verstanden?«

Uthers Augen weiteten sich vor Schreck, und er riss sich gewaltsam von seinen süßen Gedanken los, aber der alte König sprach glücklicherweise nicht länger mit ihm. Ein Zwerg in Kampfmontur, dessen langer roter Bart zu zwei breiten Zöpfen zusammengebunden war, welche über sein dunkles Lederwams fielen, war neben ihn hingetreten und betrachtete ihn mit gutmütiger Miene, ja fast mit einem Ausdruck von Zuneigung. Uther erwiderte sein Lächeln, bemüht, sich sein Amüsement nicht anmerken zu lassen. Trotz seiner Kriegsausrüstung, seines schweren zweischneidigen Beils und seines Helms war dies hier kein Krieger. Zu dick.

»Bran ist der jüngere Bruder von Prinz Rogor, Thronerbe von Troïn unter dem Schwarzen Berg ...«

Der alte König machte eine kurze Pause.

»Vielleicht sogar offizieller Erbe, falls Rogor nicht mehr am Leben ist ...«

Es kam ihm vor, als plustere Bran sich auf. Auf jeden Fall unternahm er eine lobenswerte Anstrengung, seinen Bauch einzuziehen.

»Das spielt zwar überhaupt keine Rolle«, bemerkte Baldwin mit einem eisigen Blick auf den jungen Zwerg. »Doch Bran hat königliches Blut in den Adern. Er kennt die ganze Geschichte. Falls ihr bis zur Königin Lliane gelangt, wird er alles bezeugen können.«

»Sire, Ihr könnt Euch auf mich verlassen«, erklärte Bran. »Wir werden sie finden, und ich werde ihr alles, was ich weiß, erzählen.«

»Du weißt überhaupt nichts«, knurrte Baldwin. »Sieh einfach nur zu, dass du am Leben bleibst.«

Der König erhob sich, begleitet von einem metallischen Klirren seines Kettenhemdes, und stieg die drei Stufen seines Thrones hinab, während er Ulfin um die Taille gefasst hielt (vermutlich hätte er ihn lieber an den Schultern gepackt, aber dazu hätte er den Arm ausstrecken und sich auf die Zehenspitzen stellen müssen, was wenig würdevoll gewesen wäre). Wortlos, ohne Bran, der dicht hinter ihnen neben Uther hertrippelte, auch nur eines Blickes zu würdigen, durchquerten sie auf diese Weise das königliche Gemach sowie die Gänge des Palastes und kamen auf dem Paradeplatz heraus, einem riesigen unterirdischen Saal, der durch in die Felsen gehauene Lichtschächte erhellt wurde und so hoch war, dass die beiden Ritter aufrecht stehen konnten, ohne den Kopf einzuziehen.

Vor ihren Augen öffnete sich das verschlungene Labyrinth von Dal Wid, der Stadt der Zwerge unter dem Roten Berg – ein gigantischer Bau unter der Erde, der von endlosen Tunneln durchzogen wurde, so beklemmend und düster, dass keiner, außer Letzteren, hier zu leben vermocht hätte, ohne den Verstand zu verlieren; doch sie liebten ihn über alles. Am Fuße des Palastes ergoss sich eine ganze keifende Einwohnerschar bis in die kleinsten Gassen, panisch wie ein aufgescheuchter Schwarm Wespen. Das stolze und bombastische Dal Wid war nur noch eine vom Schrecken regierte unterirdische Höhle, aus der Trauben von Flüchtlingen herausströmten, mit ihren wertvollsten Habseligkeiten beladen, die die in der Ebene verstreuten Soldaten mühelos mit ihren Lanzenspitzen abfingen.

Die Stadt glich einem Körper, dessen ganzes Blut durch tausend Schnittwunden entweicht. Ein nicht enden wollender, erbarmungswürdiger Strom, den der alte König fassungslos ansah, mit tränengefüllten Augen. Mehr noch als die Niederlage seiner Armee erschien ihm die Flucht seines Volkes ein Zeichen ihres Untergangs.

»So endet also meine Herrschaft«, murmelte er.

Und er kehrte diesem jämmerlichen Gewimmel den Rücken und senkte den Kopf, um den Rittern nicht in die Augen sehen zu müssen. Nach einem kurzen Zögern machte er eine Handbewegung, vielleicht war es ein Abschiedsgruß.

»Ich gebe euch eine Stunde«, sagte er.

Für einen winzigen Augenblick wandte er sich Ulfin mit dem traurigsten Blick der Welt zu, dann entschwand er mit großen Schritten in den Schutz seines Palastes. Seine Krieger folgten ihm schweigend, düsterer Stimmung, als je irgendwelche Zwerge gewesen waren, während sie ihrem unseligen Schicksal entgegenmarschierten, mit hängenden Schultern, aber von innerem Frieden erfüllt, stolz auf ihren eigenen Mut gegenüber all dieser offenkundigen Feigheit. Dann schlossen sich die breiten bronzenen Tore des Palastes hinter ihnen, und Ulfin, Uther und Bran blieben alleine auf dem Vorplatz zurück.

Bedächtig nahm der Zwerg seinen Helm ab, betrachtete ihn mit unbändigem Ekel und ließ ihn schließlich zu Boden fallen. Er riss seine Kettenhaube energisch zurück und zauste wütend sein kurzes, dunkelrotes Haar. Dann packte er sein schweres Beil und ließ es mit einer Kraft, derer ihn die beiden Menschen nicht für fähig gehalten hätten, auf die Erde sausen – »Ha!«, wie ein Holzfäller –, so dass große Steinsplitter aus dem Pflaster herausflogen. Ohne sich um seine Kameraden zu kümmern, so, als vollzöge er einen geheimen Ritus, kniete er neben der Kerbe nieder und hob einen handtellergroßen Brocken heraus, den er sorgfältig in seiner Schultertasche verstaute. Er verharrte eine ganze Weile so auf den Knien, während er obskure Beschwörungsformeln murmelte, dann stand er abrupt auf und bedachte die Ritter mit einem geringschätzigen Blick.

»Los, gehen wir!«

Ohne auf sie zu warten, stürzte er die wenigen Stufen, die sie vom Paradeplatz trennten, hinunter und tauchte in einer kleinen Straße in die Menge ein. Anfangs kamen die beiden Menschen und der Zwerg rasch voran und überholten bei jedem Schritt ganze Familien, welche gebeugt waren unter dem Gewicht ihrer Habseligkeiten, die sie zu retten versuchten; doch bald schon erhob sich vor ihnen eine lebende Mauer, die die engen unterirdischen Gänge verstopfte und sie dazu zwang, sich mit den Ellbogen einen Weg zu bahnen, und, im weiteren Verlauf, blindlings drauflos zu schlagen. Sie wurden gerempelt und unsanft gestoßen, zerrissen sich ihre Kleider an den rauen Wänden der Tunnel, schürften sich Hände und Gesicht auf, da sie bald wie ein Spielball von einer Seite auf die andere geworfen wurden und sich an jedem kleinsten Vorsprung festklammerten, mitgerissen von der tosenden Flut der

Flüchtlinge, die unkontrolliert wie ein Wildbach vorwärts brauste, ihre Schreie und ihr Stöhnen gleich Gischt an die Felswände schleuderte und auf Grund der darin herrschenden Panik immer gewaltiger wurde.

Endlich waren sie draußen, waren, beinahe ohne es zu wollen, aus diesem Gedränge herausgeschleudert worden und gerieten, ohne es zu merken, von dem Halbdämmer in Dal Wid in die nächtliche Finsternis. Wie alle Flüchtlinge verharrten sie einen Moment lang sprachlos an den Stadttoren, als ihnen die kühle Nachtluft in das schweißnasse Gesicht schlug, bis weitere Menschen sie vorwärts schoben.

Uther, der nichts mehr sehen konnte im Dunkel, fand sich plötzlich alleine wieder und bewegte sich tastend zwischen all den Zwergen vorwärts, die genügend sahen in der schwarzen Nacht, um geradewegs drauflos zu laufen. Jeder Schritt war eine Qual, so sehr waren seine Füße in dem Tumult von dem Getrampel in Mitleidenschaft gezogen worden. Er fühlte sich, als habe man ihn gerädert. Jeder einzelne Muskel schmerzte, und der Knauf seines Schwertes hatte derart gegen eine seiner Rippen gedrückt, dass es ihm schien, als versetze ihm jemand bei jedem Atemzug einen Fausthieb. Plötzlich packte ihn eine starke Hand und zog ihn beiseite. Es war Bran.

»Du solltest ihnen nicht folgen«, bemerkte der Zwerg. »Sie gehen in den Tod.«

Uther kniff die Augen zusammen, in dem Bemühen, in der düsteren Masse, die sich außerhalb von Dal Wid verlief, etwas zu erkennen. Er sah lediglich weit hinten auf der Ebene Fackeln, geschwenkt von Menschenrittern, die in kleinen Gruppen quer durch die Finsternis galoppierten.

»Man könnte meinen, sie seien auf der Jagd«, murmelte Ulfin.

»Und«, brüllte Bran. »Warum reitest du nicht zu ihnen hinüber?«

»Und du, Dickwanst, warum kehrst du nicht zu deinem König zurück? Hast du etwa Angst zu sterben, oder was?«

Die Nacht war zu dunkel, als dass er etwas anderes als die vagen Umrisse einer unförmigen, zerzausten Gestalt wahrgenommen hätte, doch Ulfin wusste, dass der Zwerg ihn ganz genau sehen konnte und dass er beinahe platzte vor Empörung. Daher setzte er ein breites Lächeln auf, um der Erniedrigung noch Verachtung hinzuzufügen.

»Du Bastard eines Bärenfurzes!«, stieß Bran plötzlich aus. »Das wirst du bereuen!«

Und er verschwand mit einem Schlag, scheinbar von den Abgründen verschlungen, die überall rund um den Roten Berg als Burggraben dienten. Der Ritter hegte bereits den Gedanken, dass er sich ins Leere gestürzt hatte, um seine Ehre reinzuwaschen, bis er eine winzige, in die Felswand gehauene Treppe entdeckte, die der plumpe Bran mit der Behändigkeit eines Zickleins hinuntersauste. Die beiden Männer nahmen Hals über Kopf seine Verfolgung auf, aber Ulfin wäre beinahe schon beim ersten Schritt ins Taumeln gekommen und in die Tiefe gestürzt, so schmal waren die Stufen und so stark das Gefälle. Er presste sich eng an die Steilwand, mit klopfendem Herzen, dann stieg er langsam hinunter, Stufe für Stufe, wobei er sich mehr schlecht als recht an jeder schroffen Stelle festkrallte und die Augen weit aufriss in der Dunkelheit.

Ganz unten erwartete sie ein hämisch lachender Bran.

»Seid ihr irgendwie aufgehalten worden?«

Einmal mehr reckte Ulfin den Hals und bemühte sich angestrengt, den Zwerg zu erkennen, doch auf dem Grunde der Schlucht herrschte absolute Finsternis. Man hörte das Plätschern eines Wasserlaufs, und in der eisigen Luft hing ein durchdringender Schimmelgeruch, der unangenehm in der Nase biss. Die Stiefel der Ritter schlingerten auf den Kieseln oder rutschten auf schleimigen, undefinierbaren Substanzen aus, von denen schwallartig der Gestank nach verwesendem Fleisch aufstieg.

»Was ist denn das?«, grunzte Uther. »Ein Abwassergraben?«

»Gut geraten!«, ertönte die Stimme des Zwerges aus der Tiefe der Nacht. »Verirrt euch nicht, ihr verfluchten, schwachsinnigen Pisser, sonst werden die Ratten es sein, die euch finden!«

Ulfin hob den Blick zum Himmel und seufzte.

»In Ordnung, Meister Bran. Du hast gewonnen. Ich bitte dich um Verzeihung …«

Der Zwerg schneuzte sich geräuschvoll im Dunkel, dann fuhr er hörbar besänftigt fort: »Und dick bin ich auch nicht.«

»Nein, dick bist du auch nicht. Gehen wir weiter?«

Auf den Kieseln waren Schritte zu vernehmen, und die Ritter fühlten, einer nach dem anderen, wie der Zwerg ihnen mit seinen kräftigen Fäusten ein Seil in die Hand schob. Dann kehrte er ihnen den Rücken, das Seil spannte sich, und er zog sie auf dem tiefsten Grunde der Schlucht hinter sich her.

IV

Das Ende des Roten Berges

Bei Einbruch der Nacht war im Wald wieder Frieden eingekehrt. Die leisen Gespräche der Elfen waren in der Dunkelheit verstummt, nachdem sie vergeblich vor der verschlossenen Tür der königlichen Hütte gewartet hatten, in der weder Lliane noch Llandon Schlaf fanden. Diese saßen direkt auf dem moosigen Boden, zu beiden Seiten eines Reisigfeuers, das ihre tanzenden Schatten auf die Hecken aus grünen Zweigen warf – die Wände ihrer primitiven Behausung. Zwischen ihnen gab es nichts mehr zu sagen. Sie wechselten nicht einmal mehr einen Blick. Es gab nur noch das Schweigen, ein verwirrtes Schweigen, durchbrochen von Rhiannons zuckenden Bewegungen, ihrem Wimmern, das wie das einer kleinen Katze klang, und ihrer unruhigen Atmung. Jede Regung des noch schwachen und zerbrechlichen Lebens dort zwischen ihnen entfremdete sie einander ein wenig mehr. Bisweilen sah es aus, als setze der Atem der Kleinen aus, für einen winzigen Augenblick, und Llianes Herz krampfte sich zusammen, doch schon im nächsten Moment schien ihr ein Schluchzer die Erlösung zu bringen, und unter einem kaum hörbaren Wimmern, einer plötzlichen Anspannung der Glieder und einem undeutlichen Brabbeln fiel sie wieder in den Schlaf. Und jedes Mal gefror das Lächeln Llianes unter dem Blick des Königs.

Niemand war in ihre Hütte eingelassen worden. Weder die

Druiden, die die Geschenke brachten, noch die Heilerinnen, die die Königin und das Kind doch so dringend brauchten, noch Blorian und Dorian, die beiden jüngeren Brüder der Königin, die auf der Schwelle eingeschlafen waren, verwirrt und ungläubig, als sie die erregte Stimme Llandons und das Weinen ihrer Schwester vernommen hatten. Dann war der König, überwältigt von Verbitterung, verstummt.

Er kannte sich selbst nicht wieder. War er zu lange in Loth gewesen, in der Nähe der Menschen, dass er derart von Eifersucht und Hass übermannt wurde? Konnte das sein, dass ein Hoher Elf aus dem alten Geschlecht Morigans aus Liebe heulte wie einer dieser albernen Trouvères, dieser gefühlsduseligen Minnesänger aus dem Norden des Landes? Als Lliane zu jener unsinnigen Suche aufgebrochen war, hatte sich bei ihm nach und nach das Gefühl eingestellt, sie auf immer verloren zu haben, und es hatte sich im Laufe der Zeit in Gewissheit verwandelt. Bald hatte er nicht mehr vermocht, von ihr zu träumen, ja, nicht einmal, sich ihr Gesicht vorzustellen (und die Träume Llandons bargen, wie ein jeder in sämtlichen elfischen Clans wusste, stets einen Funken Wahrheit). Das ging so weit, dass ihre Rückkehr fast schon einer Überraschung gleichkam.

Noch bevor ihr Bauch dicker geworden war, hatten sich andere Träume eingestellt, über die er mit niemandem gesprochen hatte, nicht einmal mit Gwydion. Es waren so abscheuliche Träume, dass er mitten in der Nacht schweißgebadet erwachte und hinausstürzte, um stundenlang kreuz und quer völlig ziellos durch den Wald zu laufen, bis zur Erschöpfung. Doch nicht bis zum Vergessen.

Auch wenn seine Wut und das Gefühl der Schmach momentan verflogen waren, blieb diese Distanz zwischen ihnen bestehen, kaum einige Ellen trennten sie, doch es war trotzdem eine unüberwindbare Distanz. Es sei denn, Lliane käme auf ihn zu. Aber sie befand sich im anderen Lager, dem ihrer Tochter, und machte die umgekehrte Entwicklung durch, in ihr wich der Kummer dem Groll. Der Pflege durch Blodeuwez wie auch der Segnungen des großen Druiden Gwydion beraubt, hatte sie aus sich selbst heraus die Kräfte schöpfen müssen, um wieder zu sich zu kommen und in ihrem ermatteten Leib das Feuer der alten Runen anzufachen, indem sie wieder und wieder die Fehu, die erste Rune, sang.

Byth frofur fira gehwylcum
Sceal theah manna gehwylc miclun hyt daelan
Gif he wile for drihtne domes hleotan.

Das kleine Mädchen begann, sich auf seinem Bettchen aus Moos und Blättern zu rühren; noch schlief sie, doch zuweilen strampelte sie ganz plötzlich heftig mit Armen und Beinen. Lliane legte sich instinktiv die Hand auf den Bauch. Einige Tage zuvor, ja noch einige Stunden zuvor hatte sie diese Stöße in ihrem Inneren gespürt ... Ein Seufzen, einige Speicheltropfen, und das Neugeborene schlug mit einem leicht empörten Naserümpfen die Augen auf.

»Rhiannon«, raunte ihr Lliane zärtlich ins Ohr.

»Nenn sie nicht bei diesem Namen.«

Das Lächeln der Königin erlosch. Seit Stunden hatte Llandon kein Wort gesprochen, und sein Einwurf hatte sie überrascht.

»Sie ist keine Königin«, sagte er, »und wird es auch niemals sein.«

»Sie ist meine erste Tochter«, erwiderte Lliane, bemüht, nicht die Stimme zu erheben oder ihren verschlossen dreinsehenden Mann mit Blicken herauszufordern. »Die Göttin weiß, wie sehr ich mir ein Mädchen von dir gewünscht habe, doch wir haben keines bekommen. Wir haben nicht einmal einen Sohn bekommen, Llandon ... Die Göttin hat gewollt, dass es so kommt ...«

»Lass gefälligst die Götter aus dem Spiel!«, brüllte der König. »Das hat nichts mit der Göttin zu tun. Du hast mit Uther geschlafen, du hast dich ihm hingegeben wie eine ihrer Dirnen aus der Unterstadt, das ist es, was du getan hast!«

Llandon hatte so laut geschrien, dass Rhiannon aufgeschreckt war. Sie fing an zu weinen, und Lliane hob sie an ihre Brust, um sie zu stillen. Sie schloss die Augen und wartete, bis sich ihr Puls beruhigt hatte, bevor sie ihm antwortete.

»Als wir jung waren, Llandon, haben wir uns beide jedem, der mit uns schlafen wollte, hingegeben, wie du es nennst, im Gras, in den Nächten der Beltaine, obwohl wir bereits einander versprochen waren ... Was ist nur in dich gefahren? Man könnte meinen ...«

Sie hielt inne. Man könnte meinen, Uther stünde da vor mir, dachte sie.

»... Du bist eifersüchtig wie ein Mensch«, bemerkte sie obenhin. »Demnächst wirst du mir noch erklären, dass du mich liebst!«

Llandon schaute sie an, das Gesicht in einer Mischung aus Abscheu und Schrecken verzerrt.

»In diesem Punkt«, brummte er, »weißt du besser Bescheid als ich.«

Lliane erhob sich, und dabei glitt der Umhang, der sie bedeckte, zu Boden. Völlig nackt stand sie im Schein der tanzenden Flammen, Rhiannon gegen ihren Busen gepresst, und musterte Llandon kalt.

»Ich bin Lliane aus dem edlen Geschlecht von Dùn, Königin der Hohen Elfen und der Völker unter dem Wald von Eliande, auf den Willen der Göttin hin und solange ich lebe«, erklärte sie mit bebenden Lippen und Tränen in den Augen. »Du, du bist nur ... du bist nur der König.«

Llandon saß sprachlos auf seinem Platz.

»Rhiannon ist meine erste Tochter«, wiederholte sie. »Ob du das möchtest oder nicht, mit dir oder ohne dich, sie wird Königin sein.«

»Von welchem Volk?«, fragte Llandon.

Lliane gab keine Antwort. Noch ein Wort, und die Tränen würden ihr aus den Augen schießen, und um ihre Abwehr wäre es komplett geschehen. Ihre Beine wankten, der Kopf drehte sich ihr, ihr Bauch schmerzte, und sie hatte das Gefühl, jeden Moment zusammenzubrechen. Weshalb half er ihr nicht?

Llandon schüttelte den Kopf und erhob sich schwerfällig; dann ging er ohne ein Wort und ohne sich noch einmal umzusehen aus der Hütte hinaus.

Draußen hielt er einen Augenblick inne. Der Dunst legte sich langsam über Brocéliande, gleich einem heimtückischen, unbarmherzigen Hauch, und der König war wie gelähmt vor Entsetzen. Denn der Dunst, der Feth Fiada, unterstand den Göttern. Die Elfen waren das Volk der Luft, das Meer gehörte den Menschen, die Erde den Zwergen und das Feuer den Ungeheuern in den Wüsten Landen, doch der Nebel herrschte über sie alle. Er allein konnte das Gestein und die Wogen verschwinden lassen, das Feuer löschen und den Sturm lindern. Das Schweigen des Nebels war der Schrei der Götter, und wenn die Götter in der Weise ihren weißen Schleier über das Volk von Eliande breiteten, bedeutete das, dass sie zornig waren.

»Hörst du das?«, murmelte Blorian.

Llandon drehte sich zu seinem Schwager um. Dorian neben ihm war eingeschlafen, doch Blorian war noch wach, hingekauert an die Türe der königlichen Hütte, seinen Langbogen über die Knie gelegt. Und Llandon fragte sich, wen er zu beschützen gedachte, und vor welcher Gefahr …

»So hör doch!«, wiederholte er, ohne ihn anzusehen.

Unter dem Nebelschleier war es ganz still geworden im Wald. Die Rufe der Nachtvögel waren verstummt, genau wie das Knarren der Bäume und selbst das Rascheln der Blätter im Wind. Man hörte nichts mehr als eine unheimliche Klage, lang gezogen und dunkel. Das war Daurblada, die magische Harfe von Dagda, die die obersten Äste der Eichen zum Erzittern brachte; ihr eindringliches Lied war es, welches die Seelen Vergessen trinken ließ. Die beiden Elfen hielten sich mit den Händen die Ohren zu, um sich ihm zu entziehen, und dennoch fielen sie beinahe umgehend in einen tiefen, traumlosen Schlaf.

Der Tag brach an, ohne dass sie sich dessen bewusst geworden wären. Uther lief halb besinnungslos vor sich hin, wiegte den Kopf und torkelte bei jedem Schritt, benommen vor Müdigkeit, benommen davon, nichts zu sehen, und von dem bestialischen Gestank in jener Schlucht, die im Unrat erstickte. Was Ulfin anlangte, so waren ihm angesichts der bildhaften Fülle schlagfertiger Antworten des Zwerges seine sarkastischen Bemerkungen rasch vergangen, und am Ende einer von vornherein verlorenen Redeschlacht war kein Ton mehr von ihm zu hören gewesen. Seit Stunden folgten die beiden Ritter ihrem Führer durch die absolute Dunkelheit, umgeben vom Fiepen der Ratten und wie Blinde ans Seil gekrallt, während sie sich die Knöchel an den über dem Weg verstreut liegenden, schimmelbedeckten Steinen verstauchten. Einer wie der andere besaßen sie entschieden zu viel Stolz, um eine Pause zu erbitten, die Bran im Übrigen vermutlich mit einem hämischen Lachen verweigert hätte, begleitet von einem seiner einfallsreichen Sprüche ... Trotz seines beachtlichen Leibesumfanges und seines extrem fetten Schweinegesichts verfügte der Zwerg über ein Durchhaltevermögen, welches das jedes Ritters überstieg (wobei man einräumen muss, dass der Thronerbe von Troïn nicht besonders zäh war). Wie alle Angehörigen seines Volkes war er in der Lage, tagelang so zu marschieren, immer weiter, ohne etwas zu essen oder zu trinken, stur wie ein Büffel, gleichmütig wie ein Pferd, und wenn er erst einmal am Ziel angelangt war, war er fähig, genau wie jenes an Ort und Stelle zu Boden zu fallen und umgehend in einen bleiernen Schlaf zu versinken.

Plötzlich stolperte Uther über eine Wurzel, wodurch er mit einem Schlag aus seinem Dämmerzustand gerissen und den blassen Schimmer des Morgengrauens gewahr wurde. Es war erst ein schmaler Streifen aus rosa Licht in der Dämmerung, doch er konnte endlich etwas sehen und vermochte sogar die hohe Gestalt Ulfins vor sich zu erkennen, ebenso wie ganz vorne die von Bran, der sich, genauso breit wie hoch, im schwerfälligen Rhythmus seiner Schritte wiegte. Auch der Gestank, der grässliche Gestank der Abwassergräben, war schwächer geworden, selbst wenn sie noch bis zur Taille mit Unrat besudelt waren. Ohne dass die beiden Menschen sich dessen bewusst gewesen wären, hatten sie die Schlucht bereits eine ganze Weile hinter sich gelassen und stiegen einen schmalen, von Gestrüpp überwachsenen Pfad hinauf, der sie allmählich auf die Höhe der Ebene führte. Hier im kühlen und frischen Morgengrauen hing ein leicht säuerlicher Duft in der Luft, ein Duft nach Beeren und Tau, den sie all die Monate über, die sie unter dem Berg verbracht hatten, nicht mehr gerochen hatten.

Am höchsten Punkt des Pfades angelangt, hatten sie noch einmal geraume Zeit mit den dornigen Zweigen zu kämpfen, in denen sie sich verfingen und an denen sie sich erneut die Kleider zerrissen und an deren zahllosen Stacheln sie sich Gesicht und Hände zerkratzten. Schließlich machten sie sich mehr schlecht als recht los und ließen sich wie nasse Säcke in das hohe Gras eines kleinen Tals plumpsen, durch das ein schmaler Bach hindurchfloss. Die drei Gefährten schliefen sofort ein, zu erschöpft, um auch nur einen Wachdienst zu organisieren, eingewickelt in ihre Umhänge, versunken in einen traumlosen Schlaf, der anhielt, bis die Sonne hoch am Himmel stand und mit ihr die Fliegen kamen.

Das Kitzeln ihrer winzigen Beinchen und das Surren ihres nervösen Hin- und Herfliegens ließen Uther aus dem Schlaf hochfahren. Er fuchtelte wild herum, um den Insektenschwarm zu verscheuchen, wobei er gleichzeitig eine Gruppe pechschwarzer Saatkrähen verschreckte, die ganz in ihrer Nähe den Boden absuchten, und er blieb einen Moment lang sitzen, während die Benommenheit allmählich von ihm abfiel. Keuchend schnappte er nach Luft, und das Blut pochte ihm in den Schläfen. Mit einer Bewegung, die ihm schon gar nicht mehr bewusst war, fuhr er mit dem Finger über seine lange Narbe und betrachtete glücklich wie ein Kind das hohe Gras rings um sich herum, die Bäume, die sich unter der Last ihrer Blätter bogen, den klaren Himmel und den Schwarm Vögel.

Neun Monate hatte er keine Vögel mehr singen hören … Als er sich dessen schließlich bewusst wurde, fuhr ihm bei seinem eigenen Geruch und beim Anblick seines mit Ekel erregenden Substanzen beschmierten Kettenhemdes der Schreck in die Glieder. Wie vom Teufel besessen fuhr er aus seinen Kleidern und behielt lediglich seine Hosen an, um dann einen angewiderten Blick auf Bran und Ulfin zu werfen, die noch zusammengerollt dalagen und die nicht nur wie verwesendes Aas aussahen, sondern auch so stanken.

Der Bach war eisig, doch er genoss das Bad, bibbernd vor Kälte. Ganz in Ruhe wusch er seine Kleider, dann ging er die Strömung hinauf, weit fort von seinem Schmutz, und trank in großen Schlucken.

Schließlich verflog all seine Unruhe, und in dem kleinen Tal herrschte wieder Stille. Uther legte sich der Länge nach ans Ufer und freute sich an dem sanften Wogen des Laubs in der Brise, dem Tschilpen der Spatzen und dem leisen Plätschern des Baches (eine friedliche Stille, die allein durch das Schnarchen Brans gestört wurde). In den langen Monaten, die er unter dem Berg zugebracht hatte, im Halbdunkel der unterirdischen, nur von Fackeln erleuchteten Stollen, hatte er diese frische, kühle Luft der frühen Morgenstunden missen müssen, ebenso wie die strahlende Helligkeit des Tages und diesen Geruch von nassem Gras, das sich in den ersten Sonnenstrahlen erwärmte.

Den Geruch von Lliane …

Uther breitete seine Kleider an einem sonnigen Fleck aus und lief zu seinen Kameraden zurück, entschlossen, sie, falls sie noch nicht auf den Beinen waren, komplett angezogen in den Bach zu werfen.

Er traf lediglich Ulfin an, dem er einen unsanften Fußtritt versetzte, worauf dieser, in die Falten seines Umhangs vergraben, mürrisch das Gesicht verzog und grummelte, man solle ihn schlafen lassen, sonst würden es gewisse Laffen noch bitter bereuen.

Der Zwerg war dagegen wach. Er hockte oben am Hang zwischen den brummenden Fliegen und frühstückte in aller Ruhe.

»Schon beim Essen?«, bemerkte Uther, während er zu ihm hinaufkletterte, in einem Ton, der scherzhaft klingen sollte, aus dem jedoch ein gewisser Neid herauszuhören war (zumal sein Magen unangenehme Knurrlaute von sich zu geben begann).

Bran schenkte ihm einen flüchtigen Blick, zeigte auf seine Schultertasche, als Aufforderung, dass er sich bedienen möge, und richtete sein Augenmerk wieder auf die Ebene. Als er zu ihm zurückkam und herzhaft in ein Stück Schinken biss, das so dick wie sein Schenkel war, erlosch Uthers Lächeln. In der Ferne, ein ganzes Stück jenseits des Tals, hatte sich die Armee der Menschen erneut zur Schlacht formiert, und beim Anblick der Standarten und Banner, die jeder Trupp schwenkte, ging dem jungen Mann ein Stich durchs Herz. *Blau mit weißem Balken.* Die Farben, die auch er selbst getragen hatte, bis tief in die Sümpfe der Grauen Elfen, bis in die düsteren Hügel, in denen die Ungeheuer der Wüsten Lande ihr Unwesen trieben, und die er den Flammen überantwortet hatte, zusammen mit dem Treueid gegenüber dem König Pellehun ...

Die königliche Armee marschierte langsam auf die gigantische steinerne Brücke zu, die zur Festung der Zwerge führte, gleich einer Ameisenkolonne, die einen Riesen angreift. Der Rote Berg, gleichgültig gegen diesen winzigen Angriff, ragte hoch auf über der Armee, massiv und ruhig. Nie zuvor hatte er in diesem Maße seinen Beinamen verdient, wie jetzt, wo die rote Lehmschicht auf seiner Oberfläche purpurn im Sonnenschein glühte, als schwele sie von einem inneren Feuer, gleich schmelzendem Gestein.

»Hast du das gespürt?«, fragte Bran.

»Was? ... Nein. Was habe ich gespürt?«

Uther setzte sich neben den Zwerg, stutzig geworden angesichts seiner Furcht erregenden Miene, in der sich eine Mischung aus Begeisterung und Entsetzen spiegelte.

»Die Erde bebt«, sagte er. »Es hat begonnen.«

In Dal Wid war wieder Ruhe eingekehrt. Die Straßen in der unterirdischen Stadt der Zwerge unter dem Roten Berg wirkten wie ausgestorben, waren es aber nicht ganz. Hunderte, ja Tausende Familien waren noch dort und wachten in Frieden auf. Die Raserei und die Angst der Nacht waren mit den letzten Flüchtenden gewichen. Diejenigen, die geblieben waren, saßen oder standen auf der Schwelle ihrer Häuser, einige hockten auf der Erde, tranken ihren alten Wein, rauchten ihren besten Tabak und schwiegen – sie tauschten lediglich anerkennende Blicke und nickten jenen Nachbarn zu, die wie sie selbst dem Wahnsinn dieser Nacht entronnen waren. Oh, sicher, in den verlassenen Häusern waren Dinge gestohlen worden, es war zu Vergewaltigungen gekommen, zu Schlägereien, zu wütendem Morden in dem nächtlichen Tumult. Doch bei Einbruch der Morgendämmerung hatte sich alles beruhigt, und die Diebe schluchzten jetzt angesichts ihrer unnützen Beute. Die Tore von Dal Wid hatten sich auf immer geschlossen. Das Gold, der Schmuck, die wertvollen Stoffe und seidenen Tapisserien besaßen keinerlei Wert mehr unter dem Berg.

König Baldwin hatte seinen Kettenpanzer ausgezogen und trug nur noch ein Leinenhemd und Hosen, die mit Lederriemen um die Beine geschnürt waren. Allein seine imposante Gestalt unterschied ihn noch von den übrigen Zwergen, die mit ihm zusammen im Waffensaal des Palastes einen weiten Kreis bildeten. Dort waren Krieger und Frauen versammelt, Kinder und Magier, Meister der Steine (die die Menschen Hexer nannten, weil sie mit den Steinen sprachen), Adlige und Bergleute mit schwieligen Händen. Sie alle begannen, von einem Fuß auf den anderen zu treten, mit ihren Füßen auf die Erde zu hämmern und eine Art Sprechgesang anzustimmen, eine düstere Elegie, die die Gewölbe des Palastes erzittern ließen. Im selben Moment erhoben sich in sämtlichen Straßen die Zwerge und fingen ebenfalls an, im Rhythmus der bronzenen Trommeln, die auf dem Vorplatz aufgebaut waren, auf der Stelle zu treten. Und zu Uthers Erstaunen erhob sich auch Bran und begann schwer auf die Erde zu stampfen. Dabei hielt er den Steinbrocken, den er aus dem Pflaster vor dem Roten Palast gerissen hatte, ganz fest umklammert.

»Was machst du da, du Trottel! Willst du, dass sie uns sehen?«

Bran antwortete natürlich nicht.

Uther, der bäuchlings dalag, spürte die Erde unter sich grollen, zunächst dumpf, dann deutlicher. Erneut starrte er seinen Gefährten an, dessen düsterer Blick auf den Berg aus Lehm geheftet war, und sah ebenfalls dort hinüber. Schon rutschten lange Ströme aus Erde die Hänge herunter, umgeben von Wolken aus rotem Staub. Die Armee stand jetzt regungslos auf der Ebene, und der junge Mann konnte sich nur zu gut den von Aberglauben durchsetzten Schrecken der Soldaten ausmalen, die Schreie der Sergeants, die Ermahnungen der Ritter, weiter vorzurücken. Doch das Grollen schwoll unaufhörlich an, und die ersten Reihen traten bereits den Rückzug an. Neben ihm rannte Bran jetzt fast schon auf der Stelle, und die Erde bebte bei jedem seiner Schritte. Dann war ein gewaltiges Tosen zu vernehmen, als nahe der Weltuntergang. Der Berg stürzte in sich zusammen und schleuderte einen Schuttregen auf die königliche Armee, eine Wolke aus rotem Staub, undurchdringlich wie Nebel, und dahinter gewaltige, aus den Gipfeln gerissene Felsbrocken, die die Hänge mit einem ohrenbetäubenden Poltern hinunterrasten und auf ihrem Weg alles zermalmten.

Die rote Wolke erreichte sie trotz der Entfernung binnen weniger Sekunden, ähnlich der gigantischen Woge einer Flutwelle. Uther warf sich herum und raste den Abhang hinunter, um ihr zu entkommen, wobei er unter dem infernalischen Getöse und dem Hagel aus Steinen aufheulte, der auf seinen Körper herabprasselte. Er krümmte sich zusammen, die Hände schützend über dem Kopf, während beißender Staub auf ihn und alles andere in einem Umkreis von mehreren Meilen niederfiel. Auf der Ebene rangen die Überlebenden unter diesem Erdgewitter nach Atem wie Fische auf dem Trockenen, sprachlos und schreckensstarr, unfähig zu begreifen, was geschehen war; schlotternd vor Angst sahen sie auf den Boden, als würde er sich sogleich unter ihren Füßen auftun und sie unwiederbringlich verschlucken, Tiere und Menschen, die unwürdig waren, diesen Einsturz des Berges zu überleben.

Und dann folgte auf den Tumult Totenstille. Es war das Schweigen derer, die lebendig davongekommen waren und sich jetzt, noch benommen, vorsichtig erhoben, ohne es zu wagen, den Blick zu heben, fast beschämt darüber, dass sie noch am Leben waren, so absurd schien es, dieses Desaster heil überstanden zu haben.

So erhob sich auch Uther, Zoll um Zoll, während er den roten Staub abschüttelte, der ihn genau wie alles in dem kleinen Tal bedeckte, das Gras, die Bäume, die Steine, den reglosen Körper Ulfins neben ihm, die Kleider, die er zum Trocknen ausgebreitet hatte, und selbst das Wasser des Baches, der nun eine Flut aus Blut mit sich zu führen schien. Man sah lediglich einige Ellen weit, so verdunkelt war die Luft von herumwirbelnden Partikeln. Uther hielt nach der Sonne Ausschau und konnte nur einen von Flugasche verhüllten, verschwommenen Lichtfleck erkennen. Er hustete, spuckte aus und lief auf allen Vieren zu Ulfin hinüber, um ihn zu schütteln und festzustellen, dass ihn buchstäblich der Schlag getroffen hatte und er bewusstlos war; das Leder war von einem Stein durchtrennt worden, sein blondes Haar und sein Bart waren blutbespritzt, doch er atmete noch. Einfach nur ohnmächtig. Er drehte sich daraufhin zum Hang um, ohne dass er die Kuppe oder auch nur die geringste Spur eines Zwerges ausmachen konnte.

»Bran!«

Nichts.

»Los, Bran, du verdammter Steinbeißer, zeig dich!«

Oben war es noch schlimmer. Die Ebene und der Rote Berg versanken in einer Wolke aus Staub, als sei vor seinen Augen ein blickdichter Vorhang aufgespannt, der die Landschaft dahinter verschleierte. Uther blieb dort einen Moment sprachlos stehen und schaffte es nicht, den Blick von diesem unergründlichen Nebel loszureißen, sondern lauerte auf den Augenblick, da er sich auflösen würde. Da war plötzlich ein animalisches Grunzen zu hören, das Brüllen eines verletzten Raubtiers, und Uther griff instinktiv nach seinem Schwert. Es war jedoch unten geblieben, am Fluss, mit seinen übrigen Sachen. Er versuchte, einen Ast zu finden, einen Stein, irgendetwas, um sich zu verteidigen, ballte schließlich die Fäuste und rollte sich zusammen; das Tier, das aus dem Nebel aus Lehm auftauchte, hielt einen Moment inne, als habe es ihn gerade entdeckt, und krümmte sich jäh unter einem fürchterlichen Hustenanfall.

»Bran?«

»Na klar, du magersüchtiger Geck, du verflixter! Wer denn sonst?«

Hustend, spuckend und grunzend kletterte der Zwerg die letzten Ellen der Anhöhe hinauf, Bart, Augen und Mund voller Staub und vom Scheitel bis zur Sohle rot und erdverschmiert, wenn man einmal von dem weißen Glanz seiner Augen absah.

»Bran, was ist passiert?«, fragte Uther und packte ihn am Ärmel.

»Lass mich in Ruhe!«

Er schlug wütend um sich, und der junge Ritter gab ihn frei, ohne weiter zu insistieren. Unten konnte man allmählich Bewegung auf der Ebene ausmachen und das entfernte Stimmengewirr aufgeregter Menschen vernehmen. Uther hatte sich im Schneidersitz auf dem Gipfel der Anhöhe niedergelassen, um das entsetzliche Schauspiel zu betrachten, bis die Staubwolke sich gänzlich aufgelöst hätte.

Dort, wo sich einst der Rote Berg erhoben hatte, war nur noch eine wilde Anhäufung von Felsen, eine gigantische, unförmige Schutthalde, reglos und unheimlich in der Grabesstille ringsum. Wie hätten die Zwerge von Dal Wid darunter überleben können?

Und dann die obszönen Klänge der Kriegshörner, die schwachsinnigen Hurrarufe der Soldaten, die ihre Waffen zum Himmel streckten und ihren Triumph herausschrien, sowie das Blinken der erhobenen Eisenklingen in der Sonne.

Uther war mit einem Satz auf den Füßen und lief in das kleine Tal hinunter, um sie nicht mehr hören zu müssen.

V

Das Omen

Lliane schreckte aus dem Schlaf hoch, unmittelbar bevor ihre Tochter zu schreien anfing, so als bliebe das Baby, das sie so lange in sich getragen hatte, über die Geburt hinaus mit ihrem Körper verbunden. Sie nahm Rhiannon in die Arme, und als sie sah, wie der Mund des Neugeborenen gierig nach ihrer Brust suchte, streifte sie ihr Moirégewand ab und ließ den wallenden Stoff zu Boden gleiten. Tausend winzige Sonnenstrahlen, die durch das grüne Flechtwerk der Hütte drangen, sprenkelten den nackten Körper der Königin mit glitzernden Pünktchen, zart und angenehm mild wie Liebkosungen. Ihr langes Haar fiel ihr gleich einem schwarzen Wasserfall über den Rücken, der mit ihrer bläulichen Haut kontrastierte und sich langsam und wellenartig im Rhythmus eines Wiegenliedes auf- und ab bewegte, das ihr wie von selbst über die Lippen kam. Rhiannon, die an ihre Brust mit den dunklen Warzenhöfen geschmiegt lag, klimperte mit den Augen und schien schon wieder bereit einzuschlafen. Lliane lächelte, als sie die Nase in dem struppigen Haar ihrer Tochter rieb und deren süßen Babyduft roch. Sie war so rosig und wohlgenährt ... Eine Menschenmutter wäre wahrscheinlich über die blasse Haut erschrocken, doch eine Elfe gewiss nicht! Deren Neugeborene waren oft beängstigend mager, grau wie Stein, zerbrechlich wie Glas, und viele von ihnen wurden nur wenige Wochen alt. Rhiannon wäre in den Augen der blauen

Wesen vermutlich nur ein Bastard, doch zumindest würde sie leben.

Lliane küsste sie noch einmal und rüttelte sie sanft, damit sie erwachte und wieder zu saugen anfing; dann warf sie, einer plötzlichen Anwandlung folgend, ihr langes Haar nach hinten und ließ ihren Blick durch die Hütte schweifen. Llandon war nicht mehr da … Doch es war nicht allein seine Abwesenheit, die sie so leer erscheinen ließ. Es waren keine Waffen mehr da und auch keine Kleider, außer denen der Königin. Weder der Bogen noch die Speere oder der Tornister, in den Llandon seinen Proviant und seinen Silberschmuck hineinpackte, wenn er Eliande verließ. Der König war fort.

Ohne einen Gedanken daran zu verschwenden, sich anzuziehen, das Kind noch immer in den Armen, lief die Elfe aus der Hütte hinaus. Die strahlende Augustsonne blendete sie für einen Moment, und als sie die Augen öffnete, bemerkte sie die düsteren Blicke, die ihre beiden Brüder ihr zuwarfen. Sie saßen ein Stück entfernt, in Kriegsmontur, ihre Bögen über die Schulter gehängt und ihre elfischen Dolche an der Seite. Auch Gwydion war da, genau wie Blodeuwez. Und alle schienen auf sie zu warten, mit der gleichen vorwurfsvollen und gespannten Miene. Sie wich einen Schritt zurück, als sie den großen Druiden erblickte, verlegen, ihm nackt unter die Augen zu treten (die Elfen waren nicht schamhaft, und im Übrigen war ihre natürliche Unbefangenheit in diesen Dingen ein Lieblingsthema der Mönche; doch sie war Königin, und es geziemte sich nicht, dass eine Königin sich derart vor einem Druiden enthüllte – außer vielleicht in den Nächten der Beltaine).

»Komm«, sagte Blodeuwez, die auf sie zulief, um sie in den Schutz der Hütte zu ziehen. »Ich werde dich ankleiden.«

Lliane ließ sich das Baby abnehmen, das ihre Freundin auf sein Bettchen aus Farnkraut und Moos legte, dann zog sie ihr Moirégewand wieder an, ihre breiten Silberarmreifen und ihre hohen Wildlederstiefel, die ihr bis zum Knie hinaufreichten.

Sie reagierte nicht, als die Heilerin ihr ihr Gehänge um die Taille schnallte, an dem schwer Orcomhiela hing, die »Dämonengeißel«, ihr sagenumwobener Dolch; doch sie stöhnte, als der Ledergürtel ihren noch immer geschwollenen Bauch einschnürte. (Wozu würde sie denn eine Waffe brauchen?) Mit klopfendem Herzen und erhitztem Gemüt ließ sie es über sich ergehen, während sie ihre Freundin mit Fragen bedrängte, auf die Blodeuwez keine Antwort gab.

»So, das hätten wir!«, sagte diese und trat einen Schritt zurück, um sie zu bewundern. »Nun siehst du aus wie eine Königin.«

Sie lächelte flüchtig und machte Anstalten zu gehen, aber Lliane hielt sie mit einer Handbewegung zurück.

»Warte!«

Die Elfe zögerte, besann sich dann jedoch wieder und beugte bereits den Oberkörper, um nach draußen zu schlüpfen.

»Warte!«

Diesmal gehorchte Blodeuwez. Lliane hatte einen Kommandoton angeschlagen. Und als ihre Freundin sich darüber klar wurde, runzelte sie vorwurfsvoll und zugleich mürrisch die Stirn.

»Was geht hier vor, Blodeuwez?«, fragte die Königin.

»Sie sind fort, das geht vor!«

Lliane wandte den Kopf nach dem leeren Lager Llandons um, und diese Bewegung konnte ihrer Freundin schwerlich entgehen.

»Oh, nicht nur er«, bemerkte sie. »Sie sind alle fort! Nur wir sind noch da ...«

Und unvermittelt sprang sie aus der Hütte. Da lief Lliane ebenfalls hinaus.

Gwydion stand da und lächelte traurig, so mager und alt mit seinem langen weißen Haar und seinem faltigen Gesicht; er trug ein langes rotes Gewand in den Farben von Dagda und hielt seinen Haselstab, eine Rute vom Strauch des Wissens der Dru Wid, der Meister, die in der Lehre der Bäume bewandert waren. Hinter ihm stand sein Neffe, das Kind ohne Namen, das Lleu Llaw Gyffes genannt wurde, Löwe mit der sicheren Hand, und das außerhalb der Clans lebte, in den tiefsten Tiefen des Waldes, wilder noch als ein Grüner Elf. Lliane bemerkte an dem goldenen Stab, der nachlässig in seinen Gürtel geschoben war, dass Gwydion aus ihm einen Ollamh, einen Eingeweihten, gemacht hatte, selbst wenn der goldene Stab nur auf einen niederen Rang verwies.[1]

»Dagda hat zu mir gesprochen heute Nacht«, sagte der alte Gwydion, während er sich feierlich aufrichtete. »Er hat seinen Nebel über das Land Eliandes gebreitet und den Zorn Llandons verhüllt.«

Die Königin fing einen Blick des jungen Ollamh hinter ihm auf, der ein Lächeln unterdrückte. Gwydion neigte stets zu hochtrabenden Worten …

»Ich habe gesucht, aber ich vermag nicht zu sehen, ob die Götter dein Kind schützen oder ob sie über seine Geburt empört sind. Kannst du mir helfen, meine Tochter?«

Lliane nickte ernst.

»Das ist gut«, sagte der alte Elf.

Gwydion streckte schützend einen Arm aus, unter den sie sich flüchtete, und zog sie zum Fuß einer Eiche, wo er sich ächzend niederließ.

»Llandon ist aufgebrochen, um einen Krieg gegen die Menschen zu führen, weißt du das überhaupt?«

Lliane spürte, wie sich ihr Herz zusammenkrampfte. Sie rang nach Atem, niedergeschmettert von der furchtbaren Nachricht, doch Gwydion zuckte die Achseln, als hätte das nichts zu bedeuten.

1 In der keltischen Religion waren die Stäbe eine bildhafte Verkörperung des Baumes, und das Holz, aus dem sie gefertigt waren, zeigte den Initiationsgrad ihres Trägers an. Der Haselstrauch verwies auf die höchste Stufe. Ironischerweise bezeichnete Gold die niedrigste Stufe, die der Ollahms, Silber die der Arruths.

»Unter Umständen ist das eine gute Sache, oder auch eine schlechte ... Ich habe mich schon seit langem gefragt, ob wir richtig daran getan haben, uns nach Brocéliande zurückzuziehen, ohne uns an den Geschehnissen zu beteiligen. Heute Nacht bin ich in den heiligen Hain gegangen und habe mich über den Kessel von Dagda gebeugt. Ich habe eine Schlacht gesehen, die Armee der Menschen vor dem Roten Berg, den unbändigen Schmerz der Zwerge und das Schwert von Nudd, herumgeschwenkt von einem Menschen, einem Einäugigen mit einem aufgeschlitzten Gesicht und silbernen Armen ... Silberne Arme, kannst du dir das vorstellen?«

Er sah Lliane nicht an, und diese wagte es nicht, den alten Druiden zu unterbrechen; Gwydion hatte den Wald noch nie verlassen, und er hatte noch nie eine Rüstung gesehen. Wahrscheinlich hielt er den Mann für die Inkarnation von Nuada Airgetlám persönlich, Nudd mit dem silbernen Arm, wie der Gott in den alten elfischen Mythen auch noch genannt wurde, seit er in der mythischen Schlacht von Mag Tured seinen Arm verloren hatte. Der Zwerg Credne hatte ihm daraufhin einen Arm aus Silber geschmiedet, Symbol des Mondes ...

Lliane dachte an das Schwert, nach dem sie bis in die Marken gefahndet hatten, und sie sah das Gesicht mit dem Schmiss wieder vor sich, die leere Augenhöhle, die Rüstung ... Bei diesem Mann musste es sich um niemand anderen als den Seneschall Gorlois handeln.

»Das Volk der Zwerge ist besiegt worden«, fuhr Gwydion fort, »und ihr Talisman ist den Menschen in die Hände gefallen ...«

Endlich wandte er sich seiner ehemaligen Schülerin zu.

»Die Ungeheuer wurden damals auch besiegt, aber keiner hat ihren Talisman genommen, begreifst du?«

Lliane schüttelte den Kopf.

»Die Ungeheuer werden, auch wenn sie besiegt sind, auf dieser Erde leben, so lange sie im Besitz ihres Talismans sind«, erklärte er geduldig. »Doch die Zwerge können ohne das Schwert von Nudd nicht überleben ... Sie werden verschwinden, oder sie werden sich in Menschen verwandeln, einen Teil der Menschheit, verwachsene Menschen ...«

Der alte Druide seufzte.

»Ich bin zu alt, zu alt ... Komm, setz dich neben mich.«

Lliane löste mit einem erleichterten Seufzer den Gürtel, der ihren langen Dolch hielt, schmiegte sich an ihn und legte ihre Wange auf seinen Schenkel, wie damals, als sie klein gewesen war und bei seinen endlosen Geschichten eingeschlafen war, und Gwydion machte sich daran, ihr langes, schwarzes Haar zu flechten.

»Vielleicht hat Llandon ja Recht«, sagte er. »Wenn die Menschen die Welt beherrschen wollen, hat er sicher Recht ... Andererseits ist da noch deine Tochter.«

Lliane antwortete nicht, doch sie hatte die Augen aufgeschlagen und hielt den Atem an.

»Llandon war sich darüber im Klaren, weißt du«, murmelte er so leise, dass nur sie es hören konnte. »Sobald du heimgekehrt warst, war es ihm klar. Das erstaunt mich selbst immer noch ... Mir war wohl bewusst, dass er übersinnliche Fähigkeiten besitzt, aber wir haben nie darüber gesprochen. Ich glaube, dass er dieses Kind in deinem Bauch gesehen hat, und dass das, was er gesehen hat, ihm Angst eingeflößt hat ...«

»Es ist nur ein Baby«, seufzte Lliane.

Gwydion sah sie liebevoll an. Eng an ihn gekuschelt, wurde sie wieder zu dem Kind, das er über Jahre hinweg erzogen hatte, um es in die Geheimnisse der Natur und die Magie der Runen einzuweihen, das Kind, aus dem er eine Königin gemacht hatte.

»Du siehst doch, dass sie alle fort sind«, bemerkte er leise. »Nur wir sind noch da.«

Plötzlich kullerten dicke Tränen über die Wangen Llianes, die ihr Gesicht in den Falten des langen, roten Gewandes des Druiden vergraben hatte.

»Das ist halb so schlimm«, sagte er. »Sie haben Angst ... Es ist wegen des Nebels vergangene Nacht. Der Feth Fiada … Selbst deine Brüder waren starr vor Angst. Schau sie dir an …«

Sie sah auf und begegnete dem lächelnden Blick ihres alten Meisters, dann sah sie in die Richtung, die er ihr wies. Etwas abseits traten die Brüder unbeholfen von einem Fuß auf den anderen. Blorian deutete ein Lächeln an, Dorian hatte den Blick abgewandt.

»… Doch sie sind deine Brüder, also sind sie geblieben.«

Lliane lächelte. Sie richtete sich auf und trocknete ihr tränennasses Gesicht.

»Es ist nur ein Baby, Gwydion«, wiederholte sie mit stockender Stimme. »Wie kann man sich vor einem Baby fürchten?«

Der alte Elf betrachtete sie schweigend, bis die Tränen versiegten. Ihre Augen waren geschwollen vom Weinen, und ihre Nase war feucht. Sie sah aus wie eine im Bach gebadete Maus, doch wie schön sie war … Er streckte die Hand nach ihrem Hals aus, um sie an sich zu ziehen, doch dann erinnerte er sich, dass er nur ein alter ehrbarer Elf war, und strich ihr lediglich zärtlich über die Wange.

»Du bist die Königin … Deine Tochter sollte eines Tages unsere Königin sein. Kann die Tochter eines Menschen über das Volk der Elfen regieren?«

Lliane erstarrte, was Gwydion ein Schmunzeln entlockte.

»Was meinst du?«, fragte er sichtlich amüsiert. »Glaubst du, dass ich ebenfalls nicht wusste, wer der Vater des Kindes ist?«

Lliane senkte das Haupt, und das Blut schoss ihr in die Wangen (was ihnen bei den Elfen eine schöne dunkelblaue Färbung verleiht).

»So stehen wir also am Scheideweg … Der Krieg oder deine Tochter. Und in beiden Fällen führt der Weg in die Zukunft der Elfen an den Menschen vorbei.«

Er stieß ein kurzes, asthmatisches Lachen aus und schüttelte den Kopf.

»Es kommt so plötzlich … Und ich habe nichts gesehen.«

Lliane erhob sich. Auf ihrer Wange klebte eine tränenfeuchte Strähne ihres langen, schwarzen Haars. Gwydion strich sie mit den Fingerspitzen zur Seite, und sie presste die Hand des alten Elfs auf ihre Lippen.

»Nun kommt, wir müssen es wissen«, sagte er.

Gwydion machte Lleu Llaw Gyffes ein Zeichen, der auf die Königin zukam und ihr einen groben, weit geöffneten Jutesack hinhielt. Alle Elfen kannten diesen Sack und die neunundzwanzig Runen, die in die darin befindlichen kleinen Holzplatten eingeritzt waren.

»Vergiss nicht, dass du für sie wählst«, flüsterte der junge Druide, während sie bereits die Hand in den Sack steckte.

Ohne sich zu erheben, hatte Gwydion mit der Spitze seines Stabes einen engen Kreis auf die Erde gezeichnet, und er nickte, wie um die Worte seines Ollamh zu bestätigen. Lliane hielt in ihrer Bewegung inne und schloss die Augen, um sich zu konzentrieren, doch genau in dem Moment fing Rhiannon in der Hütte drüben an zu brabbeln. Kleine Schreie, Schluchzer, Plapperlaute, die auf der verlassenen Lichtung widerhallten und sie alle zum Lächeln brachten.

»Das muss ein gutes Omen sein«, erklärte Gwydion.

Also zögerte sie nicht länger und nahm eine Handvoll Plättchen heraus, und zwar so viele, wie sie greifen konnte.

»Wirf«, sagte Gwydion.

Lliane schleuderte die Runen in den Kreis. Sie sprangen über den Boden, und nur drei kamen innerhalb des von dem Druiden gezeichneten Kreises zu liegen.

»Drei Runen«, murmelte er zu sich selbst gewandt, während alle, einschließlich Blodeuwez und der beiden Brüder, näher kamen, um die Botschaft der Götter zu entschlüsseln.

»Vergangenheit, Gegenwart und Zukunft deiner Tochter … Die Weissagung des Schicksals. Wie konnte es anders sein?«

Er sammelte die Runen ein und gab sie Lliane, die sie sogleich wortlos auf dem Boden aufreihte. Die Vergangenheit links, die Gegenwart in der Mitte, die Zukunft rechts. Die drei Runen fügten sich zu nachstehender Zeichenfolge:

ᛏ ᛁ ᛟ

Gwydion berührte mit seinem Stab die erste und rezitierte das alte Gedicht der Runen, das sie alle seit ihrer frühesten Kindheit auswendig kannten.

Bith tacna sum healdeth trywa wel
With aethelingas, a bith on faerylde,
Ofer nitha genipu, naefre swiceth.

Tyr ist ein besonderes Zeichen.
Den Prinzen verheißt es ein glückliches Los,
Stets siegt es über die nächtliche Finsternis, und es kennt
Kein Scheitern.

»Den Prinzen verheißt es ein glückliches Los …« Lliane lächelte hoffnungsvoll, doch Gwydion schüttelte den Kopf.

»Du hast es links hingelegt, das ist das Zeichen der Vergangenheit. Und die Vergangenheit deiner Tochter ist die deine, das bist du selbst, deine Prüfungen und deine Suche. Tyr ist die Rune des Sieges und der Willensstärke. Du standest unter dem Zeichen der Prinzen, und deine Bestimmung war es zu siegen. Die Runen lügen nicht.«

Und Gwydion stellte seinen Haselstab auf die zweite, einen einfachen senkrechten Strich, Is, die Rune des Eises.

Byth oferceald, ungemetum slidor,
Glisnath glmaeshluttur, gimmum gelicust,
Flor froste gewohruht, faeger ansyne.

Kalt und spiegelglatt ist das Eis,
Glänzend wie Glas, ja fast wie ein Juwel,
Ein Boden aus gefrorenem Wasser, angenehm anzuschauen.

»Das hier ist die Gegenwart«, sagte Gwydion. »Das Eis ... Man weiß, wann es da ist, doch nur wenige sehen es entstehen. Eines Morgens erwacht man, und alles ist gefroren. Die kleinste Bewegung wird plötzlich schwierig, ja sogar gefährlich. Das ist die Rune des Wartens, des Wartens auf eine bessere Zukunft, wenn das Eis wieder geschmolzen sein wird, oder aber die Verheißung eines ewigen Winters.«

Lliane stand schweigend da, den Blick bereits auf die nächste Rune geheftet, Othial, das Haus ... Doch die Rune stand auf dem Kopf.

Byth oferleof aeghwylcum
Gif he mot thaer rihtes and gerysena on
Brucan on bolde bleadum oftats

Das Haus ist jedem im Innersten lieb,
Es ist – einfach und ruhig –
Der Ort häufiger Ernten.

»Die Rune steht auf dem Kopf«, schickte Gwydion bestätigend vorweg. »Das ist ein Zeichen von Einsamkeit. Was auch immer geschieht, sie muss ihrem Schicksal alleine die Stirne bieten.«

Lliane stieß einen Protestschrei aus, doch der alte Druide gebot ihr mit einer Geste Einhalt.

»Das ist die Rune des Hauses, nicht im Sinne einer Behausung, sondern im Sinne der Abstammung und des Blutes«, sagte er, ohne sie anzusehen. »Was bedeutet, dass ihr Leben für immer an ihre Geburt geknüpft ist, und das Gedicht erinnert uns daran, dass die Ernte des Lebens, welcher Art auch immer sie sein mag, nur im Schoß ihres Hauses geschehen wird.«

Gwydion stand einen Augenblick schweigend und sann über die Bedeutung seiner Prophezeiung nach. Dann sah er Lliane ernst und eindringlich an.

»In den Adern deiner Tochter fließt elfisches Blut, doch nicht ausschließlich … Othial wäre ein wundervolles Omen für die Tochter einer Königin, die berufen wäre, eines Tages selbst zu regieren, doch die Rune steht auf dem Kopf … Das bedeutet, das sich ihr ein anderes Schicksal bietet, andere Blutsbande, ein anderes Geschlecht.«

»Doch das heißt doch noch nicht, dass sie sich dafür entscheidet!«, rief Lliane aus.

»Nein, natürlich nicht …«

»Meister …«

Gwydion und Lliane drehten sich wie auf Kommando zu dem jungen Lleu Llaw Gyffes um. Er deutete ein verlegenes Lächeln an, dann lenkte er ihren Blick erneut auf die Rune Othial auf dem Boden.

»Verzeiht mir, meine Königin, aber Eure Tochter gehört in Wahrheit weder einem menschlichen noch einem elfischen Geschlecht an«, fügte er sehr rasch hinzu. »Dadurch dass sie beiden zugleich verbunden ist, ist sie weder das eine noch das andere … Wie Myrrdin.«

Der Name traf Lliane mit der Wucht einer Ohrfeige. Sie sah wieder den Kindmann neben sich auf der Lichtung, in dem Augenblick, als ihre Tochter geboren wurde, die aberwitzige Freude, mit der er ihre Geburt aufgenommen hatte … Unwillkürlich wandte die Königin sich zu Blodeuwez um und blickte dabei so wütend drein, dass das Lächeln ihrer Freundin gefror und diese ängstlich fragend das Gesicht verzerrte. Lliane packte die Reue: Selbstverständlich erinnerte sich die Heilerin nicht, sie selbst hatte ja alles Nötige dafür getan. Sie hob die Hand, um sie zu beruhigen, und schloss gequält die Augen …

»Allein Myrrdin und sie … Nennst du das vielleicht ein Geschlecht?«, sagte sie mit einer weniger sicheren Stimme als beabsichtigt.

Der junge Ollamh schüttelte den Kopf und schlug die Augen unter dem Blick der Königin nieder.

»Myrrdin war mein Schüler«, schaltete Gwydion sich ein, und er zeigte mit einer nachlässigen Handbewegung auf Lleu

Llaw Gyffes. »Ich habe die beiden gemeinsam erzogen, nachdem du deine Initiation bestanden hattest ... Keiner kennt Myrrdin besser als er.«

Lliane richtete ihr Augenmerk auf den jungen Druiden. Er war ein Elf, daran bestand kein Zweifel, aber er war auch das Kind ohne Namen, das Gwydion im Wald gefunden und weit entfernt von allen anderen großgezogen hatte, das Kind ohne Clan ...

»Das ist wahr«, räumte dieser in resoluterem, fast aggressivem Ton ein. »Wir waren mehr oder weniger Brüder, und gleichzeitig hatten wir nichts gemein. Er war nicht einfach nur ein Bastard wie ... wie ich. Er war ein besonderes Wesen. Bisweilen machte er mir Angst, und dann wieder hätte ich mein Leben für ihn gegeben, so sehr habe ich ihn bewundert. Er hat dieselben Dinge gelernt wie ich, aber bei ihm verhält es sich mit der Magie der Bäume anders. Er hat etwas an sich, was ich nie verstanden habe ...«

»Er hat Recht«, sagte Gwydion. »Es ist, als habe sein menschlicher Anteil alles, was ich ihn gelehrt habe, ins Abnormale verkehrt. Nein, nicht ins Abnormale verkehrt ... verwandelt.«

Unschuldig blickte er zu Lliane auf.

»Du weißt doch, dass die meisten Elfen oder Menschen bei seiner bloßen Gegenwart ein ungutes Gefühl beschleicht?«

»Und deine Tochter ist wie er!«, erklärte der Ollamh.

Auf seinem Gesicht lag ein Lächeln, und er dachte vermutlich, er mache der Königin ein Kompliment, doch Lliane empfand diese Worte ausnahmslos als beleidigende Anspielungen.

»Ich glaube, er hat Recht«, bemerkte Gwydion in väterlichem Ton und ergriff ihre Hände. »Deine Tochter gehört einem Geschlecht an, das weder zu den Elfen noch zu den Menschen zu rechnen ist. Ich habe Llandons Unbehagen gespürt, als er sie in den Arm genommen hat. Sie ist wie Myrrdin, nicht wahr?«

Die Königin erwiderte nichts.

»Die Rune steht auf dem Kopf ... Sie selbst wird über ihr Schicksal bestimmen. Ich glaube, dass deine Tochter weder Königin der Menschen noch der Elfen sein wird, sondern die eines anderen Volkes, vielleicht eines neuen Volkes, das aus dieser Mischung hervorgegangen ist ... Du kannst nichts für sie tun, Lliane. Vielleicht ... Vielleicht solltest du sie Myrrdin anvertrauen.«

Schon wieder dieser Name! Lliane riss ihre Hände aus dem Griff des alten Elfen los und blickte ihn mit unbändigem Hass an.

»Ist das alles, was dir dazu einfällt?«, stieß sie hervor.

Sie sprang auf und fegte mit einem Fußtritt die drei Runen beiseite, die auf dem Boden aufgereiht lagen.

Gwydion starrte mit großen Augen auf die über den Boden zerstreuten Holzplättchen, unfähig zu begreifen, dass sie es gewagt hatte, ein derartiges Sakrileg zu begehen.

»Ich soll sie aussetzen, ist es das, ja? Ich soll sie alleine im Wald zurücklassen, obwohl sie nicht einmal einen Tag alt ist, und sie ... wie hast du dich ausgedrückt, sie soll ihrem Schicksal allein die Stirne bieten?«

»Lliane«, murmelte Gwydion. »Die Runen ...«

Die Königin stieß einen wütenden Schrei aus, stieß Lleu Llaw Gyffes, der in die Hocke gegangen war, um die wertvollen Plättchen einzusammeln, beiseite und lief, ohne sich noch einmal umzudrehen, zu ihrer Hütte hinüber.

Im Wald kehrte wieder Stille ein. Gwydion erhob sich mühsam, auf den Arm seines Ollamh gestützt. Blodeuwez und die beiden Brüder senkten die Köpfe; sie vermieden es, dem alten Druiden in die Augen zu sehen, und schielten unschlüssig zu Llianes Hütte hinüber. Vermutlich weinte sie dort, hingesunken am Fuße von Rhiannons Lager. Oder vielleicht hielt sie sie eng umschlungen, einsamer, als je irgendeine Mutter gewesen war.

Gwydion, der sich auf den Arm seines Schülers stützte, schien um hundert Jahre gealtert. Als sie an den Brüdern vorbeigingen, wagte Blorian, aufzublicken und dem alten Druiden in die Augen zu schauen.

»Und was nun?«, fragte er.

Der Greis schüttelte unendlich traurig den Kopf.

»Es wird Krieg geben. Das Schicksal der Elfen liegt nicht bei Rhiannon. Ich weiß nicht, ob Llandon Recht hat, ich weiß nicht, ob wir die Menschen besiegen können, doch das ist die einzige Lösung. Es sei denn ...«

Er versank in intensive Überlegungen, gleichgültig gegen die erwartungsvollen Blicke, die auf ihm ruhten. *Es sei denn, Lliane bekäme noch eine weitere Tochter, diesmal mit Llandon. Es sei denn, Rhiannon würde sterben und alles käme wieder ins Lot,* dachte er.

Er schüttelte sich und schien die Anwesenheit Blorians zu bemerken, der vor ihm stand.

»Weißt du«, sagte er, »die Runen lügen nie. Rhiannon wird alleine sein, das ist so, es ist so vorherbestimmt. Wenn Lliane ihr Los an das dieses Kindes knüpfen will ... Nun ... Das Schicksal wird sie von ihr entfernen.«

Und er machte eine Handbewegung, als fege er einen Strohhalm beiseite.

»Ich verstehe nicht, Meister ...«

»Aber das ist doch klar!«, sagte Lleu Llaw Gyffes.

Der junge Ollamh musterte Blorian herablassend, ja fast verächtlich. Der Prinz überragte ihn um mindestens zwei Köpfe. Groß gewachsen wie alle Hohen Elfen, ähnelte er der Königin mit seinen langen schwarzen Haaren, die sein schmales blassblaues Gesicht mit den dunkel funkelnden Augen einrahmten. Neben ihm sah Lleu Llaw Gyffes spirrelig aus wie ein Reis. Er trug weder Moirégewänder noch ein silbernes Kettenhemd, sondern einen schlichten Überwurf aus grünem Kammgarn und Lederstiefel, wie ein Waldmensch. Seine einzige Habe war jener goldene Stab, der seine Initiationsstufe anzeigte und der Blorians Blick magisch auf sich zog.

»Wenn deine Schwester weiter darauf beharrt, das Kind zu behalten, wird sie sterben. Denn die Bestimmung dieses Mädchens ist es, ganz alleine aufzuwachsen.«

Der Prinz wich einen Schritt zurück, so sehr hatten ihn die Worte des jungen Ollamh wie auch die Heftigkeit seines Tons erschreckt. Er streckte die Hand aus, in dem Versuch, Gwydion festzuhalten, doch der Druide schüttelte verzweifelt den Kopf und machte sich los.

Daraufhin ließ Blorian sie ziehen und blieb dort sitzen, bis sie verschwunden waren.

Die königliche Armee am Fuße der Stadtmauern von Loth sah aus, als sei sie besiegt. Unzählige Verletzte hatten bei dem Tempo des Gewaltmarsches, den Gorlois angeordnet hatte, nicht mehr mithalten können und bildeten hinter dem Heer der Überlebenden eine blutige Spur, über Meilen zerstreut und zerfasert. Einige starben unterwegs, andere schafften es bis zur Stadt oder wurden von Bauern aufgelesen, wieder andere wurden von plündernden Gnomenbanden ausgeraubt, die ihnen alles nahmen, ihnen jedoch unter Umständen das Leben ließen, oder sie wurden von versprengten Gruppen zwergischer Krieger überfallen, die ihnen nur das Leben nahmen, wobei sie langsam zu Werke gingen … Die Armee, die nach Loth zurückkehrte, war schwer angeschlagen, und die Stadt selbst wirkte verwundet, von dunklen Narben gezeichnet nach dem Brand, der sie Monate zuvor verwüstet hatte, als der Krieg gegen die Zwerge innerhalb ihrer Mauern begonnen hatte.

Und doch hatten die Menschen gesiegt.

In Loth waren bei der Bekanntgabe des Sieges die Flaggen gehisst worden, die Menge stand an die Zinnen gedrängt, an jeder von ihnen wurden lange Fahnen in den Farben der Stadt und ihrer Heiligen entrollt. Doch die Freudenschreie blieben den Stadtbewohnern im Halse stecken, als sie die Truppe erblickten. Der Schritt war langsam und schwer, die Soldaten trugen noch die Spuren der roten Wolke, die sich auf sie niedergelegt hatte, so dass sie alle bis auf den letzten Mann verwundet wirkten. Die Mütter und Frauen an den Zinnen zitterten vor Angst beim Anblick dieser erschöpften Männer, die kaum noch laufen konnten; sie hielten nach ihrem Mann oder Sohn Ausschau und weinten, wenn sie ihn sahen oder nicht sahen …

Dann entdeckten alle den Wagen, auf dem der Leichnam des Königs in seiner zertrümmerten Rüstung ruhte. Plötzlich glitt das Tuch, das seine Schultern bedeckte, von der Stelle herunter, wo eigentlich sein Kopf hätte sein müssen. An der Seite des Toten ritt mit ernster Miene der Herzog-Seneschall Gorlois, dessen Zöpfe beim leichten Trab seines Reittiers hin- und herbaumelten und der unter der Barbakane zur Verteidigung der Zugbrücke verschwand, ohne das Volk auch nur eines Blickes zu würdigen.

Die Armee schwärmte auf den Befehl der Sergeants hin über das Glacis ins Innere der Stadtmauern aus, damit einem jeden der Sold für den Feldzug gezahlt würde – in soliden Gold- oder Kupfermünzen, je nach Rang. Aber Gorlois hielt nicht an. Gefolgt von den Recken der Garde, ritt er neben dem Wagen mit dem Toten durch die Vorstadt hinauf, unter dem Rattern der eisenbeschlagenen Räder auf dem unebenen Pflaster der schmalen Gassen, die Augen auf die hohen Türme des Palastes geheftet, die über der Stadt aufragten. Am Ausfallstor zögerte er einen Moment und stieg dann, als habe er lange genug nachgedacht, von seinem Pferd, ergriff ein unförmiges Bündel, das neben der Leiche lag, und ging der Königin Igraine entgegen.

Sie stand bereits am Fuße der großen Treppe, umgeben von ihren Gesellschafterinnen, dem königlichen Herold und ihrer persönlichen Garde, und war noch bleicher als gewöhnlich, so zierlich inmitten all dieser vielen Menschen, so jung für eine Königin …

»Herzog und Seneschall Gorlois von Tintagel«, schmetterte der Herold und schlug mit seinem eisernen Stab auf die Steinplatten.

Unwillkürlich hielt der Herzog inne. Die höfische Etikette schien bei diesem Anlass auf eine eigentümliche Weise unangebracht, doch er selbst hatte sie einstmals durchgesetzt, wie eine Zwangsjacke, die dazu bestimmt ist, die allzu brüderlichen Gefühle der Barone zu unterbinden; sie waren alte Kriegskameraden, die bisweilen meinten, sie könnten sich alles erlauben, weil sie an diesem oder jenem Tag, während irgendeiner Schlacht, demjenigen das Leben gerettet hatten, der später ihr König war. Gorlois holte tief Luft, die Augen geschlossen, und hob den Arm, damit die Pagen ihn von seinem Schwert und seinem vom Staub des Berges geröteten Mantel befreiten. In Gegenwart der Königin war es niemandem gestattet, Waffen zu tragen. Ebenso wenig in Gegenwart des Königs. Doch der König war schließlich tot, nicht wahr?

Er seufzte, als ein Page sein Gehänge entfernte und ihn so um das tonnenschwere Gewicht des Heiligen Schwertes der Zwerge erleichterte, doch er fasste sich gleich wieder, packte den jungen Diener und ergriff den Knauf des Talismans.

»Excalibur!«, donnerte er mit heiserer, von der Müdigkeit und dem Staub angeschlagener Stimme, und zog das Schwert aus der Scheide, um es über seinem Kopf durch die Luft zu schwenken. »Der verfluchte Talisman der Zwerge!«

»Gott hat uns zum Sieg verholfen!«, fuhr er mit einem unmerklichen Neigen des Kopfes in Richtung des Mönches fort. »Doch dieser heidnische Talisman hat seinen Preis gefordert. Der König ... Der König ist tot.«

Igraine stand sprachlos und wie versteinert in ihrem langen roten Kleid aus dunklem Samt, dessen schmale Ärmel ihre Arme bis zu den Fingern bedeckten. Sie sah noch blasser aus als die schleierartige Rise, die ihr Gesicht und ihren Hals umgab und ihre langen blonden Haare verbarg; doch Gorlois wusste, dass sie Pellehun nicht geliebt hatte. Wie hätte sie ihn auch lieben sollen? Vom Alter her hätte er ihr Vater sein können, ja sogar ihr Großvater (wie er selbst im Übrigen), und er hatte keinen Hehl daraus gemacht, dass er stets einzig und allein die erste Königin, Brunehaut, geliebt hatte, die im Wochenbett gestorben war und ihr einziges gemeinsames Kind mit sich genommen hatte. Der Prinz war derart in Raserei geraten, dass an jenem Tag einige Druiden im Walde der Elfen ihr Leben gelassen hatten, ebenso wie ein Mönch, der verrückt genug gewesen war, ihm zum Trost zu sagen, dass dies Gottes Wille war.

Pellehun hatte Jahre später Igraine geheiratet, weil sie dem für seine Fruchtbarkeit berühmten Hause von Carmelide entstammte, doch sie hatte ihm kein Kind zu schenken vermocht, und der König hatte bald davon abgesehen, das Lager mit ihr zu teilen. Die Königin war zu der Zeit erst sechzehn Jahre alt gewesen; sie hatte ihre Jugend zwischen den dicken Mauern von Loth vergeudet, ohne Freunde, ohne Liebschaften, und hatte sich standesgemäß verhalten, indem sie so tat, als höre sie das Raunen nicht, das jedes Mal laut wurde, wenn sie am Arm des Königs auftauchte. Igraine war trotz allem schön. Klein und ein wenig mollig, mit breiten Hüften, aber einer schmalen Taille, hatte sie mit zweiundzwanzig Jahren immer noch ein Kindergesicht und den Busen eines jungen Mädchens, der vor langer Zeit durchaus dazu angetan gewesen war, den König in Erregung zu versetzen, und den Gorlois nun hemmungslos anstarrte …

»Wo ist er?«, fragte sie den Seneschall, ohne ihn anzusehen.

Er wandte sich um, machte eine Handbewegung, und die zwölf Recken setzten sich umgehend auf dem Vorplatz in Bewegung und marschierten im Gleichschritt in ihren unangenehm knirschenden Plattenharnischen; sechs von ihnen trugen die sterblichen Überreste des Königs auf den Schultern, die anderen waren um sie herum verteilt und hielten mit gestrecktem Arm das blanke Schwert von sich, damit es keinem entging, und der Herold machte große Augen angesichts dieser Schamlosigkeit. Sie legten Pellehuns Leichnam auf den Boden, direkt auf die Steinplatten, enthüllten seinen verstümmelten Körper und entfernten sich dann, wobei sie nun ebenfalls die Klinge aus der Scheide zogen und ein Spalier aus gehärtetem Eisen um den Seneschall bildeten.

Im Halbdunkel des Saales sah der tote König mit seinem um

sich ausgebreiteten bespritzten Mantel eher aus wie ein verschwommener Fleck als wie eine liegende Figur. Igraine trat langsam näher, mit zusammengeschnürter Kehle und von Schaudern geschüttelt, den Blick starr auf die grässliche Kerbe in seinem Harnisch geheftet, der von Sekreten und dunklen Spuren geronnenen Blutes verschmiert war. Diese zerstörte massige Gestalt hatte etwas Befremdliches, Anomales an sich ...

»Mein Gott!«

Igraine wich jäh zurück, als sie gewahr wurde, dass der Körper enthauptet war, und blickte entsetzt zu Gorlois auf. Da löste er das Lederband, mit dem der Sack, den er unter dem Arm gehalten hatte, verschlossen war, und legte den blutleeren Kopf König Pellehuns neben dem Leichnam auf die Erde.

Unter den Priestern, Dienern und Soldaten erhob sich einhellig entsetztes Gemurmel. Es war ein schrecklicher, schändlicher Anblick, dieses ehrwürdige Haupt auf den Steinplatten liegen zu sehen, mit dieser fahlen Haut, diesem nach dem fürchterlichen Aderlass schwarz angelaufenen Fleisch, aus dem Splitter zertrümmerter Knochen herausstanden, und den grauen Zöpfen des Königs, die gesprenkelt waren von getrocknetem Blut. Igraine zitterte immer noch, und zwar so heftig, dass sie ihre Hände an ihren Körper presste wie ein Kind. Doch sie stellte mit Entsetzen fest, dass sie keinerlei Kummer empfand, sondern einfach nur Ekel. Sie blickte zu Gorlois auf, und die Ähnlichkeit der beiden Männer frappierte sie. Die gleiche Größe, das gleiche Alter, das gleiche bartlose, harte Gesicht, das gleiche graue Haar, das zu mehreren Zöpfen geflochten und bei Pellehun mit goldenen Schnüren, bei dem Herzog mit roten Lederbändern zusammengehalten wurde. Pellehun war trotz seines Alters nach wie vor ein schöner Mann, Gorlois dagegen war mit seinem einzelnen Auge und jener schrecklichen Narbe, die quer über sein Gesicht verlief, von einer ausnehmenden Hässlichkeit. Und doch ging von ihm ein Eindruck von Stärke und Robustheit aus, die noch beeindruckender waren als sein garstiges Aussehen, denn in seinem Auge lag ein Glanz, der in den Blicken, die der König ihr geschenkt hatte, schon lange erloschen gewesen war. Igraine war verwirrt, als sie bemerkte, dass er sie schamlos anstarrte und im Halbdunkel des Saales etwas verbarg, was ihr wie ein Lächeln erschien. Da erst bemerkte sie die Schwerter.

»Wie könnt Ihr es wagen?«, rief sie.

Die Mauer aus gehärtetem Eisen blieb stumm. Die Recken trugen ihre Helme und hatten die Visiere heruntergeklappt, so dass nur ihre kurzen, nach der Mode in Loth gestutzten Bärte zu sehen waren. Wie sie da so reglos in ihren auf dem Schlachtfeld zerbeulten und geschwärzten Rüstungen standen, ähnelten sie in nichts mehr den höfischen Rittern, die die Trouvères besangen. Das hier waren harte, vom Krieg geprägte Männer, eisengepanzerte Mörder, deren Augen vom Anblick des Blutes stumpf waren. Igraine erkannte sie nicht wieder.

»Messire Oddon«, sagte sie und wandte sich an einen von ihnen, der das Wappenschild des Hauses Orcanie trug, »wie könnt Ihr das Schwert zücken vor Eurer Königin?«

Der Recke hob zur Erwiderung lediglich sein Visier, und Igraine unterdrückte einen Schrei. Das war nicht Oddon, sondern ein Unbekannter mit einem groben, vulgären und brutalen Gesicht.

»Oddon ist tot«, sagte Gorlois leise. »Ebenso wie Sire Noë, Guirre und Glassin, die von diesen vermaledeiten Zwergen umgebracht worden sind … Und natürlich Ulfin, der Verräter, und jener arme Uther, der noch so jung war …«

Er trat auf die Königin zu, mit jenem niederträchtigen Lächeln, das sie zutiefst erschütterte.

»Wusstet Ihr, Majestät, dass der König Uther misstraute? Er glaubte, das zwischen ihm und Ihnen …«

Igraine wurde von Zuckungen geschüttelt, ihre Wangen glühten, und ihr Körper war wie gelähmt, während der Herzog immer näher kam, bis er sie berühren konnte …

»Doch das gehört schließlich alles der Vergangenheit an«,

hauchte er ihr ins Ohr. »Sie sind alle beide tot. Jetzt sind da nur noch … wir beide.«

Sie schreckte zurück und sah ihn entsetzt und so scharf an, dass er mit der linkischen Andeutung eines Lächelns einen Schritt nach hinten wich. Eine Schweißperle rann von seiner Stirn über die Wange hinunter und hinterließ eine helle Spur auf seinem staubbedeckten Gesicht.

»Wir mussten sie schließlich ersetzen, nicht?«, bemerkte er, und seine Stimme klang wieder sicher, während er gleich einem Gaukler die Arme vor der reglosen Reihe seiner Ritter ausbreitete. »So sind die Recken wieder zu zwölft!«

»Ihr habt keinerlei Recht dazu!«, schrie Igraine. »Die Recken zu ernennen ist Sache des Königs! Und, falls der König nicht mehr am Leben ist, habt Ihr der Königin zu gehorchen!«

Gorlois drehte sich abrupt um, und sein verhaltenes Lächeln erstarrte zu einem bitteren Grinsen. Jetzt. Der Moment war gekommen.

»Werft Eure Waffen fort!«, kreischte sie. »Ich verlange Gehorsam!«

Doch ihre Stimme war die eines kleinen Mädchens, und aus ihren Augen war Furcht zu lesen.

»Los, ergreift sie!«, murmelte Gorlois.

Die Gardisten Igraines umklammerten nervös ihre fein ziselierten Piken, reine Zeremonialwaffen, die ziemlich armselig waren angesichts der Ritter in Rüstung. Einer von ihnen warf seinen Spieß zu Boden, breitete die Arme aus und wich mit gesenktem Haupt zurück. Die anderen schleuderten ihm verächtliche Blicke zu und hielten den Schaft ihrer Lanzen so fest umkrallt, dass ihre Handgelenke weiß wurden.

»Tötet sie alle«, befahl Gorlois.

Und er zeigte mit dem Finger auf den Gardisten, der zurückgewichen war: »Den da als Ersten.«

VI
Der Dunst

An jenem Abend war Vollmond. Eine leichte, nicht wirklich laue Brise trug den Geruch nach Ernte, geschnittenem und zu Hocken zusammengestelltem Heu und dem Schweiß der Tiere herüber. Den ganzen Tag über hatte bleierne Hitze geherrscht, und von einem der schmalen Fenster des königlichen Schlafgemachs aus – einer einfachen Schießscharte, die von einem schweren, mit Senkgewichten versehenen ledernen Vorhang verdeckt wurde – ließ Gorlois seinen Blick über die Kornfelder gleiten, die sich rings um die Stadt erstreckten und in beinahe phosphoreszierendem Glanz lagen. In der Ferne waren Flammen zu sehen, und das dumpfe Echo von Gelächter, Schreien und schriller Musik drang bruchstückhaft herüber. Die Feuer von Lugnasadh, dem Schnitterfest zu Ehren von Lug ... Eine weitere alte Tradition, die die Mönche nur schwerlich zum Verschwinden bringen könnten.

Während der gesamten Erntezeit und schon von alters her kamen die Frauen bei Einbruch der Nacht mit Essen und Wein zu den Landarbeitern auf die Felder. Zu Ehren von Lug, dem alten Sonnengott, dessen Macht im August mehr als zu jeder anderen Zeit des Jahres spürbar wurde, entzündete man riesige Feuer, in deren Umkreis die jungen Männer sich gegenseitig herausforderten, um in den Augen ihrer Holden zu glänzen. In jenen Nächten konnte man sich auf Probe für ein Jahr und einen Tag vermählen. Und wenn die Ehe nicht hielt, nun, dann lag es eben daran, dass Lug sie nicht guthieß ... Die Feiern gipfelten am Schluss der Erntezeit in einem großen Fest, doch bereits jene schlichten, ländlichen Lustbarkeiten am Ende eines jeden Tages waren durchaus eine Wohltat für Leib und Seele.

Gorlois spielte einen Moment lang mit dem Gedanken, Igraine zu wecken und sie im Umkreis der lohenden Flammen von Lug zu heiraten, ob sie nun wollte oder nicht; doch er war nackt, seine Kleider hingen für die Nacht oben auf ihren Stangen, hoch über den kalten Steinplatten und den Mäusen, und er war zu müde. Und dann war er traurig. Für sie war es natürlich leicht. Der Krieg war vorüber, die Zwerge besiegt, die Ernte ließ sich gut an, und die Witwen der Toten wären bald wieder zu haben, wenn ihre Trauerzeit erst einmal um wäre. Er wäre ebenfalls liebend gern glücklich gewesen, aber das war ein Gefühl, das sich schlecht mit dem des Abscheus vereinbaren ließ.

Gorlois dachte an Excalibur und sah sich wieder im Schlachtgetümmel das funkelnde Schwert schwenken. Für dieses Schwert hatten die Zwerge sich geschlagen, für ihren Talisman, und nach ihrer Niederlage war der Rote Berg über den Überlebenden eingestürzt und hatte für immer das letzte zwergische Königreich unter sich begraben. Wie hätte man darin kein Zeichen erkennen sollen?

Die Mönche waren auf die Knie gefallen und sangen Psalmen zu Ehren Gottes, aber war das wirklich der eine und einzige Gott, der da seine Macht demonstriert hatte? Dieser Gedanke ging ihm seit Tagen nicht mehr aus dem Sinn, und wie jedes Mal weckte die Abwesenheit Pellehuns in ihm ein Gefühl der Einsamkeit. Niemand, dem er sich hätte anvertrauen können. Niemand, um die Last dieses Greuels zu teilen. Den Untergang eines Volkes ...

Das hatten weder er noch der König gewollt. Die Zwerge unterwerfen, ja, ihre Macht für immer zerschlagen, ihre Schätze an sich raffen und sie zu einem Volk von Sklaven machen, das zum höchsten Ruhme des Königreichs von Logres in seinen eigenen Minen arbeiten würde, ja, ja, ja! Aber das nicht.

Der verstorbene König glaubte nicht an die Legenden von den Talismanen. Daran glaubte im Übrigen niemand außer den geistig minderbemittelten Elfen. Und doch war der Berg eingestürzt, ohne dass sie etwas dazu getan hatten ... Als hätten die Götter die Zwerge nach ihrer Niederlage plötzlich im Stich gelassen, als könnte ein Volk ohne seinen Talisman nicht überleben.

Als die Ungeheuer am Ende des Zehnjährigen Krieges besiegt worden waren, hatten sie sich in die Wüsten Lande zurückgezogen, jene karge Heidelandschaft jenseits der Marken. Hätte es genügt, sie bis dorthin zu verfolgen, Dem-der-keinen-Namen-haben-darf bis ins Herz seines finsteren Reichs hinterherzujagen und sich des Talismans der Ungeheuer zu bemächtigen, der Lanze von Lug, damit ihr Volk ebenfalls für immer vernichtet gewesen und die Kraft und Stärke der Dämonen für immer auf die Menschen übergegangen wäre, genau wie ihnen von nun an der Reichtum der Zwerge eigen war?

Gorlois stützte seine erhitzte Stirn auf die gewaltigen Brocken der Festungsmauer, doch das Gestein, das den ganzen Tag über von den Sonnenstrahlen aufgeheizt worden war, war noch warm und brachte ihm keinerlei Linderung.

Was er in dieser Nacht von Lugnasadh verschwommen ahnte, ging weit über die Eroberungsträume von Pellehun hinaus. Eine Welt, die allein von den Menschen beherrscht wurde ... Eine Welt, die gereinigt war von Zwergen, Ungeheuern und Elfen ...

In dem Moment, da er vom Fenster zurücktreten wollte, setzte das dumpfe Mitternachtsläuten der Kirchturmglocke ein und verkündete Matutin. In der Angst, dass Igraine davon erwacht sein könnte, warf er einen Blick aufs Bett. Aber nein. Sie schlief nach wie vor, es sei denn, sie verstellte sich. Als er den nackten Rücken der jungen Frau und ihr langes blondes Haar betrachtete, das über das rollenförmige Kopfkissen gebreitet lag, fühlte er langsam die Glut in seinen Lenden aufwallen. Im bläulichen Schein des Mondes wirkte ihre Haut beinah so hell wie die linnene Wäsche ihrer Schlafstatt. Weiche, angenehm warme Haut ... Er hatte noch den süßen Geschmack ihrer Brüste auf den Lippen, in die er kraftvoll hineingebissen hatte. Sie hatte weiß Gott geschrien, geweint und gekratzt, als er sie überwältigt hatte, bevor sie schließlich seinem heftigen Drängen nachgegeben und vielleicht auch Lust dabei empfunden hatte.

Oder vielleicht auch nicht.

Was spielte das schon für eine Rolle ...

Auf alle Fälle war er zu ermattet. Er fühlte sich verklebt, stinkend und hatte entschieden keine Lust auf einen erneuten Zweikampf in Igraines Bett. Gorlois schnitt eine Grimasse, schüttelte den ledernen Vorhang, um sich einen Hauch Sauerstoff zuzufächeln, und zog ihn beiseite, um ein wenig frische Luft in die stickige Atmosphäre des Zimmers einzulassen. Seine Augenlider waren schwer vor Müdigkeit, aber die Aufregung der vergangenen Tage war zu stark, als dass er zur Ruhe gekommen wäre. Kaum legte er sich hin, schwirrten die Bilder in seinem Kopf durcheinander und überschlugen sich in einem solch raschen Wechsel, dass er mit pochendem Herzen wieder hochfuhr. Fratzenhafte, erhitzte Gesichter, Bogenschützen, die die Zwergenarmee mit Pfeilen spickten, der tote König und seine eigenen Tränen vor den sterblichen Überresten seines alten Freundes. Der Rote Berg, der über Baldwin und seinem Volk einstürzte. Die gebeugten Nacken und die ausweichenden Blicke der Höflinge. Der nackte Körper von Igraine, so jung, der sich unter seinem Gewicht wand ...

Gorlois trat zu ihr hin und betrachtete ihr kindliches Antlitz, das von dieser erstaunlichen Fülle blonden Haars eingehüllt wurde. Er streckte die Hand nach ihrer Wange aus, um eine Strähne beiseite zu streichen, aber die Augen der jungen Frau öffneten sich im selben Moment, gleichzeitig wich sie instinktiv zurück. Sie schlief tatsächlich nicht ...

»Lasst mich in Ruhe!«

Der alte Krieger zog seine Hand zurück, als habe er sich verbrannt, und wich einige Schritte nach hinten, mehr gekränkt als wütend. Sie presste die Betttücher an sich, um ihre Blöße zu verbergen (als hätte er sich nicht gerade zu Genüge an ihrem Körper delektiert!); und trotz ihrer Jugend, trotz ihres verängstigten Blickes und ihrer Tränen war das die Königin, die er da vor sich sah. Die Gemahlin Pellehuns.

»Ich lass Euch schon«, grummelte er, während er ein langes Leinenhemd von der hölzernen Truhe nahm, um es anzuziehen. »Doch ich bin noch nicht fertig mit Euch. Ob Ihr es wollt oder nicht, Ihr werdet meine Königin sein.«

»Ihr seid nicht König«, schrie sie in so schrillem Ton, dass er fürchtete, sie werde die ganze Burg aufwecken.

Daraufhin verließ er den Raum und zog schleunigst die Tür zum Gemach hinter sich zu.

Sollte sie doch alleine schlafen, sie würde schon sehen, was sie davon hatte. Was er brauchte, war ein kühles Bad im Badehaus, ebenso wie Gesellschaft, um über die Schlacht zu reden und zu trinken. Er hatte die Stadt, er hatte die Armee, er hatte das Schwert … Und er hatte *sie* gehabt. Das ganze Königreich musste es bereits wissen. Was spielte es infolgedessen schon für eine Rolle, dass sie ihn nicht liebte. Pellehun liebte sie jedenfalls ebenso wenig. Oder auf alle Fälle weniger als er selbst, sein Beinahe-Bruder, ihn geliebt hatte. Wie hätte er ihr die Herrschaft überlassen können? Und wozu? Sie war nicht einmal fähig gewesen, dem König einen Erben zu schenken!

Das Schlagen der Tür riss zwei seiner neu ernannten Recken aus dem Schlaf, die im Ehrengemach, in dem das Königspaar seine Vertrauten zu empfangen pflegte, benommen vor Müdigkeit auf Stühlen zusammengesunken waren. Die beiden Männer waren seit der Schlacht nicht aus ihrer Rüstung herausgekommen …

»Ihr stinkt wie die Böcke«, bemerkte Gorlois mit einem hämischen Lachen. »Los, kommt mit mir ins Badehaus!«

Im Gang nahm eine Gruppe Garden mit Kurzlanzen Haltung ein, als sie herauskamen, doch der Seneschall würdigte sie nicht einmal eines Blickes. Der Flur, der zu den königlichen Gemächern führte, diente zugleich als Kurtine, über die man bis zum Bergfried in der Mitte der Burg gelangte. Nach der feuchten Hitze im Zimmer empfand er die dort herrschende Kühle als wohltuend. In die dicke Mauer waren hier und da Schießscharten geschlagen, durch die die Brise hereinwehte; zwei zylindrische Warten ragten an der Außenseite heraus, gleich steinernen Schilderhäuschen, welche im unteren Teil mit Pecherkern versehen waren, durch deren Öffnungen man den Feind beobachten oder Geschosse abfeuern konnte. Der Geruch und das nervtötende Brummen der Fliegen verrieten mehr als deutlich, wozu die Wachen sie in Friedenszeiten benutzten ...

Abseits, auf einem schattigen Stück zwischen zwei Fackeln, erblickte Gorlois eine mit einer langen Kutte bekleidete Gestalt, die auf den Boden hingegossen lag wie ein nasser Sack.

»Was ist denn das?«, fragte er, während er mit dem Kinn darauf wies.

Doch der Mann mit der Kutte stand bereits auf.

»Verzeiht mir, Messire. Ich muss wohl eingeschlafen sein ...«

Er trat bis unter die Wandbeleuchtung vor, und der Seneschall erkannte ihn wieder. Es war Blaise, der Franziskaner mit der traurigen Miene und Beichtvater der Königin.

»Wir haben uns den ganzen Tag über nicht sehen können«, hob er an.

»Wieso?«, erwiderte Gorlois. »Habe ich verlangt, dich zu sehen?«

Hinter ihm brachen die Recken und Wachen in schallendes Gelächter aus, aber der Mönch starrte ihn mit einem Ausdruck an, der ihn in höchste Wut versetzte. Eine Mischung aus Gutmütigkeit, Mitgefühl und ... Erbarmen?

»Ich dachte, du bräuchtest Gott, mein Sohn. Damit deine Seele Frieden findet ...«

Gorlois ballte die Fäuste und blickte ihn für die Dauer eines Augenblicks hasserfüllt an, doch dann fasste er sich sogleich wieder und stieß einen langen Seufzer aus.

»So ist es … Morgen.«

»Morgen, mein Sohn, ist es vielleicht schon zu spät. Du lebst im Zustand der Todsünde. Du musst deine Fehler beichten, dich demütig zeigen vor Gott und ihn um Vergebung anflehen.«

»Mich demütig zeigen?«

Einer der Ritter lachte spöttisch auf und trat einen Schritt auf den Franziskaner zu, doch die Drohung glitt an dem Mönch ab wie der Regen von einer Schieferplatte. Gorlois nahm sich erneut zusammen, um nicht die Fassung zu verlieren.

»Morgen, einverstanden? Für heute Abend brauche ich Gott nicht, ich brauche ein Bad. Und etwas zu trinken und zu essen!«

Mit einem gezwungenen Lächeln klopfte er dem Mönch auf die Schulter und verschwand den Gang hinunter, gefolgt von seiner Eskorte.

»… Du solltest übrigens auch ein bisschen was essen!«, fügte er, ohne sich umzudrehen, hinzu. »Bei deinem Anblick wird einem angst und bange!«

»Ohne Gott wirst du niemals König sein!«, schleuderte Bruder Blaise den fort eilenden Gestalten hinterher.

Gorlois antwortete nicht, aber sein Lächeln erlosch.

Sie hatten seit Tagen niemanden mehr gesehen. Nachts marschierten sie, und tagsüber versteckten sie sich, und dabei hatten Uther und seine Kameraden den Proviant von Bran aufgezehrt (oder vielmehr hatte Bran ihn fast allein aufgezehrt, indem er unaufhörlich, von morgens bis abends und manchmal sogar, während sie schliefen, aß), und sie lebten nur noch von dem, was sie erjagten oder pflückten. Aber es war nicht einfach, nachts zu jagen, selbst für einen Zwerg, und nach ihrem langen Aufenthalt unter dem Berg wussten sie eigentlich kaum noch, was Hunger ist. So kam es vermutlich, dass sie sich, ohne es zu wollen, dem von den Menschen bestellten Land genähert hatten.

Bis auf das Knurren von Brans Magen, das in regelmäßigen Abständen zu hören war, gaben sie alle drei keinen Laut von sich, während sie um eine einsame Esche herum kauerten, deren dicke Zweige ihnen die Sicht auf den Sternenhimmel verdeckten; sie hatten den Blick auf ein anderes Licht geheftet, zu klein für ein Lagerfeuer oder selbst eine Fackel. Einfach nur ein Talglicht …

»Kannst du etwas sehen?«, fragte Uther den Zwerg.

»Ich sehe nichts, aber ich rieche es! Sie haben eine Art Ragout gekocht, duftet nach Hase … Vielleicht ist noch etwas übrig.«

Der junge Ritter zuckte die Achseln. Aus irgendeinem für ihn unerfindlichen Grund trieb ihn etwas zu diesem Licht hin. Etwas, was ihm nicht gefiel, ein unangenehmes und unerklärliches Gefühl, in dem sich die Empfindung von Notwendigkeit mit Abscheu paarte. Uther wandte sich zu Ulfin um. Trotz der Dunkelheit spürte er dessen Blick auf sich ruhen und sah, wie sein älterer Kamerad geräuschlos sein Schwert zog und dabei dessen Scheide festhielt, damit das gehärtete Eisen nicht knirschte. Ulfin richtete sich auf, trat aus dem Schutz des Laubwerks heraus und lief einige Ellen weit, bevor er sich zu ihnen umdrehte und ihnen ein Zeichen gab, sich ebenfalls beiderseits von ihm in Bewegung zu setzen. Ein katastrophales Poltern war zu hören, als sich Bran mit seiner üblichen Diskretion erhob, um zur Linken Ulfins Stellung zu beziehen, und dabei mit beiden Händen seine gigantische Streitaxt über die Schulter warf, wie ein Holzfäller, der sich an die Arbeit macht. Glücklicherweise reagierte niemand auf seine Geräuschentfaltung. Uther erhob sich im Vergleich dazu so leise wie ein Elf. Er entfernte sich rasch nach rechts, bis er nur noch mit knapper Not die Gestalt seines älteren Gefährten ausmachen konnte; dann richtete er sein Augenmerk auf die flackernde Flamme weit vor ihnen.

Er spürte das trockene Gras unter seinen Lederstiefeln gleich einem Strohfeuer knistern und sein langes ledernes Panzerhemd bei jedem Schritt gegen seine Knöchel schlagen. Sein Schwert hatte er noch nicht gezückt und hielt es gegen sein Bein gepresst, während er mit angehaltenem Atem auf das kleinste alarmierende Geräusch lauerte. Mit weit aufgerissenen Augen glaubte er die vagen Umrisse einer Behausung zu erkennen, zu niedrig für die eines Menschen, es sei denn, sie wäre zur Hälfte in einer Erdmulde verborgen ... Die Bauern auf den großen Ebenen schirmten sich häufig auf diese Weise gegen den Wind und Blicke ab ... Doch die Bauern lebten niemals alleine, und es war selten, dass ein Weiler nicht geschützt war, und sei es nur durch eine schlichte Wand aus Palisaden. Er blickte flüchtig zur Seite und erstarrte. Die anderen waren verschwunden. Er kauerte sich dicht über den Boden und versuchte, ihre Silhouetten vor dem blauen Nachthimmel zu erspähen, aber er sah nichts außer den verschwommenen Konturen der Sträucher auf dem Bocage[1]. Erneut hielt er den Atem an und spitzte die Ohren. Nichts. Bis auf den winzigen Lichtschein hinter dem, was ihm wie ein Fenster vorkam. Langsam zog er sein Schwert aus der Scheide und setzte sich dann in Bewegung, wobei er nach links abbog, dorthin, wo sich seine Kameraden aufhalten mussten. Fast im selben Moment stolperte er über einen Körper und wäre um ein Haar der Länge nach hingefallen.

Es war ein hässlicher Gnom mit einem knubbeligen Kartoffelgesicht, dessen Oberkörper in einer Art Pelzjacke steckte. Er war eindeutig tot, trug aber keine Spur einer Verletzung. Aus

1 Bocage: Landschaftstyp im Nordwesten Frankreichs mit schachbrettartig angelegten kleinen Feldern, die durch Hecken oder Baumreihen begrenzt sind (Anm. d. Übs.)

Angst gestorben vielleicht, dem Gesichtsausdruck nach zu schließen.

»Uther!«

Der junge Mann hob jäh den Blick, wütend, seinen Namen so laut rufen zu hören, aber ihm war umgehend klar, dass ihn da soeben weder Bran noch Ulfin angesprochen hatten. In der winzigen Behausung war eine Tür aufgegangen, und eine schlanke, hoch gewachsene Gestalt, mit einem langen Gewand bekleidet und ohne Waffen, zeichnete sich in dem schwachen Lichtschein ab.

»Uther ... !«

Diesmal hatte die Stimme das Innerste seines Schädels erreicht. Er schwankte und griff sich mit der Hand an die Kehle, gepackt von einem unangenehmen Schwindelgefühl. Und gleichzeitig überkam ihn die Wut, eine nicht zu unterdrückende Aufwallung von Zorn, der ihn auf einmal übermannte.

»Zum Teufel, ich war mir sicher, dass du es bist!«

Er lief auf die lange Gestalt zu und drückte sie unsanft gegen die Holzpfähle der Baracke.

»Merlin! Wo bist du all die Zeit über gewesen?«

Der Kindmann entwand sich ihm mit der Geschmeidigkeit einer Natter und schlüpfte ins Haus, ohne dass Uther Zeit gehabt hätte zu reagieren. Der Ritter fluchte, ließ sein Schwert in die Scheide gleiten und formte nach kurzem Zögern seine Hände zu einem Trichter. »Es ist alles in Ordnung!«, schrie er zur Orientierung für seine Gefährten. »Kommt her!«

Merlin erwartete ihn im Innern, wo er mit dem Ende einer langen Schöpfkelle in einem köstlich duftenden Ragout rührte, das in einem über der Glut hängenden Kessel vor sich hin köchelte. Dies war neben der Kerze, die sie gesehen hatten, die einzige Beleuchtung im Raum, in dem Uther, der wegen der geringen Höhe der Decke zusammengekrümmt dastand, ein wüstes Durcheinander zusammengewürfelter Utensilien, aufeinander gestapelter Pelze, Waffen und Kisten erahnen konnte. Das typische Durcheinander einer Gnomenbehausung ...

»Hast *du* ihn getötet?«, fragte er und wies mit dem Kinn grob in die Richtung, in der der Leichnam draußen lag.

»Ich weiß nicht«, murmelte Merlin. »Ich glaube, ich habe ihm Angst eingejagt ...«

Uther schüttelte angewidert den Kopf und setzte sich direkt auf den Boden. Der Kindmann schmunzelte wie gewohnt und rührte mit sichtlicher Gleichgültigkeit in seinem Ragout, während der Ritter ihn eingehend musterte. Er trug immer noch dasselbe unförmige blaue Gewand, hatte noch dieselben kurzen weißen Haare, die ihm von der Ferne das Aussehen eines Greises verliehen, und denselben Kinderblick, als sei die Welt in seinen Augen nur eine erbärmliche Farce.

»Eins wüsste ich gerne«, sagte Uther.

Er ließ seine Frage unvollendet im Raum stehen und zwang Merlin so, sich ihm zuzuwenden.

»Wie alt bist du eigentlich?«

Der Kindmann begann prustend zu lachen. Er öffnete den Mund, um zu antworten, doch im selben Moment polterte Bran mit einem Höllenlärm zur Tür herein, seine Axt und seinen Bauch weit vorgestreckt.

»Wer ist denn der da?«, knurrte er, als er Merlin entdeckte.

»Lass gut sein«, grummelte Uther. »Er ist auf unserer Seite.«

Der Zwerg verzog als Zeichen seiner Zustimmung das Gesicht und warf seine Axt in eine Ecke des Raumes.

»Es riecht wirklich gut«, bemerkte er. »Das ist Hase, oder?«

Merlin lächelte, nahm eine Schale und tat ihm eine volle Kelle auf. Er zog fragend die Brauen hoch, ob Uther etwas wolle, worauf dieser nickte und die Hände ausstreckte – ein wenig zu schnell, als dass er seinen Bärenhunger hätte verbergen können.

»Diese Narbe ist neu«, bemerkte Merlin, während er ihn prüfend ansah. »Sie steht dir gut ... Man könnte fast meinen, du seist ein echter Krieger!«

Uther blickte ihn finster an, doch der Kindmann ließ sich nicht beirren und behielt sein gewohntes Lächeln auf den Lippen.

»Und dein Kamerad?«, fragte er in seinem sanften Ton. »Kommt er nicht herein?«

Uther schüttelte den Kopf und war, ohne es zu wollen, belustigt.

»Du siehst wohl alles ...«

»Ich sehe mehr, als du glaubst«, erwiderte Merlin. »Ich habe Lliane gesehen, ich habe deine Tochter gesehen ... Und ich sehe, dass sie dich brauchen.«

»Meine Tochter?«

Fassungslos blickte Uther zu Bran hinüber, doch der Zwerg schenkte ihrer Unterhaltung offensichtlich keine Aufmerksamkeit, sondern war ganz von seiner Ragoutschale in Anspruch genommen.

»Im Falle deines Freundes handelt es sich allerdings nicht um Magie«, fuhr Merlin fort, als sei nichts weiter. »Das ist mein elfischer Anteil, weißt du. Ich sehe nachts ebenso gut wie sie!«

»Lliane ... Wir ... haben eine Tochter?«

Merlin sah ihn mit einer Mischung aus Belustigung und Erstaunen an.

»Stimmt, du wusstest es ja gar nicht ... Armer Uther, so lange von den Zwergen eingesperrt, die er retten wollte!«

Er blickte den Prinzen Bran, der sich immer noch den Bauch vollschlug, schräg von der Seite an.

»Sieht aus, als habe sich die Lage in dieser Hinsicht gebessert ...«

Der Kindmann fing wieder hämisch zu lachen an, aber Uther packte ihn unvermittelt vorn an seinem Gewand und schleuderte ihn zu Boden. Im nächsten Augenblick drückte er Merlin, das Knie quer über seiner Brust, mit seinem ganzen Gewicht nieder und hielt seinen Hals derart fest umklammert, dass er ihn fast erwürgte.

»Wirst du wohl reden, du verfluchter Bastard? Wo steckt Lliane? Was soll diese Geschichte mit der Tochter, hm?«

Als er die Stimme Ulfins hinter sich hörte, zuckte er zusammen.

»Wenn du willst, dass er redet, solltest du ihn besser loslassen. Er ist schon ganz schön blau angelaufen, selbst für einen Elfen …«

Uther zauderte, dann richtete er sich langsam auf und gab Merlin frei.

»Das ist kein Elf«, grummelte er.

Er bemerkte, wie der Recke, der völlig gebückt unter der gewölbten Decke der Hütte stand, den Kindmann schräg von der Seite ansah und eine Grimasse schnitt, die das Unbehagen verriet, welches ihn bei dessen bloßem Anblick überkommen hatte. Unwillkürlich wich er bis zum Kessel zurück, drängte Bran zur Seite und nahm sich eine ordentliche, dampfende Portion, indem er sogar den Rest vom Kesselboden kratzte.

»Was für ein Glück, dass überhaupt noch was übrig ist … Ich sehe, dass Bran sich reichlich bedient hat.«

Der Zwerg hielt schützend den Arm über seine Schale und setzte sich ein Stück weg, außerhalb von Ulfins Reichweite, während dieser sich neben Uther niederließ und den Hals reckte, um Merlin anzustarren, der immer noch keuchend und hustend auf dem Boden lag.

»Du hast Recht, das ist kein Elf.«

Er deutete mit dem Hasenknochen, den er soeben sorgfältig abgelutscht hatte, in dessen Richtung.

»… Und doch trägt er ein Druidengewand.«

»Er ist ein Mischling«, erklärte Uther. »Halb Elf, halb Mensch, weder Elf noch Mensch … ein Bastard, der die Königin und mich tagelang verfolgt und uns dann im Stich gelassen hat, sobald wir ihn brauchten!«

»Du solltest nicht von einem Bastard sprechen«, sagte Merlin und verzog das Gesicht. »Das ist nicht nett gegenüber deiner Tochter …«

Er fuhr zusammen, als der leere Napf Uthers quer durchs Zimmer flog und an der Wand aus unbehauenen Stämmen zerschellte. Selbst Bran war so überrascht, dass er für eine Sekunde von seinem Ragout aufschaute.

Außer sich sprang der junge Ritter mit einem Satz auf, und zwar so rasch, dass er sich den Kopf an der Decke anstieß, was zur Folge hatte, dass sein Zorn noch um ein Vielfaches stieg. Mit nur einer Hand riss er den Kindmann, der noch immer reglos auf der Erde lag, in die Höhe und holte mit zusammengebissenen Zähnen und hassfunkelndem Blick, der selbst in der Dämmerung nicht zu übersehen war, zu einem gewaltigen Faustschlag aus, um ihn für immer zum Schweigen zu bringen.

»Warte!«, wimmerte Merlin.

Sein Blick glitt verstohlen zur Seite, zu Ulfin und dem Zwerg hinüber.

»Warte, bis sie schlafen!«, raunte er.

Uther ließ seine Faust sinken. Es war zu düster in dieser elenden Hütte, um seine Züge klar zu erkennen, aber es schien ihm in dem Moment, als sei Merlin erst ein Jüngling. Zwölf oder dreizehn Jahre alt, nicht mehr. Ein verängstigtes Kind, mutterseelenallein, von allen verstoßen, und er schämte sich, ihn einen Bastard geschimpft zu haben.

»Gibt es ein Problem?«, ertönte in seinem Rücken die spöttische Stimme von Bran.

»Hör auf«, brummte Uther. »Geh schlafen!«

»Wie? Aber ich bin gar nicht müde!«

Uther drehte sich mit verzweifelter Miene zu ihm um, doch Ulfin griff ein.

»Ich bin ebenfalls nicht müde«, sagte er und stand auf, woraufhin er mit seiner stattlichen Gestalt den schwachen roten Schein des Feuers verdunkelte. »Und außerdem hab ich Durst und finde hier nichts zu trinken. Draußen gibt es einen Bach, wir werden unsere Schläuche auffüllen gehen.«

Mit einem Rippenstoß schubste er Bran von seinem Schemel.

»Und du kommst mit mir mit.«

Der Zwerg tat den Mund auf, um zu protestieren, doch der finstere Blick Uthers hielt ihn davon ab.

»Da siehst du, wie man sich täuschen kann«, sagte Ulfin, als er an seinem Waffenbruder vorbeikam. »Wir haben alle geglaubt, dass du in die Königin Igraine verliebt seist, und sieh da, du hast ein Kind mit einer Elfe!«

Er ging hinaus, bevor Uther antworten konnte, und lachte in sich hinein, während er den Sternenhimmel betrachtete.

»Was ist denn so lustig?«, fragte Bran hinter ihm.

»Nichts ... Der Dunst lichtet sich.«

Der Zwergenprinz hob die Brauen und kratzte sich den Bart. »Ich verstehe nicht, was daran so komisch ist.«

Selbst im Wald war es schwül in jener Nacht. Lliane hatte nur phasenweise geschlafen, von starkem Durst gequält, ihr Leib brannte noch, und sie spürte bisweilen die Wärme des Blutes zwischen ihren Schenkeln. Jedes Mal wenn es ihr gelang, den Schmerz zu verdrängen und die Augen zu schließen, weckten das Weinen oder das Glucksen Rhiannons sie auf. Binnen weniger als zwei Tagen war sie in einen derartigen Erschöpfungszustand geraten, dass sie gleichzeitig mit ihrer Tochter eingenickt war, während sie ihr das letzte Mal die Brust gab.

Die Stille war es, die sie weckte.

Die Stille und ein unermessliches Grauen, so als erwache sie am Grunde eines Brunnens, als sauge das schwarze und glitschige Nichts sie ein und als riefe ihr Baby sie um Hilfe, aufheulend vor Schrecken in der Dunkelheit, die es verschlang. Sie schlotterte trotz der lauen Morgenluft, und ihre erste Geste war es, sich einen Umhang überzuwerfen, noch bevor sie, verstört und mit klopfendem Herzen, aus ihrem Alptraum auftauchte.

Die Stille. Ohne jene kurzen, zögernden Atemstöße, jene kleinen, unwillkürlichen Schreie und jene plötzlichen Anwandlungen von Unruhe, durch die Rhiannon ihre Anwesenheit kundtat.

Lliane erhob sich zu schnell und taumelte. Ihre Beine vermochten sie kaum zu tragen, der Kopf drehte sich ihr, und sie musste sich abstützen, um nicht zusammenzubrechen. Aber ein schlichter Blick auf das Bettchen des Babys hatte genügt, um ihrer plötzlichen Angst einen Namen zu geben: Rhiannon war nicht mehr da.

Sie sprang aus ihrer Hütte, einen Moment geblendet von den ersten Sonnenstrahlen, und rannte geradewegs los, ohne nachzudenken, so als wüsste sie, wo sie hinliefe. Barfuß im Wald, einzig mit jenem Umhang bekleidet, der im Rhythmus ihrer schnellen Schritte um sie herumflatterte, mit wehendem Haar und die Haut von Dornen zerkratzt, war die Königin das Inbild jener verkommenen und Unheil bringenden Sukkuben, die die Mönche in ihren Wahnvorstellungen beschrieben. Sie rannte weinend dahin, stürzte zu Boden, wenn ihre Beine sie im Stich ließen, setzte anschließend ihren Weg fort, besinnungslos vor Schmerz, Kummer und Erschöpfung, bis sie sich nicht mehr aufrappeln konnte und alle Tränen versiegt waren. Da schloss sie die Augen und rief die Göttin an.

Im Wald stieg der Dunst auf und vertrieb die laue Luft der frühen Morgenstunden. Blorian marschierte mit großen Schritten, schweißüberströmt trotz der schleichenden Kälte, die aus den hohen Farnpflanzen sickerte, den kleinen, in Windeln gepackten Körper Rhiannons an sich gepresst.

Er beschleunigte seinen Schritt noch einmal und rannte beinahe, um dem Nebel zu entrinnen. Es war, als würde der Wald um ihn herum verschwinden, ausgelöscht von den Göttern. Die Bäume, das Gestrüpp und die moosbewachsenen Steine lösten sich auf in einem weißen Lichtschein und riefen das entsetzliche Gefühl der vorangegangenen Nacht wieder wach; und auf diese Leere hatte sich die feuchte Stille geschlagen, so als wären sämtliche Tiere des Waldes erstarrt, als hätten sämtliche Zweige aufgehört, sich im Wind zu wiegen, als hielte alles, was lebte, den Atem an. Die Elfen hatten sämtlich Angst vor dem Nebel, doch Blorian spürte außerdem noch das Gewicht des Zweifels auf sich lasten und hatte das grauenvolle

Gefühl, vom ganzen Wald unverstanden zu sein, abgelehnt, für schuldig befunden und zum Tode verurteilt.

Das Baby selbst blieb stumm und blickte ihn durchdringend an, gleichgültig gegen die Kälte und das Rütteln während des Gehens. Blorian war verwirrt und blieb stehen, um das Kind anzustarren. Sie hatte die gleichen grünen Augen wie ihre Mutter, das gleiche schwarze Haar. Doch sie war von einer unheilschwangeren Aura umgeben, die ihn zutiefst verstörte, und löste eine Empfindung von Gefahr und Bedrohung aus, die er sich nicht erklären konnte. Sie rührte sich nicht, zitterte nicht, trotz der Kälte, die über den Wald herabgesunken war, und schaute ihn einfach weiter an, so nackt und klein in seinen Armen. Der Elf schauderte und bemühte sich, seine Furcht zu bezähmen.

»Ich werde dir nichts zu Lleide tun«, sagte er auf der Suche nach Worten. »Es ist nicht deine Schuld, doch wenn Lliane dich behält, wird sie sterben, verstehst du?«

Rhiannon sah ihn an, ohne einen Laut von sich zu geben. Wie konnte sie derart ruhig sein? Er selbst schlotterte, sein ganzer Körper wurde von unkontrollierbaren Zuckungen geschüttelt. Gwydion hatte Recht. Diese Kind trug das Stigma eines bösen Schicksals. Zweimal hatten die Götter ihren weißen Dunst über sie ausgebreitet. Es war nicht nur Lliane, die er schützen würde, indem er das Baby fortbrachte, sondern das gesamte Volk der Elfen ... Er musste Myrrdin wiederfinden. Der wüsste sich um sie zu kümmern.

Blorian hob erneut den Blick und schritt aus, um seinen Weg fortzusetzen, doch der Nebel war noch dichter geworden. Dort, wo sich einige Augenblicke zuvor noch die dunklen Umrisse der Bäume abgezeichnet hatten, befand sich nur mehr eine undurchdringliche, unergründliche Wolke, und nach wie vor herrschte diese lastende, bedrohliche Stille. Unwillkürlich legte der Elf Rhiannon auf die Erde und zog bedächtig seinen langen Dolch heraus. Sein Herz krampfte sich zusammen, und in seiner Kehle formte sich ein würgender Kloß. Das war der

Tod, der ihn da umschlich, der eisige Atem des Drachens. Sein Dolch bebte am Ende seines Armes, und bald darauf hatte er nicht einmal mehr die Kraft, ihn zu heben. Mit einem metallischen Klirren fiel er zu Boden.

Der Feind war da, hinter ihm, kaum sichtbar in dem weißen Dunst. Er hörte lediglich seine Stimme.

»*Oferceald sar hael hlystan!*«

Der Fluch des Eises … Eine beißende Kälte, durchdringend wie ein gefrorener Pfeil, traf ihn ins Herz. Er fiel auf die Knie, dann hintenüber ins Farnkraut, und der Schmerz nahm ihm den Atem. Doch hinter dem Nebel hatte er sie erkannt.

»Lliane …«

Die Kälte breitete sich in seinen Adern aus, kühlte seine Schläfen, und die Stimme seiner Schwester, die wieder und wieder ihre entsetzliche Beschwörungsformel wiederholte, drang nur noch gedämpft und eindringlich zu ihm herüber. Schon war der Schmerz schwächer geworden, und die Benommenheit linderte das unerträgliche Leiden. Seine vom Frost geschwollenen Augen sahen, wie sich überall ringsum der Raureif auf die Farne legte, bis sie zerbrachen wie Glas, völlig lautlos. Im Übrigen war gar kein Laut mehr zu hören, nicht einmal der seines eigenen Atems. Ja, noch nicht einmal das Geräusch von Llianes Schritten, als diese näher kam. Er sah sie ihr Kind aufheben und es mit Küssen bedecken, dann nahm er wahr, wie sie sich über ihn beugte, die Augen funkelnd vor Hass, erschreckend anzusehen mit ihrer nackten Haut, die von Schürfwunden überzogen war. Er sah, wie sich ihre Miene wandelte, als sie ihn erkannte, wie der Hass darin in Verblüffung, und dann die Verblüffung in Entsetzen umschlug. Er wollte etwas sagen, doch seine gefrorene Zunge zerbrach ihm im Mund. Und bei seinem letzten Atemzug bildete sich eine Reifschicht auf seinen Lippen.

VII
Llandons Krieg

Das Schreien Rhiannons riss sie aus dem Schlaf. Lliane richtete sich abrupt auf, den Körper zusammengekrampft, als sei gerade ein Schlag auf sie niedergegangen, und sie blieb eine ganze Weile so sitzen, in einem Erschöpfungszustand zwischen Schlafen und Wachen, geschüttelt von spasmischen Zuckungen, und blickte gleich einer Blinden um sich. Ihre Augen brannten, weil sie zu viel geweint hatte, bis zur völligen Ermattung, bis sie schließlich, als ihre Kräfte sie vollständig verlassen hatten, das Grauen und der Schmerz überwältigt und in die Tiefen eines unendlichen Schachtes hineingerissen hatten. Ihr Blick wanderte zu dem Leichnam ihres Bruders, und sie zog jäh die Hand zurück, die quer auf seinem Oberkörper geruht hatte. Blorians Haut verfärbte sich bereits schwarz. Aus seinem Mund war ein Schwall Blut geschossen, das sich um ihn herum über das Gras und den Teppich aus trockenem Laub im Unterholz ergossen und sein silbernes Kettenhemd verklebt hatte, dunkles, zu rissigen Lachen geronnenes Blut, die ihn wie ein Bart umgaben. Seine weit aufgerissenen Augen waren auf den Himmel gerichtet. Und in der leichten Brise flatterten einzelne Strähnen seines endlos langen und hauchfeinen schwarzen Haars über seiner Stirn.

Rhiannon wimmerte erneut und zappelte verzweifelt mit ihren kleinen Armen und Beinen. Lliane packte sie mit einer instinktiven Geste und legte sie an die Brust. Das kleine Mädchen begann sofort gierig zu trinken, mit großen Schlucken und einer Fülle kleiner Gurgellaute, die seiner Mutter ein Lächeln entlockten. Dann schlummerte sie während des Stillens ein, und Lliane verharrte dort, nackt, wie betäubt, während ringsum im Wald wieder Geräusche laut wurden. Das unbesorgte Gezwitscher der Vögel, das raue Krächzen der Raben und das sanfte Rascheln der Blätter im Wind. Das Leben ging weiter, unberührt von dem Drama, das sich im Nebel abgespielt hatte.

Wie viel Zeit mochte so vergangen sein, bevor Lliane auf ihre Hände hinabblickte, befleckt vom Blut ihres Bruders, mit dem sie auch den kleinen Körper ihrer Tochter besudelt hatte? Mit verzerrter Miene erhob sie sich, ihre Glieder waren steif, die Haut brannte von den tausend Schürfwunden, die sie übersäten. Rhiannon, die ebenso nackt war wie sie selbst, fest an sich gepresst, lief sie durch die milde Wärme des sonnendurchfluteten Waldes. In einem Dickicht aus Eichenschösslingen schöpfte sie Wasser, um das Blut von ihrer beider Haut abzuwaschen, aber nicht genug, um zu trinken. Dort, im Schatten der großen Bäume, wuchs ein Gewirr aus jungen, spindeldürren Trieben, Gestrüpp und Sträuchern, Heckenrosen oder Holunder, die sich unter der Last süßer Beeren bogen und deren Früchte sie im Vorbeilaufen pflückte. Zwischen dem düsteren Hochwald aus Tannen und den hohen, säulenartigen Buchen, deren graue, glatte Stämme durch das zarte Grün ihrer frischen Blätter aufgehellt wurden, schien sich der Wald bis ins Unendliche zu erstrecken. Unter den Füßen der Elfe überwucherten mehr und mehr dichte Grasbüschel den von Zweigen und welkem Laub bedeckten Boden, als wollten sie an der majestätischen Pracht des großen Waldes kurz vor der Sommersonnenwende teilhaben. Doch der Sommer würde sich bald dem Ende zuneigen. Langsam würde die Sonne ihre Kraft verlieren, die Blätter würden sich gelb färben, all dieses frisch sprießende Gras würde im Herbst struppig und trocken, und dann käme die Kälte ... Der Wald wäre auf die Dauer kein Zufluchtsort.

Unwillkürlich hatte die Königin ihre spitz zulaufenden Ohren in Richtung eines entfernten Plätscherns ausgerichtet, und ihre Schritte führten sie zu einer Quelle, die als schwaches Rinnsal aus einem Haufen hoher, moosbewachsener Felsen sickerte. Fast überrascht entdeckte sie an ihrem Fuß einen klaren kleinen Tümpel, dessen Grund mit moderndem Laub bedeckt war. Sie tranken dort und badeten, ohne Schlamm aufzuwühlen, danach schlummerten sie auf einem Felsen ein, der von orangefarbenem Licht übergossen war, bis Rhiannon erneut zu weinen anfing und nach einer Mahlzeit verlangte.

Die Sonne ging allmählich unter. Die milde Wärme des Tages ließ nach, und die Schatten wurden immer länger. Rhiannon wurde unruhig und stieß schwache Klagelaute aus, und Lliane drückte sie fester an sich. Ihr kleiner Körper war bereits eisig kalt. Die Elfen litten nicht unter der Kälte, aber der menschliche Anteil des Kindes würde ihm nicht erlauben, so ohne Wärme in den Wäldern zu überleben. Sie musste Kleider auftreiben, eine Hütte und auch Waffen, um sich gegen die Angriffe wilder Tiere zu verteidigen.

Lliane dachte wieder an ihren Bruder Blorian und war bedrückt bei der Vorstellung, dass sie ihn einfach so zurückgelassen hatte, direkt auf der Erde, ohne ihm ein Podest aus Zweigen zu errichten, um seinen Körper vor Parasiten und Verwesung zu schützen. Doch Blorian war tot, und allein ihre Tochter zählte, die so klein, so schwach, so zerbrechlich war und zitternd in ihren Armen lag. Sie durfte nicht sterben. Der bloße Gedanke daran war ihr ein Gräuel und erfüllte sie mit Entsetzen. Und wieder hatte sie einen Kloß im Hals, und sie umklammerte Rhiannons kleinen Körper.

»Weine nicht, meine kleine Fee, mein wildes Grashälmchen … Wir werden eine schöne Hütte finden für die Nacht, du wirst sehen …«

Sie konnten nicht weiter hier, nackt wie Tiere, im Wald leben. Sie mussten sich den Menschen anschließen, was auch immer der Preis dafür wäre …

Die Königin lief wieder weiter, achtsam diesmal, indem sie

auf alle Geräusche lauschte, wie ein Jagdhund Witterung aufnahm und sich an der Sonne oder dem Moos der Bäume orientierte, um aus Brocéliande hinauszugelangen.

Bei Sonnenuntergang nahm sie den Geruch von Menschen wahr: einen Duft nach Holzfeuer und verbranntem Fleisch. Doch der Wald war noch genauso dicht und an dieser Stelle hügelig und übersät von Farnkraut. Bis zum Saum war es noch weit. Also hatten irgendwelche Menschen sich ins Reich der Bäume vorgewagt, ungeachtet der abergläubischen Angst, die die Gefilde der Elfen ihnen für gewöhnlich einflößten? Lliane empfand dieses Eindringen als Affront.

Die Königin schlüpfte unter die Zweige einer mächtigen Esche und kauerte sich im Schutz des riesigen, mehrere Ellen breiten Stammes nieder. Der Geruch von verbranntem Holz war ganz nah, doch sie konnte nichts sehen. Sie warf einen Blick auf ihre Tochter, die schlafend an ihren Bauch geschmiegt lag. Wie sollte sie sich noch weiter nähern, wo doch ein Schrei, ja selbst ein Wimmern sie alle beide verraten konnte? Mit Einbruch der Abenddämmerung würde das Unterholz glücklicherweise nach und nach in der Dunkelheit versinken, und die Menschen sahen ja nachts nichts … Sie küsste den samtweichen Kopf ihrer Tochter, strich zärtlich über das feine Haar und umschlang sie mit beiden Armen, um sie ein wenig zu wärmen.

Keine Stunde später war es vollständig finster. Der Geruch von verbranntem Holz war noch unvermindert stark, aber Lliane konnte keine einzige Flamme sehen, nur einen verschwommenen roten Schein und bläuliche Rauchfahnen, die sich träge in den Zweigen hoch oben zerfaserten. Was den Gestank nach gegrilltem Fleisch anlangte, so war er Ekel erregend geworden, als habe man es verkohlen lassen … Vielleicht waren die Menschen schon fort?

Lliane schlich tief gebückt aus dem Schutz der Esche hinaus, Rhiannon eng an ihren Busen gedrückt, damit sie nicht weinte; dann schoss sie mit einem Satz bis zu einem dichten Buchsbaumhain. Beim Rennen schlug sie sich den Fuß an einem vorspringenden Stein auf und kam ins Stolpern, so dass sie um ein Haar zu Boden gefallen wäre. Rhiannon, die aus dem Schlaf hochfuhr, stieß ein schrilles Wimmern aus, das unter dem Blätterdach widerhallte. Starr vor Schreck versuchte Lliane, sie zum Schweigen zu bringen, indem sie ihr eine Hand auf den Mund presste, aber das winzige Wesen zitterte am ganzen Leib, und nichts schien seine Tränen zum Versiegen bringen zu können.

»Sei ruhig, kleines Blättchen, ich flehe dich an!«, raunte sie ihr ins Ohr, während sie sich dicht hinter den Busch kauerte.

Sie suchte tastend nach einem Ast, den sie hoch hielt, ein lächerliches Schwert, und, die Augen geweitet vor Furcht, halb taub von dem Gebrüll ihrer Tochter, lauerte sie wie ein gehetztes Tier auf die Attacke der Menschen, doch nichts geschah. Nichts geschah, und Rhiannon beruhigte sich schließlich.

Mit der Wucht einer Woge zwangen sie daraufhin nicht zu unterdrückende Schluchzer auf den Boden. Für die Dauer eines Augenblicks hatte sie sich von schmutzigen Händen gepackt, zu Boden geschmettert und überwältigt gesehen, sie hatte gesehen, wie ihre Tochter mit Fußtritten malträtiert wurde, von Furcht erregenden, brutalen Menschen, grunzend wie Wildschweine und so finster wie Dämonen. Sie hatte sich unter ihren niederträchtigen Angriffen sterben sehen, gelähmt vor Entsetzen, zu schwach und zu verängstigt, um sich zu verteidigen, unfähig, dem standzuhalten, unfähig, sich ihrer Magie zu bedienen ... Rhiannon weinte, aber ihre Mutter hörte sie nicht mehr, erstickt von der Flut ihres eigenen Kummers, dem Ansturm albtraumhafter Bilder ausgesetzt, die sich binnen so kurzer Zeit angestaut hatten. Die verschlossene Miene Llandons. Die entsetzliche Grimasse Blorians nach dem Eintreten der Totenstarre. Blodeuwez, Gwydion, all jene, die sie, durch ihr eigenes Verschulden, nie wieder sehen würde. Das wäre also fortan ihr Leben ... alleine, ohne Clan und in ständiger Angst. Alleine ...

Und dann sah sie das Gesicht Myrrdins wieder vor sich. Er

lächelte ihr zu, aber ohne diese unerträgliche Ironie, die er für gewöhnlich zur Schau trug. Ein echtes Lächeln lag auf seinen Lippen und in seinen Augen, und er sprach in sanftem Ton zu ihr. Die Abstände zwischen den einzelnen Schluchzern der Königin wurden immer größer, und ihre Tränen versiegten, bis sie die Worte des Kindmanns vernahm. Die Worte, die er auf der Lichtung ausgesprochen hatte, Jahrhunderte vorher: »Ich werde da sein, wenn du mich brauchst ...«

»Myrrdin«, stöhnte sie, »vermaledeiter Myrrdin. Siehst du nicht, dass ich dich brauche?«

Doch die Antwort des Druiden wurde von Rhiannons Weinen übertönt, und sein Gesicht löste sich auf. Lliane rieb sich die Augen, warf ihre Haare nach hinten und nahm ihre Tochter auf, um sie an die Brust zu legen, an der das Baby gierig zu saugen begann. Selbst während des Stillens bibberte und zuckte das kleine Wesen. Sein Körper war eisig kalt. Sie musste Kleidung für ihre Tochter finden und einen Unterschlupf für die Nacht.

Lliane erhob sich, noch schwankend, und ging um den Buchsbaumhain herum.

Der von den Menschen errichtete Holzstoß brannte noch immer knisternd, umgeben von einer dicken Rauchwolke. Sie erkannte Hütten aus Zweigen um die Feuerstelle herum, aber keine Spur von Leben. Die Elfe stand reglos im silbernen Mondenschein, aufrecht und bleich wie eine Birke, und wartete ab, während der Wald um sie herum wieder zum Leben erwachte. Das dumpfe Schuhuh einer Eule. Das verstohlene Vorbeihuschen eines Hasen oder eines Eichhörnchens. In der Ferne das klagende Geheul einer Meute Wölfe ... Lliane schauderte bei der Vorstellung, dass sie ihre Spur aufnehmen könnten, und sie beschloss, sich bis zum Lager der Menschen vorzuwagen.

Die qualmenden Scheite nahmen den größten Teil davon ein. Es war kein einfaches Lagerfeuer, sondern eine komplizierte und durchdachte Konstruktion, ein Geflecht aus Baumstämmen und Astwerk, die mit Erde bedeckt waren. Sie erkannte einen Kohlenmeiler, wie sie sie bereits in unmittelbarer Nähe des Waldes gesehen hatte. Die Menschen verbrannten auf diese Weise abgestorbene Bäume, um Holzkohle zu erzeugen, mit der sie im Winter ihre eisernen Kohlenbecken fütterten. Sie wäre gerne noch näher hingegangen, um Rhiannon zu wärmen, aber der Rauch biss sie bereits in den Augen, und bei dem Geruch von verkohltem Fleisch drehte sich ihr der Magen um; daher änderte sie ihren Kurs und steuerte die nähere der beiden Hütten an. Das Kind immer noch eng an sich gepresst, bewegte sich die Königin auf die Mitte der Lichtung zu, wobei sie vorsichtig einen Fuß vor den anderen setzte, ähnlich einer Hirschkuh am Rande einer Wasserstelle. Ein Windstoß fuhr plötzlich durch die Äste hoch über ihrem Kopf und saugte die Rauchwolke in einem Wirbel nach oben. Lliane warf mechanisch einen Blick zu den Flammen hinüber, und das Herz schlug ihr bis zum Hals. Ein flüchtiges Bild, schon wieder hinter blauen Rauchkringeln verschwunden, hatte sich ihr geboten: zwei Füße, die unter dem Kohlenmeiler herausschauten. Erneut wehte der Wind die Rauchwolke fort, und da erkannte sie an derselben Stelle zwischen dem Wust von Ästen die schwarzen, verkohlten Beine eines Menschen, den man wie ein Holzscheit in die Flammen geworfen hatte. Daher stammte der entsetzliche Gestank nach verbranntem Fleisch ... Der Mensch war langsam, angefangen bei seinem Kopf, in seinem eigenen Feuer verschmort.

Entsetzt trat Lliane den Rückzug an, bis sie über das Astwerk der Hütte stolperte und mit einem Schreckensschrei herumfuhr. Dort lag ein weiterer Mann, dessen Rücken von Pfeilen durchbohrt war. Elfischen Pfeilen.

Llandon hatte seinen Krieg begonnen.

Bei Einbruch der Dunkelheit wurde es wieder etwas kühler im Dorf. Den ganzen Tag über war es sengend heiß gewesen, und die Luft war erfüllt gewesen vom Brummen der vom Schweiß der Menschen und Tiere angelockten Fliegen, während die Tenne vom gleichmäßigen Schlagen der Dreschflegel widerhallte, die die Körner aus den Halmen lösten. Alle, die sich nicht auf den Feldern aufhielten, waren mit der Schafschur, mit dem Rösten von Flachs und Hanf, mit dem Auslaufenlassen des Honigs aus den Bienenstöcken oder dem Kochen von Früchten in Traubenmost oder Apfeldicksaft beschäftigt. In den Staub, der von den unbefestigten Wegen aufstieg, über welche unaufhörlich mit schweren Garben aus Gerste, Weizen und Hafer beladene Karren fuhren, hatten sich Wolken aus Pflanzenresten gemischt, die von den Kornschwingern aufgewirbelt wurden und beim leisesten Windhauch durch die Straßen wehten, bis zum Fuß des herrschaftlichen Schlösschens hinauf; und all diese herumfliegenden Schmutzpartikel, die einem schier den Atem nahmen, sanken jetzt gleich grauem Schnee auf die Lehmstrohhäuser des befestigten Marktfleckens nieder. Der Tag war lang gewesen, und kaum jemand war noch aufgeblieben, nachdem der Mönch das Angelus geläutet hatte. Bei Sonnenuntergang waren die Felder, wie es Sitte war, den Ährenlesern, Frauen, Kindern und Leibeigenen überlassen gewesen, die die paar von den Landarbeitern vergessenen Ähren einsammelten und, sobald die Handvoll Bogenschützen, die die Ernte bewachten, sich zurückgezogen hatten, die Stoppeln abschnitten, für das Dach ihrer strohgedeckten Hütten oder als Streu für die Tiere. Wieder andere Soldaten, die unter ihren Kettenpanzern schwitzten, hatten den ganzen Tag über müßig im Schatten eines Vordachs gelegen, um auf das Korn aufzupassen, bis die Offiziere kamen, um die auf jedes Gut entfallenden Abgaben, das Lehnkorn für den Lehnsherrn und den Zehent für die Kirche, zu ermitteln. Eine bescheidene Abgabe, wenn man die Größe des Marktfleckens bedachte, die kaum reichen würde, um die Pferde und das Haus von Cystennin le Béni mit Nahrung zu versorgen.

Man war weit entfernt von Loth und den Mauern der Königsstadt, weit entfernt vom Krieg und weit entfernt von den

Marken. Cystennin war in den legendären Zeiten auf der Seite Pellehuns gegen Den-der-keinen-Namen-haben-darf in die Schlacht gezogen, und seine tapfere Haltung hatte ihm diese Baronie eingebracht. Aber das war eine halbe Ewigkeit her und gehörte bereits der Geschichte an ... Der Baron war nur noch ein alter Mann, der sich danach sehnte, in dem kleinen Fort, das ihm als Schloss diente, einen friedlichen Lebensabend zu verbringen. Es handelte sich um ein nach altem Vorbild errichtetes Gebäude, einen schlichten, befestigten Landsitz aus Holz auf der Kuppe einer Anhöhe, oberhalb eines Zweihundertseelendorfes, und das Gebäude selbst war durch einen Graben und einen Erdwall geschützt, in den ein Palisadenzaun gerammt war, eine Wand aus miteinander verbundenen, massiven, spitz zulaufenden Bohlen, deren Außenseite von Dornenzweigen überwuchert war. Der einzig massive Bau des ganzen Marktfleckens war die Kirche, ein Steinwürfel, über dem ein kleiner rechteckiger Glockenturm aufragte, der noch keine Glocke erhalten hatte. Cystennin war erst vor kurzem konvertiert (was ihm auch seinen Beinamen »le Béni«, der Gebenedeite, eingetragen hatte), und seine Baronie war nicht reich genug, um die Dienste eines Metallgießers zu bezahlen.

Für die Nacht hatte man die Zugbrücke hochgezogen und das große Tor geschlossen, das die einzige Straße, die durch den Marktflecken verlief und bis zum Schloss hinaufführte, versperrte. An seine Flügel hingesunken, dämmerten zwei in ihre Mäntel gewickelte Soldaten. Was sollte es schon ... Es gab ohnehin nichts Großartiges zu bewachen, solange nicht die ganze Ernte geworfelt und die Stoppeln verbrannt waren. Dann müsste man sie bis zur Stadt und zu den Mühlen geleiten und auf das Korn aufpassen. Die Ernte zu verlieren hieße, das Dorf noch vor dem Winter zum Hungertod zu verurteilen ... Aber was gab es bis dahin schon zu befürchten, außer den erbärmlichen Raubzügen der Landstreicher, die die Kinder allein mit Steinwürfen vertrieben, oder den Wölfen und Füchsen, gegen die der Palisadenwall ausreichenden Schutz bot?

Ein Hund hob zu bellen an und riss eine der beiden Wachen jäh aus dem Schlaf. Der Mann schüttelte sich, worauf von seinen Schultern eine von Mehl durchsetzte Staubwolke aufstieg, die ihn in den Nasenlöchern kitzelte und zum Niesen brachte. Er hob einen Stein auf und schleuderte ihn auf gut Glück in die Richtung des Tieres, das immer noch bellte …

»Ruhe!«

Der Hund begann zu knurren, doch ein zweiter, besser gezielter Steinwurf schlug ihn in die Flucht, und er lief winselnd davon.

»Drecksvieh …!«

Der Wachtposten tastete nach seinem ledernen Helm, der auf die Erde gerollt war, gab die Suche dann auf und erhob sich schwerfällig, mit einem müden Seufzer, wobei er sich auf seine Lanze stützte. Er fühlte sich steif, seine Muskeln schmerzten, und er zog die Schöße seines Mantels um sich. Nach der mörderischen Hitze des Tages war es jetzt kalt, ja sogar eisig, ohne dass etwas zu trinken greifbar gewesen wäre, um sich aufzuwärmen. Plötzlich lenkte der Schrei eines Raubvogels seinen Blick zum Himmel, gerade noch rechtzeitig, um einen weißen Schatten zu erkennen, der in der Dunkelheit dahinglitt, zu schnell, als dass er ihn wirklich genau gesehen hätte. Vermutlich ein Jagdfalke, die größte Falkenart, der das weiße Gefieder mit den grauen Sprenkeln bei Nacht das Aussehen eines Gespenstes verlieh. Der Gardist blieb noch eine Weile mit in den Nacken gelegtem Kopf stehen, doch der Vogel tauchte nicht wieder auf. Er schaute flüchtig auf seinen Kameraden, der nach wie vor schlief, dann warf er einen scheelen Blick zu der Leiter hinüber, die auf den Wehrgang oben auf den Palisaden führte. Mit einem geräuschvollen Schniefen erklomm der Mann langsam die unter seinem Gewicht knarzenden Sprossen. Oben angelangt, nestelte er an seiner Hose, holte sein Glied heraus, stellte sich auf die Zehenspitzen und erleichterte sich mit einem wohligen Seufzen über die Holzpfähle des Schutzwalls hinweg.

Keine Sekunde später zerriss ein spitzes Kreischen die nächtliche Stille, gefolgt von dem dumpfen Geräusch eines Körpers, der in den Graben rollt. Der Posten beugte sich hinunter, konnte aber außer verschwommenen Schatten nichts erkennen.

Die Elfen ihrerseits konnten ihn sehen.

Einer von ihnen war mit einem Satz auf den Beinen, stieß seine ellenlange Lanze mit ausgestrecktem Arm schräg nach oben und bohrte sie wie eine Harpune in die Kehle des Mannes. Der gab ein Ekel erregendes Gurgeln von sich, dann warf sich der Elf mit seinem ganzen Gewicht nach hinten und riss den Wachtposten mit, so dass dieser in den Graben herabstürzte. Vermutlich war er bereits tot, als er auf die Erde rollte, aber der Elf, auf den er seine Blase entleert hatte, rammte ihm trotzdem seinen langen Dolch mit einer beleidigten Verbissenheit in den Rücken, die seinen Kameraden ein Schmunzeln entlockte. Es handelte sich um Grüne Elfen, Waldwesen, die man nur selten außerhalb des Schutzes der Bäume sah. Kleiner als die meisten ihrer Artgenossen, verdankten sie ihren Namen ihren Moirégewändern, die wie Herbstblätter in sämtlichen Grün- und Brauntönen schillerten, und nicht etwa der Farbe ihrer Haut, die von einem ähnlichen Blauton war wie die der anderen Clans. Zierlich wie Kinder, hatten sie nicht die Größe, um in einer geordneten Feldschlacht anzutreten, doch sie wussten sich lautlos zu bewegen, wirklich ohne das geringste Geräusch, und sie hatten die anderen Clans in der Kunst des Bogenschießens unterwiesen. Till, der Anführer ihrer kleinen Schar, spitzte seine Ohren zum Dorf hin, richtete sich vorsichtig auf und streichelte zärtlich den runden kleinen Kopf seines Falken, um ihn zu beruhigen. Till war ein Spurensucher und Meister in der Kunst, sich zu verbergen und sich vollkommen leise fortzubewegen, aber ebenso darin, die Gegenwart oder das Vorübergehen von Feinden wahrzunehmen. Er beherrschte nicht nur die Sprache der Tiere, sondern auch die der Bäume, die stumme Botschaft ihrer

Zweige und ihrer Rinde. Erneut schleuderte er mit einer weit ausladenden Geste seinen Jagdfalken in die Luft, blickte ihm hinterher, während dieser über dem Marktflecken kreiste, und lauerte auf seine Antwort.

Offensichtlich hatte niemand reagiert. Till erteilte ein Zeichen, und zwei Elfen drückten sich mit dem Rücken an die Palisadenwand. Sofort zog sich ein dritter auf ihre verschränkten Hände, dann auf ihre Schultern, so dass eine lebende Pyramide entstand, die der Rest der Gruppe vollkommen schweigend emporkletterte, ohne ein Wort, ohne ein Schnaufen oder ein Dolchklirren oder auch nur ein Stoffrascheln.

Der zweite Wachtposten fuhr aus dem Schlaf auf und stürzte mit einem erstickten Panikschrei rückwärts in den Staub. Drei Elfen standen über ihm, schlangengleich und mit verzerrter Miene, und durchbohrten ihn mit wütenden und ziellosen Dolchstößen. Der Mann, der aus dem Schlaf gerissen worden war, um in den reinsten Alptraum einzutauchen, war zu entsetzt, um zu brüllen, ja sogar zu entsetzt, um zu sterben. Er schaffte es lediglich, zu heulen wie ein geschlagener Hund, und kroch die Palisaden entlang, in dem Versuch, den blindwütigen Dolchstößen der Elfen zu entkommen. Mit einem zornigen Grollen stieß Till sie beiseite und sprang auf den Rücken des Soldaten. Mit einer Hand hob er seinen Kopf an, mit der anderen schnitt er ihm die Kehle durch. Sauber, präzise.

Der Mann fiel in den Staub, und die Schar der kleinen Wesen hielt den Atem an und lauschte fieberhaft auf die leiseste Reaktion im Dorf.

Als sie schließlich sicher waren, dass alles ruhig war, ließ Till das große Tor öffnen und die Zugbrücke herunterklappen. Er lief nach draußen und stieß zweimal hintereinander einen lang gezogenen Ruf aus, wie ein Nachtvogel. Sein Ruf war merkwürdig kraftvoll für seinen so schmächtigen Körper. Umgehend erhoben sich an allen möglichen Stellen auf den Feldern zierliche Gestalten und begannen in seine Richtung zu rennen.

Llandon selbst rannte nicht. Mit langsamen Schritten, gleichgültig gegen die schemenhaften Gestalten, die überall um ihn herum mit der ihnen eigenen Leichtfüßigkeit durch die Nacht sausten, hielt er den Kopf gesenkt und die Arme dicht über der Brust gekreuzt, als sei ihm kalt; hinter ihm liefen Kevin, der Bogenschütze, der einen seiner legendären Silberpfeile aufgelegt hatte, und Dorian, der jüngste Bruder der Königin Lliane. Und fortan auch der einzige ... Vor Till blieben sie stehen, und der König der Hohen Elfen dankte dem Spurensucher mit einem wortlosen Nicken. Dann drehte dieser sich um, machte seiner Truppe ein Zeichen, und die Grünen Elfen verschwanden, an seine Fersen geheftet, in der Dunkelheit. Till hatte nichts gesagt, aber der König wusste, was in ihm vorging. Die Elfen mochten den Krieg nicht, und sie hatten Angst vor dem Tod. Im Gegensatz zu den Menschen, den Zwergen oder den Ungeheuern gefiel es ihnen nicht einmal, jemanden umzubringen. Llandon hatte den Leichnam des Wachtpostens im Graben entdeckt, dessen Kopf von einem Lanzenhieb durchbohrt worden war. Das war bereits allerhand für sie ... Mit verschlossener Miene sah der König ihnen nach, bis sie im Schutz ihres geliebten Waldes untergetaucht waren, und blieb noch eine ganze Weile so stehen, nachdem die Nacht sie verschluckt hatte. Dann rissen ihn die ersten Schreie im Marktflecken aus seiner Lethargie.

Es war überall der gleiche Alptraum.

Eine eisige Hand zerrte das linnene oder hanfene Bettzeug von dem riesigen Bett, in dem die ganze Hausgemeinschaft schlief, schleuderte den Vater zu Boden und stach mit einem Dolch, der spitz wie ein Pfriem war, zu, wenn er Anstalten machte, Widerstand zu leisten; bleiche, verzerrte Vampirgesichter murmelten Befehle in einer unverständlichen Sprache, deren Schwingungen sich allerdings bis ins Innerste des Schädels fortpflanzten, und die Familien rannten in die Gasse hinaus, Männer, Frauen und Kinder, nackt oder nur spärlich bekleidet, stumm vor Schreck, während die Flammen bereits um das Strohdach ihrer baufälligen Behausungen züngelten. Llandon hatte sich wieder in Bewegung gesetzt und lief zunehmend schneller, bis er schließlich durch die brennenden Sträßchen rannte, und anschließend den Pfad hinauf, der zum Gipfel der Anhöhe führte; dabei blickte er gebannt auf das kleine Fort, wo die Reisigen aufgeregt durcheinander liefen. Er hatte die anderen Elfen abgehängt, als er den Trupp der verstörten Soldaten erreichte, die sich vor dem Tor zusammengeschart hatten, unschlüssig, wie sie sich verhalten sollten. Sie sahen ihn erst im letzten Moment und wichen angesichts seiner wilden, Grauen erregenden Miene wie ein Mann zurück.

Der Elf holte aus und schlug in einer schwungvollen Bewegung mit seinem silbernen Dolch in die Menge, worauf ihm das Blut ins Gesicht spritzte. Hände packten ihn. Schreie ertönten. Weitere Elfen waren jetzt neben ihm aufgetaucht und brüllten. Ein wilder Faustkampf und Klingen, die über Kettenhemden glitten. Ein Gardist stürzte mit glasigem Blick zu Boden und schuf ausreichend Platz, dass ein anderer seinen Degen direkt in den Bauch des Elfen stoßen konnte; Llandon entfuhr ein Schmerzensschrei. Doch die Schwerter der Menschen waren nicht dazu geschaffen, jemanden zu durchbohren. Zu plump, zu stark abgerundet, waren sie Hieb- und Stoßwaffen, die dafür gemacht waren, das Eisen der Rüstungen zu durchtrennen, um anschließend Fleisch und Knochen zu zertrümmern. Ein Angriff mit der Spitze war sinnlos. Der König der Elfen wich zurück; der Hieb hatte ihm den Atem genommen, und die Soldaten schöpften Hoffnung. Ein silberner Pfeil durchbohrte die Kehle eines turmhohen Sergeants, bevor er im Torrahmen stecken blieb; aber die Menschen hatten eine mörderische Wut im Bauch, und ihre Augen funkelten im Schein der im Marktflecken entfachten Feuersbrunst. Verschanzt hinter ihren eisenbeschlagenen Holzschilden, drängten sie die Elfen wie eine Wand mit Lanzen- und Schwerthieben zu den riesigen Flammen hin. Ihre Hoffnung war jedoch nur von kurzer Dauer: Bald schon tauchten von überallher Elfen auf, die auf ihre Knöchel und Arme einschlugen und ihre ledernen Panzerhemden mit ihren messerscharfen langen Dolchen aufschlitzten, so dass sie von Neuem in Angst und Schrecken versetzt wurden.

Vor dem Tor seines Schlösschens stand der alte Cystennin, barfuß und mit nacktem Oberkörper, einzig mit seinen Beinkleidern angetan, und blinzelte schlaftrunken mit den Augen, während er ungläubig zusah, wie die Flammen sein Dorf verschlangen. Sein Schwert schleifte auf dem Boden, sein Schild baumelte nutzlos an seiner Seite, und er sah mit hängenden Armen den ungeordneten Trupp seiner Männer unter dem Ansturm der Elfen dahinschmelzen, während seine Ohren von ihren Todesschreien und den gellenden Rufen der Sieger dröhnten. Ein aus dem Nichts aufgetauchter Pfeil zerfetzte ihm die Wange und riss ihn brutal aus seiner Apathie. Mit einer instinktiven Geste hob er schützend seinen eisernen Schild vors Gesicht und stürzte Hals über Kopf bis zum Eingang zurück. Zu spät. Die Elfen waren gleichzeitig mit ihm an der Türöffnung angelangt und stürmten bereits ins Innere des Hauses. Ein metallischer Schlag auf seinen Schild, das Aufblitzen einer Klinge. Cystennin hieb mit einem lauten Aufschrei auf eine vorbeihuschende Gestalt ein, und zwar so stark, dass sein Arm taub blieb. Er sah den Elf nicht einmal zusammenbrechen. Schon tauchte ein weiterer vor ihm auf, dann noch einer, mit hoch gezogenen Lefzen und dem Blick eines Wolfes. Als er noch weiter zurückwich, prallte er gegen den langen Eichentisch im Speisesaal. Bei dem Versuch, ihm auszuweichen, gab er sich jedoch eine Blöße und spürte den spitzen Stich eines Dolches in seinem Arm. Er rammte seinem Angreifer den Ellbogen ins Gesicht und drängte ihn wütend mit Fausthieben und Fußtritten zur Seite. Hinter ihm heulte jemand auf. Weibliche Stimmen. Er fühlte, wie sein Schwert die Lanze eines Elfs glatt durchbrach und wie eine Holzfälleraxt in dessen Rippen eindrang. Der Tisch, den er nach wie vor im Rücken hatte, hinderte ihn daran, sich frei zu bewegen. Dann raubte ihm ein entsetzlicher Stoß den Atem. Er spürte die Wärme seines eigenen Blutes auf seinem Oberkörper, einen erneuten Hieb und den Boden unter seiner Wange. Sowie den Staub auf seinen Lippen.

»Hört auf!«

Cystennin schnappte nach Luft, das Gesicht auf die Erde gepresst, schweißüberströmt. Um sich herum sah er nichts als Beine im goldenen Schein der Kerzen. Eine von ihnen war während des Kampfes heruntergefallen und brannte auf dem Boden weiter. Das war gefährlich, es gab überall Stroh, man musste sie löschen. Der alte Mann versuchte, den Kopf zu heben, doch sein Hals gehorchte ihm nicht mehr. Es war zu laut, zu viele Schreie, zu viel wildes Durcheinander, und ein Rinnsal aus Schweiß brannte ihm in den Augen, ohne dass er ihn hätte abwischen können. Das Talglicht knisterte, schon war der Funke auf einen Strohhalm übergesprungen, der flatternd verbrannte. Er blies, um die Flamme zu ersticken, aber ihm fehlte der Atem. Beine kreuz und quer um ihn herum. Sahen sie denn nicht diese verfluchte Kerze? Ein Wildlederstiefel trat schließlich den brennenden Docht aus, dann verschwand er aus seinem Sichtfeld. Cystennin lächelte, stieß einen langen, erleichterten Seufzer aus und entspannte sich.

»Ist er tot?«

Ein Elf kniete neben dem Burgherrn nieder und hob seinen Kopf an den Haaren hoch. Cystennins Augen waren noch offen, aber aus ihnen war alles Leben gewichen. Auf den langen Eichentisch gestützt, hielt sich Llandon mühsam und stoßweise atmend die Seite und betrachtete lange den alten Mann, als hätte er gewünscht, in ihm einen Bekannten zu erkennen. Er schloss die Augen und versuchte, das Gesicht Uthers im Geiste heraufzubeschwören ... Es war zu lange her, und zudem ähnelten sich alle Menschen in den Augen der Elfen. Die gleichen derben, brutalen, von Haaren und Falten überwucherten Züge. Wie hatte Lliane ihn lieben können?

Llandon riss sich mit schmerzverzerrter Miene vom Tisch los. Jeder Atemzug durchfuhr ihn wie ein Dolchstoß. Vermutlich hatte er sich einige Rippen gebrochen ... Er bemerkte Dorians ängstlichen Blick und richtete sich hastig zu seiner vollen Größe auf.

Mit dem Rücken zur Leiche seines Feindes gewandt, ließ er den Blick durch den Saal schweifen. Eine kleine Gruppe Menschen, Frauen, Kinder und Greise, stand in einer Ecke des Raumes um einen mit einer Kutte bekleideten Mönch herum, eine traurige Gestalt mit einem Gesicht wie drei Tage Regenwetter und einer Tonsur, die seine Magerkeit noch betonte.

»He du da, komm mal her!«

Der Gottesmann schreckte hoch, dann fing er sich wieder und ging langsam und mit gesenktem Blick auf den König der Hohen Elfen zu.

»Wie heißt du?«

»Ich bin Bruder Elad, der Kaplan dieser Baronie hier.«

»Weißt du, wer ich bin, Elad?«

»Für mich seid Ihr der Teufel«, sagte der Mönch leise.

Llandon fing schallend zu lachen an, was ihm jedoch sogleich ein Stöhnen entlockte.

»Nein, Mönch, ich bin nicht der Teufel ... Ich bin Llandon, der König der Hohen Elfen, Herr im Wald von Eliande. Wirst du dir das merken können?«

Der Mann blickte flüchtig auf, sah für einen kurzen Moment in die grünen Augen des Elfs, der ungeachtet des Schweißes, des Staubs und der Spritzer aus getrocknetem Blut, die sein Gesicht bedeckten, noch eine majestätische Erscheinung war.

»Wenn du Uther siehst, sag es ihm.«

Llandon deutete mit dem Kinn auf den Leichnam Cystennins, der in den Staub hingestreckt lag.

»Sag ihm, dass ich seinen Vater getötet habe.«

VIII
Avalon

Schweigend marschierten sie durch die schlafende Burg, noch geraume Zeit vor der Prim, also noch vor Sonnenaufgang. Gorlois, Seneschall und Herzog, fühlte sich müde, umso mehr, als Blaise trotz seiner Magerkeit mit großen Schritten voranstürmte, was ihn bisweilen zwang, in Trab zu verfallen, um ihn wieder einzuholen. Bei all dem verlor der Franziskaner kein Wort und hatte seine übliche Leichenbittermiene aufgesetzt, während er die Gänge durchkreuzte, als kenne er jeden verborgenen Winkel besser als Gorlois selbst (was diesen im Übrigen allmählich ärgerte). Schließlich gelangten sie zu der Kapelle.

»Falls du mir die Beichte abnehmen willst, so ist es noch ein bisschen früh, Bruder!«, brummte Gorlois, ein wenig außer Atem.

Blaise ließ sich nicht einmal zu einem Lächeln herab.

»Ihr wisst sehr gut, warum wir hier sind«, erwiderte er. »Er erwartet Euch.«

»Mhm …«

Gorlois zog die Schöße seines pelzgefütterten Mantels enger um sich. Es war beinahe kalt zu dieser frühen … oder besser nachtschlafenden Stunde. Der Herzog stieß die Tür auf, die den Angehörigen adliger Stände vorbehalten war und einen direkten Zugang zu den ersten Reihen der kleinen Kapelle bot, deren Innenraum seit kurzem eingerichtet war. Eine winzige Kapelle, um die Wahrheit zu sagen, aber immer noch groß genug für den Zweck, dem sie diente. Abgesehen davon, dass die Königin und ihr Gefolge schon bei Anbruch des Morgengrauens hierher kamen, um ihre Danksagungen zu sprechen, blieb sie weitgehend leer, außer bei größeren Anlässen, Taufen oder Segnungen ... Gorlois sah wieder den König Pellehun vor sich, wie er in dem hohen, mit einer geschnitzten Ausfertigung seines Wappens versehenen Holzstuhl saß und dort, an der Seite der Königin, eine Einführung in den Katechismus erhielt. Der Seneschall gähnte so herzhaft, dass er sich fast den Kiefer ausrenkte, dann räusperte er sich, während sein Blick, wie lange zuvor der des Königs, zu dem bemalten Gewölbe und den verzierten Kapitellen der Säulen schweifte, an denen Fratzen schneidende Ungeheuer die Erinnerung an die Dämonen wachriefen, gegen die sie beide in den Schwarzen Landen gekämpft hatten.

»Auf die Knie vor dem heiligen Kreuz!«

Gorlois zuckte zusammen und drehte sich mit einem Ruck um. Er hatte Illtud nicht gesehen, der reglos in seiner dunklen Kutte vor dem Altar kniete. Von dem in eine Schießscharte eingelassenen Kreuzfenster her fiel jetzt ein rosafarbener Lichtstreifen ein, der den Beginn eines schönen neuen Tages anzeigte und sich über die Steinplatten bis zu seinen Füßen ausdehnte, als habe Gott selbst ihn mit dem Finger berührt. Instinktiv wich Gorlois zurück, um dem lichtumfluteten Kreuz zu entkommen, setzte dann jedoch, leicht beschämt über dieses dumme Ausweichmanöver, ein Knie auf den Boden und bekreuzigte sich flüchtig.

Illtud erhob sich, ohne ihn anzusehen, von seinem Betstuhl und setzte sich auf eine Bank. Der Mann war beeindruckend. Eher groß, selbst wenn seine Kutte maßgeblich dazu beitrug, seine Größe zu betonen, trug er eine Tonsur und einen braunen, ins Rötliche spielenden Bart, dicht und gewellt, fast wie Watte. Er sprach, beinahe ohne den Mund zu bewegen, mit gedämpfter Stimme, der man allerdings anmerkte, dass sie klangvoll war und es ihm erlaubte, sich bei Bedarf Gehör zu verschaffen. Die Augen schienen das einzig Belebte in diesem unbewegten Gesicht, und als der Seneschall neben ihm Platz genommen hatte, spürte er die Kraft dieses Blickes. So gut wie niemand wusste es, nicht einmal der Herzog, der doch über ein Netz an Informanten aus der Gilde verfügte – aber Bruder Illtud war in früheren Zeiten einmal Ritter gewesen, unter dem vergessenen Namen Illtud de Brennock, bevor er dem weltlichen Leben entsagt hatte und ins Kloster eingetreten war.[1] Gewisse Leute betrachteten ihn als Heiligen, und der Bischof selbst mischte sich trotz seiner Allmachtsstellung nicht in die Angelegenheiten seiner Mönche.

Zur Stunde hüllte er sich in Schweigen und musterte Gorlois derart beharrlich, dass der Herzog die Augen niederschlug. Er fing sich jedoch sogleich wieder, wütend über dieses neuerliche Zeichen von Schwäche, und herrschte den Mönch donnernd an.

»Nun, werter Abt! Du wolltest mich sehen? Hier siehst du mich!«

»Sprich nicht so laut im Hause des Herrn, du gottloser Heide!«

Illtuds Antwort hallte lange in der kleinen Kapelle nach und brachte den Herzog durch ihre Heftigkeit und den hasserfüllten Unterton aus der Fassung.

»Du musst lernen, Demut vor Gott zu zeigen«, fuhr der Abt leiser fort. »Denn ohne Gott bist du ein Nichts.«

Gorlois lachte spöttisch.

»Ein Nichts, das dich für den Rest deiner Tage in den Kerker werfen kann, lieber Abt. Das solltest du besser nicht vergessen, wenn du mit mir sprichst!«

1 Illtud gründete das Kloster, das heute den Namen Llanilltud Major trägt, und er wurde zum Vordenker des Heiligen Gildas und des Heiligen Samson, die beide aus Cambrie stammen und ihre Tage einer wie der andere in der Bretagne beschlossen haben.

Illtud schüttelte tief betrübt den Kopf, so als wende er sich an ein Kind.

»Du bist nichts, Gorlois von Tintagel«, nahm er den Faden in demselben gedämpften Ton wieder auf. »Seneschall eines toten Königs, ein Schuft und Vergewaltiger, der seinen Treueid gebrochen und seine Königin verraten hat, lebst du durch die Waffen, und du wirst durch sie sterben, wenn du Gott nicht um Vergebung anflehst.«

Der Seneschall zuckte sichtlich zurück, sein ganzer Körper bäumte sich auf in Anbetracht von Illtuds Unverschämtheit, und sein einziges Auge funkelte gefährlich im Halbdunkel des heiligen Ortes. Unter dem Schock wäre er beinahe aufgestanden, um diesen verfluchten Moralprediger zu packen und ihn zu Boden zu schleudern, aber es geziemte sich nicht, schon während der ersten Wortgefechte der Auseinandersetzung ein Ende zu bereiten. Und was hatte er im Übrigen schon mitten im Herzen der königlichen Burg, in der er allein das Sagen hatte, von diesem lächerlichen Mönch zu befürchten? Er entspannte sich und lehnte sich nach hinten, breitete die Arme über die Rückenlehne der Bank und schlug seine weit von sich gestreckten Füße übereinander.

»Hast du mich etwa in aller Herrgottsfrühe geweckt, nur um mir das mitzuteilen?«

»Nein«, erwiderte Bruder Illtud. »Es geschah, um dich mit jener Macht auszustatten, in deren Besitz du dich wähnst. Der wahren Macht. Einer Macht, die noch größer ist als die des Königs Pellehun …«

Der Abt sah am Blick des alten Kriegers, dass seine Überheblichkeit verflogen war. Gorlois kniff die Lippen zusammen, seine harten Züge wurden von den mit roten Bändern durchflochtenen Zöpfen eingerahmt, sein Kinn war im Eichhörnchenfell seines Mantels vergraben.

»Was glaubst du eigentlich?«, fing er wieder an. »Dachtest du, dass die Vergewaltigung der Königin aus dir einen König machen würde? Nein … So dumm bist du nicht. Doch wenn

Igraine dich aus freien Stücken heiratet, dann sieht die Sache anders aus. Du kannst nicht König werden, ohne von deinen Pairs gewählt zu werden, aber du würdest schon einmal Herrscher des Königreichs, was ja am Ende auf dasselbe hinausläuft ...«

Gorlois verzog zweifelnd das Gesicht.

»Igraine ist eine Tochter der Kirche«, beharrte Illtud. »Zudem ist sie kein naives Gänschen, das in seinen Träumen den hübschen Märchen der Minnesänger nachhängt. Sie ist eine Königin, auch wenn du das ganz offensichtlich vergessen hast. Eine Königin und eine pflichtbewusste Frau, die sich dem Wort Gottes unterwirft.«

Gorlois reckte den Hals aus seinem Pelzkragen und lächelte amüsiert.

»Ist das ein Handel, den du mir da vorschlägst, werter Abt?«

»Ja«, gab Illtud ruhig zurück und nickte bedächtig. »Genau das ist es ... Auf der einen Seite die ewige Verdammnis, der Krieg hier auf Erden, die Barone und die Kirche, die sich gegen dich erheben – ob Sieg oder Tod, das spielt keine große Rolle, aber letzten Endes ein verachtungswürdiges Leben, der Untergang der Menschheit, die Zwietracht ...«

»Und auf der anderen Seite?«

»Auf der anderen Seite der heilige Krieg. Ein Gott, ein König. Der Krieg gegen die Elfen, die Ungeheuer und sämtliche Völker, die auf die Idee kommen, sich dem Wort Gottes zu widersetzen. Und natürlich die Macht. Die Hand Igraines, die Verlobung vor dem gesamten Volk, feierlich vollzogen durch den Bischof, und überall, in jeder Kirche, jedem Kloster, den Rückhalt bei den Geistlichen und den Mönchen ...«

Gorlois lächelte und hielt dem Abt die offene Handfläche hin.

»Einverstanden!«

Bruder Illtud betrachtete die dargebotene Hand und schüttelte milde den Kopf, wobei er seiner Weigerung mit einem wohlwollenden Blick die Schärfe nahm.

»Ich fürchte, so weit geht mein Vergleich mit einem Handel nicht, mein Sohn ... Weißt du, das Angebot gilt nicht ohne Gegenleistung. Gott verabscheut es, dass man sich über ihn lustig macht, und, sollte dies deine Absicht gewesen sein, brächte sein Zorn die Mauern der Burg zum Erzittern, so dass sie zu Staub zerfiele.«

Gorlois zog seine Hand zurück und ballte sie zur Faust.

»Was ich will, Herzog Gorlois, das ist deine Seele, um der Liebe Gottes willen. Ich möchte, dass du der Sünde abschwörst und dass du begreifen lernst, dass du von ganzem Herzen begreifen lernst, was der wahre Christenglaube bedeutet. Ich möchte, dass du ein heiliger König wirst ... Nur dann wirst du Igraine die Hand fürs Leben reichen.«

Sie waren sehr früh aufgebrochen, bereits bei den ersten Sonnenstrahlen, um die Kühle der Morgendämmerung zu nutzen. An dem unendlich weiten, schon blauen Himmel zerflogen in weiter Ferne, über dem dunklen Baummeer von Eliande, fasernd die letzten nächtlichen Wolken. Die beiden Ritter, der Druide und der Zwerg gingen schweigend, Schulter an Schulter, und genossen die warme Liebkosung der aufgehenden Sonne auf dem Gesicht. Ihre Beine waren klatschnass von dem hohen taubedeckten Gras, das glitzerte wie ein See, so weit das Auge reichte. Sie stiegen den letzten Hügel hinab, den Körper leicht nach hinten geneigt, langsam, fast widerstrebend. Vor ihnen erstreckte sich bis zum Horizont Brocéliande, dicht, düster und schroff aufragend wie eine Festung. Vielleicht noch eine Stunde Gehzeit, und sie hätten den Waldsaum erreicht.

Uther hielt nach Caer Cystennin Ausschau, dem befestigten Marktflecken seines Vaters, der dort in der Ferne zwischen Wald und See liegen musste. Aber der heilige Wald der Elfen war derart weitläufig, dass man tagelang in derselben Hügellandschaft und vor demselben unendlichen Horizont daran entlanglaufen konnte, bevor man das von den Menschen kultivierte Land erreichte.

Sie marschierten in Linie, und doch wusste jeder von ihnen, dass Merlin derjenige war, der sie führte, auch wenn er ihnen nie den Weg wies, sondern in seinem ruhigen Schritt durchs hohe Gras voranging und den Kopf wiegte wie in Trance. Mehr als ein Mal seit dem Aufwachen hatte Uther versucht, ein Gespräch anzuknüpfen, aber der Kindmann wirkte noch geistesabwesender als gewöhnlich, und keiner von ihnen, nicht einmal Prinz Bran, der doch beim Gehen unablässig vor sich hin brabbelte, hätte es in dem Moment gewagt, das Schweigen, das sich über ihren kleinen Trupp gelegt hatte, zu brechen.

In Wahrheit war Merlin abwesend. Nur ein verschwindend kleiner Teil seines Geistes weilte unter ihnen, auf jenem Hügel. Seine Seele war vollständig an einem anderen Ort, am anderen Ende des Waldes, jenseits eines Nebelschleiers, und lenkte den Schritt einer unbekleideten Elfe, die ein winziges Töchterchen, bleich wie die Morgendämmerung, in den Armen hielt. Die beiden hatten zwischen den Zweigen einer Eiche geschlafen, wo sie gefeit gewesen waren gegen Wölfe und unliebsame Begegnungen; dann, beim ersten Sonnenstrahl, hatten sie den Hochwald verlassen und liefen nun durch ein dünnes Gehölz aus Sträuchern und ineinander gewachsenen Dornenranken, wobei sie einem gewundenen Wildpfad folgten, der in dem üppig wuchernden Gestrüpp kaum zu erkennen war. Jedes Mal wenn Merlin das Gefühl hatte, sie zu verlieren, zog sich sein Herz zusammen. Dann beschleunigte er jäh seinen Schritt, und seine Kameraden schraken auf, herausgerissen aus dem monotonen Rhythmus ihres Marschs. War es Lliane, die sie da führte, oder wies er ihnen den Weg? Bisweilen öffnete er die Augen und sah den Hügel, ließ seinen Blick über Uther und seine Gefährten schweifen sowie über den von der bereits hoch stehenden Sonne angestrahlten Wald. Er sah, wie der Ritter mit ihm sprach, nickte und nahm den Schlauch mit frischem Wasser entgegen, den dieser ihm reichte; dann war er mit einem Schlag wieder bei ihr, schritt an ihrer Seite durchs Dickicht und wechselte stumme Blicke mit Morgane.

»Da ist es ...«

Merlin fuhr hoch und blieb abrupt stehen. Lliane hatte soeben mit ihm gesprochen, und er konnte sie endlich sehen. Sie wandte ihm den Rücken zu, war aber so nah, dass er nur die Hand hätte auszustrecken brauchen, um ihr langes schwarzes Haar zu berühren. Er vernahm sämtliche Geräusche des Waldes, das Zwitschern der Vögel, das Knacken der Bäume und die kleinen Gurgellaute des Babys, seine Atmung, seine plötzlichen Schreie, die fast wie glucksendes Lachen klangen.

»Siehst du, Myrrdin, dort ist es.«

Lliane drehte sich zu ihm um und schenkte ihm ein Lächeln. (War das nicht das erste Mal? Noch nie hatte sie ihn so vollkommen glücklich angesehen.) Der Kindmann wollte ihr antworten, aber sie war bereits wieder verschwunden. Trotz des Sonnenscheins kroch ein Dunstschleier um sie herauf, der wie ein hauchzartes Gewebe wirkte, und Myrrdin entdeckte, was sie ihm zeigte: einen reglos daliegenden See, grau wie eine Schiefertafel. Davor, einen Pfeilwurf entfernt, zeichnete sich ein lang gezogenes, flaches Stück Land ab, das sich über dem Wasser erhob und im Nebel verschwand. Er hustete, da ihm der stickige, metallische Geruch des Nebels bis tief in die Kehle drang, dann tat er einen Schritt nach vorn und spürte den Schlamm unter seinen Füßen, das eisige Wasser an seinen Beinen. Er lächelte, als er sein blaues Gewand um sich treiben sah, was ein seltsamer Anblick war ... Lliane war nicht stehen geblieben. Sie glitt zwischen den blühenden Seerosen, den Teichlilien und dem Schilfrohr hindurch und war bereits auf halbem Weg zu der Insel. Er schüttelte sich, zog mühsam seinen Fuß aus dem Schlick, doch schon beim nächsten Tritt blieb er erneut stecken, mühte sich bei jedem Schritt, und eine dumpfe Furcht schnürte ihm das Herz zusammen, während er zusah, wie sie sich entfernte. Lliane war nun bis zur

Taille untergetaucht, doch sie kam unvermindert gut voran, und ihr Haar wogte sanft auf ihren bläulichen Schultern, sachte, ganz sachte. Sie erreichte das Ufer der Insel, blieb einen Augenblick neben einer Weide stehen, deren grün-gelbes Blattwerk gleich einem Wasserfall bis auf die Oberfläche des Sees herabfiel, strich zärtlich über die langen Zweige und setzte ihren Weg dann fort, ohne sich weiter um den Kindmann zu kümmern, der kläglich durch den Schlamm watete, bedrückt und stumm vor Angst. Die Sonne schimmerte durch den Dunst und brachte das Wasser zum Glitzern, das Llianes Rücken umspülte, ihr Gesäß, ihre langen Beine – und immer noch wogte ihr Haar im Rhythmus ihres ruhigen Schrittes … Myrrdin bemerkte den Blick Morganes sowie ihre kleine Hand, die sich zuckend bewegte.

»Wartet auf mich!«

Die Weide schien jetzt lebendig zu werden und ihre langen Zweige auszustrecken, um einen Vorhang entlang des Ufers zu bilden. Und die anderen Bäume erwachten ebenfalls zum Leben, wie in einem Albtraum. Er machte einen verzweifelten Versuch, sich aus dem Morast zu befreien, und fiel kopfüber nach vorne in das schwarze Wasser des Sees.

Als er hustend und spuckend wieder auftauchte, glaubte Myrrdin zunächst, er habe sie verloren, und stieß einen erstickten Schrei aus.

»Lliane!«

»Was sagst du da?«

Die Stimme Uthers, aus weiter Ferne … Er durfte sich nicht ablenken lassen, Mutter und Tochter waren dort, oben auf einer Anhöhe, neben einem Baum.

»Merlin, was hast du gesagt?«

Ein Baum, der höher war als die anderen … Ein knorriger, krummer Stamm mit einer Krone aus dicht mit Blättern und Früchten behangenen Zweigen.

»Habt ihr das gehört, ihr anderen?«

Der Kindmann spürte, wie er nach hinten gezogen wurde.

Kräftige Hände hielten ihn umklammert, und er schlug um sich in dem Bemühen, sich zu befreien.

»Dort ist es, Myrrdin ... Siehst du, es steht nichts mehr zu befürchten. Schau ...«

Lliane streckte die Hand aus und pflückte eine glänzende rote Frucht. Es war ein Apfelbaum. Der Baum der Erkenntnis ... Das hier war Avalon, die Apfelinsel. Emain Ablach nach der alten Überlieferung. Die Insel der Feen, zu der nie auch nur irgendjemand gelangte. Die Insel der Götter ... Und Lliane lächelte.

»Warte auf mich!«

Er versuchte erneut, nach vorne zu stürzen, aber die Hände, die ihn eisern umschlossen hielten, nahmen ihm jede Bewegungsfreiheit, und alles, was passierte, war, dass er der Länge nach in das buschige Gras des Hügels fiel.

»Lliane! Lliane!«

»Zum Teufel, Merlin, was redest du da?«

Der junge Druide schlug erschrocken die Augen auf. Das sonnengebräunte und von der langen Narbe auf der Wange durchzogene Gesicht Uthers befand sich ganz dicht vor seinem eigenen, und die braunen Zöpfe des Ritters schlugen ihm gegen die Schläfen. Die kräftigen Fäuste waren um sein Gewand gekrallt und schüttelten ihn. Merlin befreite sich mit einem Ruck aus ihrem Griff, kugelte über den Boden und blickte sich um. Er fing den besorgten Blick Ulfins auf und den mürrischen Blick Brans. Und um sie herum das sanfte Wogen des hohen Grases – so weit das Auge reichte, bis zu dem riesigen dunklen Wald.

Uther packte ihn erneut und riss ihn unsanft hoch.

»Hörst du mich überhaupt?«

Der Kindmann hob die Hand, nickte, und Uther ließ ihn los. Er wollte einen Schritt machen, aber seine Beine gaben unter ihm nach, und er sank in sich zusammen.

»Was ist denn verflixt noch mal mit ihm los?«

Ulfin sah ihn mit einer Mischung aus Furcht und Abscheu

an, aus sicherem Abstand und jederzeit bereit zurückzuweichen, die Hand am Griff seines Schwertes.

»Er hatte eine Vision oder so etwas«, brummte Bran mit seiner hohlen Stimme. »Das habe ich bereits unter dem Berg erlebt ...«

Uther wandte sich zu dem Zwerg um und stieß einen tiefen Seufzer aus.

»Gib mir Wasser ...«

Bran rammte seine lange Axt in den Boden, verrenkte sich, um sich von seinem Schlauch zu befreien, den er um den Hals gehängt trug, und reichte ihn dem Ritter, der unwillkürlich lächeln musste. Bei aller Adeligkeit und auch wenn er Erbe des Throns von Troïn und der vielleicht letzte lebende Prinz des gesamten Zwergenvolkes sein mochte, war der Zwerg doch wie ein Packesel beladen. Er schleppte ihre gesamten Vorräte ganz allein, ebenso wie den Helm, die eisernen Meuseln, den Harnisch und die Panzerhandschuhe von Ulfin, und diese ganze Last schien ein Nichts für ihn.

Der junge Ritter kniete neben Merlin nieder und hob vorsichtig seinen Kopf, um ihm etwas zu trinken einzuflößen. Er war nur ein Strohhalm in seiner Hand, leicht wie ein Reis, trotz seines weißen Haars so jung und nach außen hin so zerbrechlich, wenn er die Augen schloss.

»Du hast sie gesehen, stimmt's?«, fragte er leise.

Merlin nickte zustimmend. Uther sah eine Träne in seinem Augenwinkel perlen und über seine Wange hinunterrinnen. Das Kinn des Druiden fing an zu zucken, und er begann unvermittelt derart heftig zu weinen, dass sein ganzer Körper von Schluchzern geschüttelt wurde. Uther drehte sich zu seinen Kameraden um – doch vergeblich. Sie betrachteten einer wie der andere ihre Füße und traten verlegen wie Schuljungen vor einer Dirne von einem Bein auf das andere. Er selbst suchte nach einem tröstenden Wort, aber es fiel ihm nichts ein, da er den Grund für diesen plötzlichen Kummeranfall nicht begriff.

»Erzähl mir, was du gesehen hast«, flüsterte er Merlin ins Ohr.

Der Kindmann richtete sich mit einer brüsken Bewegung auf, löste sich abrupt aus Uthers Armen und wischte sich dann mit dem Handrücken verstohlen die Tränen fort. Er blieb noch einen Moment im Gras sitzen, schloss die Augen, wie um die Spur Llianes wiederzufinden, dann gab er es seufzend auf und erhob sich, um alsbald wieder seine gewohnte unerträgliche Miene aufzusetzen, in der sich Ironie mit Sorglosigkeit paarte.

Doch Uthers Blick war hart, und er ballte erneut die Fäuste, wobei jede Spur von Mitleid verflogen war.

»Ich habe dir eine Frage gestellt«, knurrte er mit streitlustigem Blick.

»Ja, ich habe sie gesehen«, sagte Merlin, der unermesslichen Weite von Brocéliande zugewandt. »Ich habe sie alle beide dort hinten gesehen, Lliane und Morgane ...«

Er blickte Uther von der Seite an.

»... deine Tochter, weißt du?«

Der Ritter stand langsam auf, stöpselte den Schlauch wieder zu und warf ihn Bran zu, ohne auch nur eine Sekunde zu ihm hinüberzuschauen.

»Und wenn man bedenkt, dass ich einen Moment lang glaubte, ich sei derjenige, der sie führt«, murmelte Merlin zu sich selbst.

»Was ist geschehen, Merlin?«

Einen kurzen Augenblick war der gleichgültige Ausdruck aus dem Gesicht des Kindmannes verschwunden.

»Sie sind allein, Uther. Ich dachte, dass sie dich bräuchten ...«

»Aber natürlich brauchen sie mich!«, brüllte Uther. »Wie sollen sie sich denn in dem Wald zurechtfinden?«

»Nun sei nicht albern, es sind doch Elfen! Und außerdem sind sie nicht mehr im Wald!«, murmelte Merlin. »Ich weiß nicht einmal, ob sie noch in unserer Welt sind.«

Uther wurde entsetzlich bleich.

»Willst du sagen, sie seien tot?«

Merlin hätte lachen mögen, wenn der junge Mann nicht gar so abgrundtief verzweifelt ausgesehen hätte.

»Du weißt so wenig, Ritter ... Es gibt nicht nur das Leben und den Tod. Hast du denn gar keine Träume?«

»Doch, natürlich ...«

»Also ... Aus welchem Stoff sind deiner Meinung nach Träume? Es ist nicht das wahre Leben, und es ist gewiss nicht der Tod ...«

Uther wandte sich zu seinen Gefährten um, aber Ulfin sah immer noch an seinen Beinkleidern hinunter, und Bran legte murrend seine Rüstung an. Uther schüttelte den Kopf.

»Ich weiß nicht einmal, wovon du redest, Merlin ...«

Der Kindmann schmunzelte und faltete die Hände, während er nach einfachen Worten suchte, um ihm das Ganze begreiflich zu machen.

»Die Träume, Uther, gewähren uns einen Blick auf die andere Welt, die der Götter. Die Welt des Dunstes, die den Lebewesen verschlossen ist und gleichzeitig real und sehr wohl vorhanden.«

»Also sind sie gestorben!«

»Nein, natürlich nicht!«

Er seufzte und betrachtete den riesigen Wald, in der Hoffnung, dass ihm dabei eine Eingebung kam.

»Sie sind von den Göttern gesegnet, wenn du so willst ...«

»Das begreife ich nicht«, sagte Uther kopfschüttelnd.

»Ich weiß.«

Sie verharrten beide schweigend. Merlin betrachtete das Land Eliandes, den letzten großen Wald der Elfen, der Welt und Zeit entrückt und noch unberührt von den Menschen. Aber was ist vergänglicher als ein Wald? Was vergänglicher als ein Baum? Jahrhunderte alte Eichen mit einem Durchmesser von mehreren Klaftern würden unter den Sägen der Holzfäller umstürzen – für nichts und wieder nichts, damit Häuser gebaut wurden oder Holz zum Heizen daraus gemacht würde. Bäume werden abgeschnitten, Bäume werden verbrannt, Bäume sterben und hinterlassen keinerlei Spuren ... So sah das Schicksal der Elfen aus.

»Ich glaube«, sagte er, »dass wir *sie* demnächst brauchen werden.«

IX

Am Wald von Brocéliande

Es war fast unmöglich zu schlafen, da Bran so laut schnarchte. Doch die Nacht war mild, und ein leichter Wind blies, der die Äste der großen Pappeln am Waldrand wiegte. Uther fühlte sich gar nicht müde. Er stand lautlos auf, hob den Gürtel mit dem wuchtigen Schwert daran auf, warf ihn sich über die Schulter und lief vom Lager fort. Sehr bald schon reichte der rötliche Schein ihres Feuers nicht mehr, um ihm den Weg zu leuchten. Er zog seine Waffe und senste sich mit großen Streichen eine Bahn durch das Dickicht frei. Jenseits dieser Sträucher und Dornenranken, jenseits des Farnkrauts und der von Brennnesseln überwucherten Talmulden begann das Land von Eliande, die unergründliche Waldbastion der Elfen, und irgendwo dort erwartete ihn Lliane.

Den ganzen trübseligen Tagesmarsch über hatte er unablässig an Merlins Vision und an seine rätselhaften Worte gedacht. Wie konnte sie in einer Welt leben, die weder die der Toten noch die der Lebenden war? Die Druiden, die Mönche und all die Hellseher mit ihren überlegenen Mienen und ihrem mysteriösen Gerede von den Eingeweihten sollte der Teufel holen! So oft er auch jeden einzelnen Satz im Geiste drehte und wendete, es ergab doch keinen Sinn. Vielleicht war das letztendlich alles nur heiße Luft, eine Art, sich wichtig zu machen …

Seine Klinge traf den grauen Stamm einer Birke härter, als er beabsichtigt hatte, und bei dem Aufprall wurde ihm beinah sein Schwert aus der Hand gerissen. Mit taubem Arm lehnte er sich gegen den Baum, dann ließ er sich daran herabgleiten und kauerte sich hin, wie ein Igel, die Stirn auf den eisernen Knauf gestützt. Er verspürte noch keine gesunde Müdigkeit, die einen Schlaf finden lässt, sondern die Last des Tages hatte sich bei dem kurzen Marsch durch den Wald schwer auf seine Schultern gelegt. Er schloss die Augen und dachte an jenes kleine Mädchen, das er noch nie gesehen hatte. Morgane …

»Man hört ihn nicht mehr. Er muss stehen geblieben sein …«

Merlin zuckte unwillkürlich zusammen. Er hatte Uther nachgeblickt, so lange es möglich war, aber selbst seine Elfenaugen konnten den riesigen dunklen Wald nicht durchdringen. Und während er noch schwankte, ob er sich wieder schlafen legen oder ihm entgegengehen sollte, hatte Ulfin ihn überraschend angesprochen.

»Schläfst du denn auch nicht?«, fragte er einfach nur.

»Wie soll man da schlafen, neben diesem Bären!«, knurrte der Ritter, während er mit dem Fuß nach der ausgestreckten Gestalt vor sich trat.

Der Zwerg grummelte im Schlaf, schniefte geräuschvoll und fing noch lauter zu schnarchen an.

»Das mache ich jetzt schon seit Tagen und Wochen mit, aber ich schaffe es immer noch nicht, mich daran zu gewöhnen …«

Ulfin richtete sich auf, raufte sich sein langes blondes Haar, das er nachts nicht zu Zöpfen geflochten, sondern offen trug, dann kratzte er sich heftig den Bart. Vermutlich Läuse, dachte Merlin. Der Ritter bückte sich, nahm eine lederne Feldflasche zur Hand und trank einen großen Schluck daraus.

»Möchtest du etwas?«

Merlin lehnte kopfschüttelnd ab. Er seufzte, dann wandte er sich dem Ritter zu, der ihn nachdenklich ansah.

»Du willst mit mir über Uther reden?«, sagte er.

Es war keine Frage, sondern eine Feststellung. Den ganzen

Weg über hatte Merlin den Eindruck gehabt, dass der Ritter eine Gelegenheit suchte, ihn anzusprechen. Sie konnten es ebenso gut hinter sich bringen …

Ulfin unterließ es, irgendwelche Ausflüchte zu erfinden. Dieses Kind mit den weißen Haaren verfügte über eine Wahrnehmung von Dingen und Menschen, die das Begriffsvermögen überstieg. Doch Ulfin war bereits über dreißig und hatte schon zu viel erlebt, um sich mit dieser Art Fragen herumzuschlagen.

»Heute Morgen«, sagte er. »Da hast du von einem Mädchen gesprochen … Von einer Tochter, die er mit der Königin Lliane haben soll … Ist das wahr?«

»Ja … Das ist der Grund, warum ich euch holen gekommen bin.«

»Aha …«

Merlin lächelte und suchte dann seinerseits nach Worten.

»Ich habe ebenfalls eine Frage, Messire Ulfin. Vielleicht habe ich es nicht richtig verstanden, aber es schien mir, als habest du von Uther und der Königin Igraine gesprochen …«

»Ach, das!«, bemerkte Ulfin und lachte glucksend, verstummte allerdings gleich wieder.

Er setzte sich bequemer zurecht, und sein Blick verlor sich in der Ferne.

»Das war eher ein Anlass zur Spöttelei als sonst irgendetwas … Anfangs zumindest … Der alte Pellehun rührte sie praktisch nie an, weißt du. Sie war immer ganz alleine mit ihrem Kaplan und einem Schwarm hässlicher Entlein, die ihr als Gesellschafterinnen zur Seite gestellt waren, es war zum Erbarmen. Als Uther in Loth eintraf – er muss so vierzehn, fünfzehn Jahre gewesen sein, nicht älter. Etwa so alt wie du …«

Er warf Merlin eine fragenden Blick zu, aber der schüttelte mit einem amüsierten Lächeln den Kopf.

»Etwa …«

»Kurz, sie waren alle beide gleich alt. Zwei junge Leute. Sie gaben sich derart Mühe, sich nicht anzusehen, dass es zwischen uns zu einem Spiel geworden war, stets Uther zu schicken, wenn einer der Recken die Königin eskortieren sollte. Im Grunde genommen ist es vielleicht unsere Schuld, wenn sie sich lieben ...«

»So lieben sie sich also ...«

Merlins Tonfall alarmierte den Recken, und er beeilte sich, die Sache genauer zu erklären.

»Moment mal, es ist nie etwas gewesen zwischen den beiden! Jedenfalls ist mir nichts bekannt ... Aber ...«

»Aber sie lieben sich. So ist er es also ... *Kariad daou rouaned,* der Geliebte der zwei Königinnen, von dem in der Prophezeiung die Rede war. Ich hätte es ahnen müssen ...«

Ulfin hätte gerne etwas geantwortet, hätte gern den Eindruck, den sich der Kindmann von dem gemacht hatte, was vielleicht alles in allem nur ein unschuldiges Spiel war, zerstreut (wobei er sich dessen selbst nicht mehr sicher war). Aber im Wald ertönte ein Schrei, und wie auf Kommando sprangen sie beide auf die Füße. Ein Blick, und sie stürzten in Richtung Wald.

Uther stand mit dem Rücken zu ihnen gewandt, das Schwert in der Hand. Beim Geräusch ihrer Schritte drehte er sich abrupt herum und erkannte sie erst im letzten Moment, schon bereit zuzuschlagen.

»Was ist geschehen?«, wollte Ulfin wissen.

»Elfen!«

Merlin suchte sofort die unergründlichen Tiefen des Waldes mit seinem Blick zu durchdringen. *Er* sah, was weder Uther noch Ulfin im Dunkeln erkennen konnten. Verängstigte Gestalten, hingeduckt an den Fuß der Bäume. Ihrer Haltung nach zu urteilen, waren das keine Krieger.

»Hlystan, deore aelf! Hlystan gehwylc! Beon Myrrdin, feran leas sorg!«

Bei Merlins Worten tauchten ihre bleichen, schemenhaften Gesichter aus dem Dickicht auf.

»Kannst du sie sehen?«, fragte Ulfin, der ebenfalls sein

Schwert aus der Scheide gezogen hatte. »Was hast du zu ihnen gesagt?«

Eine schrille Stimme erwiderte von weither den Ruf des Kindmannes.

»Fyrdgeatwe wiga!«

»Sie haben eure Waffen entdeckt«, raunte Merlin leise. »Bleibt hier.«

Ohne ihre Antwort abzuwarten, glitt er in den Wald hinein und verschwand fast umgehend aus dem Blickfeld der beiden Ritter, die instinktiv dichter zusammenrückten. Sie hörten ihn in ruhigem Ton Worte sprechen, die sie nicht verstanden, und zuckten zusammen, als ein schrilles, ohrenbetäubendes Gekreisch als Erwiderung kam. Kurz darauf tauchten Dutzende Elfen von überallher auf, als würde jeder Baum einen Trupp von ihnen ausspeien. Merlin hatte richtig vermutet: Es handelte sich nicht um Krieger, selbst wenn einige mit Bogen bewaffnet waren. Es waren Kinder aller Altersstufen, Frauen und Greise, ein ganzes Volk, das aus dem Herzen Brocéliandes fortgezogen war, um sich am Saum des heiligen Waldes niederzulassen. Uther und Ulfin waren bald von wild schwatzenden Elfen umringt (was für sie eine Abwechslung von dem gewohnten Schweigen der Zwerge war), von Kindern, die lächelnd ihre Hand ergriffen, von deren Müttern, die besorgt dreinblickten, und von tausend umherhuschenden Gestalten, die ebenso bleich und ungreifbar waren wie Gespenster. Und unablässig drang ein bekanntes Wort an ihr Ohr: *»Aelfwine«*, »Freund der Elfen«, der Beiname, den sie alle beide getragen hatten zu der Zeit, als sie noch zu den zwölf Recken von Pellehun gehörten. Uther hatte das Schwert wieder in die Scheide gesteckt und ein kleines Mädchen gepackt, das er sich auf die Schulter setzte, und all die anderen zupften ihn lachend am Ärmel, damit er sie ebenfalls hochnähme. Bildschöne junge Elfen kraulten in aller Unschuld Ulfins langes blondes Haar sowie seinen Bart. Viele von ihnen waren noch nie aus dem Wald herausgekommen, und dieses Blond schien sie zu faszinieren –

zum höchsten Vergnügen des Ritters, der es überhaupt nicht gewohnt war, ein solches Interesse zu erregen. Außerhalb des Kampfgetümmels, versteht sich.

Aber plötzlich ertönte ein Schrei, es entstand ein Gedränge, und mit einem Mal herrschte großer Tumult um sie herum. Ulfin fand sich binnen weniger Sekunden allein wieder und wandte den Kopf nach allen Seiten, die Arme vor sich ausgestreckt wie ein Blinder, während ein Stück entfernt einige alte Elfen entsetzt auf seinen roten Waffenrock zeigten, auf den die Runen des Berges appliziert waren. Die Farben des Königs Baldwin ... Im selben Moment erschien Bran auf, Grauen erregend wie ein brüllender Dämon, der aus den Eingeweiden der Erde auftaucht, mit hoch erhobenem Beil und dem mörderischen Funkeln eines rasenden Stiers in den Augen.

Die kleine Elfe, die hoch oben auf Uthers Schulter saß, wimmerte gellend, was dem Ritter schier das Trommelfell zerriss, und hätte sich auf den Boden hinabgestürzt, wenn er sie nicht zurückgehalten hätte. Rund um ihn herum stoben die Elfen, gepackt von einer Panik, die aus den tiefsten Tiefen der Vergangenheit aufgestiegen war, auseinander, ins Gestrüpp hinein, und sie waren erneut allein. Bran, der noch zerzauster war als gewöhnlich, betrachtete mit einem zufriedenen Lächeln die durch sein Erscheinen schlagartig entstandene Leere, dann ließ er die Eisenklinge seiner Axt zu Boden sausen.

»Nun!«, sagte er mit einer Stimme, die laut genug war, um die Blätter von den Bäumen zu holen. »Sieht aus, als hätte ich euch aus einer verfluchten Klemme befreit!«

Er fing zu lachen an, aber ein Zischen setzte seiner Heiterkeit ein jähes Ende. Ein Zischen und der dumpfe Aufprall eines Pfeiles, der in seinen ledernen Harnisch eindrang. Gefolgt von einem weiteren Pfeil, der ihm das Bein durchbohrte. Der Zwerg ließ sich ohne einen Laut auf sein Hinterteil fallen und verschwand auf diese Weise im Schutz des Dickichts. Dann ertönte der Schmerzens- und Wutschrei Ulfins, der von einem Wurfspieß getroffen worden war und anfing, die Angreifer mit Flüchen zu überschütten, während er mit seinem mächtigen Schwert in der Luft herumfuchtelte, bis ein Schwarm Pfeile sein lautstarkes Schimpfen auf ein dumpfes Stöhnen reduzierte.

Uther warf sich zu Boden und hielt das kleine Mädchen eng an sich gepresst. Die Elfen waren immer noch da, unsichtbar, und stießen von Zeit zu Zeit unheimliche, nachtvogelartige Schreie aus, während sie ihn unerbittlich einkreisten. Er spürte, dass sie ganz nahe waren, hörte sie durchs Gestrüpp huschen oder im Gras umherkriechen. Vermutlich zögerten sie wegen des Kindes, ihn Mann gegen Mann anzugreifen, und es widerstrebte ihnen deshalb, ihn mit Pfeilen zu spicken.

»Hört mir zu!«, rief er in die Nacht. »Wir sind nicht eure Feinde! Wir sind Freunde der Elfen! *Aelfwine! Aelfwine!*«

Das kleine Mädchen in seinen Armen schlug wild um sich, malträtierte ihn mit Fußtritten und Faustschlägen, wütend wie eine Wildkatze. Die Elfen ringsum kamen unvermindert näher. Blätterrascheln, kurze Zischlaute. Die Bewegung von Schatten, ohne dass dabei auch nur ein Ast geknackt hätte ... Plötzlich hörte die kleine Elfe auf, um sich zu schlagen. Mit verblüffender Leichtigkeit drehte sie sich in seinen Armen herum und schaute ihm ins Gesicht. Sie hatte ganz hellgrüne, fast gelbe Augen und einen bohrenden Blick. Ihre Lippen bewegten sich nicht, und doch hörte er sie deutlich reden. Und er wiederholte, zunächst leise, dann immer lauter, was sie zu ihm sagte, und war selbst verzückt, dass er jedes ihrer Worte verstand.

»Haegl mid ar dyre gebedda aelf aetheling!«

»Grüßt den teuren Geliebten der Elfenkönigin mit Respekt!«

»Ne yr wundian hine!«

»Auf dass eure Bogen ihn nicht verletzen!«

»Nethan for hine seon mid triwa aelfwine!«

»Tretet ohne Furcht vor ihn hin, und begegnet dem Freund der Elfen mit Vertrauen!«

Sie schloss die Augen, und ihr kleiner Körper entspannte sich in seinen Armen. Einen Augenblick fürchtete Uther, sie könnte tot sein, doch sie begann wieder schwach zu strampeln und gab spitze kleine Zeterlaute von sich. Und erneut verstand er nicht, was sie sprach. Noch, was die erschreckten Elfen sagten, die sich vor ihm verneigten.

In Uthers Augen war in diesem Augenblick ein fürchterlicher Ausdruck zu lesen. Unter der Flut von widersprüchlichen Emotionen, die ihn überschwemmten, war sein Blick unheimlich und verstört, und sein Atem ging stoßweise. Die ängstliche Beklommenheit, die nicht von ihm weichen wollte, Wut und panische Furcht, aber auch ein Gefühl des Triumphes, eine berauschende Empfindung von Macht und Ruhm. Und Llianes Stimme, deren Klang noch in seinem Herzen nachhallte. Er hob das Gesicht der kleinen Elfe, die halb bewusstlos war, doch ihr Blick war jetzt verschleiert und hatte den Glanz verloren, der in den Augen der Königin lag. Denn es war Lliane, die durch ihren Mund gesprochen hatte. Das war für ihn mehr als gewiss.

Eine alte Elfe berührte ihn am Arm. Er reichte ihr das kleine Mädchen und bahnte sich behutsam einen Weg durch diese Menge verschämter Phantome, die ihn im Vorbeigehen mit der Hand streiften, als wollten sie ihn begrüßen.

»Merlin! Merlin, wo steckst du, verflucht noch mal?«

»Hier! Geh einfach geradeaus weiter!«

Der Kindmann kniete neben Ulfin, und um ein Haar wäre er in der Finsternis über die beiden gestolpert.

»Das wird schon wieder«, sagte Merlin, der seiner Frage zuvorkam. »Es sind nur Jagdpfeile, und der Großteil sitzt in seinem Kettenhemd fest ...«

Uther streckte tastend die Hand aus und spürte das Blut, das im Bart seines Freundes klebte.

»Er hat einen Pfeil in der Backe stecken, und vielleicht ein oder zwei Zähne ausgeschlagen ... Das ist nichts.«

Ulfin, der in seinen Armen lag, ließ eine Art Protestknurren verlauten, dem der Kindmann aber keinerlei Beachtung schenkte.

»Merlin«, sagte Uther leise. »Sie hat zu mir gesprochen ...«

»Ich weiß, *Kariad*. Aber geh den Zwerg suchen, bevor sie ihm die Kehle durchschneiden.«

Seite an Seite knieten sie in der Gebetsecke der Königin, die durch eine Tapisserie vom restlichen Raum abgetrennt war, vor einer Statue der Heiligen Jungfrau Maria, auf die durch ein hohes, mit einer steinernen Rosette verziertes Fenster ein schwacher Lichtschein fiel, und sprachen mit Gott. Im Ehrengemach der Königin, das vor ihrem privaten Gemach lag, war es angenehm kühl, und dank der Rosenblätter die jeden Morgen auf dem Boden verstreut wurden, hing ein angenehmer Duft in der Luft. Ja, es war wohltuend kühl, aber der Bischof Bedwin war schweißgebadet. Igraine hätte es nie gewagt, diesen so wenig christlichen Gedanken auszusprechen, vor allem nicht in Bezug auf einen Mann Gottes, aber er stank. Sein Schweiß roch säuerlich wie vergorener Wein, und er schnaufte wie ein Walross, denn er war so außer Atem vom Gebet, als habe er gerade zehn Meilen zurückgelegt. Die Königin unterdrückte ein Lächeln und versuchte sich auf ihr Ave Maria zu konzentrieren. Doch sie hatte bereits einen vollständigen Rosenkranz hergesagt, und es beschlich sie das verwirrende Gefühl, dass Bedwin, die Stirn auf die gefalteten Hände gestützt, die Augen geschlossen und die Ellbogen bequem auf den Betstuhl gebettet, schlicht dabei war, seinen Rausch auszuschlafen. Daher schlug sie ein rasches Kreuzzeichen und stand auf, wobei es durchaus in ihrer Absicht lag, dass der Betschemel auf den Steinplatten entlangschabte und der schwere Wandbehang, der die Gebetsecke abschirmte, geräuschvoll zur Seite schlug.

Falls er eingenickt war, so hatte der Bischof einen tiefen Schlaf, oder aber eine lange Erfahrung hatte ihn gelehrt, in einer solchen Situation nicht beim Erwachen hochzufahren. Er regte sich unmerklich und öffnete für eine halbe Sekunde die Augen, um daraufhin noch eine ganze Weile zu beten, während die junge Königin sich verunsichert im Hintergrund hielt und nicht wusste, was tun, ja nicht einmal wagte, sich zu rühren, aus Angst, ihn zu stören.

Endlich bekreuzigte er sich, den Kopf demütig gesenkt, und erhob sich schwerfällig, während er einen tiefen Seufzer ausstieß. Bedwin hatte sich gleich bei seiner Ankunft in Loth seiner amtsspezifischen Insignien – Stola, Messgewand, Mitra und Bischofsstab – entledigt und trug einen Bliaud, ein langes Gewand mit weitem Kragen, das ihm eher das Aussehen eines Grandseigneurs als das eines Klerikers verlieh, ihm jedoch bei der Hitze zumindest erlaubte zu atmen. Er strich sich mit einer seiner fleischigen Hände durch das braune, leicht gewellte Haar, das ebenso sorgsam gepflegt war wie sein Spitzbart, der sein fettes Doppelkinn kaschieren sollte, und wandte sich zu Igraine, deren fragendem Blick er sich entzog, indem er mit einem Lächeln auf den Lippen aus der Gebetsnische hinaustrat und sich zu einem Fenster begab, wo er scheinbar völlig in die Betrachtung der Landschaft versank. Dann riss er sich wie widerwillig los und setzte sich auf eine gepolsterte, mit kostbarem Stoff bezogene Bank. Endlich sah er Igraine direkt in die Augen und lud sie mit einer Geste ein, sich zu ihm zu gesellen.

»Meine Tochter«, begann er und ergriff ihre Hand. »Ich weiß um deine Frömmigkeit und all das Gute, das du unserer Mutter Kirche tust. Und doch lebst du im Zustand der Sünde ...«

Igraine protestierte, doch er gebot ihr Einhalt, indem er den Druck auf ihre Hand verstärkte.

»Ich weiß ... Der Herzog hat dir Gewalt angetan, ebenso aus Wollust wie aus Gefallen an der Macht. Und was konntest du schon machen, hm? Natürlich, eine Heilige hätte sich umgebracht, aber wir sind keine Heiligen, nicht wahr?«

Igraine war nicht in der Lage zu antworten, die Kehle hatte

sich ihr zusammengeschnürt, und in ihren Augen schimmerten bereits Tränen.

»Der wahre Glaube führt einen großartigen Kampf«, fuhr der Bischof fort. »Einen Kampf, der den Lauf unserer armseligen Existenz bei weitem übersteigt. Diese Prüfung, die der Himmel dir schickt, hat vielleicht letztendlich ihr Gutes ... Wer sind wir, dass wir über Gottes Willen urteilen könnten? *Domini viae impenetrabiles sunt*[1] ... Jeder von uns muss dem Herrn auf seine Weise dienen, damit das Wort Gottes sich in den Herzen der Menschen entfaltet ... Begreifst du, was ich da sage?«

Er drehte sich zu der jungen Königin um und war bestürzt über ihren Gesichtsausdruck. Die Tränen in ihren Augen waren kein Zeichen der Schwäche, sondern zeugten von Zorn. Ein Ekel vor sich selbst, ein Gefühl des Grauens, das sie heftig schüttelte, trieb ihr die Röte in die Wangen und war die Ursache, dass ihre Lippen bebten.

»Ich hasse diesen Mann«, murmelte sie mit tonloser Stimme. »Ich hasse diese Königsburg, ich hasse diese Krone und alles, wofür sie steht ... Meint Ihr, ich hätte nicht gern sterben mögen? Ohne Bruder Blaise wäre ich schon längst aus dem Leben geschieden, noch lange bevor Sire Gorlois es gewagt hat, sich an mir zu vergreifen. Lange bevor der König getötet wurde. Ich wäre bereits seit Ewigkeiten nicht mehr hier auf Erden!«

Sie löste mit einem Ruck ihre Hände aus dem Griff des Bischofs, erhob sich jäh und lief bis ans andere Ende des Raumes, wo sie den ledernen Vorhang vor einem quadratischen Fenster beiseite zog.

»Wenn es mein Leben ist, auf das Ihr es abgesehen habt, erteilt mir die Absolution, und ich stürze mich mit Freuden in den Abgrund!«

1 Die Wege des Herrn sind unergründlich.

»Nein, nicht doch!«

Bedwin machte eine besänftigende Geste, aber sein Blick verriet seine panische Angst.

»Komm und setz dich wieder neben mich«, sagte er. »Du bist noch ein Kind und begreifst nicht, was der Herr von dir erwartet. Das ist normal … Dafür bin ich ja da. Lass mich es dir erklären …«

Igraine verharrte reglos, die Hand um das dicke Leder gekrallt, den ganzen Körper von krampfartigen Zuckungen gebeutelt, heftig zitternd trotz der Hitze, die an jenem Tag herrschte. Der Bischof war dem weiblichen Geschlecht ausgesprochen zugetan, und als durch das vom Vorhang befreite Fenster ein Sonnenstrahl die zart geschwungene Kontur ihres Halses hervorhob und ihre blasse Haut bis hinunter zu dem dunklen Ausschnitt ihres Kleides aus blauem, mit silbernen Fäden durchwirktem Samit[2] zur Geltung brachte, ebenso wie ihre schlanke Taille und die ausladenden Hüften, da fand er sie durchaus begehrenswert.

»Bruder Illtud, der Abt, hat mit dem Herzog gesprochen«, sagte er und verscheuchte den lästigen Gedanken an ihre Reize aus seinem Kopf. »Er ist sicher nicht der Ehemann deiner Träume, aber er taugt zum König, und er hat versprochen, sich dem christlichen Glauben zu verschreiben. Du musst ihn heiraten, ich beschwöre dich, damit dieses irdische Jammertal durch die wahre Religion gerettet wird. Das ist der Weg, wie du Gott dienen wirst.«

Beim Namen des frommen Mannes war wieder ein hoffnungsvoller Schimmer in Igraines Augen aufgeblitzt. So hatte Bruder Blaise, ihr Beichtvater, also sein Wort gehalten und war vor der höchsten moralischen Instanz des Königsreichs für sie eingetreten. Vielleicht war sie nicht ganz so einsam …

2 Schwerer Seidenstoff, auf den häufig Gold- und Silberfäden in Anlegetechnik aufgebracht wurden

»Im Übrigen, schau ...«

Der Bischof klatschte in die Hände (und bei diesem plötzlichen Patschen zuckte die junge Frau zusammen). Augenblicklich trat ein Geistlicher ein, in der Hand einen Wappenschild, den er so respektvoll hochhielt, als handle es sich um eine Reliquie.

Noch nie zuvor hatte Igraine solch ein Wappen gesehen, so schlicht und so schön. Ein rot schraffiertes Passionskreuz auf weißem Grund.

»Hier, bitte schön, das sind die neuen Wappen des Königreichs«, sagte Bedwin und plusterte sich auf. »Das Kreuz zu Ehren unseres Erlösers Jesus Christus: Rot, Symbol des Sieges, auf weißem Grund, Farbe der Reinheit und Rechtschaffenheit. Welche Standarte könnte den Ruhm Gottes besser mehren?«

Er entließ den Priester mit einem Kopfnicken und wartete, bis die Tür sich geschlossen hatte, um fortzufahren: »Unter diesem Kreuz werde ich euch trauen, damit es keinem entgeht, dass der Herzog dem heidnischen Kult abgeschworen hat. So werdet ihr von eurer Sünde reingewaschen, und ich werde dir die Absolution erteilen, nicht damit du stirbst, sondern damit du als größte christliche Königin, die das Reich von Logres je gesehen hat, lebst. So bist du gebenedeit unter den Weibern, *benedicta eris inter omnes mulieres*. Du wirst ihm einen Sohn gebären, zu Ehren Gottes, und dann kannst du dich, sofern du dies wünschst, von der Welt zurückziehen. Der Abt wird dich mit Freuden in einem Kloster aufnehmen.«

Bedwin hatte sich ihr während seiner Worte genähert, und sie sah mit tränenverschleierten Augen zu ihm auf, um dann niederzuknien und seinen Bischofsring zu küssen. Sie zitterte immer noch, so jung und so verzweifelt, und umklammerte seine Hand wie eine Ertrinkende.

»Ich bin die bescheidenste und gehorsamste Dienerin des Herrn«, murmelte sie.

»Lasst mich allein.«

Gorlois stand in seinen Mantel gehüllt und würdigte die schmutzigen Kerkermeister, auf die seine Ritter mit ihren eisernen Panzerhandschuhen einschlugen, um sie wie Ungeziefer zu verjagen, keines Blickes. Die Mauern der Wache, die unterhalb des Burggrabens gelegen waren, troffen vor Feuchtigkeit, und das Stroh, das den Boden aus festgestampfter Erde bedeckte, verströmte einen beißenden Schimmelgeruch. Selbst die Fackeln, die in den Wandhalterungen steckten, knisterten, so nass war das Holz. Eine bläuliche Qualmwolke, die durch die in der Decke angebrachten Luftlöcher kaum abziehen konnte, hing auf halber Höhe. Doch zumindest hatten die Kerkermeister ein wenig Licht ...

Er zog seine Handschuhe über und ergriff eine Fackel, dann machte er einem seiner eisengepanzerten Recken ein Zeichen, ihm die Tür zum Verlies zu öffnen. Auf der Stelle schwappte ihm ein Ekel erregender Gestank entgegen, der noch bedeutend schlimmer war als der im Raum der Wachen, und er wich zurück. Ein Geruch nach Verwahrlosung, Suhle, Schweinestall – bestialisch, menschenunwürdig, zusammengesetzt aus Exkrementen, Moder und Angst. Die Menschen, die dort in der feuchten Finsternis zusammengepfercht waren, blieben nie lange an diesem Ort. Sei es, weil sie nach wenigen Tagen dahingerafft wurden: geprügelt, von raueren Mitgefangenen ihrer Kleidung beraubt, halb verhungert oder, wenn sie noch jünger waren, vergewaltigt, oder sei es, weil sie mitunter auf Geheiß der königlichen Justiz auf schnellstem Wege hingerichtet wurden. Jene, deren Familien über ausreichendes Vermögen verfügten, konnten in klingender Münze für ihre Vergehen bezahlen, wobei die Höhe gemäß dem Wergeldgesetz schwankte: Es gab kein Verbrechen, bei dem nicht der Preis in Absprache mit dem Opfer und seinen Angehörigen hätte verhandelt werden können. In jenen weit zurückliegenden Zeiten gab es keinen Raum für Halbheiten, und das Gefängnis war lediglich ein Durchgangsort, von dem aus der Weg entweder zum Galgen oder in die Freiheit weiterführte. Da keiner lange dort eingesperrt war, kümmerte sich auch niemand darum, den Kerkern einen Hauch von Komfort zu verleihen. Selbst die Hartgesottensten begrüßten nach einigen Tagen in diesem widerwärtigen Schmutz den Tod als eine Erlösung.

Bevor sich sein eines Auge an die Dunkelheit gewöhnen konnte, sprang eine menschliche Gestalt von der Seite, auf der sich dieses Auge befand, auf ihn zu und stand plötzlich in dem flackernden Lichtkreis, den seine Fackel warf. Gorlois erblickte sie erst im allerletzten Moment und hatte gerade noch Zeit, sich zu ducken, um den Aufprall abzufangen. Der Mann landete auf seinem Vorderflug, dem Teil seiner Rüstung, der, unter seinem Mantel verborgen, seine Schulter schützte und ihm nun die Rippen quetschte, so dass sämtliche Luft aus seinen Lungen entwich. Der Herzog rollte von dem Aufprall zu Boden und ließ die Fackel los, die daraufhin anfing, im Schmutz zu knistern. Schlagartig erhob sich um ihn herum ein animalisches Grunzen, widerwärtige, krallenbewehrte Hände packten ihn am Kragen, und bloße Füße traten gegen sein Kettenhemd.

»Die Gilde zu mir!«, brüllte er, überwältigt von diesen Dämonen.

Eine Sekunde war ein Schwanken zu merken, als würden sie zögern, was genügte, dass er sich aus ihrem Griff losreißen und wieder festen Halt unter den Füßen finden konnte. Er zog seinen Dolch mit der mächtigen, konisch zulaufenden Klinge, die auf beiden Seiten geschliffen war, aber die Gefangenen schienen sich nun untereinander zu bekämpfen. Er sah zwei spärlich bekleidete, baumstarke Kerle, die sich mit Ohrfeigen und deftigen Prügeln den Weg freischaufelten. Einer der beiden hob die Fackel auf, schwang sie mit einer ausladenden Geste einmal im Kreis herum und leuchtete flüchtig die erschrockenen Gesichter und niedergestreckten Leiber ihrer Kerkergenossen ab, bevor er sie über seinem Kopf schwenkte, so dass Gorlois seine brutale Visage sehen konnte, die halb von langen, hellen Haaren und einem struppigen Bart überwuchert war.

In diesem Moment stürmten die Ritter seiner Eskorte unter ohrenbetäubendem Scheppern in den Kerker.

»Lasst mich in Ruh, wenn ich es doch sage!«

»Aber Herr …«

Ein einfacher Blick genügte, und die Ritter zogen sich verlegen zurück, was den beiden ungehobelten Kerlen ein verächtliches Lächeln entlockte.

Ohne ein Wort streckte der Herzog seine Rechte vor, an der ein Ring aus geprägtem Gold mit einem sehr schlichten Ornament funkelte, einem Baum mit drei Ästen, die zum Himmel emporzeigten. Die Rune von Beorn. Das Zeichen der Gilde, des allmächtigen Bundes der Diebe und Mörder. Der Hüne setzte umgehend ein Knie auf die Erde und zeigte seine Faust. Daran war ein ähnlicher Ring zu erkennen, allerdings aus Kupfer – ein niedrigerer Rang.

»Gibt es noch andere?«, erkundigte sich Gorlois.

»Nein, Herr, ich bin der Einzige.«

Gorlois machte ihm ein Zeichen, dass er sich erheben solle, wobei sein Hals immer noch zitterte und sein Körper wegen des Vorfalls noch erhitzt bebte.

»Und er da?«, fragte er, indem er auf den zweiten Kumpan deutete, der beinahe ebenso wuchtig war wie der Mann mit dem Ring.

»Er gehört zu mir, Herr.«

Gorlois nickte und bedeutete dem Gefangenen, näher zu treten. Er nahm seine Hände, erst die eine, dann die andere: kein Ring. Er ließ sie umgehend wieder fallen und rammte dem Mann mit einem bestialischen Schrei seinen Dolch direkt ins Herz, worauf ihm ein Schwall heißen Blutes ins Gesicht und aufs Wams spritzte. Eine Sekunde des Interesses, gerade lange genug, um zu beobachten, wie der Blick seines Opfers glasig wurde, und er zog seine Waffe heraus, ohne sich weiter darum zu kümmern.

»Du bist der Einzige«, sagte er. »Komm mit mir mit.«

Draußen musterten die Ritter verblüfft sein Gesicht und seine Kleidung, die blutverschmiert waren. Dann blieben ihre Blicke an dem Riesen hängen, der ihm auf den Fersen folgte und, geblendet von dem eigentlich spärlichen Licht im Wachraum, blinzelte.

Gorlois wischte sich mit seinem Mantel das Gesicht, den Oberkörper und die Hände ab, dann hakte er ihn auf und warf ihn in die Zelle hinein.

»Schließt wieder ab!«, befahl er.

Die Fäuste in die Hüften gestemmt, trat er ein oder zwei Schritte zurück und betrachtete mit einem leicht spöttischen Lächeln den zerlumpten, von Unflat bedeckten Hünen mit seinem von Ungeziefer wimmelnden Bart und dem lehmverschmierten blonden Haar.

»Schafft ihn ins Badehaus, kleidet ihn an, und bringt ihn heute Nachmittag zu mir zurück, wenn er wieder aussieht wie ein Mensch.«

Der Mann sah flüchtig auf, warf einen raschen Blick zu der Wendeltreppe, die zu den oberen Etagen führte, und senkte erneut den Kopf.

»Ich sehe, dass du vernünftig bist«, bemerkte Gorlois. »Dein Name?«

»Oswulf, Herr.«

»Ein Barbar ... Das hätte ich mir ja denken können. Dieb oder Mörder?«

Der Hüne warf erneut einen kurzen, besorgten Blick zu seinem Retter hinüber.

»Verehrter Herr, ich ...«

»Dieb oder Mörder? Antworte!«

»Dieb ...«

Gorlois wandte sich mit einer scherzhaften Geste an die Ritter seiner Eskorte.

»Nun denn, das sollte doch wohl genügen, oder? Führt ihn ab!«

Auf ein Kopfnicken hin stießen die Recken den Barbaren vorwärts und verschwanden kurz darauf die steinerne Treppe hinauf. Gorlois verharrte einen Moment reglos und lauschte auf das schwächer werdende Geräusch ihrer Schritte; dann schloss er endlich die Augen und presste sich die Fäuste in die Rippen, dabei gab er ein Schmerzstöhnen von sich, das unter dem hohen, rauchverhangenen Gewölbe widerhallte.

X

Die Vermählung

Von den äußeren Festungsmauern bis zu den Türmen des königlichen Bergfrieds und der kleinsten baufälligen Hütte der Unterstadt hin war in Loth in den neuen Farben des Königshauses geflaggt – lange, weiße Oriflammen, die mit einem roten Kreuz versehen waren. Die Reichsten hatten Tapisserien an ihren Fassaden aufgespannt, die anderen Betttücher, und all die zahlreichen Stoffe warfen strahlende Glanzlichter auf die Straßen und verhüllten zudem die Spuren des Brandes, der die Stadt einige Monate zuvor verwüstet hatte.

Heute war das bereits längst vergangene Geschichte. Die Straßen waren erfüllt von Geschrei und Gelächter, und man hätte meinen könne, dass die ganze Stadt betrunken sei. Auf jedem Platz oder Vorplatz hatten die Wirte Bier-, Met- oder Weinfässer angezapft und verkauften die Pinte zu einem Denier, was so gut wie geschenkt war. Dazu war die Luft in den engen, von Menschen wimmelnden Gassen bei der sengenden Hitze reichlich trocken und schürte den Durst. Und doch hatte sich Loth deutlich verändert. Der ehemalige Sitz des Großen Rates, wo einst die Völker sämtlicher Rassen miteinander verkehrten, war eine Stadt der Menschen geworden. Oh, natürlich gab es da und dort noch Gruppen von Gnomen, die auf Gott weiß welchem Wege von dem Ereignis erfahren hatten und den Passanten ihren haarsträubenden Plunder feilboten, direkt von ihren Handkarren herunter. Zuweilen begegnete man auch einem Zwerg, der am Stand eines Händlers für die schweren Arbeiten angestellt war oder ein Pony am Zügel zur Tränke führte, aber das waren nur noch Leibeigene. Mit Lumpen bekleidete Sklaven, des Schmucks und der samtenen Gewänder beraubt, mit denen sie sich einst, vor dem Kriege, herausgeputzt hatten, und der Großteil der Menschen wandte die Augen ab, wenn sie vorübergingen, als sei ihnen der Anblick eines Zwerges peinlich geworden. Und vor allem gab es keinen Elf mehr in der ganzen Menge.

Eine bleierne Hitze hatte sich von den ersten Morgenstunden an über die Stadt gesenkt. Die Gitter aus Weidenruten und die Fensterverkleidungen aus Leinen oder Ölpapier an den Strohlehmhütten waren sämtlich hochgeklappt, die Türen standen sperrangelweit offen, damit ein wenig Luft hereinkommen konnte, und, da die meisten Männer unterwegs waren, hatten die Frauen oder die Diener ein Auge auf die Hausgemeinschaft. Die Klatschweiber plärrten sich von einem Ende der kleinen Gassen zum anderen die jüngsten Neuigkeiten zu und trugen mit ihrem schrillen Geschrei noch zu der allgemeinen Kakophonie bei; aber wehe dem Leichtsinnigen, der die Gunst der Stunde zu nutzen suchte, um unbemerkt in ihr Elendsquartier zu schlüpfen! Im Übrigen machten sich die Diebe diesbezüglich keine Illusionen und hatten andernorts mehr als genug zu tun. Draußen plantschten die Leute im Bach herum, trotteten langsam hinter einem mit Lebensmitteln beladenen Packesel hinterdrein oder stolperten zwischen dem Geflügel, den Hunden und selbst den Schweinen umher, die sich an den Abfällen gütlich taten, die auf dem zur Feier des Tages mit Gras und Binsen bedeckten Pflaster verstreut lagen. Jede Bude oder jeder kleine Kramladen, zu erkennen an ihren bemalten Schildern, die teilweise so niedrig hingen, dass man sich den Kopf daran anstieß, war mit dem Kreuzzeichen geschmückt und quoll über von Waren. Bäcker, Gemischtwarenhändler, Kerzengießer, die Talg- oder Wachslichter feilboten, Wasserträger, Lumpensammler, Waffenschmiede – alle hatten ihre Schätze zu diesem Anlass ausgebreitet ... Die Kellner in den Wirtshäusern boten den Passanten Gratiskostproben, um sie an einen noch freien Tisch zu locken. Waffel- und Hohlhippenbäcker[1], die von einer lärmenden Kinderschar umringt waren, riefen an den Straßenecken ihre Erzeugnisse aus und drehten ein Rad, um die Zahl der süßen Stücke auszulosen, die ihr jeweiliger Kunde mitnehmen durfte. Die Ausrufer bahnten sich mit den Ellbogen einen Weg und brüllten sich die Kehle aus dem Hals, um zu verkünden, dass das Wasser in den Badehäusern heiß sei; doch das war vergebene Liebesmüh, denn zahlreiche Bürger hatten bereits gebadet und ihren Sonntagsstaat angelegt. Verglichen mit den unscheinbaren Alltagskleidern bot dieser ein wahres Farbfeuerwerk aus Tüchern und kostbaren Stoffen, Seide, Samit und Brokat. Selbst die gröbste Wolle war noch gefärbt. Die jungen Männer waren mit knielangen Hemden und Hüten mit gezackten Rändern bekleidet, die Hals und Schultern bedeckten. Manche stolzierten wie die Gockel in leuchtend bunten Obergewändern herum, deren Ärmel bis zum Handgelenk reichten und am Ellbogen geschlitzt waren, und trugen kostbare bestickte oder mit Goldschmiedearbeiten verzierte Gürtel, an denen eine Almosentasche oder ein Geldbeutel hing, der bis zum Ende des Tages sicher noch mehrmals den Besitzer wechselte. Die Frauen hatten ihr Haar zu einem oder mehreren Zöpfen geflochten und schützten ihre blasse Haut mit breitkrempigen Strohhüten, und mehr als eine, gleich ob jung oder alt, hatte den oberen Teil der Verschnürung an ihrem Kleid keck gelöst, um einen Einblick in ihr wohlgeformtes Dekolleté zu gewähren.

Der Herzog Gorlois hatte die Kerker leeren lassen, damit hier und da gerechte Strafmaßnahmen die Menge unterhielten. Ein Wucherer war mit zusammengebundenen Händen in

1 Hohlhippe = dünne, gerollte Waffel (Anm. d. Übs.)

den Burggraben geworfen worden, an der Stelle, wo die gesamten Abwässer herausflossen, und die am Ufer versammelten Gaffer lachten schallend, während sie zusahen, wie er um sich schlug und in der widerwärtigen Flut der Kanalisation ertrank. Andere waren gefesselt an den Pranger gestellt worden – zum diebischen Vergnügen der Kinder, die sie mit Steinen oder verfaultem Obst bewarfen.

Auf dem Kirchenvorplatz hatten die Mönche und Geistlichen eine Theaterbühne errichtet und setzten unermüdlich die Mysterien aus der Heiligen Schrift in Szene. Am einen Ende der Bühne war das Paradies mit Gott und seinen Engeln dargestellt. In der Mitte die Menschen, herrlich tollpatschig, und am anderen Ende der klaffende Schlund der Hölle, aus dem, untermalt von einer Kakophonie aus Trompeten- und Trommelklängen, Flammen und Dämonen gespien wurde.

Auch die Burg selbst blieb von dem Trubel nicht verschont.

Dort war es kühler als in der Unterstadt, aber in den Gängen wimmelte es von Bediensteten, die wie aufgescheuchte Hühner kreuz und quer durcheinander liefen und mit Kleidern oder Weinkrügen beladen waren, zurechtgewiesen von den Mundschenken, herumgeschubst von den Sergeants mit ihren in den Farben ihrer Herren verzierten Gewändern. Die Mönche hatten schon vor einer halben Ewigkeit zur None[2] geläutet, und die Stunde des Hochamts nahte. Der Herzog-Seneschall hatte im Namen der Königin Igraine all seine Gäste angewiesen, daran teilzunehmen – unbewaffnet und im Festtagsgewand. Sie sollten sich beim ersten Glockenschlag zu einem Zug formieren, die von den Soldaten des Königs geleerte Unterstadt durchqueren und sich zu der an die Stadtmauer hingebauten Kirche begeben. Angesichts der fieberhaften Hektik der letzten Vorkehrungen lagen die Nerven der hartgesottensten Barone blank, und widersprüchliche Gerüchte über die

2 Die None = Teil des katholischen Stundengebets um neun Uhr morgens

Rangordnung während der Prozession begannen die Gemüter zu erregen.

Der Herzog Léo de Grand de Carmelide fühlte sich über diese Art von Belanglosigkeiten erhaben. Er trug trotz der Hitze ein Kettenhemd und darüber noch einen schwarzen Waffenrock, auf dem das Wappen des Hauses Carmelide prangte, ein aufgerichteter schwarzer Löwe mit herausgestreckter Zunge auf weißem Grund, und stolzierte in dem großen Saal auf und ab, wobei er trotz Gorlois' Verbot sein langes Schwert ostentativ an der Seite trug. Als ältester Bruder der Königin Igraine fand er es unter seiner Würde, sich an dieser Maskerade in irgendeiner Weise zu beteiligen, und er musterte abschätzig die in fließende Seide gehüllten Barone mit ihren Weiberfrisuren und Schnabelschuhen, die sich respektvoll vor ihm verneigten, als er vorüberging.

Die beiden Carmelide-Geschwister waren so grundverschieden – verschiedener hätten Bruder und Schwester nicht sein können. Igraine war blond und eher klein, während Léo de Grand stattlich war wie ein Barbar aus dem Norden, mit braunem Haar, dem Schädel und dem schwerfälligen Gang eines Bären.

Genau wie all die anderen hatte er vom Tode des Königs in derselben Mitteilung erfahren, die ihm auf Geheiß der Königin geboten hatte, nach Loth zu kommen. Er hatte damit gerechnet, dort von seiner Schwester empfangen zu werden. Er hatte bereits eine von Fürsorge und Zärtlichkeit überbordende Rede vorbereitet, da er schon im Vorhinein die Herrschaft über das Königreich akzeptierte, die sie nicht versäumen würde in seine Hände zu legen. Doch wie die anderen hatte er die Nacht in der Burg zugebracht, ohne auch nur eine Menschenseele zu Gesicht zu bekommen, ja sogar ohne eine Audienz bei diesem verflixten Gorlois zu erhalten, und er hatte gewisse Mühe, seinem Entschluss treu zu bleiben und seine ruhige, gleichgültige Fassade zu wahren.

Der riesige Saal hatte sich nach und nach gefüllt, und dadurch waren seinem Auf- und Abschreiten zunehmend Grenzen gesetzt; aber er hatte etwas Zerstreuung gefunden dank der eleganten Aufmachung der vornehmen Damen mit ihrem schelmischen Augenaufschlag und dem prallen Dekolleté, deren Busen durch darunter gewickelte Mousselinetücher nach oben gepresst wurde und beinahe aus ihren bestickten Surcots herausquoll,[3] festlichen Obergewändern, die mit Borten und Tressen verziert oder an den Seiten geschlitzt waren, so dass man ihre feinen Voileblusen sehen konnte. Auch bei einigen Blicken war ihm warm ums Herz geworden. Einfache Ritter, die wie er in Kriegsmontur waren und nicht in Verkleidung, nickten ihm grüßend zu, als er vorüberkam. Alte Waffenbrüder …

Beim ersten Glockenschlag hatte ihn die sich hereinschiebende Menge bis ans Ende des Saales mitgeschoben. Alle Welt, Herzöge, Grafen oder Ritter, Bürger und niedrige Vasallen, adlige Damen, Junker und Musikanten, drängelte sich in einem aberwitzigen Durcheinander vor der hohen Flügeltüre, die sich soeben geöffnet hatte. Der Herzog Léo de Grand sah zuallererst nichts. Trotz seiner wuchtigen Statur kämpfte er, um in dem Hin und Her der Hofschranzen seine Stellung zu halten, wobei er über das unsinnige Stoßen und Schieben fluchte und, wenn es sein musste, auch seine Ellbogen gebrauchte. Als er aufblickte, drängte eine Kette aus mit Lanzen bewaffneten Wachen das Publikum energisch zurück, um Platz zu schaffen für einen Herold in einem seidenen, halb roten, halb weißen Wappenrock, der mit seinem von einem wuchtigen Knauf gekrönten Stab auf die Steinplatten am Fußboden klopfte.

»Die Königin!«

3 Im Mittelalter entsprachen angehobene, dralle Brüste dem Schönheitsideal; die vornehmen Damen nahmen bereits diese Art Büstenhalter zu Hilfe, manche benutzten auch Wollknäuel zum Aufpolstern des Dekolletés.

Igraine erschien, blasser denn je, die Hand auf die Faust des Seneschalls und Herzogs, Gorlois von Tintagel, gelegt. Sie trug ein langes, rotes Gewand, das mit Hermelin besetzt sowie mit einem Muster ineinander verschlungener Rosen aus Gold- und Silberfäden bestickt war, und hatte einen goldenen Gürtel um die Taille gebunden. Hals und Wangen waren in einen Wimpel aus Mousseline gezwängt, ein um Kopf, Hals und Nacken drapiertes Tuch, auf dem die Königskrone saß. Ihr langes blondes Haar hatte sie unter einem Schleier verborgen, der ihr bis über die Schultern fiel. Ein dunkelblauer Umhang, der von einem kunstvoll geschmiedeten goldenen Verschluss gehalten wurde, breitete sich blütenförmig hinter ihr aus und wurde von zwei farblich passend gekleideten Pagen getragen. Einen Schritt dahinter ging, mager und trübselig in seiner grauen Kutte, Bruder Blaise, ihr Beichtvater.

Ein Raunen lief durch die ruhiger gewordene Menge, das Igraine allerdings falsch verstand. Ihre Hand, die auf der von Gorlois ruhte, begann zu zittern, und ihre Augen glänzten. Sie blickte starr geradeaus, mit zusammengeschnürter Kehle und einem Engegefühl in der Brust, als zwängte sie jemand in einem Schraubstock ein, und sie fühlte, wie ihr unter dem Wimpel die Röte in die Wangen schoss. Sie dachte nur an die Schande, dass diese Hand dem Seneschall versprochen war, während die Leute allein ihre Schönheit und ihren glanzvollen Feststaat sahen. Zu Lebzeiten von Pellehun war die Königin nur ein Schatten gewesen, hatte an seiner Seite so jung gewirkt wie seine Tochter, blass und unbedeutend. Und nun erschien sie zum ersten Mal in majestätischer Erhabenheit. Das Raunen zeugte von reiner Bewunderung. Vielleicht durchsetzt mit einem Hauch Neid oder Eifersucht angesichts ihrer prunkvollen Aufmachung. Und wer außer Léo de Grand schenkte in jenem Moment schon Gorlois Beachtung? Neben ihr ging er völlig unter in seinem schwarzen Bliaud, mit dem weit aufstehenden Kragen, das bis zur Mitte der Waden reichte und dessen einzige Zierde ein lose auf der Hüfte sitzender goldener Gürtel war. Und dann sah der alte Seneschall derartig dem verstorbenen König ähnlich ... An dem Paar, das sie bildeten, war das einzig Neue die strahlende Schönheit der Königin.

Zu deren großer Erleichterung klopfte der Herold mit seinem eisenbeschlagenen Stab auf den Boden und unterbrach das gedämpfte Gemurmel der Zuschauer.

»Formiert euch zur Prozession!«

Er machte sich daran, die Namen der Ranghöchsten zu verkünden, zuerst die der Herzöge – Carmelide, Orcanie, Cambenet, Sorgalles, Lyonesse, Dommonée –, dann die der Grafen und Barone, wobei er geziert jede Silbe einzeln betonte und sich zwischendrin an den ängstlichen Blicken derer weidete, die noch nicht genannt worden waren, oder dann und wann innehielt und einen vor Selbstgefälligkeit strotzenden adligen Herrn und seine in fließende Seidenstoffe gehüllte Gemahlin, die neben ihm hertrippelte, passieren ließ.

Gorlois und die Königin rückten bei jedem Aufruf ein Stück weiter voran, wie bei einem sauber choreographierten Ballett, so dass sich hinter ihnen eine lange Reihe aus Paaren bildete, welche dank der enormen Bedeutung, die plötzlich dem Rang jedes Einzelnen zukam, perfekt aufgestellt waren.

Léo de Grand war eine ganze Weile lang sprachlos gewesen beim Anblick dieses Spektakels, und er hatte dabei das empörende Gefühl, dass er der Einzige war, der sich daran stieß, dass Igraines Hand auf der von Gorlois ruhte. Und auch der Einzige, der es nicht normal fand, dass der Seneschall die Königin nicht vorangehen ließ, sondern sich im Gegenteil an ihrer Seite hielt, stocksteif und zu seiner vollen, nicht gerade beeindruckenden Größe aufgerichtet, den Blick ins Leere gerichtet, ohne irgendjemand anzusehen (nicht einmal ihn) – wie ein König, dem lediglich noch die Krone fehlte. Léo de Grand hatte Rückhalt bei seinen Pairs gesucht, doch die hatten sich alle artig eingereiht, ohne ein sichtbares Zeichen der Reaktion. Also war er ebenfalls wieder an seinen Platz zurückgetreten, alleine, da die Herzogin ihn auf dieser langen Reise nach Loth nicht begleitet hatte.

Der Zug setzte sich in Bewegung, während nach wie vor sämtliche Kirchenglocken läuteten. Und kaum hatte man einen Schritt vor die Tür getan, umfingen die Sonnenhitze sowie die von den Steinplatten auf dem Vorplatz aufsteigende Wärme die Menschen wie ein Pelzumhang. Ein endloser Kordon aus Soldaten, denen unter ihren ledernen Gambesons der Schweiß herunterrann, sorgte dafür, dass die vorgegebene Route frei blieb, indem er die Unmengen von Bürgern, die sich am Wegrand drängten, in Schach hielt. Es war dermaßen heiß, dass mehr als eine schöne Dame, die zu eng in ihrem Surcot eingeschnürt war, in Ohnmacht zu fallen drohte, aber Gorlois ging gemessenen Schritts voran und genoss die Zurufe, die ihm gar nicht alle galten, wobei er seine Genugtuung allerdings hinter einer gleichgültigen Miene verbarg. So zogen sie durch die ganze Stadt, bis unmittelbar an die Festungsmauern, wo die Geistlichen ihre Kirche errichtet hatten. Dicht hinter den Schultern der Soldaten scharten sich die einfachen Leute vom Land und aus der Unterstadt mit ihren violett angelaufenen Säufergesichtern, die lauthals ihre Vivats grölten, berauscht von dem Massenauflauf, die Augen weit aufgesperrt, damit ihnen nichts entging. Mit dem Finger zeigten sie auf die vornehmen Damen oder grüßten ihren Lehnsherrn laut rufend, sobald sie ihn unter den Vorbeiziehenden entdeckten.

Eine solche Raserei zeitigte unterschiedliche Wirkungen bei den Teilnehmern der Parade. Einige grüßten den Pöbel mit stolzgeschwellter Brust, indem sie kaum merklich nickten; der Herzog Escan de Cambenet, begleitet von einem Schildknappen, welcher eine mit Eisenbändern verstärkte Holztruhe trug, schöpfte dort unbesorgt kleine Münzen heraus, um sie in die Menge zu werfen und über das Gedrängel zu lachen, das jede seiner großzügigen Gaben auslöste; andere hingegen verbargen ihre Furcht hinter einer abwesenden Miene, und am Ende der

Prozession, in den weniger dichten Reihen der Söldner-Ritter[4] und einfachen Knappen, wurden Arme ausgestreckt, um im Vorbeigehen einen Humpen Wein entgegenzunehmen oder den Kuss einer holden Maid.

Schließlich, in dem Moment, da der Festzug auf den Kirchenvorplatz einbog, verstummten die Glocken. Der Chor der Mönche, die oben auf den Stufen aufgereiht standen, brachte die Umstehenden mit seinem feierlichen und kunstvoll modulierten Gesang zum Schweigen. Dicht an dicht stehend wie eine düstere Mauer, formten sie ein undurchdringliches Ganzes, das sich klar von der Gruppe der Geistlichen und Novizen abhob, die sich in der Nähe von Bischof Bedwin und seinen Priestern versammelt hatte. Der Gegensatz zwischen den Mönchen und dem Klerus war erstaunlich. Auf der einen Seite die Schar der Kleriker, teils in Begleitung ihrer Frauen oder ihrer Pagen, und der luxuriöse Prunk des Bischofs Bedwin, mit seiner Mitra und seiner goldbestickten Stola, der ein mächtiges, strahlend funkelndes Kreuz in die Höhe hielt. Auf der anderen Seite die beeindruckende Schmucklosigkeit der Klosterbrüder, die alle gleich aussahen in ihren langen, grauen Kutten und mit ihrer seltsamen Tonsur, bei der der vordere Teil des Schädels, abgesehen von einer kurzen Strähne in der Stirn, von einem Ohr bis zum anderen blank geschoren war.[5] Im Hintergrund, in der anonymen Schar seiner Mönche untergetaucht, stand der Abt Illtud de Brennock mit gesenktem Haupt, ganz ins Gebet vertieft.

Wie eine Woge, die aufs Ufer aufläuft, kniete die Menge nieder und bekreuzigte sich, und diese langsame Bewegung setzte sich rund um den Platz fort, bis zu Gorlois selbst. Die Köni-

4 Ritter, die ihr Schwert dem Meistbietenden verkauften und sich ihm verdingten

5 Die Tonsur in der keltischen Kirche, die von zahlreichen Elementen des Druidentums beeinflusst war, unterschied sich von der heute bekannten der römisch-katholischen Kirche

gin war eine der Ersten gewesen, die ein Knie auf die Erde gesetzt hatten, und hatte ihn einfach stehen lassen, mit verdutztem Gesicht, unschlüssig, wie er sich nun verhalten sollte. Er blickte zum Bischof hinüber, dessen ganzes Gold im Sonnenlicht funkelte, und sah, dass dieser stehen geblieben war. Aber vielleicht handelte es sich um irgendein Privileg. Trotz der Distanz, die sie noch voneinander trennte, hatte Gorlois den Eindruck, dass Bedwin ihn hartnäckig anstarrte, und er kniete sich widerstrebend nieder, ein verächtliches Grinsen auf dem Gesicht.

Der Wechselgesang der Mönche klang in absolutem Schweigen aus, dann steigerte sich nach und nach das Gemurmel in der Stadt wieder bis zu einer allgemeinen Unterhaltung, die ihr zweites Lied nicht mehr zu zerstreuen vermochte. Umgeben von diesem gedämpften Stimmengewirr schritten Gorlois und Igraine auf den Bischof Bedwin zu. Ganz wie es Sitte war, blieben sie auf dem obersten Treppenabsatz stehen, um sich vor aller Augen feierlich zu verloben, so dass es niemand entging.

Das Raunen der Menge wurde umgehend lauter und übertönte die heiligen Worte des Bischofs, aber Léo de Grand und die Herzöge des Königreichs von Logres vernahmen das gegenseitige Versprechen haargenau.

»Liebe Freundin«, sagte Gorlois, während er einen Ring von seinem Finger zog, um ihn Igraine anzustecken, »trag diesen goldenen Ring als Zeichen meiner ewigen Liebe und Treue.«

Und Igraine tat es ihm nach, doch sie sprach ihre Worte mit so dünner Stimme, dass niemand sie hörte. Sie schaute sich kurz nach ihrem Bruder um, dann wandte sie rasch den Blick ab. Léo de Grand de Carmelide schien zur Salzsäule erstarrt, wie betäubt von dem, was er da soeben sah. Mit einem Rippenstoß riss ihn der Herzog Bélinant de Sorgalles aus seiner Benommenheit.

»Ich wusste gar nicht, dass wir gekommen sind, um einer Verlobung beizuwohnen«, flüsterte er ihm ins Ohr. »Gorlois hat es über die Maßen eilig!«

»Ruhe!«

Léo de Grand war nur ein Krieger, und außerhalb des Schlachtfeldes registrierte sein Gehirn die Manöver seiner Feinde nur langsam. Zur Stunde hatte er den Eindruck, Opfer einer makabren Farce zu sein, in so absurder Weise jagten die Ereignisse seit seiner Ankunft in Loth einander. Er hatte geglaubt, dort als König empfangen zu werden, aber man hatte ihn kaum beachtet. Gorlois hatte den ganzen Tag nicht ein einziges Mal das Wort an ihn gerichtet, ja nicht einmal seine eigene Schwester, die Königin, hatte mit ihm gesprochen, und jetzt verlobten sie sich vor den Augen des Volkes und des versammelten Adels! So war das also, dieser alte Heuchler hatte es auf den Thron abgesehen, dieser über und über von Narben zerfurchte Einäugige, der vom Alter her zweimal der Vater Igraines hätte sein können. *Seinen* Thron!

Schlagartig begriff er den Sinn von Sorgalles Worten und drehte sich mit derart Furcht erregender Miene zu ihm herum, dass der Herzog Bélinant und seine Frau Helled wie auf Kommando unwillkürlich zurückzuckten. Léo de Grand rang nach Worten und bemühte sich, trotz seines Zornes eine gewinnende Miene aufzusetzen. Der Herzog Bélinant hatte sich schockiert gezeigt über die Zeremonie; vielleicht könnte er zu einem Verbündeten werden, in kommenden Zeiten …

»Verzeiht mir«, sagte er schließlich. »Ich habe ebenfalls nicht die geringste Ahnung von diesem Theater gehabt.«

Hinter ihm kniete das Königspaar und empfing vom Bischof Gottes Segen.

»Herzog Gorlois, gelobst du mit deinem Eid, Igraine zur Frau zu nehmen, vorausgesetzt dass die Heilige Kirche damit einverstanden ist?«

»Ich schwöre es«, erwiderte Gorlois.

Bedwin stellte der Königin dieselbe Frage, auf die die Antwort einmal mehr nicht zu hören war. Der Bischof war es jedoch zufrieden und schlug über ihren Köpfen ein großes Kreuzzeichen.

»Und ich verlobe euch im Namen des Vaters, des Sohnes und des Heiligen Geistes. Amen. *Ego alterutrum despondeo in nomine Patri, Filii et Spiritus Sancti, amen.*«

Igraines Bruder warf ihnen einen bösen Blick zu und brummelte einen Fluch, dann wandte er sich erneut an Bélinant und Sorgalles.

»Es ist ja nur eine Verlobung«, bemerkte er so laut, dass es mehrere Reihen weiter hinten noch zu hören war und Gorlois selbst ihm einen schrägen Blick zuwarf.

Léo de Grand bemerkte es und senkte die Stimme.

»Es bleiben die vierzig Tage für das Aufgebot«, fuhr er fort. »Und in vierzig Tagen kann schließlich noch einiges passieren.«

Er bemühte sich um ein zuversichtliches Lächeln, doch Bélinant, der fasziniert war von der Zeremonie oben auf den Stufen, beachtete ihn kaum. Wider alles Erwarten war Bedwin mit den Verlobten noch nicht fertig. Es hatte ein allgemeines Vorwärtsdrängen gegeben am Ende des Segens, da jedermann damit gerechnet hatte, in die Kirche hineinzugehen und die Messe zu hören, aber die Leute wurden jäh in ihrem Schwung gebremst, als ein ganzer Trupp mit weißen Blumengirlanden beladener Pagen auftauchte, die sich wie Ameisen auf dem Platz vor dem Portal ausbreiteten, rund um die Königin und den Seneschall.

Das Folgende ging in einer allgemeinen Verwirrung unter, an die Léo de Grand ebenso wie die meisten anderen Zuschauer nur eine diffuse Erinnerung behielt. Zwei der zwölf Recken, die die königliche Garde bildeten, lösten sich aus der Gruppe und stellten sich hinter den beiden Verlobten auf, so dass sie das Schauspiel mit ihren wuchtigen, schillernden Rüstungen verdeckten, und zwar so perfekt, dass sich die Heirat von Igraine und Gorlois, obwohl der Anschein einer öffentlichen Zeremonie gewahrt blieb, unbemerkt vollzog. Als die Königin sich erhob, war ihre Krone durch eine Haube aus ineinander verflochtenen Blumen ersetzt. Die Recken, die als Trauzeugen auserwählt worden waren, entfernten sich und knufften einander, wie es der Brauch wollte, kräftig in die Rippen, um die Erinnerung an diesen Augenblick gut zu verankern. Erst als der Bischof Bedwin das rituelle große weiße Tuch über die Frischvermählten breitete, begriffen einige unter all diesen vielen Leuten, was sich da gerade abgespielt hatte. Den Restlichen genügte es, die konsternierte Miene des Abtes Illtud zu sehen sowie die Hektik der Mönche um ihn herum, um zu erahnen, was für eine ungewöhnliche Wendung die Zeremonie genommen hatte.

Schon hatten Gorlois und Igraine den Kirchenvorplatz verlassen, um sich, gefolgt von ihrer geharnischten Garde, in die schattige Kühle der Kirche zu begeben, während ein weiterer Chor, diesmal bestehend aus Kindern, bei ihrem Eintreten ein ›Te Deum‹ anstimmte. Einen Moment lang war ein Schwanken zu merken, aber die bloße Handbewegung eines Geistlichen, der die Prozessionsteilnehmer einlud, ihnen zu folgen, genügte, und die Gäste setzten sich schlagartig in Bewegung. Keine Spur mehr von der übertrieben feierlichen Langsamkeit ihrer Parade durch die Stadt: Der Zug wurde von den weit aufgerissenen Türen des Portalvorbaus geschluckt, und es war ein einziges Hasten und Gedränge. Kaum im Kirchenschiff angelangt, setzten sich alle, so schnell sie konnten, völlig wild durcheinander, ohne noch auf die so sorgfältig vom Herold des Königs festgesetzte Rangfolge zu achten, und mehr als eine hoch gestellte Persönlichkeit wurde auf diese Weise in die Seitenschiffe abgedrängt, und einige sogar nach draußen.

So zum Beispiel Léo de Grand.

Der Herzog von Carmelide war wie angewurzelt stehen geblieben, und es fehlte nicht viel, und er wäre aus Entrüstung und Wut angesichts dieser Eheschließung, die gegen alle Gepflogenheiten verstieß und doch den Seneschall Gorlois zum Herrscher über das Reich machte, in Ohnmacht gefallen. All seine eigenen Träume waren vernichtet; aber dass seine Hoffnungen enttäuscht waren, darüber hätte er sich ja noch nicht einmal beklagt. Ihm blieb vor Empörung schier die Luft weg, weil Igraine sich wieder hatte verheiraten können, ohne ihn, ihren ältesten Bruder und seit dem Tod ihrer Eltern das Oberhaupt der Familie, überhaupt gefragt zu haben. Wutschäumend blieb er in der Mittagssonne stehen, während der Vorplatz sich leerte. Die Soldaten, die den Schutzgürtel entlang des ganzen Weges gebildet hatten, zogen sich rund um den heiligen Ort geordnet zurück und überließen die Stadt wieder den ernüchterten Bürgern, wobei jeder die Ereignisse abhängig von dem, was er gesehen oder was man ihm erzählt hatte, kommentierte. Und umgeben von dem ganzen Stimmengewirr, fand sich Carmelide allein inmitten eines großen Rings aus Soldaten in weißgrundigen und mit einem roten Kreuz versehenen Waffenröcken wieder, die dem Volk verwehrten, in die unmittelbare Nähe der Kirche vorzudringen. Einen Moment lang fühlte er sich bedroht und bewegte sogar sein Schwert vage in Richtung der Garde. Aber die königlichen Truppen schenkten ihm keine Beachtung.

Von ihrem kostbaren Tuch bedeckt, knieten Gorlois und die Königin allein auf Betschemeln, die im Chor gegenüber des Altars standen. Und dicht hinter ihnen nahmen die Recken ihrer Garde in ihren Plattenharnischen, das Schwert an der Seite, die erste Reihe ein und bildeten einen Wall zwischen den frisch Vermählten und dem versammelten Adel – doch es war fraglich, ob dieser neuerliche Treubruch überhaupt noch irgendjemand zu schockieren vermochte.

Für die Mehrheit von ihnen war es das erste Mal, dass sie einer Messe beiwohnten, und sie bemerkten zunächst gar nicht, wie hastig Bedwin vorging. Nur wenige verstanden Latein, und selbst wenn – der Bischof begnügte sich damit, leise zu nuscheln, den Blick auf den Altar gesenkt, während um ihn herum ganze Heerscharen von Geistlichen und Messdienern ihres Amtes walteten: die Ministranten, die das geweihte Öl und die heiligen Gefäße darreichten, Akolythen, die feierlich

Weihrauchfässer schwenkten, aus denen betörende bläuliche Rauchschwaden entwichen, knieende Ceroferare, die große verzierte Kerzen trugen, deren Flammen im Halbdunkel der Apsis einen Lichterkranz formten … Es war eine Votivmesse von der Heiligen Dreifaltigkeit ohne irgendein Hochzeitszeremoniell, da dies ja bereits unter dem Hauptportal vollzogen worden war. Eine Messe, der es an jeglicher Inbrunst mangelte, fast verschämt und derart sinnentleert, dass selbst die Unfrömmsten es schließlich merkten und im Publikum nach und nach wieder die Unterhaltung in Gang kam, untermalt von ersticktem Lachen und dem Knurren hungriger Mägen.

Gorlois verfolgte mit pochenden Schläfen, wie der Bischof mechanisch den Gottesdienst abwickelte, ohne dass er jedoch wirklich etwas aufgenommen hätte; er dachte an Pellehuns Krone. Sein alter Freund … Er selbst konnte nur auf den Thron gelangen, indem er von seinen Pairs gewählt wurde, Herzogen und Grafen des Reiches von Logres, aber das käme später – alles zu seiner Zeit. Zur Stunde müsste er ihnen schmeicheln, ihre Verdienste vergelten oder sich ihren Respekt erkaufen. Titel und Benefizien vergeben. Vielleicht sogar die Steuern abschaffen, um die Sympathien des Volkes zu gewinnen … Das Gold der Zwerge würde lange reichen, um seine Ausgaben zu decken. Und wenn wieder Frieden im Reich eingekehrt wäre, wenn jeder Baron und jeder Junker die mit seiner Großzügigkeit verbundenen Annehmlichkeiten schätzen gelernt hätte, ja, dann könnte er an die Wahl denken …

Ein Geistlicher, der mit seinem eisernen Stab auf die Steinplatten im Chor klopfte, riss ihn aus seinen Gedanken. Alle erhoben sich für das Vaterunser. Gorlois unterdrückte ein Lächeln und begnügte sich damit, mit gesenktem Haupt im Rhythmus zu murmeln, da er keine einzige Zeile des Gebetes kannte.

Von der ganzen Gemeinschaft, die so wenig Gläubige zählte, war die Königin vielleicht die Einzige, die wirklich betete. Zitternd wie die Flamme einer Kerze und in Tränen aufgelöst, weihte sie Gott ihre Seele, erschüttert von Illtuds Reaktion. Vergeblich hatte sie sich zu Beginn der Liturgie nach ihm umgesehen. War er noch da, um an dieser abscheulichen Hochzeit teilzunehmen, die er doch immerhin mit in die Wege geleitet hatte? Mehr noch als der zornfunkelnde Blick des Abtes hatte allerdings das Lächeln des Bischofs schreckliche Zweifel in ihrem Herzen keimen lassen. Jetzt, in dieser Kirche, die brechend voll war wie ein Stall und so weit von Gott entfernt, und angesichts dieser scheinheiligen Messe, begriff sie, dass Illtud, ebenso wie sie selbst, einer Täuschung zum Opfer gefallen war, und dass Gorlois niemals jener christliche König werden würde, auf den sie so sehr gehofft hatte. Zu allem Überfluss hatte er sich mit einer rein fassadenhaften Demut und einigen Tagen Religionsunterricht zufrieden gegeben, gerade lange genug, um die Verlobung zu organisieren und den Großadel zusammenzuscharen. Sie hätte am liebsten diesen Schleier zur Seite gerissen, der vor den Augen des Herrn so eine intime Nähe zwischen ihnen herstellte; ihn zur Seite gerissen, um alleine zu bleiben, ins Gebet vertieft für den Rest ihres Lebens. Doch da waren immer noch ein gewisser Zweifel und die unbeteiligte Haltung ihres frisch Angetrauten, der mit gefalteten Händen und ruhigem Blick neben ihre kniete und betete.

Bedwin trat vom Altar zurück und näherte sich übertrieben würdig einem geschnitzten Lesepult, auf dem eine mit Buchmalereien versehene und in vierundzwanzigkarätiges Gold gebundene Bibel prangte, ein wahrer Schatz, den der Bischof überall mit sich herumtrug. Er breitete die Arme aus, um wieder für Ruhe zu sorgen, und wendete sich mit einer erstaunlich kräftigen Stimme, die durch das ganze Querschiff hallte, an die Anwesenden.

»Nun sprach Gott: ›Laßt uns den Menschen machen nach unserem Bilde, uns ähnlich. Sie sollen herrschen über die Fische des Meeres und über die Vögel des Himmels, über das Vieh und über alles Wild des Feldes und über alles Gewürm, das auf dem Erdboden kriecht!‹«[6]

Er machte eine effektvolle Pause. Er hatte in gewöhnlicher Sprache gesprochen, damit alle ihn verstanden, und, obgleich sie in Lateinisch abgefasst war, nahm er sich zwischen den einzelnen Sätzen die Zeit, zärtlich über seine kostbare Bibel zu streichen, damit niemand daran zweifelte, dass es sich um das Wort Gottes handelte.

»*Gott schuf den Menschen nach seinem Bilde*«, hob er wieder an. »*Nach dem Bilde Gottes schuf er ihn, als Mann und Frau schuf er sie. Gott segnete sie, und Gott sprach zu ihnen: ›Seid fruchtbar und mehret euch und erfüllet die Erde und macht sie euch untertan! Herrschet über die Fische des Meeres und über die Vögel des Himmels und über alles Getier, das sich auf Erden regt!‹*[7] *Alles Getier, das sich auf Erden regt*, begreift ihr? Denn es steht geschrieben: Gott … *wird seine Macht aussenden und sie vom Antlitz der Erde vertilgen, ohne daß ihr Gott sie errettet. Vielmehr werden wir, seine Knechte, sie schlagen wie ein Mann. Sie aber werden der Kraft unserer Rosse nicht widerstehen. Denn mit ihnen überfluten wir sie, ihre Berge werden mit ihrem Blute getränkt und ihre Ebenen mit ihren Leichen angefüllt werden. Ihre Fußspur kann vor uns nicht widerstehen. Vielmehr werden sie gänzlich zugrunde gehen* …«[8]

An der Seite der Königin warf sich Gorlois in die Brust, mit vor Aufregung glänzendem Blick. Er war nicht der Einzige. Igraine bemerkte das Rasseln von Rüstungen, das Knirschen von Kettenhemden, Metall gegen Metall, bei Rittern ihrer Eskorte, sowie das stolze Raunen der Barone.

»Was ihr geführt habt, ist ein heiliger Krieg, meine Menschenbrüder. Ein gerechter Krieg, auf dass das Wort Gottes endlich befolgt werde auf dieser Erde. Eine Erde, die die eure ist und die euch bis in alle Ewigkeit keine Rasse je wieder strei-

6 Genesis 1, 26, zitiert aus der Jerusalemer Bibel
7 Genesis 1, 27 f., zitiert a. a. O.
8 Judith 6, 2 f., zitiert a. a. O.

tig machen kann, denn ihr alle, jeder Einzelne von euch und ihr allein, ihr wurdet nach dem Ebenbild Gottes geschaffen!«

Bedwin hatte die Stimme erhoben. Er legte eine Pause ein, um eine schmeichlerische Miene aufzusetzen, und wies mit wehendem Ärmel auf das im Chor kniende Paar.

»Der Herzog Gorlois hat euch zum Sieg gegen das Volk der Ungläubigen geführt, heidnische Anbeter eines goldenen Schwertes, das ihre unausweichliche Niederlage durch nichts zu verhindern vermochte. Diesen Mann hat die Königin Igraine heute vor Gott zum Gemahl auserkoren. Lasst uns beten, auf dass sie gemeinsam das Werk des hochheiligen Königs Pellehun fortführen und die Macht unseres Herrn sich auf Erden entfalte! Meine Brüder, es heißt ›... *erfüllet die Erde und macht sie euch untertan!*‹[9] Gehorcht, denn das ist das Wort Gottes!«

Igraine hörte nicht länger zu. Die erbauliche Bibelauslegung bestätigte letztendlich nur den Sinn dieses ganzen Tages: ein Interessenbündnis zwischen dem Seneschall und dem Bischof, gegenseitige Unterstützung, die darauf ausgerichtet war, ihre jeweilige Macht zu stärken. Die Menschen unter einem einzigen Gott und einem einzigen König zu vereinigen war eine hehre Sache, edel und heilig, wenn sie nur aufrichtigen Absichten entsprang ...

Die junge Königin zuckte zusammen, als sie den Blick Bedwins auf sich lasten spürte. Gorlois sah sie ebenfalls an, so nah unter ihrem Schleier, mit seinem harten Gesicht, durch das diese schreckliche Narbe lief. Er lächelte sie an, aber sie wurde daraufhin lediglich unsicher und wandte ihre Aufmerksamkeit wieder der Predigt des Bischofs zu.

»... ›*Seid fruchtbar und mehret euch*‹«[10], sagte Bedwin (und er richtete sich direkt an sie). »Auf daß eure Kinderschar die Erde bevölkert, denn das ist die heilige Mission der Frau. ›*Überaus*

9 Genesis 1, 28, zitiert a. a. O.
10 Genesis 1, 28, zitiert a. a. O.

zahlreich werde ich die Beschwerden deiner Schwangerschaft machen‹, heißt es in der Heiligen Schrift. ›*Unter Schmerzen sollst du Kinder gebären. Nach deinem Mann wird dein Verlangen sein, er aber wird über dich herrschen.*‹«[11]

Er hielt einen kurzen Moment inne, als erwarte er eine Antwort. Aber welche mögliche Antwort hätte es darauf gegeben?

11 Genesis 3, 16, zitiert a. a. O.

XI

Das Turnier

Ein neuer Tag brach an, ein grauer, unfreundlicher Tag mit bedecktem Himmel, an dem dicke schwarze Wolken hingen, die jeden Moment zu platzen drohten. Wahrscheinlich würde es noch vor Ende des Vormittags ein Gewitter geben. Heftige Böen fuhren ab und an unter die Behänge aus Samt und Seide, mit denen die Tribünen rund um den Turnierplatz geschmückt waren, so dass sie flatternd hochschlugen; die Fahnen und Banner knatterten im Wind, und die Pferde scharrten aufgeregt mit den Hufen, nervös von den plötzlichen Staubwolken, welche Stroh und Schwärme winziger Mücken mit sich führten. Es war beinahe kalt an jenem Morgen, und das war gut so. Mehr als ein Baron und mehr als eine holde Dame erwachten nach dem Zechgelage bei dem königlichen Bankett mit einem pelzigen Gefühl auf der Zunge und mit bleischwerem Schädel. Das Festmahl hatte sich über den ganzen vorangegangenen Tag hingezogen, von dem Moment, da die Messe beendet war und sie alle hinausströmten, bis tief in die Nacht, zu weit vorgerückter Stunde – (wobei einige Gäste schon früher vornüber mit dem Gesicht auf den Tisch gesunken waren und unter dem Hohnlächeln ihrer Nachbarn damit begonnen hatten, ihren Rausch auszuschlafen). Ein weiterer brütend heißer Tag wäre ihnen vermutlich zum Verhängnis geworden.

Léo de Grand war nicht lange geblieben. Er hatte sich so

rasch wie möglich zurückgezogen, bereits geraume Zeit bevor es Abend wurde. Das Zimmer, das man für ihn bereitet hatte, verschmähte er und verbrachte die Nacht in seinem kegelförmigen, in seinen Farben geschmückten Zelt, das in der Nähe des Turnierplatzes aufgebaut und ideal gelegen war: im Schutz eines Wäldchens und nicht weit von einem Bach, an dem seine Pferde trinken konnten. Er war einer der Ersten, die erwachten – wobei ihm trotz allem schlecht war und er miserable Laune hatte –, während seine Knechte und Soldaten noch, in ihre Mäntel gerollt, direkt auf der Erde lagen und schliefen. Mit nacktem Oberkörper, lediglich mit seinen Beinkleidern angetan, die er über Nacht anbehalten hatte, fröstelte er in der feuchten Luft dieses trüben Tages und besah sich mit finsterem Blick das riesige Lager, das am Fuße der Stadtmauer von Loth errichtet war.

Die Ebene war übersät mit Zelten in allen Größen und Formen, angefangen bei den turmartigen Stoffgebilden der reichen und vornehmen Herren mit ihren goldenen Fransen, bis zu den einfachen Planen, mit denen sich die weniger begüterten Krautjunker zudeckten, die häufig eng gegen ihren Schildknappen gepresst schliefen, um sich warm zu halten, den Zügel ihres Kleppers an ihrem Knöchel festgeknotet. Er blickte hinauf zu dem dreieckigen Wimpel, der oben am Hauptmast seines Zeltes befestigt war und gleich dem Segel eines Schiffes im Wind flatterte, und lächelte flüchtig. Man hätte meinen können, dass der Löwe, dessen Namen er trug, bereits mit Zähnen und Klauen im tosenden Wind kämpfte.

In einer plötzlichen Anwandlung von Übelkeit stieg ihm der Geschmack von Erbrochenem in die Kehle, und er spuckte Galle, wobei er, ohne es zu wollen, einen seiner Knechte traf, der zu Tode erschrocken die Augen aufschlug und sich das Gesicht abwischte.

»Aufgestanden!«, herrschte Carmelide mit einem Knurren, das als eine Entschuldigung durchgehen konnte. »Das Frühstück!«

Er entfernte sich mit reichlich zittrigen Beinen zu dem ganz in der Nähe gelegenen Bach hin und kratzte sich heftig an Hals und Rücken.

»... Und weck die anderen!«

Doch das war gar nicht nötig. Die Zipfel seines Zeltes knatterten unter einer plötzlichen Bö, als knallte jemand mit einer Peitsche, und rissen seine ganze Truppe jäh aus dem Schlaf. Davon abgesehen wachten überall fluchende Menschen auf und warfen missmutige Blicke zu dem wolkenverhangenen Himmel hinauf.

Der Herzog Léo de Grand lief mit einem spöttischen Lächeln auf den Lippen quer durch das Lager bis zum Bach hinunter und grüßte unterwegs gelegentlich einen Bekannten, mit der nachsichtigen Miene dessen, der bereits frisch und munter ist, gegenüber dem, der gerade erst aufwacht und langsam zu sich kommt. Bei schönem Wetter wäre das kühle Wasser eine Wonne gewesen, aber es schien ihm viel zu kalt, um darin zu baden, Flöhe hin oder her. Er begnügte sich damit, sich zu bespritzen, schüttelte sich wie ein Hund und fuhr sich mit der Hand durchs Gesicht, auf dem ein Fünftagebart knisterte. Dann schnürte er seine Hosen auf und pinkelte in den Bach, wobei er innerlich lachen musste über die stummen Proteste der Unglücklichen weiter stromabwärts, die nicht von ausreichend hoher Geburt oder zu feige waren, um sich bei ihm zu beschweren.

Während er wieder zu seinem Zelt hinauflief, dachte er noch einmal über das Bankett vom Vorabend nach und runzelte erneut die Stirn. Das Gold der Zwerge hatte es dem Seneschall-Herzog erlaubt, gehörig zu protzen. Nicht weniger als zwölf Gänge waren aufeinander gefolgt, unterbrochen von vergnüglichen Einlagen, vorgebrachten Herausforderungen für das Turnier oder im Suff abgelegten Schwüren. Da kein Saal groß genug war, um die Menge der Geladenen zu fassen, hatte man die Tische auf dem Vorplatz der königlichen Burg aufgestellt, unter großen Baldachinen, die die Gäste gegen die Sonne abschirmten. An der Tafel mit den Ehrengästen platziert, war es Carmelide endlich gelungen, an seine Schwester und ihren von nun an mit ihm verschwägerten Gemahl heranzukommen, aber es war ihm nur mit knapper Not geglückt, freundlich zu sein. Und da er zur Rechten der Königin gesessen hatte, mit dem Gesicht zu den übrigen Gästen gewandt, hatten alle an seiner Miene die Freude ermessen können, die er über den Verlauf dieses Tages empfand.

Das war jedoch nicht die einzige unschöne Begebenheit, der einzige Misston beim Festmahl gewesen. Kaum war das Salz gereicht worden, ein Brauch, mit dem die Bankette stets eröffnet wurden, musste mit Gewalt die Ordnung an einem entfernten Tisch wieder hergestellt werden, an dem ein Baron, der das Wappen des Herzogs Melodias de Lyonesse trug, sich mit einem exaltiert gekleideten, über und über von Edelsteinen und Samt strotzenden Unbekannten geprügelt hatte. Eingehende Erkundigungen hatten ergeben, dass es sich bei dem Mann um einen ehemaligen Intendanten handelte, der anerkanntermaßen des Betrugs und des Treubruchs schuldig war und im ganzen Herzogtum gesucht wurde, damit man Gerechtigkeit walten lassen und ihn aufknüpfen konnte. Der Zwischenfall hatte eher für Amüsement als für Empörung gesorgt, ganz im Gegensatz zu der abstoßenden und unangebrachten Anwesenheit Mahaults, der berüchtigtsten Hehlerin im Lande der Gnomen. Fett und bleich, in prunkvolle Seidengewänder gehüllt und die Hände über und über mit schweren Ringen bestückt, saßen sie und ihre Günstlinge von den anderen isoliert. Keiner an ihrem Tisch hatte Lust, ins Gerede zu kommen. Diejenigen, die sie noch nicht kannten, musterten sie verstohlen und lauschten den entsetzlichen Geschichten, die über sie kursierten. Sie war scheinbar nur eine verrückte Alte, die sich letztlich kaum von jenen übertrieben wohlgenährten und auffallend reichen Händlern unterschied, die von einem Ende des

Banketts zum anderen stolzierten. Doch sie machte keinen Hehl aus ihrer Zugehörigkeit zur Gilde, und die Tatsache, dass sie anwesend war, geladen zum Festmahl, und nicht etwa am Galgen hing, hatte zumindest etwas Überraschendes.

Während in die Farben des Königspaars gehüllte Diener anstelle der üblichen Holzteller Brote darreichten, deren weiches Inneres mit Safran, Rosenblüten oder Petersilie gelb, rot oder grün gefärbt war[1], hatte der Bischof Bedwin versucht, einen Tischsegen zu sprechen, doch sein Gebet ging rasch unter in dem allgemeinen Stimmengewirr, sei es, weil die Tischgesellschaft nicht die leiseste Ahnung davon hatte, was er da gerade tat, sei es, weil man es vorzog, die Ereignisse des Vormittags zu kommentieren. Oder vielleicht auch einfach deswegen, weil die Gäste zu durstig waren und zahlreiche, mit wunderbar kühlem Klarett gefüllte Krüge auf jeden Tisch gestellt wurden. Und dann übertönten schließlich die plötzlich losbrechenden Trompetenstöße und Lautenklänge der Spielleute alles andere, Grollworte und Geläster, Lachen und Tratsch.

Léo de Grand war wie jedermann der Grenachewein zu Kopf gestiegen, und als er da so saß zwischen den Gauklern und Tänzern, die die Pavane, einen langsamen höfischen Schreittanz, sowie den darauf folgenden Springtanz, die Gaillarde, aufführten, zwischen den Bärenführern und Hundedresseuren und den schamlosen Dienerinnen, die die Verschnürung ihrer Korsagen gelöst hatten, war er wider Willen von dem reichhaltigen Angebot an Speisen überwältigt gewesen: gespickte Hirschlende mit Pfeffer, Hühnchen in Honig und Senf, Blanc Manger, eine süße weiße Creme mit Mandeln, Zwiebeleintopf, frittierte Teigtaschen mit Füllung, Pfauenpastete, dicke Bohnen, Schmalzgebäck und feine Kuchen, und zu all dem wurden Bier, Met und mit Zimt aromatisierter Hypocras, ein

1 Diese großen Brotscheiben dienten als Teller. Jeder tat sich dort seine Speisen auf und aß mit den Fingern oder seinem eigenen Messer.

beliebter Gewürzwein, gereicht. Und als er das Benehmen der Gäste so betrachtete, kam ihm ein alter Text in den Sinn, der die Stimmung bei einem Bankett recht gut beschrieb: »Völlerei gereicht einer Weibsperson zur Schande, denn sie bekommt dadurch etwas Liederliches, Gieriges und Räuberisches … Sie redet viel und irres Zeug, äußert gewagte Worte, Prahlereien, hohle Phrasen, singt Lobeshymnen, schwört Meineide, spricht Lästerliches, Rebellisches und Blasphemisches …« Wie so viele andere war er nach einigen Gängen aufgestanden und hatte sich übergeben, aber im Unterschied zu den Übrigen war er nicht mehr an den Tisch zurückgekommen.

Nun, an diesem Morgen empfand er nur noch Abscheu gegen das Ganze.

Er schloss die Augen und sah wieder die Bücklinge und die unterwürfigen Vertraulichkeiten der niederen Adeligen vor sich, die den neuen Herrscher noch beim Essen auf Schritt und Tritt verfolgt hatten, um ihm zu schmeicheln, und er sah wieder den Ausdruck einfältiger Zufriedenheit, den Gorlois zur Schau getragen hatte, während er seine Almosen an diese Leute verteilte. In dem Maße, wie sich das Gerücht von Gorlois' großzügigen Gaben unter den Gästen verbreitet hatte, war das affektierte Gehabe im Laufe des Festmahls immer extremer geworden. Und, ohne dass ein Wort gefallen wäre oder etwas anderes als verächtliche oder beschämte Blicke gewechselt worden wären, hatten sich schon bald zwei Lager unter den Festbesuchern gebildet: Auf der einen Seite standen diejenigen, die den Rücken krumm gemacht hatten, auf der anderen die, welche Rückgrat bewiesen hatten. Vielleicht hatten ja einige von Letzteren sein Verschwinden bemerkt …

Um sein Zelt herum hatte Carmelides Truppe wieder ein menschliches Aussehen angenommen, gestärkt durch eine mit Gewürzen angereicherte Weizenmehlsuppe, die in einem Kessel über dem Feuer hing und einen angenehmen Duft nach Honig verströmte. Er bemerkte ebenfalls (und wie hätte ihm das auch entgehen können?) eine Gruppe Kavalleristen, die den weißen Waffenrock mit dem roten Kreuz trugen und ihn zu erwarten schienen. Einer von ihnen, ein großer schlaksiger Bursche mit einer geschwänzten Gugel, einer kapuzenartigen Kopfbedeckung, deren langer Zipfel, die Sendelbinde, ihm bis auf die Schulter fiel, saß vom Pferd ab, als der Herzog herankam.

»Ah, Durchlaucht! Ich wünsche Ihnen einen schönen guten Morgen!«

»Was willst du?«, knurrte Carmelide.

Falls der Mann von der Abfuhr des Herzogs überrascht war, so ließ er sich zumindest nichts anmerken.

»Durchlaucht, Sire Gorlois hatte die Freundlichkeit, mich für das Turnier heute Nachmittag zum Wappenkönig zu ernennen. Er schlägt Euch vor, die Führung der Herausforderer zu übernehmen, da er selbst die Gruppe der Gegner zusammenstellt.«

Léo de Grand musterte den Kavalleristen von oben herab. Ein Lächeln breitete sich nach und nach über seine griesgrämige Miene und hellte sein muffiges Gesicht mit den blau schimmernden, unrasierten Wangen auf. Erstaunlicherweise war das eine wirkliche Ehre, die ihm sein Schwager da erwies, auch wenn ihm diese nur wenige mit gutem Recht hätten streitig machen können. Bei einem Turnier traten zwei Parteien gegeneinander an, und während es dem Gastgeber oblag, die so genannte Verteidigung zu stellen, kam stets dem erlauchtesten Turnierkämpfer die Ehre zu, die Herausforderer zu bestimmen. So erkannte also Gorlois ausnahmsweise einmal seinen Rang an …

»Es ist gut«, sagte er und schlug dem Wappenkönig auf die Schulter. »Sag ihm, ich akzeptiere mit Freuden, und die Löwen von Carmelide werden ihre ganze Ehre darein setzen, ihn sein Kreuz fressen zu lassen!«

Hinter ihm lachten die Leute schallend los, und Léo de Grand, der beinahe erstaunt war über diesen Erfolg, stimmte lauthals in das allgemeine Gelächter mit ein.

Der Mann mit der geschwänzten Gugel beschränkte sich auf ein höfliches Lächeln, dann winkte er einen seiner Schreiber zu sich heran.

»Ihren Helm, Herr, damit er auf dem Platz aufgehängt werden kann.«

Carmelide, dem vor Lachen die Tränen herunterrollten, wandte sich erneut zu seinen Männern um, las den Stolz in ihren Augen (und auch die Verlockung des Geldes, denn auf den Löwenanteil der während des Turniers eingestrichenen Kopfgelder hatten sie das erste Anrecht) und machte einem Sergeant ein Zeichen, worauf dieser Hals über Kopf im Zelt verschwand. Fast umgehend kam er wieder heraus und hielt respektvoll den schwarzen Helm in der Hand, der einem eisernen, mit einem einfachen Klappvisier verschlossenen Turm ähnelte, über dem eine mit einem fahlgelben Fell in Gestalt eines brüllenden Löwenkopfes besetzte Helmzier aus Papiermaché aufragte. Der Wappenkönig machte ihm die üblichen Komplimente über die Schönheit und die Erhabenheit des Emblems und vertraute den Helm seinen Schreibern an; dann schwang er sich wieder in den Sattel und gab nach einem letzten Salutieren seinem Pferd die Sporen.

Für den Herold würde es ein langer Tag. Den ganzen Vormittag würden seine Schreiber die Anmeldungen notieren und darauf achten, dass die beiden Seiten etwa gleich stark wären. Das Turnier stand jedermann offen, vorausgesetzt, er war ritterbürtig, ungeachtet des Rangs oder in früheren Zeiten auch der Rasse – wenngleich man selten Elfen gesehen hatte, die an dieser Art Gefecht teilgenommen hatten. Die Zwerge hingegen waren gefürchtete Gegner, da sie nichts so sehr liebten wie jene chaotischen Kämpfe im dichten Gedränge, bei denen ihre Äxte, selbst wenn sie stumpf waren, schreckliche Verwüstungen anrichteten. Doch das war alles Geschichte. Die Menschen würden fortan allein unter sich kämpfen … Ach, was spielte das schon für eine Rolle. In der gegenwärtigen Aufregung kam dieser Gedanke den meisten Teilnehmern gar nicht in den Sinn.

Zur Stunde drängten sie sich, Ritter oder Knappen, um ihren Wappenschild unter einem der beiden Helme aufzuhängen, die den Befehlshabern gehörten und oben auf zwei Pfosten am Rande der Zuschauertribüne angebracht waren, und wählten so ihre Seite. Keiner war verpflichtet, sich einer bestimmten Partei anzuschließen, und es fand sich im Übrigen stets irgendein Prahlhans, der als Einzelkämpfer im Turnier antrat und auf diese Weise beide Gegner auf einmal herausforderte, was purer Leichtsinn oder schlicht und ergreifend Wahnsinn war. Der Tag war noch jung, aber es gab bereits ein heftiges Gedränge zwischen den Bauern im Sonntagsstaat, die sich entlang der Schranken tummelten, den Bürgern, die es sich mit Teppichen und Stühlen bequem gemacht hatten, und der ganzen Schar der Grillköche, Wasserträger, falschen Zigeunerinnen und echten Dirnen, die ihrer Arbeit unter Zelten aus durchscheinendem Tuch nachgingen, um die Kundschaft wirksamer anzulocken. Jene, die bereits ihre Wappen an der Absperrung rund um das abgesteckte Feld befestigt hatten, blieben dort häufig, um nichts von der Einteilung der Mannschaften zu verpassen. Zahlreiche junge Kampfhähne, die davon träumten, auf sich aufmerksam zu machen, ergriffen hierauf die einzigartige Gelegenheit, irgendeinen hoch angesehenen Teilnehmer zu provozieren, sofern dies nicht bereits während des Festmahls am Vorabend geschehen war. Es genügte, zu kommen und mit der Faust gegen den Wappenschild des Gegners zu schlagen, um ihn herauszufordern, was die Schreiber sorgfältig auf ihren Tafeln vermerkten. In der Begeisterung des Augenblicks verloren Neulinge, die kaum dem Jünglingsalter entwachsen waren, oft jedes Maß, und, um in den Augen ihres Mädchens zu glänzen oder ihren Vater zu beeindrucken, beschlossen sie den Tag mit gebrochenen Knochen, in ihrem eigenen Blut schwimmend und in ihren Tränen. Unter Umständen ließen sie sogar ihr Leben unter den Hieben der hartgesottenen Krieger, die sie dummerweise provoziert hatten.

All diese Aufregung ergriff das Zeltlager mit der Gewalt einer herbstlichen Springflut, und keiner schien ihr entrinnen zu können. Léo de Grand de Carmelide strich in seinem hohen Zelt im Kreis herum wie ein Raubtier im Käfig. Sein würdevolles Amt eines Herausforderers gebot ihm, eine Gelassenheit und Heiterkeit an den Tag zu legen, die seinen wirklichen Gefühlen in keinster Weise entsprach. Wenn es nach ihm allein gegangen wäre, hätte er umgehend seine Rüstung angelegt, um aufs Pferd zu springen und über das Turnierfeld zu sprengen, gefolgt von einem in seine Farben gekleideten Bannerträger, der für seine Partei die edelsten Kämpfer zusammenscharen sollte. Aber auch für ihn würde es noch ein langer Tag …

Das Gewitter brach kurz vor der Sext, also knapp vor der Mittagsstunde, los und setzte die Feuer unter Wasser, in die ganze Rinder zum Braten hineingehängt worden waren. Das Donnern und Blitzen versetzte die Pferde in Panik. Ringsum klammerten sich die Stallknechte an ihre Kandaren, bemüht, keinen Huftritt abzubekommen, und überall rannten bewaffnete Männer los, um sich unterzustellen und ihre empfindliche Zier aus Karton oder Papier zu schützen, mit der sie ihre Helme geschmückt hatten. Es gab sie in allen Spielarten, Furcht erregende oder groteske, Nachbildungen von eisengepanzerten Fäusten, Adlern, Fischköpfen, Türmen oder Frauenbrüsten, Sonnen und Gesäßbacken, Hauptsache, man stach damit heraus. Später, gleich bei den ersten Schwertstreichen, würden diese zerbrechlichen Gebilde in sämtliche Einzelteile zerfliegen, aber es wäre undenkbar gewesen, beim Einzug mit zerstörter Helmzier, an der womöglich die Farbe herabrann, zu erscheinen. Unter ihrem durchnässten Zelt mussten sich die meisten von ihnen mit rohem Fleisch oder hastig heruntergeschlungener Schleimsuppe zufrieden geben, was ihre Kampfeslust nicht gerade steigerte.

Dann drang ein Sonnenstrahl durch die schwarzen Wolken, und das Gewitter hörte ebenso plötzlich auf, wie es begonnen hatte. Das Lager füllte sich wieder mit Leben, es wurde gelacht und geschrien, während die in Dunstschwaden gehüllten Pferde ungeduldig mit den Hufen scharrten und die regennassen Rüstungen blendend hell glitzerten.

Die letzten Stunden vor dem Einritt in die Schranken waren von Einschüchterungsversuchen und einer gereizten Stimmung geprägt. Es waren auch Stunden der Angst, die unter Eisenpanzern verborgen wurde. Überall mussten Knappen irgendwelche Hitzköpfe trennen, die bereits drauf und dran gewesen waren, ihr Schwert zu zücken, noch bevor das Turnier überhaupt begonnen hatte. Denn es gab beleidigende Herausforderungen und verächtliche Absagen, wenn plötzlich ein vornehmer Herr von einem ungehobelten Lümmel angesprochen wurde, und bisweilen bedurfte es schließlich einer Beleidigung, bevor der Kampf eingetragen wurde. Zahlreiche Kämpfer waren bereits bewaffnet und versüßten sich die Wartezeit mit etlichen Krügen Wein, während die königliche Tribüne sich mit ihrem adligen Publikum füllte, vornehmen Herren und Damen, und das einfache Volk sich erneut um den Turnierplatz drängte. Einige Nachzügler schimpften auf ihre Schildknappen ein, die mit den letzten Vorbereitungen beschäftigt waren: sorgfältig jedes Teil der Rüstung zu befestigen, zunächst die Beinlinge und die Bruoch, eine weite Oberschenkelhose, an den Beinen festzuzurren, dann das Hemd und den ledernen Gambeson, der den Körper schützte, anzulegen, bevor schließlich der Kettenpanzer, die Beinschienen, Kniebuckel und die Eisenschuhe kamen, die Beine und Füße bedeckten. Die Reicheren wappneten sich noch mit einem eisernen Harnisch und Schulterblechen, die Übrigen beschieden sich mit einer eisernen Kettenhaube, die Hals und Schultern bedeckte, und schließlich zogen alle ein Stoffhemd über, das bis zur Hälfte der Schenkel reichte und mit ihren Farben versehen war. Dann erst traten sie aus ihrem Zelt, schwangen sich in den Sattel oder ließen sich hinaufhelfen und trabten, gefolgt von ihren bis obenhin in Eisen gehüllten Soldaten, zu dem abgesteckten Turnierfeld hinüber. Der Regen hatte alles aufgeweicht, und das Trampeln der Menge hatte die Sache nicht besser gemacht. Die Kämpfe würden im Schlamm ausgefochten werden, und zudem bestand noch die Gefahr, dass es wieder zu regnen anfing.

Léo de Grand thronte auf einem mit Stoff bedeckten Strohballen unter einem Zelt, das groß genug war, um die Ritter seines Gefolges zu fassen, und unter dem in weniger als einer Stunde die zerschundenen Leiber der Pechvögel und Tölpel liegen würden, und er wartete gespannt auf die Ankunft Gorlois' und der Königin. Da beinah all seine Kämpfer gekommen waren, um sich unterzustellen und so dem Risiko zu entgehen, sich vor der Vorstellung mit Schlamm zu besudeln, herrschte dort ein ohrenbetäubendes Stimmengewirr. Ein Schmied breitete seine Werkzeuge, verschiedene Zangen und Hämmer, aus, die häufig unerlässlich waren, um einen Teilnehmer von durch die Schläge verbogenen Teilen seiner Rüstung zu befreien. Heilkundige und Ärzte richteten ihre Salben und Verbände zurecht, ohne dass sich jemand dazu herabgelassen hätte, sie zu beachten. Bisweilen hörte man das schrille Lachen einer Frau, die ihrem Helden ein Tuch um den Arm schlang, wodurch sichtbar wurde, dass er ihr zu Ehren kämpfte, und Herolde in weiß-rotem Wams kamen mit dem Pergament unter dem Arm und ihrer mit einem Federbusch geschmückten Kappe auf dem Kopf, um den Teilnehmern für ein paar Sous die lobrednerische Ankündigung zu verkaufen, die sie bei ihrem Einreiten in die Schranken vornehmen würden.

All diese fieberhafte Betriebsamkeit und das überall zur Schau getragene Imponiergehabe zerrten an seinen Nerven, aber der Herzog war es sich schuldig, gleichmütig auszuharren, um die Huldigungen seiner Anhänger entgegenzunehmen und ihnen etwas zu trinken bringen zu lassen. Und im Übrigen war ja nicht alles nur sinnlose Hektik. Ganz wie er es sich erhofft hatte, hatte sich Bélinant de Sorgalles für die Partei der Löwen entschieden. In Eisen gepanzert, seinen Helm mit dem Federbusch selbst unter dem Arm, unterhielt er sich abseits der Menge leise mit seiner Frau Helled. Lyonesse und seine Barone hatten sich ebenfalls zu ihm gesellt und, ohne dass der Herzog ihm gegenüber ein Wort über den unerwarteten Zwischenfall vom Vorabend verloren hätte, behagte Carmelide die Vorstellung, dass der Herzog Melodias die Anwesenheit seines ehemaligen Intendanten beim Festmahl des Königs gar nicht gefallen und dass er sich nicht ohne Hintergedanken für seine Partei entschieden hatte. Es gab noch zahlreiche andere Männer, Grafen und Barone, deren Anblick ihn mit Stolz erfüllte, dann eine ganze Armada unbekannter Fußsoldaten, die dem niederen Adel entstammten und teilweise so jung waren, dass ihre Hemden bis auf den Boden reichten; sie waren angereist, um ihre erste Waffenprobe abzulegen, und würden zu Fuß kämpfen, hinter den Kavalleristen. Insgesamt waren es wohl um die vierzig Teilnehmer – einmal abgesehen von der wilden Horde ihrer Soldaten –, die der Wappenkönig in acht Aufgebote unterteilen würde, welche den ganzen Tag über, eines nach dem anderen, ins Gefecht ziehen würden.

Und da kam er auch schon angerannt, die Hosen schlammverschmiert und die Sendelbinde hinter sich herflatternd wie eine Mähne. Léo de Grand prustete los vor Lachen, als er sah, wie der Herold um Haaresbreite der Länge nach in die matschige Wiese gefallen wäre, doch im selben Moment setzte das ohrenbetäubende Schmettern der Hörner am Rande der königlichen Tribüne ein.

»Durchlaucht«, sagte der Mann, während er wieder zu Atem kam, »die Königin Igraine und der Herrscher ziehen auf den Platz ein und bitten Euch, ihnen während der Vorstellung der Teilnehmer Gesellschaft zu leisten.«

»Das hatte ich schon verstanden«, grummelte Léo de Grand. Und, zu Bélinant gewandt: »Sorgalles! Du bist der Nächste!«

Als er schließlich bei ihnen angelangt war, hatten sich Gorlois und die Königin bereits mit ihrem Gefolge auf der überdachten Tribüne niedergelassen, die von einem purpurfarbenen, feucht glänzenden Baldachin überspannt war. Von den grellen Strahlen der Sonne, die sich nun wieder zeigte, angeschienen, funkelten die Schleier und all das Gold, die kostbaren Stoffe, Pelze und der Schmuck wie ein Regenbogen und zogen die faszinierten Blicke der Bauern und Bürger auf sich, die sich entlang des abgesteckten Kampffeldes drängten und sich, trunken vor Jubel, die Kehle aus dem Hals brüllten.

»Lang soll sie leben! Lang lebe die Königin Igraine!«

»Ehre Sire Gorlois!«

»Juchhe! Juchhe!«

Léo de Grand de Carmelide bahnte sich einen Weg zum ersten Rang und setzte sich neben seine Schwester auf den Thron, der für ihn reserviert worden war.

»Sei gegrüßt, liebe Schwester.«

Sie schenkte ihm ein Lächeln und hatte dabei so ein bezauberndes Gesicht, dass er sie, einem spontanen Impuls folgend, auf die Wangen küsste, genau wie in früheren Zeiten, als sie noch klein waren, auf der Burg von Carohaise.

»Nun, mein Bruder, ich sehe, Ihr seid guter Laune!«, bemerkte Gorlois, während er sich zu ihm hinüberbeugte und dabei seine Pranke auf die weißen Hände Igraines legte.

Léo de Grand war sichtlich pikiert. Denn er schätzte es gar nicht, von diesem aufgeblasenen, einäugigen alten Gockel Bruder genannt zu werden. Der Anflug eines verkniffenen Lächelns huschte über sein Gesicht, dann bemerkte er plötzlich, dass der Herrscher nur in Samt gekleidet war, ohne Kettenhemd oder Eisenpanzer am Leib, um die Stirn ein goldenes, mit silbernen Ornamenten verziertes Band geschlungen, das auf die Krone der Königin abgestimmt war.

»Werdet Ihr nicht am Turnier teilnehmen?«, erkundigte er sich.

Gorlois griff sich instinktiv an die Rippen: Sie schmerzten ihn noch immer von der Tracht Prügel, die er in seinem eigenen Kerker erhalten hatte. Doch er fasste sich gleich wieder und zog sich mit einem höhnischen Lachen aus der Affäre, wobei er Igraine Zustimmung heischend ansah.

»Später vielleicht ... Aber gegenwärtig habe ich mehr als genug von Turnieren und Schlachten ... Erlaubt also, dass ich die Gunst der Stunde nutze, und liefert uns ein schönes Gefecht. Ich brenne schon darauf zu sehen, wie sich Euer Löwe im Kampf schlagen wird. Besser als jetzt, hoffe ich. Seht, man könnte meinen, er weint!«

Und bei diesen Worten zeigte er auf Carmelides Helm, der noch immer auf seiner Stange oben hing und dessen schöne Farben kläglich herunterrannen. Der Herzog suchte nach irgendeiner schneidenden Bemerkung, die er zur Antwort hätte geben können, doch die Unterbrechung von Seiten des Wappenkönigs und seiner Persevanten setzte seinem angestrengten Nachdenken ein Ende.

»Meine Königin«, sagte der Herold mit einer ehrerbietigen Verneigung. »Können wir beginnen?«

Igraine nickte.

»Verehrter Regent, verehrter Herzog, es obliegt Euch beiden, die Königin dieses Turniers zu bestimmen.«

»Diese ehrenvolle Aufgabe überlasse ich Euch, mein Bruder!«, sagte Gorlois mit einem herablassenden Lächeln zu Léo de Grand.

Einem ersten Impuls folgend war Carmelide, dessen Frau nicht zugegen war, geneigt, Igraine auszuwählen, aber er hatte das vage Gefühl, dass diese Ehre auf Gorlois zurückfallen und dessen Autorität nur noch stärken würde. Er dankte ihm mit einem Kopfnicken, dann erhob er sich und ließ seinen Blick über die unter dem Baldachin versammelten Damen schweifen.

»Herzogin, kommen Sie, um mir Gesellschaft zu leisten«, bat er, während er der Gemahlin des Herzogs Bélinant die Hand reichte. »Ich wähle Helled de Sorgalles, Gräfin von Orofoise, zur Turnierkönigin!«

Ein flüchtiger Blick aus dem Augenwinkel genügte Carmelide, um sich davon zu überzeugen, dass Gorlois seine Absicht verstanden hatte. Er setzte sich wieder, und, wie um sie zu trösten, legte er Igraine die Hand auf den Arm. Doch sie zog ihn harsch zurück, ohne ihren Bruder auch nur eines Blickes zu würdigen. Gesicht, Kinn und Hals in eine Guimpe aus durchsichtigem blauem Mousseline eingezwängt, den Nacken von einem Schleier verhüllt, der an ihrer Krone befestigt war und ihr langes blondes Haar bedeckte, machte sie einen mürrischen Eindruck auf ihn. Hatte sie es etwa als Demütigung empfunden, dass sie nicht auserkoren worden war? Das wäre die Reaktion eines kleinen, schüchternen und wenig selbstsicheren Mädchens, und nicht die einer Königin …

Laute Stimmen lenkten seine Aufmerksamkeit wieder auf das abgesteckte Turnierfeld. Zur Eröffnung des Spieltages standen dort ein Stier und ein Bär einander gegenüber. Hörner gegen Krallen … Bisse, Bauchaufschlitzen, frische Blutspritzer auf dem bereits schlammigen Stroh des Kampfplatzes. Der Stier trug schließlich den Sieg davon, während dem röchelnden Bären die Eingeweide aus dem Leib quollen. Einfache Kuhhirten führten den Sieger einem wenig beneidenswerten Los zu – dem Beil des Fleischers und dem Bratspieß –, während Stallknechte Maultiere vor den Kadaver des wilden Tieres spannten. Dann verkündeten die Persevanten den Beginn des Spektakels – zur größten Freude der Ritter auf beiden Seiten, die sich an den hölzernen Schranken drängten, um nichts von dem Schauspiel zu verpassen. Mit einem alten Brauch, der noch aus dem Zehnjährigen Krieg herrührte, wurde das abgesteckte Feld für sämtliche Nichtadligen geöffnet: Schildknappen, Sergeants, Fußsoldaten und sogar für einfache Bürger oder Bauern, vorausgesetzt, sie waren freie Männer und keine Leibeigenen. Bei dem folgenden Handgemenge galten dieselben Regeln wie beim Turnier: Alles war erlaubt, außer einen Mann, der seinen Helm verloren hatte, ins Gesicht zu schlagen oder sich irgendwelcher scharfer Waffen zu bedienen. Es gab weder ein Lager noch eine Partei. Jeder war auf sich selbst gestellt – was allerdings spontane oder im Vorhinein vereinbarte Allianzen kaum verhinderte –, und das Ziel war es, den Gegner bewusstlos zu schlagen und ihn zu Boden zu werfen, um ein Lösegeld zu erhalten. Bei diesem Spiel waren die Bürger für die kampfgeübten und gut gewappneten Soldaten eine leichte Beute. Umgekehrt kam es allerdings durchaus auch vor, dass ein kräftiger Bursche vom Dorf sich durch Bravour auszeichnete und so seine Stellung als Diener eines vornehmen Herrn gewann.

Léo de Grand amüsierte sich eine Weile lang über die wilde Prügelei dieser ungehobelten Kerle, ebenso wie über die Bemühungen des Wappenkönigs, dass die Regeln zumindest in Ansätzen beachtet wurden. Ein Sergeant, der fett wie ein Ochse war, schleifte einen jungen Bürgerlichen, den er bei der ersten Attacke betäubt hatte, an den Füßen bis zur Absperrung, wo dessen Mutter bereits völlig panisch ihre Geldbörse schwenkte. Zwei Degenkämpfer stritten sich um einen leblosen Körper unter ihren Füßen, und wenn man ihre vom Blut der Schnittwunden geröteten Kettenhemden besah, konnte man nur schwerlich glauben, dass ihre Waffen stumpf waren, wie es bei einem Turnier Vorschrift war. Die Männer lieferten sich Faustkämpfe, wälzten sich auf der schlammigen Erde wie Tiere, und es herrschte ein vollkommener Tumult, in dem es reichlich schwierig war, irgendein kriegerisches Geschick zu beobachten. Mit der Zeit wurde das Spektakel widerwärtig, so tolpatschig und brutal gingen die Teilnehmer vor; und wie immer musste es, auf Geheiß der Turnierkönigin, Helled, abgebrochen werden. Der Herzog entschuldigte sich bei ihr und verließ die Zuschauertribüne, ohne das kleinliche Feilschen und die Streitereien der Überlebenden abzuwarten. Er gesellte sich wieder zu seinen Truppen, ging mit gutem Beispiel voran und schwang sich in seinen Sattel. Sein Streitross war wie er selbst mit einem Harnisch, einem langen ledernen Überwurf, gewappnet, der Kopf des Pferdes war mit einer eisernen Rossstirn geschützt. Es war zwar verboten, die Pferde zu schlagen, aber bei einem Turnier ereigneten sich unerwartet so viele regelwidrige Dinge …

Während ein Stallknecht sein großes Streitross an der Kandare hielt, ergriff Léo de Grand den Schild, den ihm sein Knappe reichte, dann wählte er als Waffe einen Morgenstern, der handlicher und wirksamer war als eine Turnierlanze mit abgeflachter Spitze oder ein stumpfes Schwert.

Der Wappenkönig und seine Persevanten, die den auf einem Kissen ruhenden Helm des Herzogs mit einem Respekt trugen, der diesem übertrieben schien, überprüften rasch die Kampfausrüstung, die die einzelnen Teilnehmer bei sich behalten hatten: Handwaffen, Schlag- oder Stangenwaffen, Streitäxte, Schwerter, Morgensterne, Hämmer ... Einzig scharfe Hieb- und Stoßwaffen waren verboten, aber den Turnierkämpfern stand es offenbar frei, ihre Gegner nach Herzenslust zu zertrümmern. Sollten die anderen doch die Konsequenz ziehen und sich schützen ... Ihre Inspektion war schnell, ja sogar oberflächlich. Der Herold und Turnierrichter, der sich bereits wieder seine lange, vom Regen noch glänzende Gugel aufsetzte, sah aus, als habe er es eilig, fertig zu werden. Schon fast im Weggehen begriffen, nuschelte er eine undeutliche Höflichkeitsfloskel, um der Partei der Löwen viel Glück zu wünschen, und wies den Knappen, der den Helm trug, an, diesen zu der Ausrüstung des Herzogs dazuzulegen.

»Moment mal!«

Léo de Grand bedeutete dem Mann mit einer Handbewegung, stehen zu bleiben, und griff vor den Augen des besorgt dreinblickenden Wappenkönigs nach seinem Helm. Der Schreck war umsonst. Der Herzog unterzog die hohe, zylinderartige Kopfbedeckung aus gehärtetem Eisen keiner genaueren Betrachtung, und im Übrigen hatten sie gute Arbeit geleistet, die mit bloßem Auge nicht zu erkennen war. Carmelide war in der Tat allein am Aussehen seines Helmschmucks interessiert, der vom Regen derart aufgeweicht war, dass er wahrscheinlich die erste Attacke nicht überstand. Die spitze Bemerkung Gorlois' ging ihm wieder und wieder im Kopf herum und erfüllte ihn mit Hass. Der Löwe weinte vielleicht, aber er hatte nichts von seiner Angriffslust verloren, und weh dem, der ihm in die Klauen fiel.

»Zum Teufel, bringt ihn zum Schweigen!«

Leó de Grand war außer Atem und schweißüberströmt. Bei jedem zu kräftigen Atemzug schienen ihm seine zerschundenen Rippen die Lunge zu zerreißen. Er hatte sich geweigert, seine Kleidung abzulegen, um sich von den Ärzten untersuchen zu lassen, und die gellenden Schreie des Unglücklichen, der sich in hörbarer Entfernung auf ihrem Untersuchungstisch wand wie ein Fisch auf dem Trockenen, würden ihn sicher nicht dazu bewegen, seine Meinung zu ändern. Dem Mann war der Kiefer zerschmettert worden, und er fand sich in seiner von den Hieben verbeulten Hundsgugel gefangen, die die Schmiede mit ihren Beißzangen abzureißen versuchten. Ein dumpfer Schlag war zu hören, und die Schreie des Gemarterten gingen in Stöhnen und Weinen über. Der Helm musste nachgegeben haben … Der Herzog stieß einen Seufzer aus, der ihm eine schmerzverzerrte Grimasse entrang, und goss sich einen vollen Krug Wasser direkt über den Schädel. Carmelide hatte selbst drei der sechs bereits verstrichenen Attacken durchgeführt, ohne dass er in der Lage gewesen wäre zu sagen, ob seine Partei im Turnier vorne lag, denn er war zu erschöpft, um sich darüber Gedanken zu machen. Sie hatten zahlreiche Gefangene genommen, darunter Escan de Cambenet, der ein fürstliches Lösegeld zahlen würde, aber sie hatten auch vier Tote zu beklagen, den Sterbenden auf dem Untersuchungstisch nicht mit eingerechnet, und eine beträchtliche Anzahl Verletzter mit gebrochenen Armen oder Händen, zerlöcherten Bäuchen, die Kettenhemden vom Blut gerötet. Im Laufe der Angriffe hatte er den Eindruck gewonnen, dass der Wappenkönig und der Turniermarschall es noch etwas hinausschieben würden, das Ende der Kämpfe zu verkünden.

Trotz der Trompetenklänge und der Vivats, trotz der Schreie der Damen, der geschwenkten Tücher und Siegesgesten, war die Rückkehr unter das Zelt nach jedem Durchgang ein bisschen weniger freudig gewesen.

Er schloss die Augen, streckte die Füße aus und sank auf der

Stelle in einen bleiernen Schlaf, ohne auch nur zu merken, dass er einschlummerte. Kurz darauf, so schien es ihm, weckte ihn ein Schildknappe, indem er ihn unsanft schüttelte.

»Was gibt's?«, fragte der Herzog verwirrt und hob blinzelnd die Lider.

»Verzeiht mir, Messire ... Ich habe Angst gehabt. Ich habe geglaubt ...«

»Ach, lass mich in Frieden!«

Carmelide stützte sich auf die Armlehnen seines Sessels und erhob sich mühselig; sämtliche Gelenke schmerzten, und er hatte das Gefühl, als gäbe es keinen Zoll seines Körpers, der nicht von Schlägen malträtiert worden war. Er hielt einen Moment inne und bemerkte, dass die um ihn herumstehenden Barone und Ritter seiner Partei ihn besorgt ansahen.

»Nun, was sind denn das hier für betrübte Gesichter!«, bemerkte er mit einem breiten Lächeln. »Habt Ihr geglaubt, ich sei ohnmächtig wie ein Edelfräulein? Potz Teufel!«

Vereinzeltes Lachen folgte auf seinen traurigen Scherz, dann kehrte wieder Stille ein, während aus der Ferne das Echo einer fröhlichen Weise herüberwehte sowie die Schreie eines Verletzten und das Rufen des Wappenkönigs, der den Sieger des siebten Durchlaufs ausrief, damit er aus den Händen der Königin einen geflochtenen Kranz empfinge, als Belohnung für seine Tapferkeit. Schon das Ende des siebten ... Hatte er folglich all die Zeit über geschlafen? Er erblickte Bélinant de Sorgalles in der Gruppe der Ritter und sah, dass er seine Kettenhaube nach hinten über die Schultern geschoben hatte und seine kahle Stirn ein riesiger blauer Fleck zierte, aus dem Blutstropfen sickerten. Carmelide fragte sich, ob er ebenso mitgenommen aussah wie Sorgalles, mit seinem zerrissenen Kettenhemd, seinem Harnisch, dessen dunkle Farbe an etlichen Stellen abblätterte, überall dort eben, wo ihn ein Schlag getroffen hatte, und mit seinem von Schweiß und Staub geschwärzten Gesicht.

»Wo stehen wir, Bélinant?«

»Nach unserem Schreiber sind wir Sieger«, seufzte der Herzog von Sorgalles. »Aber es steht noch das Schlussgefecht aus, und es heißt, Sire Gorlois habe die Absicht, daran teilzunehmen.«

»Umso besser!«

»Ja ...«

Sorgalles bedeutete den um sie versammelten Teilnehmern mit einer Handbewegung, sich zu zerstreuen, und schenkte sich etwas zu trinken ein, während er wartete, dass sie sich entfernten.

»Wen wirst du für den letzten Angriff auswählen?«

»Ich weiß nicht ... Blamore wahrscheinlich. Er hat zwei Kränze errungen, er wird einen dritten haben wollen.«

Bélinant schüttelte mit einem freudlosen Lächeln den Kopf.

»Stimmt, du hast geschlafen«, sagte er. »Blamore hat die siebte Attacke durchgeführt. Er hat vor allen anderen angegriffen und sich allein in den Reihen der Feinde wiedergefunden. Sie haben sein Pferd mit dem Morgenstern totgeschlagen, ein Gemetzel ... Was ihn anlangt ...«

Er hielt inne und zeigte über seine Schulter zum Zeltlager hinüber.

»Er ist es, den du da brüllen hörst ... Sein Pferd ist auf ihn draufgefallen.«

»Dann nehme ich Meylir de Tribuit, Morvid, Barant d'Apres ... Der Junge da drüben mit dem gelben Hemd, den hab ich kämpfen sehen, der ist gut. Frag auch Melodias oder irgendeinen X-Beliebigen von Lyonesse, den Grafen Robert ... Und du, falls du noch den Mumm dazu verspürst.«

Bélinant nickte und fasste sich an seine Stirn, von der das Blut perlte.

»Ich werde einen neuen Helm brauchen ...«

Léo de Grand sah, wie er davonging, leicht hinkend, aber in aufrechter Haltung. Vermutlich hatte er seine Erschöpfungsgrenze bereits überschritten, und doch wäre es ein Affront gewesen, ihn nicht mit auszuwählen.

»Wieder den Morgenstern, Messire?«, fragte sein Schildknappe.

»Nein ... Der ist zu schwer. Gib mir ein Schwert, und treib mir einen anderen Schild auf, meiner ist zerbeulter als ein Zwergenschädel ...«

Da die Trompeten zur letzten Runde bliesen, schwangen sie sich in den Sattel und ritten alle acht im Schritt bis auf den Turnierplatz, in einer geschlossenen Gruppe, gefolgt von dem ganzen Zug ihrer Soldaten und Anhänger, Krüppeln oder Gesunden. Die Rufe der Menge verdoppelten sich, als sie in die Schranken einritten und einer nach dem anderen vor der Turnierkönigin vorbeidefilierten, das Visier ihrer Helme hochgeklappt, während die Herolde aus vollem Halse brüllten, um, je nach der Großzügigkeit, die die Teilnehmer ihrer Ansicht nach bewiesen, mehr oder weniger wortreich ihre kriegerischen Heldentaten zu loben.

»Ruhm dem Messire Herzog Léo de Grand de Carmelide, dessen Wappen einen aufgerichteten Löwen mit herausgestreckter Zunge auf silbernem Grund zeigt. Herr der Schranken, Großer unter den Großen!«

»Ehre dem Sire Geoffroy, Sohn des Erbin, Ritter. Sein Wappen: blaugrundig mit goldenem Zinnenbalken, auf dem ein roter Drache prangt. Schrecken seiner Feinde.«

Die Herzogin Helled erschauderte, als sie ihren Gatten an der Zuschauertribüne entlang nach vorne reiten sah. Sie tauschten einen langen, stummen Blick, der keinem entging, dann gab er seinem Pferd die Sporen und reihte sich wieder neben seinen Pairs auf dem Turnierfeld ein. Der Wappenkönig kam zwischen den reglosen Reihen der Kavalleristen nach vorn und hob die Hände, um für ein klein wenig Ruhe zu sorgen.

»Hört, hört!«, brüllte er und hob seine heisere Stimme. »Königin Helled, Majestät Igraine, holde Edelfräulein und adlige Herren, Bürger von Loth und Umgebung, hört her! Ehre den kühnen Rittern, die den ganzen Tag über gekämpft haben, Ruhm den edlen Siegern, die zum letzten Gefecht gegeneinander antreten werden! Messires, beachtet beim Kampf die höfischen Formen, da Euch Damen zusehen, und haltet Euch an die ritterlichen Regeln!«

Als er sich zurückzog, herrschte vollkommene Stille, lediglich unterbrochen von den Hufen der großen, mit Lederharnischen oder schweren Taftkuvertüren bedeckten Pferde, welche in der schlammigen Erde scharrten, sowie dem Knarzen der Sättel und dem Klirren der Metallringe. Léo de Grand sah ihm nach, während er zu einem Hornisten hintrat, der bereits sein Instrument an den Mund gesetzt hatte, um das Signal zum Angriff zu blasen. Dann richtete er sein Augenmerk auf den Herzog Gorlois. Es war unmöglich, ihn mit einem anderen Kämpfer seiner Gruppe zu verwechseln. Mit einer rot bemalten Rüstung gewappnet und einem Helmschmuck aus Pfauenfedern, der in einem mehr als eine Elle hohen Büschel über seinem Helm aufragte, hielt er sich in der Mitte der Linie, seinen eisernen Handschuh fest um seine Turnierlanze geschlossen, deren abgeflachte Spitze, das Krönlein, die Form einer Blume hatte.

»Seht ihn euch an!«, rief er unter schallendem Lachen aus, laut genug, dass alle es hören konnten – auch über die Reihen seiner Ritter hinaus. »Man könnte meinen, eine Krabbe in ihrem Panzer!«

Carmelide klappte sein eisernes Visier herunter, und um ihn herum war mit einem Mal alles finster; nur durch zwei schmale Sichtschlitze und die Luftlöcher im Kinnreff drang noch ein wenig Licht ein. Sein eigener Atem hallte ihm in den Ohren, sein Bart scheuerte knirschend gegen die Maschen seiner Halsberge, und Schweißbäche liefen ihm von der Stirn bis auf den Nasenrücken hinunter und brannten ihm jetzt schon in den Augen … Er vernahm das Summen einer Biene draußen und schüttelte, entsetzt von der Vorstellung, dass sie unter seinen Helm fliegen könnte, den Kopf. Genau in diesem schrecklichen Moment überraschten ihn der Hornstoß sowie das Gebrüll der Kavalleristen, die rings um ihn herum zum Angriff übergingen.

Er gab seinem Pferd die Sporen, und das große Tier stürmte wild ausschlagend los. Einige Sekunden schwerer Galopp, den linken Panzerhandschuh fest am Zügel, die Schulter nach vorne gewandt, um dem gegnerischen Streitkolben aus Holz den Schild darzubieten. Denn Gorlois schoss auf ihn zu. Wer auch sonst? Er sah nur seine Lanze, die dunkel schimmernde, breite Waffe mit der abgeflachten Spitze, die gleich einer Faust ins Herz seines Schildes zielte. Léo de Grand biss die Zähne zusammen, schwenkte mit ausgestrecktem Arm sein Schwert und bereute es in dem Moment, dass er nicht seinen Morgenstern behalten hatte, um dem Regenten den Schädel einzuschlagen. Im allerletzten Augenblick weitete sich sein Blick vor Entsetzen: Gorlois hatte seine Lanze, beinah unmerklich, wieder senkrecht aufgerichtet. Die blumenförmig abgeflachte Spitze sauste mit einem gewaltigen Schlag auf Carmelides Helm nieder, und zwar an der Stelle, an der das Visier befestigt war, worauf sein Helm in zwei Teile zerfiel, wie eine reife Frucht, und der Lanzenschaft in einem Hagel aus Splittern zerschellte, die ihm das Gesicht spickten, als habe ihm jemand eine Ladung Nägel hineingeschleudert.

Gorlois warf den nutzlosen Stumpf auf den Boden und zückte sein Schwert, wobei er mit einem Fußtritt einen Sergeant, der sich an ihm festklammerte, zur Seite beförderte. Léo de Grand lag auf dem schlammigen Boden des Kampfplatzes, mit bloßem Haupt und halb ohnmächtig, seine Kettenhaube war an der Einschlagstelle zerrissen, das Gesicht blutüberströmt und von Splittern übersät. Er versuchte vergebens, wieder auf die Beine zu kommen, wie eine auf dem Rücken liegende Schildkröte. Nicht weit von ihm lag ein Stück seines zerbrochenen Helmes. Zu sauber gebrochen. Die Schwachköpfe hatten es übertrieben, dort, wo ein paar wenige Feilenstriche genügt hätten. Der Blick Gorlois' wanderte unter seinem eigenen Visier zum Wappenkönig hinüber, welcher sich offenkundig bemühte, woanders hinzusehen, ganz so, wie es ihm befohlen worden war.

»Hierher, Messire!«

Gorlois wandte sich um und erblickte durch die Schlitze seines Visiers hindurch den Herzog von Sorgalles, der mit hoch erhobenem Schwert auf ihn losging. Er fing den Streich mit dem flachen Teil seines Schildes ab, hieb seinem Streitross die Sporen in die Flanken und wirbelte in einem weiten Bogen herum, was völlig nutzlos war, da Bélinant mit einem schlichten Zurückweichen des Oberkörpers parierte; doch dafür befand er sich nun ein Stück entfernt. Ein kurzer Blick auf Léo de Grand, der sich auf einen Ellbogen stützte und seinen blutüberströmten Kopf schüttelte. Dann gab er seinem Pferd erneut die Sporen und lenkte das schwere Ross direkt über seinen Gegner auf der Erde, allerdings so, dass es aussah, als ritte er zum Angriff gegen eine Gruppe Turnierkämpfer, die sich am anderen Ende des Platzes schlugen. Er nahm das Schlagen der Hufe gegen den Körper von Léo de Grand wahr, dessen Schmerzensgeheul, den Aufprall seines aufs Geratewohl zuschlagenden Schwertes. Dicht hinter ihm rannte bereits eine Gruppe Soldaten, die sich bis dahin im Hintergrund gehalten hatten, über den Herzog hinweg.

Bélinant hob zu Tode erschrocken sein Visier und brüllte so laut los, dass ihm beinah die Halsschlagader platzte, während er dem Wappenkönig einen hasserfüllten Blick zuschleuderte.

»Verrat! Der Herzog wurde auf sein unbehelmtes Haupt geschlagen!«

Der Wappenkönig winkte ab und drehte sich weg. Sorgalles fing flüchtig den angstverzerrten, flehenden Blick seiner Frau auf. Igraine neben ihr hatte sich erhoben, mit schreckgeweiteten Augen, und flehte sie an, dem Gefecht ein Ende zu setzen, aber Helled war wie versteinert. Im Übrigen stand die ganze königliche Tribüne und gestikulierte, als sei der Turnierrichter der Einzige, der den verbotenen Schlag des Regenten nicht gesehen hatte. Gorlois' Soldaten hatten den leblosen Körper Léo de Grands gepackt und schleiften ihn zu den Schranken am Rande des Turnierfeldes, als wollten sie im Namen ihres Herren Kopfgeld einstreichen. Einer von ihnen, ein bärtiger blonder Hüne, dessen derbe Züge eher wie die eines Barbaren wirkten als wie die eines Soldaten, lief hinterdrein, eine Hand unter seinen ledernen Panzer geschoben, als würde er etwas darunter verbergen. Für die Dauer eines Moments sah Bélinant in seiner Hand ein Messer aufblitzen, und in seinem Blick las er die Bereitschaft zu töten, daher ging er zum Angriff über. Mit einem wütenden Schwertstreich zerschlug er die Beckenhaube eines Sergeanten, der sich ihm in den Weg gestellt hatte und der ohne einen Schrei auf die Knie fiel, wahrscheinlich schon tot, noch bevor er die Erde berührte. Die anderen ließen den Körper liegen, stürzten sich wie die Wahnsinnigen auf Sorgalles und packten ihn von allen Seiten. Er hieb erneut zu, doch ein Gardist warf sich dazwischen, um sich an seinen Arm zu klammern und ihn zu Boden zu reißen. Ein ohrenbetäubendes Scheppern. Ein stechender Schmerz an der Schulter. Schlamm, der durch die Schlitze seines Visiers hereinquoll. Dann ein Schlag von überirdischer Wucht auf den Halsansatz, als das Stecheisen des Barbaren die eisernen Ringe seiner Kettenhaube durchbohrte, ihm die Kehle aufschlitzte und seinen Adamsapfel zerfetzte. Bélinant konnte nicht einmal mehr aufbrüllen. Er hatte den Mund voller Erde und Blut, sein Körper wand sich in krampfartigen Zuckungen, und er ertrank im Schlamm des Turnierfeldes, ohne die Attacke von Lyonesse und seinen Soldaten zu sehen, um Carmelide und ihn zu befreien, ohne das Gebrüll der Menge oder die Schreie seiner Frau zu vernehmen, ja nicht einmal die Hornstöße, die das Ende des Gefechts verkündeten.

Er starb in dem Augenblick, als Gorlois sein Pferd steigen ließ, genau vor der Gruppe der Soldaten, wodurch er Lyonesse und seine Männer abdrängte und neben ihm zu Boden sprang. Der Regent riss seinen Helm herunter und bot einen derart Furcht erregenden Anblick, dass all jene harten Männer, die die ganzen Kriege erlebt hatten, geschlossen zurückwichen. Er ließ seinen Blick über ihre reglosen Reihen schweifen, Ritter, Barone und bunt zusammengewürfeltes Fußvolk, die Seite an Seite vor der Leiche Bélinants und dem leblosen Körper Carmelides standen. Zwei Pairs aus dem Königreich, die in ihrem eigenen Blut schwammen ... Um ihn herum verschlossene, schweißüberströmte Gesichter. Hass, Verlegenheit, Unterwürfigkeit, Bestürzung, Unverständnis ... Und der komplizenhafte, dümmliche Blick Oswulfs, des hünenhaften Diebes, den der Regent aus dem Gefängnis herausgeholt hatte.

»Helme herunter vor diesen Toten!«

Oswulf nahm, genau wie die anderen, seinen Helm ab. Da durchschnitt Gorlois' Morgenstern die Luft und zertrümmerte ihm die Stirn, so dass sein Blut auf die Umstehenden spritzte.

»Die Gerechtigkeit ist wieder hergestellt!«, keuchte der Seneschall leise.

Als er erneut den Kreis der Teilnehmer durchritt, schlugen alle die Augen nieder. Bis auf Lyonesse, der auf den Boden spuckte und das Kampffeld verließ.

XII

Avalon

Gewiegt von dem Ruckeln auf dem holprigen Weg und dem gleichmäßigen Knarzen seiner Sänfte, döste Bedwin vor sich hin; nach der Anspannung und den Ausschweifungen der vergangenen Tage hatte ihn jetzt die Müdigkeit übermannt. Der Tod von Bélinant de Sorgalles war ein Albtraum gewesen. Die Herzogin Helled hatte die ganze folgende Nacht ihren Kummer herausgebrüllt, und ihre markerschütternden Schreie klangen ihm noch immer in den Ohren. Obwohl er versucht hatte, Helled den Trost Gottes zu bringen, hatte die Königin Igraine ihn wie einen Hund hinauswerfen lassen, und sie hatte all die Stunden allein über die Witwe gewacht, während die verlassenen Gänge von deren schauerlichem Geheul widerhallten. Es war, als sei ein böses Schicksal über den Königspalast hereingekommen. Bei Anbruch der Morgendämmerung schien keine Menschenseele mehr im Schloss, wo einige Stunden zuvor noch reger Trubel geherrscht hatte. Der Regent Gorlois selbst hielt sich verschanzt und war für niemand zu sprechen, ganz gleich, wer es war; er wurde in seiner eigenen Burg von einer Horde bewaffneter Ritter bewacht. So war der Bischof wie die anderen mit gesenktem Haupt von dannen gezogen und allein durch die Gassen der von Scham und Ernüchterung gezeichneten Stadt gelaufen; und in dieser Einsamkeit, in der er jedes Trostes entbehrte, begann in ihm das Gift des schlechten Gewissens zu wirken.

Ohne dass es zu weiteren Zwischenfällen gekommen wäre, waren die Barone von Cambrie und von Cornouailles sofort nach Melodias de Lyonesse und der Herzogin Helled abgereist. Carmelides Männer hatten ihm den Zutritt zum Zelt des Herzogs verwehrt und ihm verweigert, ihrem Herrn die letzten Sakramente zu erteilen. Sie hatten das Lager ebenfalls abgebrochen und Carmelide mitgenommen, ohne dass einer gewusst hätte, ob dieser noch am Leben war oder nicht.

Die ganze Geschichte hatte einen schmutzigen, schändlichen Beigeschmack.

Bedwin selbst hatte sich ins Gebet versenkt, bis er in einen tiefen Schlaf fiel, durch den er jedoch sein Herz nicht von der drückenden Last jener diffusen Scham zu befreien vermochte. Doch was hatte er schon getan, außer jene überstürzte Hochzeitszeremonie durchzuführen und damit dem Willen des Regenten und vermutlich auch der Königin nachzukommen? Es bedurfte eines Königs an der Spitze des Reichs. Eines starken Mannes, der mächtig genug war, um die Barone in Schach zu halten … Igraine war nur ein Kind. Alleine hätte sie nicht über sie zu herrschen vermocht!

Die abstoßende Vorstellung, dass die Königin in den Armen dieses Mannes lag, riss ihn aus seinem Dämmer, oder vielleicht war es auch der plötzliche Gangartwechsel seiner Zugpferde. Im Halbschlaf vernahm er Schreie und dumpfe Schläge gegen die Räder an seinem Gefährt.

»Was ist denn jetzt wieder los?«, brüllte er lauthals, während er sich auf einen Ellbogen hochzog.

Keine Antwort. Einfach nur das Huftrappeln und das Rumpeln der Räder, allerlei Getuschel und das plötzliche Rütteln, als die Pferde seines Gespanns zwischen den Holmen zu tänzeln begannen, so dass der Wagen Gefahr lief umzustürzen. Der Bischof schob die dicken Taftvorhänge, die seine Sänfte verhüllten, weit zur Seite, was er jedoch umgehend bereute. Elfen, mit den – für sie so typischen – Mienen gefallener Engel. Überall die von Pfeilen durchbohrten Leichen von Soldaten seiner Eskorte. Die reglose Gruppe seiner Geistlichen, die vorerst verschont geblieben waren und deren Gesichter vor Schrecken kreidebleich waren. Bedwin schluckte, dann machte er eine ungehaltene Handbewegung zu seinen Priestern hin.

»So helft mir doch aussteigen, mein Gott!«

Obwohl ihm einer seiner Priester zur Seite stand, musste er springen, um auf den Boden zu gelangen, und verzog das Gesicht, als er mit seinem ganzen Gewicht barfuß auf den Kieseln des Weges landete.

»Ihr könnt uns nicht töten«, sagte er zu dem Elf, der ihm am nächsten stand, einem erschreckend mageren langen Elend, dessen schwarzes Haar ihm bis zu den Ellbogen hinabreichte. »Wir sind Männer Gottes und haben keine Waffen!«

Der Elf sah ihn mit einem eher beunruhigenden Lächeln an. Ja, es hatte für seine Begriffe sogar etwas Diabolisches. Bedwin schielte unwillkürlich auf den langen Dolch in der Hand des Gegners, der so spitz zulief wie ein Stecheisen. Von der Klinge troff Blut.

»Wir haben nichts. Lasst uns vorbei ...«

Der Elf wandte sich zu seinen Gefährten um.

»Halig nith instylle beon wirthmynde!«

»Was hat er gesagt?«

»Er hat gesagt, dass du dir Sorgen machst um deinen Schatz!«

Der Bischof fuhr wie vom Blitz getroffen herum, die Hand am Ärmel des Priesters neben sich festgekrallt, ohne sich bewusst zu machen, dass er diesem fast den Arm zerquetschte. Ein hoch gewachsener Elf in einem silbernen Kettenhemd, das bei jedem seiner Schritte im milden Licht des Unterholzes funkelte, näherte sich ihnen und schwenkte nachlässig seine Waffe am ausgestreckten Arm. Seine Züge waren müde, doch Bedwin erkannte ihn auf der Stelle.

»Sire Llandon!«

»Du weißt, wer ich bin? Umso besser ...«

Der helle Blick des Elfen glitt über das schweißglänzende

Gesicht des Bischofs, über sein Haar und seinen übertrieben gepflegten Bart, dann zog Llandon den Vorhang der Sänfte zurück, um das Innere zu inspizieren. Er hob amüsiert die Brauen und riss den schweren Stoff mit einem Ruck herunter, so dass die Deichselstange bebte und die Pferde sich zu Tode erschreckten. Eine nackte und bleiche junge Frau presste mit angstvoll geweiteten Augen ein Kissen gegen ihren Körper, das allerdings zu klein war, um ihre füllige Gestalt zu verbergen. Llandon streckte die Hand aus und half ihr auszusteigen, dann legte er ihr den Vorhang um und trat beiseite, wobei er wortlos den zur Stadt führenden Waldweg hinaufwies. Am ganzen Leib zitternd suchte sie eilig das Weite, während die Elfen gleichgültig amüsiert herumstanden.

»Nun«, meinte der König der Hohen Elfen und wandte seine Aufmerksamkeit wieder dem Prälaten zu. »Machst du dir Sorgen um deinen Schatz?«

Unwillkürlich warf Bedwin einen panischen Blick auf die mit Eisenbändern beschlagene Truhe, die in seiner Sänfte am Fußende einer mit Federkissen belegten Strohmatte befestigt war.

»Den Schlüssel!«

Der Bischof zögerte einen Moment, dann löste er die Kordel, die er um den Hals gebunden trug.

»Nein! Mein Vater!«

Aber Bedwin riss sich mit einer brüsken Bewegung von dem Priester, der sich an ihm festklammerte, los.

»Nihil cupit nisi aurum. Id capiat, dum nos incolumes conservet!«[1]

Llandon reichte einem Elf den Schlüssel, worauf dieser in den Wagen sprang und die Truhe öffnete. Darin lagen prall gefüllte Geldbörsen, goldene Hostiengefäße und ein mit Edel-

1 »Alles, was er begehrt, ist Gold. Soll er es nehmen, solange er uns nichts zuleide tut.«

steinen eingelegtes Kruzifix. Er warf all das auf den staubigen Weg, wo weitere Elfen es unter fröhlichem Gekreische an sich nahmen. Dann hielt er dem König Bedwins Bibel hin.

Mit seinem fetten Einband aus Gold und Juwelen war der Band so schwer, dass Llandon ihn auf der Deichselstange ablegen musste. In der Mitte war das Relief eines thronenden Christus auf einer kleinen Goldplatte eingearbeitet, umgeben von einem Emaillerahmen, auf dem die Namen der Evangelisten zu lesen waren: *Matthäus, Markus, Lukas* und *Johannes*. Mit einer jähen Geste riss der Elf die Klammern heraus, durch die die schwere Platte auf dem Buchdeckel gehalten wurde. Der Priester fuhr hoch und krallte sich erneut stammelnd vor Empörung an das Gewand des Bischofs.

»Mi pater, non sines incredulum scripta sacra attingere!«[2]

»Biblia sacra nihil valent apud eum«, gab Bedwin zurück. *»Iste canis nullius rei nisi auri nostri cupidus est!«*[3]

Llandon drehte sich zu ihnen herum und erwiderte ihren Blick mit einer amüsierten Grimasse, dann richtete er sein Augenmerk wieder auf die Bibel des Bischofs.

»Nihil valet aurum apud elphides«[4], murmelte er leise, wie zu sich selbst gewandt.

Ohne die beiden Geistlichen, die ihn fassungslos vor Entsetzen anstarrten, auch nur im Geringsten zu beachten, strich der Elf, fasziniert von den prachtvollen Buchmalereien, mit den Fingerspitzen über die Pergamentseiten, die so weiß und so fein waren, dass sie aus der Haut tot geborener Lämmer gegerbt worden sein mussten. Sein Blick blieb an einer Darstellung Adams und Evas hängen, die zeigte, wie die beiden aus dem Paradies vertrieben wurden, während sich eine Schlange

2 »Mein Vater, Ihr werdet doch nicht diesen Ungläubigen die Heilige Schrift berühren lassen!«

3 »Die Bibel besitzt für ihn keinerlei Wert. Alles, was dieser Hund will, ist unser Gold.«

4 »Für die Elfen ist das Gold völlig wertlos.«

am Fuße eines Apfelbaums wand. Er versuchte, den Begleittext zu entziffern, doch dieser war in Unzialschrift gehalten, das heißt, es war alles in gerundeten lateinischen Großbuchstaben, ohne Akzente oder einen Zwischenraum zwischen den einzelnen Wörtern geschrieben, und er gab es sogleich wieder auf.

Die Elfen besaßen keine eigene Schrift, abgesehen von den Runen des Ogam, die nur allgemeine Vorstellungen verbildlichten, und selbst Llandon hatte größte Mühe, die geheimnisvolle Schrift der Kopisten zu lesen. Die Buchmalerei sprach jedoch eine so deutliche Sprache, dass man auch ohne Erklärung auskam.

»Das ist ein Apfelbaum, nicht wahr?«, fragte er und sah Bedwin an. »Für euch ist also die verbotene Frucht, die Frucht der Erkenntnis, ein Apfel … Man könnte meinen, dass sich in deine Bibel Reste der alten Religionen hinübergerettet haben …«

Er schüttelte mit einem freudlosen Lachen den Kopf, dann zitierte er mit erhobener Stimme und geschlossenen Augen aus dem Gedächtnis: »*Und Jahwe Gott gab dem Menschen dieses Gebot: ›Von allen Bäumen des Gartens darfst du essen. Vom Baum der Erkenntnis des Guten und Bösen aber darfst du nicht essen. Denn am Tage, da du davon issest, musst du sicher sterben.*‹[5] … Was ist das für eine Religion, in der die Erkenntnis mit dem Tode bestraft werden muss?«

Bedwin erwiderte nichts.

»Das also ist dein Gott … Ein allein herrschender Gott, der den Baum der Erkenntnis ganz für sich in Anspruch nimmt und bereit ist, all diejenigen zu töten, die versuchen, sich ihm zu nähern? Ist es das, wofür ihr bereit seid, sämtliche Völker der Erde auszurotten?«

»Es ist ein liebender Gott«, murmelte Bedwin.

»Ja … Einer, der die Menschen liebt und die anderen zur Hölle fahren lässt. Und all diese …«

5 Genesis 2, 16, zitiert nach der Jerusalemer Bibel

Llandon ergriff das Buch, öffnete es mit Schwung und blätterte die mit vierundzwanzigkarätigem Gold bemalten Pergamentseiten durch wie ein Besessener.

»... All dieser Hass, verborgen in solcher Schönheit!«, schrie er mit schriller Stimme.

Und unvermittelt begann er die Seiten in einem Anfall besinnungsloser Wut herauszureißen.

»Nein!«

Der Priester stürzte sich mit irrem Blick auf ihn, aber es war, als prallte eine Welle gegen einen Felsen. Llandon umschloss mit der Rechten die Gurgel seines Widersachers. Seine Nägel gruben sich gleich Krallen in dessen Hals, zerfetzten die Haut, und dünne Blutfäden rannen über seine bläuliche Hand und seine breiten Silberarmreifen herunter. Der Priester gab ein abscheuliches Gurgeln von sich, und sein Blick war bereits glasig. Llandon entledigte sich seiner mit einem schrecklichen Schlag gegen die Holme der Sänfte und drehte sich zu Bedwin herum, Grauen erregend wie ein Vampir, die Lefzen zu einem abscheulichen Grinsen hoch gezogen.

Der Bischof fiel auf die Knie und streckte das Kreuz, das er an einer langen Halskette trug, in seine Richtung.

»Ich beschwöre euch, all ihr Dämonen, euch bei meinen Worten von hier zurückzuziehen, und untersage euch, mir in irgendeiner Weise Furcht oder Schrecken, Entsetzen oder Grauen einzuflößen oder mir ein Hindernis gleich welcher Natur in den Weg zu legen, das Gott davon abhält, hier zu sein oder zu bleiben!«

»Was ist denn das?«, zischte Llandon, während er langsam auf ihn zukam. »Eine Zauberformel? Ich habe keine Angst vor deiner Magie, Bischof ...«

»Ich beschwöre euch abermals, euch zurückzuziehen, und falls irgendein Geist euch aufhält, so sollen der Fluch Gottes, des Vaters, des Sohnes und des heiligen Geistes, sowie der Zorn und die Empörung der hochheiligen und unteilbaren Dreifaltigkeit und des gesamten Himmelreichs herabkommen und auf euch, die ihr gegen Gott aufbegehrt, niederfahren!«

Der Elf packte Bedwins Hals, dessen weißes Fleisch zuckte; der Bischof schwitzte vor Angst, er hielt die Augen geschlossen, sein Spitzbart zitterte, seine Lippen bebten, und über seine Wangen perlten Tränen. Seine Stimme war nur noch ein Stöhnen.

»Ich befehle den Teufeln nachdrücklich, euch zu quälen, bei den heiligen Namen Gottes, Zebaoth, Adonai, Elohim ...«

Der Rest ging in einem scheußlichen Gurgeln unter. Mit einem wölfischen Heulen hatte Llandon seine Zähne in die Halsschlagader des Bischofs gehauen, worauf sich dessen Blut in einem Schwall über sein Gesicht ergoss, und er bot einen derart fürchterlichen Anblick, dass seine eigenen Krieger sich das Antlitz bedeckten.

An jenem Abend verschwanden nach Einbruch der Nacht mehr als hundert Elfen im Wald, die vor dem Krieg Llandons und ihren grauenvollen Erinnerungen flohen.

Die Augen vom Betrachten des Feuers gerötet, war Uther in einen Zustand völliger geistiger Entrückung geraten und in einen Wachtraum versunken, der von dem einlullenden Knistern des trockenen Holzes, das sich in den Flammen krümmte, und den gleichförmigen, dunklen Rufen der Nachtvögel untermalt wurde. Ein Wind kam auf, Vorbote der zu erwartenden Äquinoktialstürme und Springfluten, aber ihm war nicht kalt. Mit nacktem Oberkörper, lediglich mit einem Lendenschurz und Stiefeln angetan, mit seinem Schwert als einziger Waffe und einem Speer zum Jagen, hatte er seit Wochen niemanden mehr zu Gesicht bekommen, und diese ungeheure Einsamkeit stürzte ihn erneut in jene altbekannte Verzweiflung, die er bereits während seiner Gefangenschaft unter dem Berg erlebt hatte. Er hatte Angst gehabt, er hatte unter den Regenschauern gefröstelt, ganze Nächte zitternd den Geräuschen des Waldes gelauscht, er war hungrig gewesen, hatte fliehen wollen, heimkehren nach Cystennin und diese unmenschlichen Wälder verlassen. Er war zum Tier geworden, das zerzauste Haar mit Blättern und Reisern gespickt, die Wangen von seinem Bart überwuchert, stinkend wie ein Bär, voller Hass gegen diese Wildnis mit all ihren Dornenranken und Brennnesseln, gegen das Brackwasser des Sees, das infernalische Quaken der Frösche und das miserable Wetter dieses Herbstbeginns.

Aber er war geblieben.

Warum gehorchte ein Mann wie er, Ritter, königlicher Recke und ältester Sohn des Barons von Cystennin, diesem Bastard von Merlin, der weder Elf noch Mensch war, ein schmächtiges Kind, spindeldürr mit seinem weißen Haar eines Greises und bleich wie der Tod? Diese Frage spukte ihm unablässig im Kopf herum. Verfügte er über so wenig Willenskraft, so wenig Selbstachtung? Vielleicht hatte ihn Merlin einfach vergessen. Oder vielleicht war er tot. Und vielleicht würde er für immer so, gleich einem Eremiten, hier leben, den Blick auf diesen dunstverschleierten See gerichtet, bis er im Winter zu Eis erstarren und seine Knochen zu Staub zerfallen würden ... Merlin hatte etwas von einer Insel erzählt, jenseits des Nebels, die Insel aus seinem Traum, auf die die Normalsterblichen nicht gelangen konnten, ohne jene endlose Prüfung, jene Askese und jene entsetzliche Einsamkeit durchzustehen ... Und er hatte von Lliane gesprochen. »Dort, wo sie sich befindet, kann kein Sterblicher sie erreichen«, hatte er erklärt. »Und doch erwartet sie dich, am Tage des Feth Fiada, wenn die Götter ihren magischen Nebel über die Menschen ausbreiten werden, um der Mittleren Erde einen Besuch abzustatten. Dies ist das Datum der Tag-und-Nacht-Gleiche, und die im September steht schon fast vor der Tür. Du musst allerdings bereit sein ... Und du hast nicht mehr viel Zeit.«

Wie viele Male hatte er versucht, zu ihr hinüberzuschwimmen – trotz der Kälte, trotz des Schilfrohrs oder der Algen, die sich wie Aale um seine Beine schlangen, trotz des Schlammes, der ihn förmlich einzusaugen schien? Er war bis zur Erschöpfung geschwommen, und mehr als einmal hatte er gespürt, wie er ganz plötzlich versank, in diesen schwarzen Wassern unterging, sich dem Tod hingab, und war am Ufer wieder zu sich gekommen, hatte sich beinahe die Gedärme aus den Leib gespuckt, aber trotz allem immer wieder weitergelebt.

Vielleicht hätte er fortgehen sollen. Fortgehen, ja, nach Hause zurückkehren, seinen Vater und die Seinen aufsuchen, und dafür Lliane und dieses Kind, das er niemals gesehen hatte, vergessen und später dann, wenn er alt wäre, voller Nostalgie oder aber mit Verachtung an diese ganze Geschichte zurückdenken. Er hätte vermutlich Gewissenbisse, aber er würde leben wie ein Mensch und nicht wie ein Tier!

Ein erster Regentropfen fiel klatschend auf seine Schulter, dann noch einer, und ein eisiger Windstoß überzog den See mit lumineszierenden Spritzern. Uther war mit einem Satz auf den Beinen, packte sein Schwert und rannte los, um in seiner Schilfrohrhütte Schutz zu suchen. Heute würde der Nebel nicht kommen ... Warum, in Gottes und Dreiteufelsnamen, warum blieb er hier? Ulfin war fortgegangen, ebenso wie Bran – angeblich, um eine Armee zusammenzuziehen. Von wegen ... Sie waren bestimmt in ihre Heimat zurückgekehrt, jawohl! Um Merlin und seine Wahnvorstellungen zu vergessen!

Merlin ... Verabscheuungswürdiger, hassenswerter Bastard, mit seinen Rätseln und seinen unverständlichen Sätzen. Wie hatte er ihn genannt? Kariad ... *Kariad daou rouaned* ... Eine weitere seiner lächerlichen Prophezeiungen. Er unterschied sich kaum von den Mönchen mit ihren Evangelien voller Dämonen und Wundern. Alles unaufrichtige Schwätzer, die logen, dass sich die Balken bogen, Jahrmarktgaukler, welche jede Menge billige Tricks auf Lager hatten! Der Kindmann hatte sie als Eskorte benutzt, das war alles, und er hatte ihn im Stich gelassen – aber was war er selbst auch für ein armseliger Dummkopf!

»Ich habe dich nicht im Stich gelassen, Uther.«

Der Ritter stieß unwillkürlich einen Entsetzensschrei aus und warf sich nach hinten, auf die Gefahr hin, seine wackelige Hütte zum Einsturz zu bringen.

»Habe ich dich erschreckt?«

Uther sah nur eine dunkle Silhouette, die sich kaum von der finsteren Behausung abhob, doch er erkannte die jugendliche Stimme und den ironischen Tonfall Merlins.

»Zum Henker, ich ...«

Eine Sekunde zuvor hatte ihn eine mörderische Wut gepackt, aber mit einem Mal, als er schon die Faust nach dem Kindmann hin ausstreckte, wurde ihm das Herz schwer, und er brach in Tränen aus. Nach so vielen Tagen des Schweigens endlich eine Stimme ...

Merlin spürte, wie sich ihm die Kehle zusammenschnürte. Da stand er vor ihm, ein erbarmungswürdiges Geschöpf, dem die Tränen aus den Augen stürzten wie ein Fluss, der seine Deichmauern niederreißt, abgemagert, zottelig und von abgrundtiefer Verzweiflung vernichtet. Er schloss ihn in seine Arme, bedeckte seine nackten Schultern mit seinem Mantel und wartete, dass sein Schluchzen verebbte. Auf diese Weise verstrich die Nacht.

Nach Anbruch der Morgendämmerung setzte Merlin ihn an den Rand des Sees und rasierte ihn sorgfältig mit der Klinge seines eigenen Dolchs. Gewaschen, mit entwirrten und frisch geflochtenen Haaren, nahm Uther wieder menschliche Züge an, sofern man nicht allzu genau hinsah. Er ließ es über sich ergehen wie ein fügsames Kind, ohne ein Wort zu verlieren oder seinen erschöpften Blick auch nur ein einziges Mal von Merlin abzuwenden. Der Nebel war aufgestiegen, so dicht und weiß wie eine Wolke, und hüllte den See und das Ufer in unwirkliche Stille. Ein einziger Gedanke beherrschte den Geist des Ritters. Der Nebel der Tag-und-Nacht-Gleiche ... So war er also über vierzig Tage alleine geblieben in diesem verlassenen Wald. So war die Prüfung also vorüber ... Uther wagte nicht, sein Gegenüber anzusprechen, und im Übrigen hätte er kaum vermocht, die Flut an Fragen, die sich all die Zeit über in ihm angestaut hatte, in Worte zu fassen. Keine davon war jetzt mehr wichtig. Selbst wenn er vergebens gewartet hatte, selbst wenn dieses irdische Paradies, von dem Merlin erzählt hatte, nicht existierte, selbst wenn er auf der anderen Seite des Nebels nur eine verlassene Insel entdeckte, so war doch die Stunde der Erlösung gekommen.

Merlin war ebenfalls ernst, seine Gesten waren bedächtig, er konzentrierte sich ganz auf die Rasur, um Uther nicht in die Augen sehen zu müssen, und fand sich bereitwillig mit dem Schweigen seines Gefährten ab. Weder die Vögel waren noch zu hören noch irgendein anderes Tier im Wald, nicht einmal mehr das Rascheln der Blätter. Nichts. Nur noch der beklemmende metallische Geruch des Nebels. Und das Plätschern des Wassers.

Als er sein Werk beendet hatte, erhob sich der Kindmann, und Uther tat es ihm nach und stand jetzt neben ihm am Ufer des Sees.

Zunächst konnten sie gar nichts sehen, dann erkannte der Ritter einen dunklen Umriss über dem Wasser, der langsam auf sie zudriftete und zu ihren Füßen strandete.

Eine Barke, schwarz glänzend vor Feuchtigkeit, ohne Ruder oder Stange.

»Der Fährmann der Nebel«, murmelte Merlin mit unsicherer, fast banger Stimme.

Mit erstaunter Miene wandte er sich zu seinem Begleiter um, als hätte er erwartet, dass sich der Ritter in das Boot stürzte; und als er sah, dass Uther sich nicht rührte, nahm er ihn bei der Hand, um ihm an Bord zu helfen. Und schon stieß er ihn weit vom Ufer fort.

»Kommst du nicht mit?«, fragte Uther.

»Ich kann nicht!«

Seine lange, klapperdürre Gestalt verschwamm bereits im Nebel, so aufrecht und unbeweglich, dass man sie für einen Baumstrunk hätte halten können.

»Aber ich werde auf dich warten!«, rief er, und seine Stimme hallte über das Wasser wie ein Echo.

Uther setzte sich mit pochendem Herzen und weit aufgerissenen Augen nieder, ohne zu wissen, ob die Barke sich fortbewegte. Er hatte keinerlei Orientierungspunkt inmitten all dieser langsam dahinziehenden, regenkalten weißen Wolkenbänke; kein Kielwasser seitlich des Nachens, nicht der geringste Windhauch auf seinem Gesicht, und er verharrte eine endlose Weile in dieser Stellung und wagte es nicht, sich zu bewegen. Bisweilen erregte ein klatschendes Geräusch seine Aufmerksamkeit, doch bis er es schaffte, sich umzudrehen, liefen nur noch kleine Kräuselwellen über das Wasser hin, deren Abstände immer größer wurden und die schließlich ganz verschwanden. Und manchmal waren diese unvermittelten Platscher ganz nahe und so kräftig, dass es sich nicht um einen einfachen Fisch handeln konnte. Abgesehen von diesen flüchtigen und unsichtbaren Phänomenen gab es nichts, und die Zeit wurde ihm lang. In all diesen Tagen, die er alleine in seiner Hütte verbracht und zähneklappernd in den Regen hinausgeblickt hatte, hatte er sich allerdings an die Abwesenheit jeden Lebens gewöhnt, und seine Seele löste sich von seinem entkräfteten Körper, um in ihrem eigenen Nebel zu schweifen.

Dann war ein verschwommener Lichtschein zu sehen, ein Flimmern hinter dem milchigen Schleier, die lang gezogene, düstere Spur eines Gestades, das nach und nach aus dem Nebel auftauchte. Schließlich drangen Sonnenstrahlen durch die Wolken, und über das Schandeck huschten jetzt Lichtflecken bis zu seiner Hand, deren wohltuende, strömende Wärme ihn aus seinen Träumen riss.

Der Kahn lief sanft auf den hohen Gräsern des Uferstreifens auf, während die letzten Wolkenfetzen um ihn herum fasernd zerflogen. Uther stand langsam auf, kletterte über die Bordwand und watete auf das Ufer zu, bis zu den Knien im Wasser. Die Insel war schrecklich enttäuschend. Das also war Avalon[6],

6 Avalon bedeutet Apfelinsel; der Apfel ist im Druidentum die Frucht der Erkenntnis.

nicht mehr? Natürlich gab es dort Apfelbäume in so großer Zahl, dass man es für einen Obstgarten hätte halten können, doch es war nur eine einsame Insel, kaum länger als die Reichweite eines Pfeiles, von wild wachsenden Gräsern, Efeu und Winden überwuchert, und sie unterschied sich nicht nennenswert von dem Seeufer, von dem aus er kurz zuvor aufgebrochen war. Und die Insel war gottverlassen.

Ohne nachzudenken, pflückte er einen schönen roten Apfel und ließ sich dann an den Fuß des Baumes hinsinken, um ihn zu essen. Sie war nicht da, das war offensichtlich. Weder Lliane noch Morgane waren da ... Und es gab dort weder irgendwelche Götter noch Feen oder Magie, wie es Merlins Zaubermärchen verheißen hatten! Im selben Moment schreckte ein schrilles Wimmern ihn hoch.

Uther warf den Apfel fort und stand auf. Mit zunächst zaudernden Schritten, den Hals gereckt, um besser zu sehen, lief er in Richtung der piepsenden Schreie, durch Wolken aus flimmernden Körnchen, die er bei jedem Schritt aufwirbelte. Kein Nebel mehr weit und breit, nein, kein Regen mehr, weder Wind noch Kälte, sondern eine strahlende Sonne, so heiß, dass ihm die Kleider auf dem Leib zu glühen anfingen. Schweißbäche rannen ihm übers Gesicht, jeder Schritt kostete ihn unendliche Mühe, als klebten sämtliche Gräser der Erde an seinen Stiefeln, und je tiefer er ins Landesinnere vordrang, desto weitläufiger schien die Insel um ihn herum zu werden. Doch Uther nahm das alles gar nicht bewusst wahr.

Denn endlich sah er sie.

Sie saß im Schatten eines Apfelbaumes, und um sie herum flirrten unzählige phosphoreszierende Pünktchen, Glanzlichter von Flügeln, die genauso unstet und unberechenbar waren wie die Reflexe der Sonne auf den Wellen. Er rief nach ihr, und umgehend verschwanden all diese winzigen Lebewesen im Schutze der hohen Gräser.

Lliane war nackt und hielt das Baby eng an sich gepresst. Durch das Blattwerk hindurch warfen die Sonnenstrahlen

Lichtsprenkel auf ihre bläuliche Haut, welche gleich einer Liebkosung langsam über ihren Rücken hinabglitten, als sie sich zu ihm umwandte. Sie sah ihn an, lächelte, streckte die Hand nach ihm aus und gab dabei einen wohlgenährten und bleichen kleinen Körper frei, der an ihren Busen geschmiegt lag. Uther schlug das Herz bis zum Hals. Die letzten Klafter, die ihn noch von den beiden trennten, erschienen ihm als der längste Weg seines Lebens. Mit ausgedörrter Kehle betrachtete er Lliane, Llianes Körper, den unwirklichen Glanz ihrer grünen Augen (wie hatte er den vergessen können?), die sanfte Rundung ihrer Hüften und Schenkel und jenes kleine Wesen, das sich in ihren Armen schwach bewegte und piepte wie ein Vogel ... Plötzlich spürte er das Gewicht seines Schwertes an seiner Flanke und nahm rasch sein Gehänge ab. Die Waffe verschwand in der Wiese. Als habe die Insel ihm Erlösung gewährt, legte er von da an die letzten Ellen mühelos zurück und sank schließlich neben ihnen auf die Knie.

»Hier, das ist deine Tochter«, sagte Lliane leise.

Uther nickte, unfähig, ein einziges Wort herauszubringen.

»Sie wird wieder einschlafen ... Das Gewitter vergangene Nacht hat ihr Angst eingejagt.«

Die Sonne warf einen irisierenden goldenen Streifen auf ihre bläuliche Haut und verlieh ihren Augen einen überwältigenden Schimmer. Sie hatte noch immer dieses Grübchen neben dem Mundwinkel, wenn sie lächelte, wie früher, als sie noch sein Leben teilte. Bevor sie fortgegangen war ... Sie legte das kleine Mädchen behutsam in die Mulde eines Moosbettchens, und als sie sich nach unten beugte, streifte ihr langes schwarzes Haar seine Schulter. Uther streckte die Hand aus. Endlich berührten seine Finger ihre Haut.

»Du hast mir so gefehlt ...«

Sie sah ihn schweigend an, und bei diesem trauerdurchwirkten Blick zog sich sein Herz zusammen.

»... Aber du weißt natürlich gar nicht, was das ist.«

»Mein schöner Ritter ...«

Lliane kniete sich ganz dicht vor ihn hin und nahm mit einem nachsichtigen, ja vielleicht sogar gerührten Lächeln sein Gesicht in ihre Hände.

»Ich liebe dich, Uther. Ich liebe dich so sehr, wie ich nur irgendjemanden lieben kann. Und seit Rhiannon geboren ist, erst recht …«

»… Aber?«

»Dieses Mal gibt es kein Aber«, bemerkte sie lächelnd. »Es war ein Fehler von mir zu fliehen, das war wider unsere Bestimmung … Wir sind beide geboren, um für immer zusammenzubleiben.«

Uther beugte sich hinunter, küsste ihren Hals, ihre Arme, ihre Brüste, legte die Wange an ihren Busen und schloss die Augen. Llianes Herz schlug ebenso schnell wie seines. Plötzlich erhob sie sich, nahm ihn bei der Hand und zog ihn vom Apfelbaum fort, wobei sie ihn noch im Davonlaufen unverwandt aus ihren goldgrünen Augen anblickte. Uther hatte den Eindruck, um das Baby herum jenes flüchtige Schillern lautlos schlagender Flügel wiederzusehen. Wie hatte sie sie genannt? Rhiannon? Hieß sie denn nicht Morgane?

Lliane legte sich ins Gras und zog ihn ungestüm auflachend an sich. Sie liebten sich wie Wölfe, wild, einander beißend und kratzend, feurig und leidenschaftlich, mit einer Gier, als stünden sie kurz vor dem Hungertod; sie entdeckten einander neu, fanden sich endlich wieder. Dann fielen sie ins Gras, atemlos, den Blick auf die vorüberziehenden Wolken am Himmel gerichtet.

Uther versank bald in der Betrachtung dieses ungewöhnlichen Schauspiels … Es ging nicht der leiseste Windhauch, und doch glitten die Wolken am Azur mit einer rasenden Geschwindigkeit dahin, sie ballten sich zusammen und teilten sich wieder, changierten von Dunkelgrau bis Weiß, zerflogen fasernd, um ganz zu verschwinden und von Neuem zu entstehen, wieder und wieder … Unvermittelt erhob sich Lliane, pflückte einen Apfel, dann legte sie sich wieder auf ihren Geliebten, so federleicht trotz ihrer Größe, und hielt ihm die Frucht vor den Mund.

Uther grub seine Zähne tief in das Fruchtfleisch hinein, dann prustete er los vor Lachen.

»Was ist denn?«

»Nein, es ist alles … Der Apfel, dieser Baum, wir beide, hier … Das erinnert mich an den Hauskaplan meines Vaters, Elad, und seine Geschichten über Adam und Eva.«

Llianes Lächeln verschwand langsam von ihrem Gesicht.

»Du glaubst an ihren Gott?«, fragte sie leise.

»Nein, natürlich nicht!«, erwiderte Uther und fasste sie dabei erneut am Arm. »Ich habe nur einfach den Eindruck, dort zu sein, im Paradies auf Erden!«

»Also, iss diesen Apfel.«

»Ach ja, die verbotene Frucht …«

Uther lächelte, doch Lliane erwiderte sein Lächeln nicht. Sie war mit einem Satz aufgesprungen und stand zu ihrer vollen Größe aufgerichtet und ganz und gar nackt über ihm.

»Das ist nicht die verbotene Frucht«, sagte sie. »Das ist die Frucht der Erkenntnis. Die Frucht Avalons. Iss, und du wirst nicht mehr derselbe sein.«

Uther gehorchte, aber es war doch nur ein Apfel, knackig, ein wenig sauer, sehr saftig … Er fühlte sich beinahe schuldig deswegen, so sehr hätte er sich eine Art blitzartige Erleuchtung gewünscht, ein Aufreißen des Himmels, einen Engel, der zu ihm hinabflog und ihn an der Stirn berührte … Nichts von alledem geschah. Und doch schien Lliane glücklich. Sie kniete sich erneut vor ihm nieder, und als er ihren Körper packte, schloss sie die Augen und reckte ihrem Geliebten Hals und Brüste entgegen.

»Jetzt werden wir nur noch eins sein«, murmelte sie.

Kein weiteres Wort fiel mehr – nur Gesten, Zärtlichkeiten, Küsse, Umarmungen, die stürmischen Bewegungen ihrer miteinander verschmolzenen Leiber, dann dieser eindringliche, ja sogar beängstigende Blick, mit dem sie ihn ansah, und ein

Schrei: »*Flaese betaccan myrgth flaese. Gebedda betaccan myrgth gededda Beon sum!*«

Und der verblüffte Uther verstand den Sinn der Worte: »Das Fleisch verschafft dem Fleisch Vergnügen. Der Mann verschafft seiner Frau Vergnügen. Wir sind nur noch eine Person.«

Uther erwachte in der Barke. Für die Dauer einer Sekunde war er dem Ansturm verschiedenster Empfindungen ausgeliefert: Verwirrung, Verzweiflung, ein Gefühl der Stärke, grenzenloser Stärke, Wut ... Doch nur eine Sekunde lang. Denn, obgleich er alleine war und beinahe nackt (er trug nur einen schmutzigen Lendenschurz und Stiefel), nahm er die Gegenwart Llianes wahr, während sein Schwert wieder schwer gegen seinen Schenkel schlug und er in diesem Geisterboot ohne Ruderer oder Steuermann dahintrieb. Lliane war nicht neben ihm, sie war *in* ihm ... Ja, mehr noch. Sie *war* er. Und ein ungeahntes, intensives Feuer, das Gefühl einer immensen Macht loderte in seinem Busen. Der Atem des Drachens ...

Er sah das Gesicht Morganes wieder vor sich, seiner winzigen Tochter, die er in den Armen gehalten hatte, so zerbrechlich, zierlich und bleich. Er hatte die hauchzarte Berührung ihrer kleinen Hände auf seinem Gesicht gespürt. Er hatte sich über ihr strahlendes Lächeln gefreut, über ihr Vogelgezwitscher und ihre Blicke, die so plötzlich ernst werden konnten, als spukten unzählige Gedanken in dem kleinen Kopf herum. Mit einer instinktiven Bewegung wandte er sich nach Avalon um, aber es war nichts mehr zu sehen außer dem unheimlich dichten Nebel, der in ihm die ferne Erinnerung an seine erste Überfahrt weckte. Eine ganze Flut von Bildern und Gedanken stürzte auf ihn ein, eine derartige Überfülle, dass er die Augen schließen musste, um ihren Ansturm zu lindern. Lliane, Morgane, das Verstreichen der Tage unter jenen rasch dahinziehenden Wolken, und jenes schillernde kleine Volk, das er zu zähmen gelernt hatte. Konnte es sein, dass das Feen waren?

Ein zunehmender Lärm auf der anderen Seite des Dunstes riss ihn aus seinen überschäumenden Gedanken, während sich die letzten Nebelbänke vor seinen Augen auflösten. Da waren dieselben Gestade, derselbe Wald, derselbe graue, regenverhangene Himmel; aber der Küstenstreifen, den er einsam zurückgelassen hatte, war jetzt schwarz von Leuten. Eine ganze Stadt aus Hütten und Zelten war dort errichtet worden, durchsetzt mit Säulen aus schwarzem Rauch, der von hunderten Lagerfeuern aufstieg. Oriflammen schlugen knatternd im Wind, Pferde scharrten ungeduldig mit den Vorderhufen, und Uther packte die Angst, als er diese riesige Menge sah, die sich da vor dem Wald drängte, als würde sie ihn erwarten, während die Stille ringsum immer lastender wurde.

Langsam richtete er sich in der Barke auf und bezwang das Zittern seiner Hände. Es waren Tausende, Elfen und Menschen gemischt, und ihr Lager war regelrecht eine Stadt ...

Als er sich dem Ufer näherte, erkannte er Merlin in seinem weiten blauen Gewand wieder, dann Ulfin, Bran und mehrere seiner einstigen Kameraden, Ritter und Schildknappen aus dem Königshaus. Sie alle wirkten, als würden sie ihn seit Monaten erwarten ...

XIII

Die Nacht des Pendragon

Seit Wochen hatte es nicht mehr aufgehört zu regnen, und daher war jede größere militärische Operation seither unmöglich gewesen. In den letzten Oktobertagen war der Regen dann der Kälte gewichen. Der Waldrand hallte allerorten von den Axthieben der Holzfäller oder dem Kreischen ihrer Sägen wider. Im gesamten Königreich, bis ins Zentrum von Loth hinein, legten die Menschen Holzvorräte für den Winter an, der, so wie es aussah, lang und rau werden würde. Doch zumindest gäbe es keinen Krieg ...

Seit einem Jahr hatte das Heer des Regenten im Kampf gegen aufständische Baronien im Norden einige kleinere Siege davongetragen. Das genügte, um Dankmessen abzuhalten, doch es genügte nicht, um sich wirklich sicher zu fühlen. Sie streuten den Leuten Sand in die Augen, das war alles ... Die eigentliche Schlacht hatte noch gar nicht stattgefunden. Weder gegen die Elfen noch gegen das Heer der Herzöge. Winter, Frühling und ein neuer Sommer waren langsam mit dem Warten auf eine Apokalypse verstrichen, die doch nie kam. Tage und Wochen folgten aufeinander, eine glich der anderen, mit dem üblichen Quantum an Neuigkeiten und Gerüchten. Man munkelte, dass Léo de Grand de Carmelide überhaupt nicht tot sei. (Aber das war ja nichts Neues. Das Gerücht ging schon seit dem Ende des Turniers ein Jahr zuvor um.) Weiter erzählte man sich, er hätte ein gigantisches Heer ausgehoben und sich mit den Barbaren in den Marken verbündet. Andere versicherten, die Elfen hätten zu Tausenden den Wald verlassen, gleich einem reißenden Strom, und sie töteten alles, was ihnen unterwegs in die Quere käme, Tiere wie Menschen. Und manche erzählten jedem, der es hören wollte, dass die aufständischen Barone und die Elfen eine einzige Armee bildeten, die so riesig sei, dass sie den Horizont verdunkeln würde an dem Tag, da sie auf die Stadt marschierte.

Das waren natürlich nur Gerüchte, doch niemand konnte sich ihnen entziehen, nicht einmal der Regent Gorlois. Da man allerdings immer noch nichts herannahen sah, weder eine Flut von Elfen noch einen Wald aus Lanzen, glaubte die Bevölkerung von Logres schließlich doch daran, dass die sommerlichen Gefechte genügt hatten, um den Feind in Schach zu halten.

Das Volk glaubte es, nicht aber Gorlois.

Trotz seines schweren Bärenfellmantels durchnässt bis auf die Knochen, eilte der Regent mit großen Schritten den Wehrgang entlang und ballte die Fäuste, eine Geste, die ihm schon zur zwanghaften Gewohnheit geworden war. Binnen eines Jahres war seine Gestalt deutlich gebeugter geworden als in zehn Jahren Schlacht. Sein graues Haar wurde jetzt weiß, und er hatte sich einen Bart wachsen lassen, der ihn noch zusätzlich alt erscheinen ließ. Unvermittelt beugte er sich über eine Zinne und brüllte einen Befehl, der sich im Plätschern des Regens verlor. Auf der anderen Seite des Grabens, der Loth umgab, arbeitete ein Heer von Tagelöhnern langsam, ja zu langsam an den äußeren Festungsmauern.

»Messire Emeric!«

Einen Steinwurf entfernt, im Schutz des Portalvorbaus an einem der zehn viereckigen Türme, die rund um die Stadt aufragten, erhob sich murrend ein Hüne in einem weißgrundigen, mit einem roten Kreuz versehenen Waffenrock, zog sich die Kapuze seines langen scharlachroten Umhangs über den Kopf, um sich gegen den strömenden Regen zu schützen, und trabte gemächlich zu seinem Herrn hinüber.

»Diese Männer«, sagte Gorlois in abgehacktem, Furcht erregendem Ton. »Diese Männer arbeiten nicht! Lauf hinüber!«

»Herr, es schüttet«, seufzte der Ritter. »Der Mörtel löst sich auf bei der Nässe … Es hat keinen Sinn.«

Gorlois starrte ihn mit unbändigem Zorn an. Emeric wandte den Blick ab und senkte den Kopf.

»Ich gehe schon, Herr …«

Er gab Fersengeld und rannte in den Schutz des Turms zurück. Es würde genügen, eine Wache zu schicken, die seinen Umhang anziehen könnte, für den Fall, dass Gorlois nachprüfen sollte, ob sein Befehl ausgeführt war (man lernte rasch, vorsichtig zu sein bei den Befehlen des Regenten), und er könnte sich den Rest des Nachmittags in den Küchenräumen herumtreiben … Wozu sollte er sich bis auf die Knochen durchweichen lassen für diesen Verrückten und seine Befestigungsanlagen, die von seiner himmelschreienden Feigheit zeugten …

Gorlois' ganzer Leib wurde von unkontrollierbaren Zuckungen geschüttelt, während er dem davoneilenden Mann nachsah. Er musste wieder nach Hause zurück. Wenn er weiter bei diesem elenden Wetter draußen blieb, holte er sich am Ende noch den Tod. Und die Königin erwartete ihn vermutlich. Ja, sie wartete bei ihrer Tochter Morgause …

So schnell er konnte, hastete er mit großen Schritten zum Turm hinüber und stürzte dann so rasch die Treppe hinauf, dass die Wachen seiner Eskorte mehrere Minuten brauchten, um ihn einzuholen. Schlotternd vor Kälte, bei jedem Schritt eine Pfütze hinter sich zurücklassend, rannte er beinahe schon durch die Gänge, stieß unterwegs die Leichtsinnigen oder Zerstreuten, die nicht rechtzeitig auswichen, grob zur Seite und drang immer weiter in das Labyrinth schmaler Gänge vor, die zur Königsburg hinführten. Vor lauter Rennen vergaß er sogar Igraine und seine Tochter. Ein Mal noch, ein weiteres Mal, lenkten ihn seine Schritte, ohne dass er es wirklich geplant gehabt hätte, bis zu der eisenbeschlagenen Eichentür, hinter der der Saal des Großen Rates lag.

Dort hatten sich einst die Könige der freien Völker um den Talisman der Menschen herum versammelt: den Stein von Fal, der in die Mitte einer gigantischen, mit altertümlichen Rankenornamenten gravierten Bronzetafel eingelassen war. Der Fal Lia, der Heilige Stein, der ächzte, sobald sich ein rechtmäßiger König näherte ... Fieberhaft wühlte er in seinem durchnässten Samtgewand und förderte einen schweren Schlüssel zu Tage, den er ins Schloss hineinschob. Die Tür öffnete sich mit einem unheimlichen Knarzen und gab den Blick auf einen Saal frei, in dem es nach Schimmel roch. In dessen Innern war es düster und kalt. Die auf den Pfeilern zwischen den einzelnen Fenstern angebrachten Banner moderten langsam vor sich hin, und die holzvertäfelten Wände schimmerten vor Feuchtigkeit. Einige der gewachsten Tücher, die die Fenster verdeckten, waren zerrissen und schlugen im Wind. Die Steinplatten auf dem Fußboden standen nach dem heftigen Regen unter Wasser ... Der einstmals prachtvolle Saal war verkommen. Gorlois trat zu der runden Tafel mit jenem düsteren Stein in der Mitte hin, doch der Stein blieb wie immer stumm. Da überkam ihn urplötzlich eine gewaltige Zorneswoge, und seine Wut entlud sich in Gebrüll, sein Körper zitterte vor Hass und Enttäuschung, und er hämmerte mit den Fäusten auf die Bronze ein, bis sie grün und blau waren.

Er war nicht der rechtmäßige König.

Seine erbärmlichen Schreie hallten in den schmalen Korridoren der Königsburg wider, und jeder, bis zum letzten Mann, schämte sich für Gorlois – selbst die Bratspießdreher in den Küchen, die im Schweinestall umherwatenden Sauhirten, die bei dem Regen das Gerstenmehl wendeten, wie auch die jüngsten Schildknappen, die unter ihren zu großen Kettenhemden nach Luft rangen und deren Arm bleischwer war und schmerzte, nachdem der Fechtmeister sie wieder und wieder gezwungen hatte, auf eine starke Holzbohle zu schlagen, um sich im Schwertkampf zu üben.

Er war nicht der rechtmäßige König.

In der Kapelle schloss Igraine die Augen, und ihre Kehle schnürte sich zusammen. Sie kniete auf einem Betschemel vor den übrigen Bankreihen, vorne vor dem Altar, an dem Bruder Blaise seinen Allerheiligen-Gottesdienst vorbereitete, und betete für ihr Seelenheil. Neben ihr lag in einer mit einem Marderfell zugedeckten Wiege friedlich schlafend ihre Tochter Morgause. Gorlois' Tochter … Die vermaledeite Frucht ihres Leibes …

Er war nicht der rechtmäßige König.

Gegen Abend hörte es auf zu regnen. Trotz der Feuchtigkeit war es den Elfen gelungen, Äste und Zweige zu finden, die trocken genug waren, um die gigantischen Holzhaufen, die sie zu beiden Seiten des Sees errichtet hatten, in Brand zu setzen. Die Nacht brach herein, ohne dass irgendjemand es bemerkt hätte, so dunkel war es bereits den ganzen Nachmittag über auf Grund der nicht enden wollenden sintflutartigen Regenfälle gewesen, die allen schwer aufs Gemüt schlugen und das Seeufer in ein einziges wüstes Schlammfeld verwandelten. Das Prasseln der Flammen sowie ihr rötlicher Widerschein auf dem durchweichten Stoff der Zelte brachten das Lächeln auf die angespannten Gesichter der unzähligen Krieger zurück, die sich am Waldsaum in notdürftigen Baracken zusammengedrängt hatten. Bald schon waren alle wieder draußen und versammelten sich erneut ungeachtet der Rasse um die Feuer – Menschen, Elfen und Zwerge … Denn es befanden sich Zwerge in ihren Reihen. Kümmerliche Häufchen aus Kriegern vom Roten Berg, einige Jäger aus den Hügeln und vereinzelte Überlebende aus dem Königreich unter dem Schwarzen Berg, die sich um den Prinzen Bran zusammengeschart hatten, argwöhnisch und unwirsch, wie üblich; im Ganzen nicht einmal zweihundert Mann, die in der unüberschaubaren Menge der in den Farben obskurer Baronien oder Großherzogtümer wie Carmelide, Lyonesse oder Dommonée gekleideten Menschensoldaten völlig untergingen. Sie waren mit Frau, Knechten und Vieh gekommen. Daneben waren Barbaren aus den Marken anzutreffen, massig wie Büffel, beinahe ebenso behaart und mit einem an ihre vierbeinigen Verwandten erinnernden brüllenden Lachen. Dann gab es die wogende Flut der Elfen aus Brocéliande in ihren Moirégewändern, die rote und grüne Glanzlichter in den Flammenschein warfen; es waren zu viele, als dass man sie hätte zählen können, ganz zu schweigen von all jenen, die hoch oben in den Bäumen saßen oder sich im Gestrüpp am Rande des großen Waldes verkrochen hatten, um dieses faszinierende Schauspiel aus der Ferne zu betrachten. All diese lodernden Lohen vereinten sich in der nächtlichen Finsternis zu einer gigantischen Feuersbrunst, zu einem Flammenmeer, das den Himmel und den See erleuchtete, bis zu den düsteren Umrissen von Avalon hin, das an diesem Abend für alle sichtbar war. Weit entfernt, unzugänglich, aber zumindest sichtbar … Es gab genügend Wein und Met, um sämtliche Männer betrunken zu machen, aber bislang hatte niemand einen Schluck genommen. Doch bei dem Duft von ganzen Rindern am Spieß lief den Leuten das Wasser im Munde zusammen, zumal noch niemand gegessen hatte, nicht einmal die Zwerge. Es war die Nacht von Samhain, das bedeutendste Fest im Kalender der Alten, dessen Name so viel wie »Wiedervereinigung« bedeutete. Es war die Nacht der Toten, die einzige Verbindung zwischen Unterwelt und Mittlerer Erde, und jeder musste an die verschollenen Wesen denken, voller Angst, dass sie selbst sich den Lebenden in Erinnerung bringen könnten. Zwerge, Elfen und Menschen – jene, die sich der neuen Religion zugewandt hatten, mit eingeschlossen – teilten den Glauben ans Jenseits und an das Weiterleben der Seele, selbst wenn sie nicht alle an dasselbe Paradies glaubten. Doch unabhängig davon, welchen Namen man ihr gab – Samhain, Allerheiligen oder Halloween –, es war eine gruselige Nacht, in der einem sachte der eisige Hauch des Todes übers Gesicht strich, in der die ins Jenseits Entschwundenen die Huldigungen der Lebenden entgegennahmen und neue Kraft schöpften, die ihnen erlaubte, ihre lange unterirdische Reise zur Erleuchtung hin fortzusetzen.

Der See war augenblicklich ruhig. Doch bald würde der Wind aufkommen, und die Wellen würden ans Ufer gepeitscht werden und bei jedem Aufbranden eine Flut unsichtbarer Seelen dort anschwemmen.

Von dem Gipfel einer über dem weitläufigen Lager aufragenden Anhöhe aus starrte Uther unverwandt zur Insel hinüber, und Llianes Stimme stieg aus seinem Innern herauf gleich einem kaum vernehmbaren Murmeln. Mit dem Rücken zu der auf dem Hügel entfachten Feuersbrunst stehend, wirkte er, als bemerke er die auf ihn gerichteten Blicke gar nicht, und verharrte so gänzlich unbewegt, dass selbst Merlin es nicht wagte, ihn anzusprechen.

Zu neunt standen sie im Kreis um die Flammen herum und waren so verschieden, wie sich nur irgend denken lässt. Bran, der beide Hände auf eine Axt gestützt hatte, die so hoch war wie er selbst, hatte lange gebraucht, um zu begreifen, dass Uther und Lliane nur noch eine einzige Person waren. Und selbst danach war er nicht davon abzubringen gewesen, dem Ritter die Schlacht unter dem Roten Berg in allen Einzelheiten zu beschreiben sowie ihm die Botschaft des alten Baldwin zu übermitteln, und hatte nicht verstanden, dass Lliane bereits all das wusste, was in Uthers Gedächtnis eingegraben war ... Neben ihm stand Frehir, Häuptling der Barbaren in den Marken, oder Häuptling dessen, was davon noch übrig war. Mit nacktem, zu Ehren seiner Toten bemaltem Oberkörper, das Gesicht ziegelrot vom Feuerschein, glich er einem Turm – er war ebenso breit und hoch. Frehir hatte Lliane und Uther auf der Suche nach dem Elfen Gael begleitet und war bereit, auch weiterhin an ihrer Seite zu bleiben, wo auch immer sie ihr Weg hinführen mochte. Niemand hätte auch nur ansatzweise versucht, ihm den Zustand der beiden zu erklären. Neben ihm standen der alte Druide Gwydion und Prinz Dorian, die im Vergleich zu ihm so mager und bleich aussahen. Ihnen zu begegnen und mit ihnen zu reden war für Uther eine harte Erfahrung gewesen. Zum ersten Mal hatte er den Eindruck gehabt, in keinster Weise mehr er selbst zu sein, als er sich da in der Elfensprache mit Wesen unterhielt, die er noch nie gesehen hatte, Prinz Dorian an sein Herz drückte, Blodeuwez umarmte und die Tränen des alten Gwydion trocknete ... Sie selbst schienen durch ihn hindurch nur Lliane zu sehen, als existierte er gar nicht. Vielleicht hatte *sie* das Gleiche empfunden, als er wieder auf *seine* alten Gefährten gestoßen war sowie auf die großen Barone, die Ulfin seinetwegen versammelt hatte ... Letzterer, der neben ihm stand, das Gesicht von dem elfischen Pfeil zerschrammt, der ihm den Kiefer zertrümmert hatte, trug seine eigenen Farben: ein Wappen mit einem roten Windspiel auf goldenem Grund. An seiner Seite befanden sich Helled de Sorgalles, die einzige Frau in ihrer Runde, und der Herzog Léo de Grand de Carmelide, dessen Harnisch leuchtend rot funkelte, als würde er glühen.

Als der Wind aufkam, warf Merlin einen Mistelstrauß ins Feuer. Und gleich darauf sprühte ein Funkenregen aus den Flammen heraus und ergoss sich in die schwarze Nacht. Der See kräuselte sich, das Klatschen der Wellen am Ufer wurde heftiger, und alle, die um die Feuer herumstanden, spürten jene eisige Kälte in das Lager einziehen. Junge Elfenmädchen streiften zur Verblüffung der Menschen ihre Gewänder nach unten und hoben die Arme zum Himmel, um ihre nackten Brüste dem unsichtbaren Biss der umherirrenden Seelen darzubieten. Ihre Druiden und Barden stimmten einen seltsamen Sprechgesang an, mal gellend schrill, dann wieder dumpf, zuweilen auch einfach grotesk, wenn sie anhoben wie Tiere zu glucksen, oder Furcht einflößend, wenn sie so schauderhaft brüllten, dass ihre Stimme heiser klang. Die Zwerge, die in einem zweireihigen Kreis um ein einziges Feuer versammelt waren, stampften schwer und gleichmäßig auf den Boden und murmelten etwas, das wie ein Marschlied klang. Und die Menschen knieten auf der Erde und beteten mit gefalteten Händen, zitternd vor

Angst, während, umhüllt von dem eisigen Hauch, die Geister der Verstorbenen vorüberzogen. Wo die Brise zunächst nur winzige Kräuselwellen über den See getrieben hatte, wütete jetzt ein richtiger Sturm. Der Wind schwoll zu einem ohrenbetäubenden Brausen an und wühlte den See so stark auf, dass die Spritzer der riesigen Brecher bis zu den Eichen im Wald hinüberflogen; es war ein infernalisches Tosen, durchdrungen von plötzlichem schrillem Zirpen, Zischen und asthmatischem Pfeifen.

Das Entsetzen. Das pure Grauen. Der Tod, sichtbar, spürbar, wie ein reißender Strom, der durch die Reihen der Lebenden rauscht ...

Uther hatte die Arme ausgebreitet und wankte unter den heftigen Böen, gebeutelt von dem Ansturm der Bilder und Stimmen, einer Flut von Erinnerungen an geliebte Menschen und an andere, die er gar nicht kannte, ausgesetzt. Tote Freunde, die in seinen Armen lagen, Tsimmi, Roderik, sowie Feinde, die er eigenhändig umgebracht hatte. Ausgemergelte Elfen, düstere Silhouetten mit verzerrten Mienen, dann, flüchtig, eine göttliche Erscheinung, blendend hell, der Hauch eines Gottes, der sein Gesicht streifte. Und unvermittelt blitzte zwischen all den Geistern das Anlitz seines Vaters vor ihm auf. Er schluckte, öffnete die Augen, und die Vision war verflogen. Aber das war doch Cystennin gewesen ...

»Mein Vater!«

Der Wind ließ ganz plötzlich nach, so dass er um Haaresbreite das Gleichgewicht verloren hätte.

Überall im Lager taumelten benommene Wesen oder stürzten zu Boden, gleich Marionetten, denen man den Faden abgeschnitten hat – und es herrschte beklommenes Schweigen, in dem wieder das Prasseln der Flammen zu hören war.

Uther fühlte sich leer, zu erschöpft, um auch nur den kleinen Finger zu heben, erschüttert von den schrecklichen Visionen, die auf ihn eingestürzt waren, von den flüchtigen Erinnerungen an eine göttliche Erleuchtung und von jenem Bild, das ihm nicht mehr aus dem Sinn gehen wollte ... Das Anlitz seines Vaters zwischen den Gesichtern der Toten.

Er spürte erneut die Blicke der Menge auf sich lasten, doch Merlin war es, der jetzt das Wort ergriff.

»Hört mir zu! Stämme der Göttin, die ihr vor euren Toten steht, hört mir zu! Ich bin Myrrdin, der Sohn der Elfe! Ich bin Merlin, der Sohn des Menschen! Edles Volk der Bäume, Stamm der Luft, Hüter des Kessels von Dagda, des Grals, der das göttliche Wissen enthält, hört mir zu!«

Und an allen Stellen des riesigen Lagers, bis zum Saum des Landes von Eliande hin, rückten die Elfen des Großen Waldes zusammen, den Blick auf den Kindmann geheftet.

»Ihr, die auf Gerechtigkeit bedachten Menschen, Clan des Meeres, hört her! Euer Talisman ist der Fal Lia, der Stein der Königsherrschaft. Weniger noch als irgendjemand anders könntet ihr einen unrechtmäßigen Herrscher dulden. Hört her!«

Und alle Männer, Frauen, Soldaten wie Barbaren, Köche und Diener, fühlten in ihrem tiefsten Innern die Stimme Merlins nachhallen, obwohl sie so dünn war.

»Volk der Zwerge, Stamm der Erde, ihr, denen man den Talisman geraubt hat, Caledfwch, Excalibur, das Heilige Schwert von Nudd: Diese ganze Menge ist zusammengekommen, um euch Gerechtigkeit widerfahren zu lassen!«

Merlin verstummte, und ein Mal mehr legte sich das nächtliche Schweigen über die Gestade des Sees. Schon waren die Feuer am Verglimmen und brachten nur noch winzige Funken und Glut hervor. Vor seinen Augen breiteten sich, so weit der Blick reichte, Myriaden düsterer Reflexe, Helme, Lanzenspitzen und Rüstungen, aus, gleich den schimmernden Panzern eines Maikäferschwarms. Irgendwo in dieser riesigen Menge standen die Zwerge mit tränenfeuchten Augen und lauschten ihm, dem Hoffnungsboten eines ganzen verschwundenen Volkes ...

»Es gibt nicht nur ein einziges Volk«, rief er aus. »Und es gibt nicht nur einen einzigen Gott! *Das* nämlich ist die Weltordnung! Es war der Wille der Götter, dass es wilde Tiere und Schafe gibt, Monster unter dem Wasser und Vögel am Himmel! Die Göttin hat die vier Stämme geschaffen, Elfen, Menschen, Zwerge und Ungeheuer, damit kein Volk das andere unterjochen kann! Ihr, die ihr euch einst zusammengeschlossen habt, um die Armeen Dessen-der-keinen-Namen-hat zu besiegen, ihr, die ihr die Waffenruhe erlebt habt, ihr wisst, dass kein Stamm alleine über die Erde herrschen kann! Denn dann würde alles zugleich verschwinden ... alles: die wilden Tiere und die Schafe, die Ungeheuer und die Vögel am Himmel, und schließlich würde die Welt selbst von dem unergründlichen schwarzen Schlund eines einzigen Universums verschluckt ... Der Weltuntergang ...«

Seine letzten Worte waren nur noch ein Murmeln gewesen. Uther überwältigte die Rührung, und er warf ihm einen nervösen Blick zu, so nahe dran schien er, in Tränen auszubrechen. Für die Dauer eines Augenblicks hatte Merlin das Aussehen dessen, was er vielleicht war: ein zu rasch herangewachsenes und einsames Kind, auf dessen allzu zerbrechlichen Schultern ein immenser Kummer lastet.

Der Ritter streckte den Arm nach ihm aus, doch der Kindmann gebot ihm mit einer Geste Einhalt. Ein kurzer Blick, die Andeutung eines Lächelns, und Merlin fuhr in seiner Rede fort.

»Morgen beginnt ein neues Jahr«, erklärte er. »Und morgen werden wir endlich gegen Loth marschieren! Auf diesen Moment habt ihr beinahe seit einem Jahr gewartet ... Vielleicht glaubt man euch heute Abend schon tot. Vielleicht hat man für euch an allen Ecken des Königreiches Samhain-Feuer angezündet ...«

Uther hatte die Augen niedergeschlagen und folgte der Rede nicht länger. Er wurde von einer Fülle widerstreitender Gefühle überwältigt, so als platzte Lliane in ihm vor Erregung, während sein menschlicher Anteil noch immer nicht an diesen ganzen Zauber zu glauben vermochte ... Konnte es wirklich sein, dass er ein ganzes Jahr auf Avalon zugebracht hatte? Ging die Zeit auf der Feeninsel in einem anderen Tempo vorüber? Er sah im Geiste wieder das rasche Dahinziehen der Wolken vor sich, das ihn so stutzig gemacht hatte ... Vielleicht war das ein Zeichen.

Mit einem Mal bemerkte er, dass Merlin in verändertem Tonfall sprach. Der Kindmann streckte ihm den Arm entgegen, und als Uther seine Hand ergriff, zog er ihn nach vorne.

»Hier ist der, auf den ihr gewartet habt! Der Pendragon, Mensch und Elf in einem, denn die Königin Lliane steckt in ihm und spricht durch seinen Mund!«

»Nein! Niemand spricht im Namen der Elfen!«

Der Zwischenruf vom anderen Ende des Lagers löste allgemeinen Tumult aus. In der Menge zeichnete sich eine Bewegung ab, als ein Wesen zwischen den Feuern hindurchging, das weder Merlin noch Uther noch sonst irgendjemand auf der Anhöhe zu erkennen vermochte. Dann löste sich schließlich eine Gruppe aus der riesigen Versammlung, und sie sahen ihn.

Llandon.

Er marschierte mit großen Schritten, seinen langen silbernen Dolch in der Hand, und bei seinem Anblick verwandelte sich das gedämpfte Raunen der Menge in ein ohrenbetäubendes Stimmengewirr. Seit einem Jahr hatte Llandon im Reich von Logres gewütet, und mehr als ein Soldat hatte seinetwegen ein geliebtes Wesen, einen Hof oder Vieh verloren. Was die elfischen Krieger anlangte, die ihn auf seinem Feldzug beobachtet hatten, so hatte sich der Großteil von ihnen im Laufe seines wahnwitzigen Mordens voller Ekel von ihm losgesagt, und die bloße Tatsache, ihn wiederzusehen, erfüllte sie mit Scham.

Ehe irgendjemand auch nur versuchen konnte, ihn daran zu hindern, kletterte er bis zu Uther hinauf, packte ihn bei seinem Waffenrock und hob seinen Dolch, das Gesicht von unbändigem Hass verzerrt. Sie waren beide gleich groß, aber der Ritter war ihm an Kraft deutlich überlegen. Und doch rührte Uther sich nicht, machte keinerlei Anstalten, sich zu verteidigen. Er sah dem König der Hohen Elfen in die Augen, und seine Lippen begannen, Worte zu formen, die so leise waren, dass keiner außer ihnen beiden sie hören konnte.

Llandon ließ alsbald den Arm sinken, das Gesicht zu einer entsetzten Grimasse verzerrt. Uthers Augen hatten sich gewandelt. Sie waren jetzt von einem derart hellen Grün, dass sie beinahe golden wirkten. Die Augen Llianes. Und Lliane murmelte durch seinen Mund eine todbringende Zauberformel: *»Llandon aelf aetheling, restan aefre. Restan aefre, hale hlystan!«*

Der Blick des Elfen verschleierte sich. Seine Lider fielen nach unten, und, während sein Körper heftig zu zittern begann, sickerten blutige Tränen aus seinen Augen und rannen seine Wangen hinunter.

»Uther, nicht!«, zischte Merlin hinter ihm.

Keine Reaktion.

»Lliane, ich flehe dich an!«

Der Pendragon wandte sich nach ihm um, und für den Bruchteil einer Sekunde sah Merlin in seine goldenen Augen. Der Blick der göttlichen Macht selbst … Doch dieser wurde trüb, Uther senkte den Kopf, und sein Körper entspannte sich. Daraufhin ließ Llandon von einer letzten Zuckung gebeutelt seinen Dolch los, fiel auf die Knie und stürzte vor dem Ritter mit dem Gesicht auf die Erde, hilflos wie eine Marionette und unter gotterbärmlichem Stöhnen, um wie ein Ertrinkender nach Luft zu schnappen, während sich das Blut aus seinen Augen mit dem Staub vermengte.

Und die Volksmenge aus den drei versammelten Stämmen wurde in stummer Bestürzung der unendlichen Macht des Pendragon gewahr.

XIV

Die Klage des Fal Lia

Der Krieg wütete im Reich von Logres wie ein Wintersturm. Ein eisiger Hauch des Schreckens schloss sich wie eine kalte Faust um die Herzen der Menschen, noch lange bevor die Banner des Pendragon am Horizont auftauchten, seit die Armee von Escan de Cambenet unterhalb der Mauern von Cardueil, der größten Stadt von Cambrie, in einer Schlacht zerschlagen worden war, bei der sich ein Soldat hundert feindlichen gegenübergesehen hatte. Der Herzog Escan hatte vergeblich auf die vom Regenten versprochene Verstärkung gewartet und täglich auf Neuigkeiten von seinen Kundschaftern gehofft. Doch Grüne Elfen waren noch vor der Armee des Pendragon eingetroffen, und keiner konnte sich mehr über die unmittelbare Umgebung der befestigten Stadt hinausbewegen, ohne in einen ihrer Hinterhalte zu geraten.

Eines Tages hatten die Wachen auf der Stadtmauer im Morgengrauen Alarm geschlagen. Der Horizont war nun, ganz wie es die Gerüchte verheißen hatten, von Oriflammen verdunkelt: ein goldenes Drachenhaupt auf blutrotem Grund; und diese Flut von Kriegern hatte die Stadt gestürmt, ohne sich überhaupt die Zeit zu nehmen, ein Lager aufzuschlagen, gleich einer gewaltigen Woge, die einen Deich überrollt. Cambenet hatte wie so viele andere unter dem Beil eines wütenden Zwerges oder vielleicht auch unter dem Pfeilhagel, den die Elfen auf die Stadt niederregnen hatten lassen, sein Leben ausgehaucht.

Als man ihn fand, war sein Körper in solch einem erbärmlichen Zustand, dass unmöglich entschieden werden konnte, was letztlich seinen Tod herbeigeführt hatte.

Es hatte weder ein Massaker gegeben, noch war geplündert worden (ein Zugeständnis, das den Barbaren aus den Marken nur ziemlich schwer abzuringen gewesen war), und die Kunde von dieser ungewohnten Milde hatte der Sache des Pendragon mehr gedient als die gnadenlose Gewalt seiner Angriffe. Von da an war die Armee auf keinerlei Widerstand mehr gestoßen. Zumindest, bevor sie nach Loth kam.

Sei es aus Feigheit oder aus Überzeugung, sei es mit Begeisterung oder Angst – in jeder Stadt, in jedem Marktflecken oder Dorf schlossen sich der Truppe unterwegs Soldaten an. Bald marschierte eine ganze in sich geschlossene Welt durchs Land, eine gigantische Kohorte, die sich über Meilen erstreckte und schwere, mit Korn und Bier beladene Wagen sowie vollständige Kuh-, Schweine- und Schafherden im Schlepptau hatte. Und in diese bunte Schar hatten sich Diebe und Huren gemischt, Kinder, Greise, Gnomenhändler und vermeintliche Druiden, die keine waren, Heiler und Mörder, Kunstschlosser, Schneider, ein zwergischer Waffenschmiedemeister, der eine ganze Feldschmiede mit sich führte, mit Dreschflegeln oder Heugabeln bewaffnete Bauern, die keck neben den eisengepanzerten Rittern herliefen, und sogar Priester, die ihren Gemeindemitgliedern bewusst oder ungewollt folgten. Kinder wurden geboren in dieser marschierenden Nation. Es gab Kranke und Tote. Diebstahl und Verbrechen, Hinrichtungen durch den Strang und Racheakte. Aber nichts konnte diesen gigantischen Strom aufhalten.

Uther erteilte keine Kommandos. Er lief voraus, und die anderen folgten. Um ihn herum hatte Frehir, der Häuptling der Barbaren aus den Marken, eine persönliche Garde aufmarschieren lassen, die Angst einflößend genug war, um selbst den furchtlosesten Mörder der Gilde abzuschrecken, aber das war eine überflüssige Vorsichtsmaßnahme, beinahe lächerlich …

Um ihn zu töten, hätte man sich den Weg durch ein ganzes Volk aus Menschen, Elfen und Zwergen bahnen müssen, die dem Ritter restlos ergeben waren und allesamt bereit dazu, ihr Leben für ihn zu lassen. Im Übrigen vermochte der Pendragon sich seiner Haut selbst zu wehren: Hieß es nicht, dass er durch einen einfachen Blick töten konnte?

Rund um die Lagerfeuer fügten jeden Abend die elfischen Barden und die Trouvères dem Heldenepos, das sich da vor ihrer aller Augen entspann, irgendeine Strophe hinzu. Diejenigen, die von der ersten Stunde an dabei gewesen waren und die Nacht von Samhain miterlebt hatten, erzählten von den großen Feuern, vom eisigen Hauch der Geister, von der Versammlung der Obersten und der Erniedrigung Llandons, des erniedrigten Königs. Und von der Schlacht von Cardueil, der Stadt, deren Untergang binnen weniger Stunden besiegelt gewesen war, allem Hochmut von Escan de Cambenet und ihren stolz aufragenden Türmen zum Trotz ... Hartgesottene Männer – Bauern mit schwieligen Händen, Bogenschützen und in ihre ledernen Brünnen eingezwängte Degenkämpfer – fanden auf einmal Gefallen an der Anmut der Elfen, an der Schönheit ihrer Gesänge und jenem feinen Silberschmuck, den sie um die Handgelenke trugen. Selbst die Zwerge blieben nicht mehr nur unter sich, besonders dann nicht, wenn es Wein gab ... Und das grenzte für all diejenigen, die sich seit ihrer Geburt nie weiter als ein paar Meilen von ihrem Dorf, Wald oder Berg entfernt hatten, wahrhaftig an ein Wunder.

Bald schon hielten die engsten Freunde sich vom Pendragon fern. Zunächst aus Respekt, dann mehr und mehr aus Angst. Uther war nicht mehr er selbst. Er kapselte sich bisweilen stundenlang mit Blodeuwez ab (und die Männer der Truppe, die ermutigt waren von dem, was sie für das gute Beispiel ihres Befehlshabers hielten, fingen an, den jungen Elfenmädchen, die dem Heer folgten, den Hof zu machen); der Ritter unterhielt sich mit dem Druiden Gwydion in einer Sprache, von der niemand auch nur eine Silbe verstand, und zuweilen sprach er sogar mit dem halb wilden Lleu Llaw Gyffes, den Merlin unter seine Obhut genommen hatte. Beim Untergang von Cardueil hatte der Pendragon keinerlei Gefühlsregung gezeigt, weder Freude noch Zorn, als sei ihm die Einnahme der größten befestigten Stadt von Cambrie gleichgültig. Einzig Merlin schien in der Lage, sich ihm ohne Furcht zu nähern, und er allein wachte über den unruhigen Schlaf des Ritters und gab auf ihn Acht, wenn ihn Llianes Kraft verließ, wenn ihm vor Erschöpfung die Tränen flossen und er nur noch er selbst war. Manchmal wurde er nämlich für einige Stunden wieder zu Uther; dann gesellte er sich zu Frehir, Bran oder Ulfin, und sie vermochten über die Legenden zu lachen, die über ihn kursierten.

Doch am nächsten Morgen, wenn die Übrigen benebelt und mit schwerem Schädel von ihren Trinkgelagen am Vorabend erwachten, saß der Pendragon bereits im Sattel und ritt davon in Richtung Loth, ohne auf die zahllosen Soldaten zu warten, die sich Hals über Kopf hinter ihm zum Aufbruch rüsteten.

Endlich kamen sie am Ziel ihres langen Weges an.

Sie mussten noch mehrere Tage warten, bis zum Heiligen Abend, bevor die Ritter von Helled de Sorgalles, die die Nachhut bildeten, sie eingeholt hatten. Als diese an besagtem Abend eintrafen, fielen erste vereinzelte Schneeflocken, und am nächsten Morgen war bis zum Horizont alles mit Schnee bedeckt. Der fahle Himmel ging nahtlos in die Erde über, und das Wasser in den Burggräben war gefroren. In dieser makellos weißen Landschaft stachen nur noch die schwarzen Umrisse der Stadt mit ihren hundert Türmen heraus, gleich einem Granitfelsen, düster und abweisend.

Die Elfen griffen in der darauf folgenden Nacht an, als die Bevölkerung den ersten Weihnachtstag beging, und zwar in dem Moment, als die Glocken in der Stadt die Gläubigen in die Kirche riefen. Sie stoben plötzlich in alle Richtungen über die Ebene, genauso leicht und unauffällig wie ein Schwarm Insekten, und der Schnee schluckte das Geräusch ihres zügellosen Laufs. Als die Wachen auf dem Wehrgang sie erspähten, waren sie bereits überall dabei, ihre Leitern zu errichten und ihre Wurfhaken bis zu den Hurden, den auf vorgekragten hölzernen Balken liegenden Wehrgängen, oben auf den Stadtmauern zu schleudern.

Stunden über Stunden verharrte der Pendragon reglos oberhalb einer Böschung und sah ihnen zu, während der Großteil seines Heeres den Angriff der Elfen gar nicht beachtete. Als die blauen Wesen bei Tagesanbruch schließlich Fuß gefasst hatten in der Barbakane, die der Verteidigung der Zugbrücke diente, und an den Stadttoren Feuer gelegt hatten, setzte sich der Rest der Armee in Bewegung.

Es waren keine Schreie zu hören, keinerlei Kriegsgeheul. Nur das schwere, Furcht erregende Dröhnen von Tausenden Füßen, die über den verschneiten Boden stapften, das Knarzen von Leder und das Klirren der Kettenhemden sowie der Galopp der Streitrösser. Uther lief zu Fuß im Herzen dieser schweigenden Horde, mitten zwischen den anderen, keuchend unter dem Gewicht seines eisenbeschlagenen Lederpanzers, mit bloßem Haupt, und er hielt sein Schwert, das noch in der Scheide steckte, mit beiden Händen, den Blick unverwandt auf jenes verkohlte Tor gerichtet, das die gesamte Armee gleich dem klaffenden Schlund eines Monsters zu verschlingen schien. Er hatte keine Augen mehr für seine Umgebung. Hörte nichts mehr außer seinem Atem und dem dumpfen Geräusch seiner Schritte im Schnee. Er vernahm auch weder die kurzen Aufschreie derer, die um ihn herum fielen, von Pfeilen durchbohrt oder durch von den Zinnen heruntergeworfene Steine zerschmettert, noch bemerkte er das Röcheln der von der Menge niedergetrampelten Sterbenden. Rund um die Burgmauern waren Leitern angebracht worden, die unter schwarzen, nach oben gleitenden Trauben verschwanden, von denen bisweilen die eine oder andere in den Abgrund herabtaumelte, ohne das der unaufhaltsame Strom auch nur eine Sekunde ins Stocken geraten wäre. Die Elfen schienen gleich Eidechsen die Mauern hochzuklettern, ja ohne auch nur ein Seil zu benötigen, und die weiß-roten Standarten Gorlois' glitten eine nach der anderen von den Wehrgängen oben herab.

Mitgerissen von der ganzen Flut, gelangte Uther in die Stadt hinein, verblüfft, auf dem Paradeplatz und in den sternförmig auseinanderlaufenden Straßen von der Unter- bis hin zur Oberstadt die vertraute Szenerie wiederzufinden. Ohne einen Befehl zu erlassen und ohne sich umzuschauen, wer ihm folgte, stürmte er auf die Königsburg zu.

An einer Straßenbiegung spürte er plötzlich einen brutalen, brennenden Stich im Arm, der sich anfühlte, als attackiere ihn jemand mit einem glühenden Eisen. Unmittelbar vor seiner Nase stand wie aus dem Erdboden geschossen ein Soldat mit verzerrter Miene und einer eisernen Kesselhaube, der ein kurzes, scharfes Schwert schwang, welches mit *seinem* Blut besudelt war. Ihre Blicke begegneten sich für einen Moment, und zu Uthers Verblüffung drehte sich der Mann zu seinen Kameraden um und brüllte mit vor Erregung zitternder Stimme: »Er blutet! Er ist nur ein Mensch! Es ist möglich, ihn töten!«

Uther warf sich mit seinem ganzen Gewicht gegen die Schulter des Gegners, rollte mit ihm zu Boden, sprang aber sogleich wieder auf und zog sein Schwert. Der Soldat kam nicht so schnell wieder auf die Beine. Genauer gesagt stand er gar nicht mehr auf. Ein Barbar, der behaart war wie ein Bär, tötete ihn mit einem derart kräftigen Hieb seines Morgensterns, dass er ihm den Helm zertrümmerte und den Schädel gleich mit. Auf einmal standen Dutzende vor ihnen, brüllend und in heller Panik. Uther holte zu einem gewaltigen Schlag aus und traf einen Halsansatz, dann riss er sein Schwert heraus, um es, ohne innezuhalten, in die hässliche Visage eines Wachtpostens zu hauen. Daraufhin entstand ein derart wildes Handgemenge, dass es nicht mehr möglich war, das Schwert zu benutzen. So prügelten sie sich mit Fäusten, verteilten Fußtritte, packten sich an der Kehle wie Besessene und wurden von so vielen Spritzern warmen Blutes getroffen, dass sie die Augen geschlossen halten mussten. Uther spürte, wie sich jemand an seine Beine klammerte, ein Mann mit aufgeschlitztem Bauch, der brüllend in seinen Eingeweiden lag und den er, ohne es überhaupt zu merken, niedertrampelte. Erneut zerriss das glühende Eisen einer Klinge sein Panzerhemd und durchschnitt sein Fleisch. Für den Hauch einer Sekunde das Grauen des Todes. Ja sogar die Gewissheit, dort, unter den Hieben dieser Rohlinge, zu sterben, mit offenen Wunden, in seinem eigenen Blut schwimmend. Und wieder erschallte urplötzlich die Stimme Llianes aus seinem Mund und fuhr wie ein Peitschenhieb in die Reihen seiner Feinde. Die Stimme des Schreckens selbst, die vor seinem inneren Auge derart entsetzliche Bilder heraufbeschwor, dass ihm die Tränen über die Wangen rannen, während er sich eine blutige Schneise durch die Reihen der Feinde bahnte und unterwegs mit seinem Schwert zustieß oder -schlug und Knochen und Fleisch zermalmte …

Frehir fand ihn bedeckt mit blutigen Fetzen menschlichen Fleisches, der Länge nach auf eine kleine Gasse hingestreckt, den Körper von Schluchzern geschüttelt und die Hand um den Stumpf seines zerbrochenen Schwertes gekrallt. Er rieb ihm das Gesicht mit einer Handvoll Schnee ab, der sich sogleich rot verfärbte, nahm ihn dann auf seine Arme, stieß mit einem Fußtritt die Tür eines baufälligen Häuschens ein, in dem sich eine zu Tode erschrockene Familie aneinander kauerte, und legte ihn in ein mit einem Vorhang verdecktes Bett in der Wand, damit keiner ihn so sähe.

Als er sich umwandte, fing der Barbar die entsetzten Blicke der Bürger auf.

»Hinaus mit euch, alle!«

Daraufhin warf er sein langes Schwert auf den Tisch, griff sich einen Krug und benetzte sich das Gesicht mit eisigem Wasser. Mit pochenden Schläfen setzte er sich, atemlos und den Blick in eine unbestimmte Ferne gerichtet. Die Straße draußen war dunkelrot von Blut und hallte vom Wehgeschrei der Sterbenden wider … Frehir hatte ein schlichtes Gemüt. Ein Barbar, der im Grenzgebiet vor den Schwarzen Landen lebte, einem seit jeher umkämpften Streifen Erde, und der, wo er auch hinkam, auf dem Boden schlief und sich mit den Wölfen im Wald um sein Jagdrevier schlug; ein Mann ohne Freunde oder Familie, abgesehen von Galad, dem jungen Barbaren, den er zu sich genommen hatte und der ihm seither auf Schritt und Tritt folgte. Frehir trug das Blut von unzähligen Feinden an den Händen. Aber ein derartiges Gemetzel hatte er noch nie miterlebt.

Uther wachte brüllend auf, überwältigt von albtraumartigen Visionen. Immer noch diese schrecklichen aufgeschlitzten und zerfetzten Gesichter, und inmitten all dieses Grauens die Augen seines Vaters Cystennin, die ihn flehend anblickten; es war wie ein Hilferuf … Er brauchte lange, um den Pesthauch seines Traumes abzuschütteln und wieder zu sich zu kommen. Er lag jetzt in einem Bett, das mit linnenen Laken und einer schweren Decke aus hellbraunem Fell – vielleicht Otter – ausgestattet war und in der Mitte eines geräumigen, mit Tapisserien ausgekleideten Zimmers stand, dessen Fenster aus gewachstem Tuch mit Vorhängen versehen waren. Neben einem der Fenster erblickte er Merlin und wollte aufstehen, doch sogleich durchfuhr ihn von Kopf bis Fuß ein stechender Schmerz.

»Beweg dich nicht!«, sagte der Kindmann, während er zu ihm eilte.

Uther hatte den Kopf zurück auf das längliche Kissen sinken lassen. Das Atmen war eine Qual, bei der kleinsten Bewegung trat ihm der Schweiß auf die Stirn, und ein frischer roter Fleck breitete sich auf dem Verband aus, der seinen Arm gegen den Brustkorb gepresst hielt.

»Ein anderer als du wäre schon hundertmal tot«, sagte Merlin. »Du hast zwei gebrochene Rippen, eine Schnittwunde in der Lunge, den rechten Arm und das rechte Bein von Hieben durchbohrt und so viele blaue Flecken von den Prügeln am ganzen Leib, dass du aussiehst wie ein Elf!«

Er lachte über seinen eigenen Scherz, vollauf zufrieden mit sich selbst, aber Uther war nicht in der Verfassung, um seine humorige Bemerkung zu verstehen, geschweige denn, sie zu würdigen.

»Wo sind wir?«

»Ich glaube, das war das Zimmer Igraines«, erwiderte Merlin, der sich flüchtig umsah. »Auf alle Fälle ist es das schönste und ruhigste ... Der Rest der Burg ist ein wenig in Unordnung, befürchte ich.«

»Und ... Igraine?«, fragte Uther mit schmerzverzerrtem Gesicht.

Merlin sah ihn mit einem wissenden, verschmitzten und wie gewohnt unerträglichen Ausdruck an.

»Die Königin war nicht da«, sagte er schließlich. »Genauso wenig wie Gorlois ... Kannst du dir das vorstellen? Dass man seiner Armee die Verteidigung der Stadt überlässt und selbst wie ein Feigling flieht, und keiner weiß, wohin?«

»Tintagel ...«

»Ja, die Idee hatte ich auch ... Aber ich hätte nie gedacht, dass er die Königin oder das Schwert mitnehmen würde.«

Uther musterte ihn prüfend und kniff die Augen bei jedem Atemzug zusammen, während der Schmerz stetig schlimmer wurde, als wäre sein ganzer Körper eine einzige offene Wunde.

»Hier«, sagte Merlin. »Trink das ... Es hilft dir schlafen, und das ist alles, was du augenblicklich nötig hast. Wenn du wieder bei Kräften bist, kann ich mir vorstellen, dass Lliane dich aus dir selbst heraus heilen kann ... Glaube ich jedenfalls.«

»Das Schwert ...«

»O ja! Excalibur ... Die Zwerge suchen überall, und, glaub mir, sie haben einen guten Riecher für Verstecke, vor allem im Stein. Dieser arme Bran ist in einer Verfassung ... Das ist das erste Mal, dass ich ihn derart heftig fluchen gehört habe. Aber sie werden es nicht finden. Excalibur ist nicht mehr hier, das hätte ich gespürt ...«

Uther schlug zum Zeichen der Zustimmung die Lider nieder, dann schwieg er eine ganze Weile. Als er erneut die Augen öffnete, befand sich Merlin direkt neben ihm, und der Rest seiner Umgebung schwankte.

»... Und Igraine?«, fragte er leise.

Merlin musterte ihn erstaunt. Uther wusste nicht mehr, was er sprach. Die Droge begann bereits zu wirken. In seinem schweißglänzenden Gesicht spiegelten sich die Spuren des Kampfes wider, und sein zu Zöpfen geflochtenes Haar war immer noch steif von geronnenem Blut. Seinem eigenen oder dem anderer Menschen. Merlin sah, wie er in einen unruhigen Schlaf verfiel, und blieb dort, an seinem Kopfende, sitzen, um ihn zu betrachten, so wie er es noch nie hatte tun können ... Von Uther Pendragon ging eine unbändige Kraft aus und gleichzeitig eine solche Verzweiflung, dass man nicht anders konnte, als ihm Zuneigung entgegenzubringen. Der Kindmann dachte an die alte Prophezeiung des *Kariad daou rouaned*, des Geliebten der zwei Königinnen. Das konnte nur er sein ... Unglücklicherweise endete die Prophezeiung schlecht. Aber alles wendete sich zum Schlechten, immer, seit er geboren war ... Es blieb nur zu hoffen, dass Uther die Voraussagungen Lügen strafte.

Er ging mit langsamen kleinen Schritten, gleich einem zittrigen alten Mann, aber ohne irgendjemandes Hilfe, wenn man einmal von seinem Schwert absah, das er als Krückstock benutzte. Die gesamten Gänge entlang, vom Schlafgemach Igraines bis oben zu dem runden Turm des Großen Rates hinauf, standen die Angehörigen seiner Armee, alle Rassen bunt durcheinander, Seite an Seite und bildeten ein endloses Ehrenspalier. Und genau die Ehre war es, die es gebot, sie nicht zu enttäuschen.

Vor ihm führte Merlin den Zug an, in langsamem, feierlichem Schritt, ohne irgendjemanden anzusehen. Im rötlichen Schein der Fackeln, die in großen Abständen in den Wandhalterungen steckten, umgab sein schneeweißes Haar ihn wie ein leuchtender Helm, der mit seinem langen nachtblauen Gewand kontrastierte. Er hatte wie üblich jene spöttische Miene aufgesetzt, jenes unbesorgte Gebaren eines kecken Stutzers, aber sämtliche Krieger, die ihn zum ersten Mal aus so großer Nähe sahen, beschlich ein ungutes Gefühl der Beklemmung, als er vorüberging, und keiner wäre auf die Idee gekommen, sich ihm in den Weg zu stellen.

Uther erfüllte sie trotz seiner Verletzungen und seines Ganges eines Rekonvaleszenten mit Stolz, und mehr als einer fiel vor ihm auf die Knie, als er vorüberkam, um seinen Waffenrock zu küssen. Zum ersten Mal trug der Pendragon seine eigenen Farben: einen roten Überwurf, der ihm bis auf die Knöchel hinabreichte und mit einem Flammen speienden Drachenkopf versehen war; ein goldener Drache mit herausgestreckter Zunge auf rot schraffiertem Grund. Und hinter ihm trugen alle dieselben Farben, Herzoge und Barone, ja selbst Prinz Dorian vom Stamme der Hohen Elfen und sogar Sire Bran. Die Prozession verlief schweigend, bis ein feierlicher und langsamer Chorgesang aus dem Innern der Burg erklang.

Bin der Wind auf der See.
Bin die Welle des Ozeans.
Bin das Rauschen des Meeres.
Bin der Stier bei den sieben Kämpfen.
Bin der Geier hoch oben auf dem Felsen.
Bin der Lachs unten im Meer.
Bin der Sitz der Muse
In einem Menschen.
Bin eines Dichters Wort.
Bin die Spitze einer Waffe,
Die eine Schlacht ausficht.

Es handelte sich um eine alte Kriegshymne, die aus dem Zehnjährigen Krieg stammte, ein düsteres und imposantes Marschlied, das die steinernen Mauern erzittern ließ und wie eine Lawine über die ganze Länge der Korridore anschwoll. Bis Merlin vor der Tür des Großen Rates angelangt war.

In diesem Augenblick waren nur wenige Personen zugegen, aber sie verstummten alle beinahe im selben Moment. Jeder hielt den Atem an. Jeder wollte es *hören*.

Merlin öffnete die Türe und trat zur Seite, um Uther hineinzulassen. Alleine.

Der Ritter blieb in der Ecke stehen und betrachtete den Saal, in dem einst die Könige der freien Völker getagt hatten, den Saal des Großen Rates, den er selbst und seine Pairs ununterbrochen bewacht hatten zu einer Zeit, als die Farben des Königs Pellehun noch nicht von Schande befleckt waren. Der Raum, den Gorlois hatte verlottern lassen, war wieder instand gesetzt worden und so in altem Glanz erstrahlt. Die gigantische runde Tafel nahm den Großteil des Saales ein, und die Bronze funkelte im Schein der Fackeln. In der Mitte befand sich fest eingelassen und für immer mit ihr verbunden, der Stein von Fal.

Der Talisman der Menschen.

Uther holte tief Luft und richtete sich zu seiner vollen Größe auf. Sein Herz schlug so heftig wie nie zuvor, seine Ohren dröhnten noch von dem Gesang seiner Krieger, und er kämpfte einmal mehr gegen die unerträgliche Vorstellung, dass nichts geschehen könnte.

Dann wagte er den Sprung ins kalte Wasser und setzte sich in Bewegung.

Am Anfang waren nur schwache Schwingungen zu spüren. Aber mit jedem Schritt, den er näher zu der Tafel und zu dem darin eingelassenen Stein hinkam, gewannen die Schwingungen an Intensität, wurden stärker und durchdringender. Und als er den Talisman schließlich berührte, ächzte der Stein so laut, dass sein Ruf jeden der in den Burggängen aufgereihten Krieger in seinen Bann schlug.

Ihr Johlen übertönte bald schon die Klage des Fal Lia.

Uther war König.

XV
Tintagel

Igraine kniete schlotternd in dem Viereck aus Licht vor einem schmalen, schießschartenähnlichen Fenster, durch das eine Brise die Schneeflocken hereinwehte. Ihr Gesicht schmerzte von der kühlen Luft wie unter tausend Nadelstichen, das Haar war von Eiskristallen gesprenkelt. Es war zu kalt, um zu beten, ja zu kalt, um überhaupt noch an Gott zu glauben, und die Andachtsübungen des Abtes, Illtud, schienen ihr kein Ende zu nehmen.

Eine Erinnerung schoss ihr durch den Kopf. Es war im Hochsommer gewesen, Monate vorher, in der angenehmen und schönen Atmosphäre ihrer Gebetsecke, wo die Luft erfüllt gewesen war vom Duft der Rosenblüten, die ihre Kammerzofen jeden Morgen auf dem Boden verstreuten. An jenem Morgen hatte sie an der Seite des Bischofs Bedwin ihre Andacht gehalten. Er hatte ebenfalls unendlich lange gebetet. Vielleicht war das etwas, das man ihnen in den Klöstern beibrachte … Bei dieser Vorstellung musste sie einen Moment lächeln, aber nur einen Moment, denn das Wachrufen jenes vergangenen Augenblicks hatte lediglich zur Folge, dass sie noch ein wenig tiefer in ihrem gegenwärtigen Elend versank.

Einzig mit seiner grauen Kutte bekleidet, als wolle er Buße tun, indem er sich der winterlichen Eiseskälte in Cornouaille aussetzte, das Gesicht blass und abgezehrt, mit seiner eigentümlichen Tonsur auf dem Kopf sowie seinem flockigen

Bart, der in der nach hinten über die Schultern geschobenen Kapuze verschwand, wirkte Illtud genauso mager, wie Bedwin fett war, und ebenso düster wie dieses winzige, rauchige Zimmer. In diesem Raum wurden keine Rosenblüten verstreut, sondern Stroh, das dazu diente, die von der Gischt und dem geschmolzenen Schnee herrührende Feuchtigkeit aufzusaugen. Die Anlage hier ähnelte wahrhaftig in nichts dem Palast in Loth ... Mit dem massiven, mit Schnitzereien und üppigen Vorhängen versehenen bretonischen Wandbett, das einen Gutteil des Raumes einnahm, und der Wiege, in der ihre Tochter Morgause schlummerte, war dies kaum der geeignete Ort zum Beten, aber es gab keine Kapelle in Tintagel. Es war, nebenbei bemerkt, schon ein Wunder, dass es überhaupt so etwas wie Zimmer gab. Das Schloss von Gorlois war eine reine Festung, errichtet auf einem vom Meer umspülten Felsvorsprung. Beinahe eine Insel, die wie eine in den Ozean hinausgestreckte Faust aussah und auf die man nur über einen Fußweg gelangen konnte, der hoch oben auf einem schmalen, von den Wogen gepeitschten und am Ende von einem befestigten Schloss versperrten Grat verlief.

Mehr noch als seine nackten und rauen Mauern, die aus aufeinandergeschichteten flachen und mit Mörtel verbundenen Steinen bestanden und an denen nicht der kleinste Wandbehang befestigt war, um ihnen einen freundlicheren Anstrich zu verleihen, ja die nicht einmal gekalkt waren, so dass sie heller gewirkt hätten, oder von Unebenheiten befreit waren, mehr noch als der von den Talglichtern herrührende Geruch nach verbranntem Fett, die man bereits lange vor Einbruch der Dämmerung anzünden musste, und mehr noch als der Gestank nach Urin und Rauch, der selbst den entlegensten Winkel erfüllte, war es die eisige Feuchtigkeit in Tintagel, die Igraine zur Verzweiflung brachte. Hier wurden die Menschen wieder zu Tieren, eingemummt in ihre Pelze und schmutzverkrustet, beinahe ständig betrunken, um die strengen Nächte, in denen sie Wache hielten, zu überstehen. Und wenn sie betrunken waren, wurden ihre Blicke zudringlich. In Tintagel gab es nicht genug Frauen …

In der Nacht war es am allerschlimmsten. Sobald niemand mehr das Feuer schürte, legte sich eine Eisschicht über das Bettzeug, und das feuchte Stroh, das den Boden bedeckte, gefror. Seit dem Tag, an dem sie Morgause reglos in ihrer Wiege gefunden hatte, mit blau angelaufenem Gesicht und den Körper gebeutelt von Kälteschaudern, schlief Igraine mit ihrer Tochter in dem mächtigen bretonischen Wandbett und schmiegte sich ganz dicht an sie, um sie zu wärmen. Das hieß, sie schlief nicht … Sie waren dort erst seit einigen Wochen, doch ihr war bereits jede Lebenslust abhanden gekommen, und wie Gorlois selbst, wie vermutlich all die Männer der Garnison, hatte sie bisweilen schon den Eindruck, tot zu sein.

Als Illtud just an diesem Morgen eingetroffen war, begleitet von einer ganzen Gesandtschaft Mönche, die vor der Armee des Pendragon flohen, war die Königin ihm mit Morgause auf dem Arm entgegengelaufen. Die Gegenwart des Abtes innerhalb der Festungsmauern erfüllte ihr Herz mit einer kindlichen Freude, als sei er gekommen, sie zu erlösen, und würde ihrem Büßerdasein ein Ende bereiten. Er hatte sie alle beide gesegnet, dann hatte er sie in einer spontanen Anwandlung fest in die Arme geschlossen, wie ein Überlebender, der nach einem Schiffbruch die Seinen wiederfindet. Aber war das nicht auch genau ihre Situation?

Dann hatte es zu schneien begonnen, und ihr überschwänglicher Austausch war jäh unterbrochen worden, so dass sie sich in dieses elende Zimmer hier geflüchtet hatten, in dem es keinem von ihnen gelang, wieder warm zu werden, trotz des qualmenden, knisternden Feuers, dessen Holz allerdings zu feucht war und das daher im Kamin mehr Rauch als Hitze verströmte.

Plötzlich strampelte Morgause in ihrer Wiege und begann zu weinen. Igraine stand auf und stürzte zu ihr hin, ohne auch nur daran zu denken, sich zu bekreuzigen. Ihr Herz krampfte sich zusammen, als sie sah, wie blass ihr Kind war, und sie drückte ihre Lippen auf dessen eisige kleine Wange.

»Sie wird sterben, wenn ich hier bleibe«, bemerkte sie, während sie die Kleine mit ihrem Pelzmantel zudeckte.

Der Abt schlug bedächtig das Kreuzzeichen und erhob sich schweigend. Während er sich in gewohnter Manier seinen braunen Bart glatt strich, trat er vor den Kamin hin und wendete die Holzscheite mit der Fußspitze, wobei er weiterhin stumm blieb, bis die Amme, die beim Geschrei des Kindes herbeigeeilt war, sich hingesetzt hatte zum Stillen.

»Ich habe unablässig den Herrn befragt«, erklärte er, als Igraine sich schließlich zu ihm gesellte. »All diese Schicksalsschläge, die wir erlitten haben … jahrelange Bemühungen, die binnen weniger Monate zunichte gemacht wurden. Es ist, als hätte Er uns im Stich gelassen. Als stellte Er unseren Glauben auf die Probe …«

Igraine war ergriffen von Illtuds bekümmerter Miene. Sein Blick, der für gewöhnlich so voller Leben war, war trüb vor Müdigkeit, und der ganze Himmel schien auf seinen Schultern zu lasten.

»Uther Pendragon hat Loth eingenommen«, fuhr er fort, »aber ich nehme an, dass du das bereits wusstest … Der Regent hat ausnahmsweise einmal Recht gehabt. Wenn ihr nicht alle beide von dort geflohen wäret, befändet ihr euch heute in seinen Händen, und alles wäre verloren.«

Igraine unterdrückte ein spöttisches Grinsen. *Aber mein Vater, es ist bereits alles verloren …*

»Er ist wie der Wind, der über die Heide fegt«, murmelte er, die Augen gedankenverloren aufs Feuer gerichtet. »Seine Siege haben einen übernatürlichen Anstrich, und mittlerweile wagt es keiner mehr, sich ihm zu widersetzen. Ich weiß nicht, was ihn noch aufhalten könnte.«

Er hob den Blick und sah sie fragend an, doch sie erwiderte nichts. Aus den Augen des frommen Mannes war Furcht zu lesen. Ein von Aberglauben gespeister Schrecken, der sie an den verstörten Ausdruck Gorlois' und all derjenigen erinnerte, die ihm bis in dieses Exil am Ende der Welt gefolgt waren. Aber es lag auch eine Frage darin, eine unausgesprochene Bitte, immer dieselbe, auf die sie sich weigerte zu antworten. Igraine zögerte einen Moment, dann ergriff sie Illtuds Hände, um ihn zu zwingen, ihr ins Gesicht zu schauen.

»Nichts kann ihn aufhalten, mein Vater ... Das ist nicht mehr einfach nur Uther, das wisst Ihr genau. Er ist ein anderer geworden ... eine Art ...«

Sie hielt inne, aber der Abt beendete den Satz, den sie nicht auszusprechen wagte.

»Eine Art Gott, nicht wahr? Das denkst auch du, nicht?«

Morgause nieste ganz unvermittelt, und zwar kräftig, was der Königin erlaubte, der Frage auszuweichen, um der Amme ihre Tochter abzunehmen und sie in ihre Arme zu schließen. Das kleine Mädchen streckte eine feiste kleine Hand aus, packte eine Strähne von Igraines langem blondem Haar, das ihr schwer und glatt über die Schultern fiel, und dieses Spiel, das zwischen ihnen schon zum Ritual geworden war, wärmte ihr das Herz.

»Ich habe nur sie«, sagte Igraine, während sie langsam wieder zu Illtud zurückging. »Wenn ihr etwas zustößt, wenn sie diesem schrecklichen Winter zum Opfer fällt und stirbt oder wenn Uther uns hier, in Tintagel, eine Schlacht liefert, hätte ich alles verloren ... Helft uns zu fliehen. Uther wird mir nichts zuleide tun, er wird uns vielmehr schützen.«

»Aber ...«

Der Gottesmann suchte nach Worten, verwirrt von dem, was sie ihm da gesagt hatte.

»Aber du bist die Königin! Wenn du dich in seine Gewalt begibst, ist alles verloren!«

Igraines Augen funkelten, und sie musste eine gewaltige Anstrengung unternehmen, um den Zorn im Zaum zu halten, der in ihrem Busen aufwallte. *Die Königin wovon? Von diesem zugigen, nach allen Seiten hin Wind und Wetter ausgesetzten Schloss, von diesen Feiglingen, diesen Flüchtigen, die es nicht gewagt hatten, Uther die Stirn zu bieten?*

»Ich habe Euch gehorcht, mein Vater«, sagte sie in vehementerem Ton als beabsichtigt. »Als Ihr mich ersucht habt, Gorlois zu heiraten, habe ich mich Eurem Willen unterworfen. Wenn ich mich geweigert hätte, wäre ich heute nicht an diesem Ort!«

»Wenn du dich geweigert hättest, wärest du heute tot, Igraine«, murmelte Illtud.

»Und wenn schon, manchmal kann ich es kaum erwarten zu sterben!«

Sie wandte sich abrupt ab, damit er ihre Zornestränen und ihre bebenden Lippen nicht sähe. Gott wusste, wie oft sie sich nach dem Tod gesehnt hatte, danach, dass alles vorüber wäre, um diesem schändlichen Dasein zu entrinnen … Doch heute wusste sie in ihrem tiefsten Inneren, dass die Wahrheit anders gelagert war. Sie hatte jetzt Morgause, und das war ein Grund weiterzuleben, der die Schande und die Verzweiflung überwog.

»Illtud«, seufzte sie. »Weshalb habt Ihr das getan? Warum habt Ihr mich mit ihm verheiratet?«

Der Abt zuckte zusammen, überrumpelt von dieser direkten Frage, und er entschloss sich, ebenso direkt zu antworten.

»Weil ich einem Irrtum erlegen bin.«

Sie stand immer noch mit dem Rücken zu ihm und schaukelte sanft hin und her, um Morgause zu wiegen.

»Ich habe mich geirrt, und Sire Gorlois hat mich getäuscht«, sagte er. »Ich habe aus Eitelkeit gesündigt, und der Herr hat mich bestraft. Ich dachte, ich hätte die Zeit, ihn wirklich zu bekehren, ihn so weit zu bringen, die Liebe Gottes zu entdecken, aber ich bin gescheitert. Gorlois hat mich nur benutzt …«

Illtud durchlebte im Geiste noch einmal die überstürzte Vermählung der beiden, sah wieder den flackernden Blick Bedwins vor sich, dem der mit dieser scheinheiligen Zeremonie begangene Verrat schwer zu schaffen gemacht hatte. Aber Bedwin war gestorben, und es half gar nichts, sich hinter einem Toten zu verschanzen. Nicht gegenüber Igraine.

»Gott hat sich von uns abgewandt, weil wir Ihn beleidigt haben«, fuhr er fort. »Diese verlogene Vermählung, dieser vorgespiegelte Übertritt zum christlichen Glauben, dieser unrechtmäßige König ... Den Herrn kann keiner täuschen. Er sieht alles, Er weiß alles, und Er vermag das menschliche Herz unter dem äußeren Schein und den oberflächlichen Gaukeleien zu ergründen ...«

Die Königin drehte sich unwillkürlich zu dem frommen Mann herum, dessen von Natur aus kräftige Stimme nun volltönend und laut war.

»Aber trotzdem hat sich nichts geändert, Igraine! Es bedarf nach wie vor eines Königs auf dieser Erde!«

»Potz Teufel noch mal, ich bin der König!«

Die schrille und heisere Stimme Gorlois' ließ ihnen das Herz in der Brust stocken. Eingemummt in einen Hermelinmantel, der noch glänzte von geschmolzenem Schnee, sein einziges Auge blutunterlaufen, fasste er mit der Hand an seinen Gürtel. Als ihm bewusst wurde, dass er keine Waffen bei sich trug, packte er einen Fußschemel, stürzte sich auf den Abt und schlug ihm diesen, noch bevor er auch nur die geringste Bewegung machen konnte, mit aller ihm zu Gebote stehenden Kraft ins Gesicht. Illtud brach vor Igraines Augen zusammen.

Schon holte Gorlois erneut aus, um ihm den Todesstoß zu versetzen, doch die Königin fuhr so abrupt dazwischen, dass das Baby erneut zu schreien begann.

»Wenn du ihn umbringst, wirst du in der Hölle schmoren!«, brüllte sie.

Gorlois sah die beiden mit unbändigem Hass an, sie und ihre Tochter, dieses nutzlose Kind, das niemals würde regieren können. Warum hatte sie ihm keinen Sohn geschenkt! Einen Sohn, damit der Thron von Logres seiner Linie auf immer sicher wäre!«

»In der Hölle, ja?«

Er lachte höhnisch, voller Verachtung, ließ jedoch seine Hand sinken und den Schemel auf die Erde rollen. Dann kam er auf sie zu, um sie zu berühren, kam so nahe, dass Igraine den Wein in seinem Atem roch, und mit einem Ruck riss er den Umhang fort, der Mutter und Tochter bedeckte.

»In der Hölle schmoren nur die, die daran glauben«, bemerkte er leise, und seine Lippen streiften die Wange der Königin. »Und ich, ich glaube nur an mich selbst!«

»Nicht fest genug, um Uther die Stirn zu bieten!«

Gorlois' Gesicht wurde so weiß wie sein Haar und sein Bart, während sein verächtliches Grinsen allmählich erstarrte und einer von reinem Abscheu verzerrten Grimasse wich. Er entfernte sich kopfschüttelnd, mit dem Rücken zu ihnen, und schien auf die Tür zuzugehen, aber als Igraine sich entspannte, machte er auf dem Absatz kehrt, riss ihr mit unfasslicher Brutalität Morgause aus den Armen und schleuderte sie zu Boden, so roh, als handelte es sich um einen Kartoffelsack. Die junge Königin heulte auf wie ein Tier und streckte die Arme nach dem Kind aus, das sich auf der Erde wand und herzerweichend brüllte, doch er packte sie grob und stieß sie, unbeeindruckt von ihren Schlägen und ihrem Geschrei, in das mächtige Bett, während die Amme kreischend flüchtete. Igraine versuchte, sich wieder aufzurichten, doch er versetzte ihr eine gewaltige Ohrfeige. Dann riss er mit einem raschen Griff die Verschnürung an ihrem Kleid auf. Sie schaffte es, ihn mit einem Fußtritt zurückzustoßen, aber er schlug erneut zu, diesmal mit den Fäusten, bis sie halb ohnmächtig war. Sie hatte den Geschmack von Blut im Mund, Gorlois' Körper lag so bleischwer auf ihr wie ein toter Esel, sein stachliger Bart kratzte sie an den Wangen, und als er in sie eindrang, hatte sie das Gefühl, als würde ihr ein glühendes Eisen in den Unterleib gerammt. Doch über all das hinweg vernahm sie das Weinen Morgauses. Daher hörte sie auf zu kämpfen und klammerte sich verzweifelt an den Gedanken, dass ihr Baby, da es weinte, offensichtlich noch am Leben war …

Als Gorlois befriedigt war, ließ er sie alleine auf dem Bett, in dem sie sich den Kampf geliefert hatten, liegen, nackt und bleich, auf dem tränenüberströmten Gesicht die Spuren der Schläge, trotz allem noch schön, so zerbrechlich und zart in ihrem zerrissenen Kleid, das eine Blütenkrone um sie herum formte. Wenn sie ihn bloß hätte lieben können ... Aber natürlich war das nicht möglich. Er war zu alt, noch älter als Pellehun, und auf alle Fälle hässlicher mit seinem einen Auge, diesen Haaren und dem Bart, die mittlerweile so schlohweiß waren, mit seiner langen Narbe und den Falten. Die Falten sind die Male des Lebens, und das Gesicht Gorlois' trug die Spuren so vieler Jahre voll Kampf und Hass, dass sich eine mürrische, misstrauische Maske herausgebildet hatte, die nichts mildern zu können schien. Nach einem letzten Blick auf den bebenden Leib Igraines hob Gorlois seinen Hermelinmantel auf. Als er das Zimmer verließ, spuckte er im Vorübergehen auf Illtud, der ganz allmählich wieder zu sich kam und über dessen Stirn sich eine lange Blutspur zog.

Zwischen den Schenkeln der Königin rann Blut hinunter. Sie konnte sich nicht auf den Beinen halten und kroch nackt und zitternd zu ihrer Tochter hinüber, Gesicht und Körper von blauen Flecken übersät. Behutsam nahm sie die Kleine in ihre Arme, dann schmiegte sie sich ganz fest an sie hin und seufzte.

Wenigstens lebte Morgause.

Die Mauer der Kurtine war mit Raureif bedeckt. Ihre dunklen, von Eiskristallen getupften Steine schimmerten im bleichen Mondenschein wie ein Kettenhemd. Es war den ganzen Tag über kalt gewesen, eine eisige Kälte, die noch verschärft wurde durch eine vom Meer hereinwehende feuchte Brise, die für Schneegestöber sorgte und einem das Gesicht gefrieren ließ. Mit Einbruch der Nacht war die Temperatur weiter gesunken, und zwar so tief, dass sich am Wegesrand eisige Schneewehen bildeten, der Schnee auf den von der Gischt angespritzten Felsen haften blieb und den ganzen Uferstreifen entlang die nach dem Einsetzen der Ebbe stehen gebliebenen Meerwasserpfützen gefroren waren.

Die Nebelschwaden, die um die hochmütig und verächtlich aufragende mächtige Festung aufstiegen, verliehen ihr das Aussehen eines schlafenden Drachen. An die Felswand gepresst, ließ Lilian seinen Blick prüfend über die Schwindel erregend steilen Festungsmauern gleiten, die über ihm aufragten, so hoch und so düster, dass seine Elfenaugen sie kaum von dem dunklen Himmel zu unterscheiden vermochten. Neben ihm wechselten die Übrigen besorgte Blicke.

Lilian war das, was die Menschen einen Jongleur oder Schwebekünstler nannten (so bezeichneten sie zumindest seine übernatürliche Fähigkeit, sich über die Gesetze der Schwerkraft hinwegzusetzen), aber diesmal stand er vor einer schier unlösbaren Aufgabe ... Er hätte ebenso gut versuchen können, den Himmel selbst zu erklimmen.

Uther bemerkte das Zaudern der Gruppe, das eine Resonanz auf seine eigene Entmutigung war. Im Gegensatz zu seinen Gefährten mit den Katzenaugen sah er gar nichts, und wie alle Menschen hatte er Angst vor der nächtlichen Dunkelheit. Er hatte Angst, und er fror. Seine vom Meer durchnässten Kleider klebten ihm am Leib, feine Salzwasserbäche rannen ihm aus dem geflochtenen Haar bis auf den Rücken hinunter, und er spürte, wie sie auf seiner Haut zu Eis wurden und ihn wie ein Halseisen aus gefrorenem Wasser umschlossen. Solange sie gerannt, geschwommen und geklettert waren, war ihm die Kälte erträglich erschienen, doch jetzt spürte er, wie er fahl wurde unter ihrem eisigen Griff, und sie kroch ihm bis ins Mark. Jeder Atemzug war eine Qual und ließ den Schmerz in seiner beim Angriff aufgeschlitzten Lunge und seinen gebrochenen Rippen erneut aufflackern. Die Elfen wandten sich zu ihm um und lauerten auf einen Befehl, auf ein Zeichen, doch er war unfähig, auch nur die kleinste Geste zu machen, den geringsten

Gedanken zu fassen oder das mindeste Wort zu sagen, so heftig wurde er von Schaudern geschüttelt.

Angst- oder Kälteschaudern.

Das Meer war glücklicherweise ruhig bei Ebbe, diese Ruhe gereichte ihnen nun, da sie zum Angriff übergehen wollten, allerdings zum Nachteil. Denn die schwache Brandung reichte nicht aus, um die Geräusche in der Festung oben zu übertönen – das Klirren der Waffen oder Bratspieße, das Lachen, Schnarchen, das Grölen der Betrunkenen –, was bedeutete, dass die Wachen dort oben auf dem Wehrgang sie umgekehrt ebenfalls beim geringsten falschen Tritt hören würden. Hoch über ihren Köpfen flackerte die orangefarbene Flamme einer Fackel im Wind, die von einem ruhig ausschreitenden und vermutlich in Pelze eingehüllten Wachtposten getragen wurde. Lilian brauchte nur bei seiner Kletterpartie abzustürzen (und angesichts der rutschigen Steine war dies mehr als wahrscheinlich), ja, es genügte, dass es ihm nicht gelang, die Wache bei seiner Ankunft dort oben zu töten, oder selbst, dass einer von ihnen nieste – und ihr abenteuerliches Unterfangen wäre auf der Stelle beendet.

Es war purer Wahnsinn. Eine prahlerische Herausforderung, hingeschleudert im Schein eines Lagerfeuers. Wozu nahm er solch ein Risiko auf sich, wo er doch kaum von seinen Verletzungen genesen war und es genügt hätte, ein paar Tage zu warten, bis die Armee in Tintagel eintraf? Bereits die Truppen von Léo de Grand hätten völlig allein die Festung belagern und Gorlois zur Kapitulation zwingen können. Der Hass Carmelides gegen den Mann, der ihn hatte ermorden wollen, war stark genug, um diese als unbezwinglich verschrienen Burgmauern niederzureißen … Selbst wenn es dem Elfen gelang, sich bis zu dem vorgekragten hölzernen Wehrgang oben auf den Zinnen hochzuziehen, ins Innere hineinzugleiten und ihnen das Seil zuzuwerfen, das er um seinen Oberkörper geschlungen hatte, würden sie es niemals schaffen, bis zu Gorlois vorzudringen, ohne Alarm auszulösen. Es war ausgeschlossen, dass sie das Schwert fanden. Und zudem würden sie niemals wieder lebendig dort herauskommen.

Uther tastete sich bis zu dem Kletterer vor und berührte ihn am Arm, um ihn auf sich aufmerksam zu machen, doch in dem Moment, als er zu sprechen anhob, breitete sich in seinem Innern eine heiße Woge aus, die aus den Tiefen seiner Eingeweide emporstieg, und es war Lliane, die durch seinen Mund sprach.

»*Nethan faeryld, Lilian* ... Geh ohne Furcht.«

Uther fuhr erschrocken hoch, aber der Elf lächelte ihn freudig an. Im Übrigen lächelten all die anderen ebenfalls: Kevin, der Bogenschütze mit den silbernen Pfeilen, Dorian, der Bruder der Königin persönlich, und ihre Kameraden. Der Pendragon war wieder unter ihnen, und diese Anwesenheit zerstreute all ihre Befürchtungen ... Der Jongleur strich sein langes schwarzes, noch feuchtes Haar nach hinten und holte tief Luft. Sie hatten eine ganze Weile gebraucht, um von einer von den Wellen ausgehöhlten Meeresgrotte aus herüberzuschwimmen, denn sie hatten sich Tintagel auf dem Seeweg genähert, dort, wo die steil abfallenden Klippen einen groß angelegten Angriff unmöglich machten und daher die Schutzmauern am schlechtesten bewacht waren. Die Elfen fürchteten ähnlich den Steinen oder den Bäumen weder Kälte noch Regen, aber Lilian empfand seine starren, vereisten Kleider als zusätzliche Behinderung. Er hauchte seine steif gefrorenen Finger an, suchte sich den ersten Halt und zog sich mit einer einzigen raschen Bewegung mehrere Ellen nach oben. Es ging leichter als erwartet. Die flachen Steine der Festungsmauern boten genug Ritzen und Fugen, um sich mit Finger- und Fußspitzen festzukrallen und sich unter Ziehen, Stoßen und Schieben gleichmäßig die steile Wand hoch zu bewegen, ohne eine ruckartige Bewegung, ohne innezuhalten und völlig lautlos.

Bald schon vermochten weder Uther noch die Elfen ihn mehr von dem düsteren Gemäuer von Tintagel zu unterscheiden.

Lilian kletterte immer noch, als er den süßlichen, Ekel erregenden Gestank menschlicher Exkremente erkannte, die unterhalb der als Abtritt dienenden Zinnen lang gezogene, vom Frost gehärtete Schmutzspuren auf dem Stein hinterlassen hatten. Er vernahm den langsamen und gleichmäßigen Schritt des Wachtpostens auf dem überdachten Wehrgang, der oben auf der Burgmauer verlief. Zum ersten Mal hielt er inne, bis die Schritte sich entfernt hatten, bis nur noch das Rauschen der Brandung zu hören war und das Geräusch seines eigenen Atems. Dann kletterte er wieder weiter; noch wenige Klafter, bis er die Balken der Hurde erreichen, sich mit einem großen Satz rittlings hinaufschwingen und seine steifen Finger endlich lockern könnte. Direkt über seinem Kopf erkannte er die mit Fäkalien besudelte Mündung eines Pecherkers. In Kriegszeiten schütteten die Wachen von dort siedendes Öl oder Steine auf die Angreifer, doch sie hatten offensichtlich eine andere Verwendungsmöglichkeit dafür gefunden ... Lilian bezwang seinen Ekel, holte tief Luft und ließ sich langsam in den schmalen Schacht gleiten, wobei er hoffte, dass keine der Wachen auf die Idee kommen würde, just in dem Augenblick die Zinne mit der darunter gelegenen Pechnase zu benutzen.

Tief unter ihm, auf dem schmalen Trampelpfad, der um die Festung herumführte, hatte Uther sich von ihrer kleinen Gruppe entfernt; sein Nacken war steif, und seine Augen schmerzten von dem vergeblichen Versuch, in der Dunkelheit etwas zu erspähen. Er sah gerade einmal genug, um die Kante der Klippe und den wogenden Teppich aus Wellen zu erkennen, die im Mondenschein glitzerten; genug, um einen Stein zu finden und sich zu setzen. Er spuckte auf die Steilwand, im Mund noch den Salzwassergeschmack, und stützte den Kopf in beide Hände, erschlagen von der Anstrengung ihrer Wasserdurchquerung und der Ernüchterung. Wie immer, wenn Lliane nicht mehr in ihm war, fühlte er sich jeglicher Energie beraubt, verunsichert und schlecht gelaunt und hatte den Eindruck, lediglich ein blindes Werkzeug des Schicksals zu sein, unfähig, seinem eigenen Willen gemäß zu handeln. Nun gut, ihm war nicht mehr kalt, aber warum sprach sie nie zu ihm? Warum hatte er jedes Mal dieses Empfinden, als habe man ihm seine Seele aus dem Leibe gerissen?

Der Kraft des Pendragon beraubt, war Uther nur noch ein Schatten seiner selbst. Die nächtliche Müdigkeit stieg von den Beinen her in ihm auf und breitete sich so zielsicher in seinen Gliedern aus wie Gift, bis ihm schließlich selbst der lange silberne Dolch, den er an der Seite trug, wie eine Last erschien. Langsam wie die Wellen, die unter ihm über das Ufer rollten, stieg eine Woge des Kummers in ihm auf, erfüllte sein Herz und ballte sich in seiner Kehle zu einem Kloß. Die Last des Pendragon war von Tag zu Tag ein wenig schwerer zu ertragen. Wer war er, ein armer, in den Netzen der Feen gefangener Ritter, dass er solch eine Armee anführte und sich auf diese Weise das Schicksal dreier Völker auf die Schultern lud? Wie die meisten Ritter des Königs war er nicht einmal zwanzig Jahre alt gewesen, als er in Pellehuns Dienste getreten war, und seine Kindheit hatte sich in Rauch aufgelöst im Tumult der Fechtböden. Er war zu jung gewesen, um während des Zehnjährigen Kriegs zu dienen, er hatte nicht die Ehre einer gerechten Sache kennen gelernt, den tröstlichen Umstand, einen eindeutigen Feind vor sich zu haben, den Siegestaumel ohne Gewissenbisse. *Sein* Krieg war schmutzig, schändlich, ein Bruderkrieg gegen die Partei jener, in deren Diensten er einst gestanden hatte. Die sorglose Zeit der Holzschwerter und rein zum Vergnügen gefochtenen Schlachten schien bereits so fern, eine Zeit, da die Welt einfach war und seine Zukunft vorgezeichnet ... Alles, was er damals erhofft hatte, war, den Ritterschlag zu erhalten, zu heiraten und eines Tages, wenn sein Vater starb, Baron zu werden. Oder sein Leben im Krieg zu lassen, wie so viele andere, und dabei einzig zu hoffen, dass er in seinen letzten Lebensminuten keine erbärmliche Figur abgab. Welcher Fehltritt, welche nicht wieder gut zu machende Sünde hatte ihn derart von seinem Schicksalsweg abgebracht? Er hatte sich doch alle

Mühe gegeben. Gott wusste, wie sehr er sich bemüht hatte! Und Gott wusste, wie vielen Versuchungen er hatte widerstehen müssen, bis hin zu dem Lächeln der Königin Igraine, die so jung und so unglücklich verheiratet war. Bis hin zu den Lippen Igraines … Bis hin zu ihrer Hand, die auf ihrem schneeweißen Hals ruhte …

»Uther?«

Der junge Mann fuhr erschrocken hoch und trocknete sich mit einer raschen Handbewegung die Augen. Es war Dorian, der jüngere Bruder Llianes. Er sah, dass der Ritter geweint hatte.

»Es gibt keine Ehre in dieser Burg.«

Uther starrte ihn an, doch seine Bemühungen waren vergeblich. Es schien ihm, als lächelte der Elf, aber er konnte seine Miene in der Finsternis nicht erkennen.

»… Und es gibt keine Ehre, die bei Nacht zerstört werden könnte.«

Versuchte er ihm zu sagen, dass er zurückbleiben konnte? Dachte der Elf, er weinte, weil er sich fürchtete?

»Gehen wir.«

Er stürzte Hals über Kopf los, brodelnd vor Scham und Zorn. Wie hätte Dorian begreifen sollen, was in ihm vorging? Die Elfen waren wie Tiere und zuweilen so erschreckend, da sie keinerlei menschliche Gefühle kannten. Als verspürten sie weder Angst noch Gewissensbisse noch so etwas wie Liebe … nein, nicht einmal Liebe empfanden sie. Selbst sie nicht: Lliane.

Uther rannte beinahe einen Elfen um, der bereits das von Lilian heruntergelassene Seil gepackt hatte, und kletterte schwerfällig hinauf, die Füße gegen die steile Wand gestemmt. Er teilte sich seine Kräfte nicht ein, weil er rasch nach oben und aus ihrem Sichtfeld hinaus gelangen wollte, und war daher nach wenigen Klaftern erschöpft; seine Schläfen pochten, und ihm war speiübel. Lichtpünktchen tanzten vor seinen Augen, so dass er innehalten musste, während er gierig, in großen Zügen, die Seeluft einsog, immer noch gegen die Festungsmauer gestemmt.

»Psst, keine Bewegung!«

Uther riss die Augen auf, ohne zu wissen, wer da gesprochen hatte. Lilian oder irgendein anderer Elf, die bereits nach oben geklettert waren? Dann sah er den steten Schein einer Fackel im Dunkel aufleuchten und Zinne um Zinne näher kommen, bis zu derjenigen, an der der Jongleur sein leichtes Tau festgemacht hatte. Er drückte sich umgehend an die von der Gischt glitschige Mauer, ängstlich ans Seil gekrallt, während er sich die Knie am Felsen aufschürfte und seine Füße auf der Suche nach einem Halt vergeblich ins Leere traten. Mit verkrampften Armen hing er da und hörte die Planke des Wehrgangs unter dem Gewicht des Wachtpostens knarren, nur wenige Ellen über seinem Kopf. Der Schritt des Postens war ungleichmäßig und schleppend. Vielleicht sah er nichts. Vielleicht ...

»Herr!«

Uthers Augen weiteten sich vor Schreck, und sein Herz pochte. Der Ruf der Wache war in einem entsetzlichen Gurgeln erstickt. Er wagte es nicht, sich zu rühren, und doch wusste er, dass er nicht dort verharren konnte, denn seine Arme würden ihn nicht mehr lange halten. Mit einem Mal tauchte eine verschwommene Gestalt an der Zinne auf, und wenig später stürzte ein für immer verstummter Koloss in den Abgrund, kreiselte brummend hinab wie eine riesige Hummel und zerschellte auf dem Boden, irgendwo in dem dunklen Abgrund, der sich zu seinen Füßen erstreckte. Uther hob den Blick: nichts mehr. Die Fackel brannte noch immer und warf einen orangefarbenen Lichtkegel in die Nacht. Er stemmte sich erneut gegen die Wand, erklomm ächzend die letzten Klafter, packte den Rand der Zinne und zog sich bäuchlings auf den Wehrgang hinauf. Seine Hände zitterten, und auf seinen tauben Fingern war die Einkerbung des Seils zu sehen. Er verharrte dort einige Sekunden, zähneklappernd, von Kälteschaudern geschüttelt und den Blick starr auf die zu Boden gefallene Fackel gerichtet, vom Flammenschein fasziniert wie ein Nachtfalter. Dann erkannte er das bläulich leuchtende Gesicht von Lilian sowie die lächelnde Miene Kevins, des Bogenschützens, mit den silbernen Pfeilen, der bleich war wie ein Gespenst im Dunkel eines Ganges … In diesem Moment hasste Uther sie.

Hinter ihm spannte sich das Seil erneut in unregelmäßigen Abständen. Eine weitere Person kletterte hinauf.

Er war mit einem Satz auf den Beinen, ergriff die Fackel, die bereits den Balken geschwärzt hatte, und warf sie rasch über die Burgmauern. Der Wehrgang war wieder in Finsternis gehüllt, und nun war am Ende der zu den Tafelsälen führenden Korridore um die Türen herum ein schwacher Lichtschein zu sehen.

Uther zückte seinen langen elfischen Dolch, nickte dem Jongleur, der im Schatten hingekauert saß, kurz zu und stürmte ins Innere der Burg.

Hinter sich hörte er, wie sich die anderen in kleinen Gruppen in den Gängen verteilten. War Lilian ihm gefolgt? Er blickte sich flüchtig um. Der Elf passte sich mühelos dem Rhythmus seiner Schritte an und verursachte nicht das geringste Geräusch, weswegen der Ritter sich alleine gewähnt hatte. War er das im Übrigen nicht auch, und zwar mehr als je zuvor? In diesem Augenblick, als er da durch die Gänge der schlafenden Festung lief, die geschwängert war von so typisch menschlichen, strengen Gerüchen, und als er sich wieder an die schmalen Korridore erinnerte, die er einst entlanggeeilt war, sowie an die Säle, in denen er geschlafen hatte, merkte Uther, wie ihn ein Ekel gegen sich selbst übermannte, der stärker war als die Vorsicht, stärker als der Hass und stärker als der Schmerz seiner Wunden. Mit jedem Schritt ließ seine Achtsamkeit ein wenig nach, und er trat lauter auf, so eilig hatte er es, dem Ganzen ein Ende zu bereiten, auf welche Weise auch immer. Er hatte alles, was nicht sein Ziel betraf, vergessen, nämlich Gorlois zu finden, Gorlois zu töten, dieses verfluchte Schwert aufzustöbern und einen Schlussstrich unter dieses sinnlose Abenteuer zu ziehen! Die Hand um den Knauf seiner Waffe gekrallt, rannte er jetzt, ohne Acht zu geben, ja er lachte fast, trunken, von Sinnen, in Gedanken schon tot, und zumindest Lilian würde mit ihm sterben!

An der Türe zum herzoglichen Gemach stand ein mit einer Lanze bewaffneter Wachtposten unter einer Fackel an die Wand gelehnt. Sein Schatten tanzte in dem flackernden Schein der Flamme über die Steinplatten des Ganges. Seltsamerweise verlor der Mann kein Wort, sondern grinste nur hämisch. Uther blieb stehen, doch Lilian lief an ihm vorbei, ohne seinen Schritt zu verlangsamen, und presste sich gegen den Posten, als wolle er ihn umarmen. Das Aufblitzen einer Klinge, das Klirren der Lanze auf dem Steinboden. Der Mann brach mit weit aufgerissenen Augen zusammen, und – die Hände um die Kehle gekrallt, aus der das Blut sprudelte – japste er Grauen erregend, wie ein Fisch auf dem Trockenen.

Der Elf öffnete die Tür des Gemachs und schlüpfte hinein.

Beinahe im selben Moment erklang ein Schreckensschrei. Der Schrei einer Frau. Die Stimme Igraines.

Uther stürzte ins Zimmer. Ein grotesker Anblick. Ein gedrungener Körper, von dem nur das Hinterteil zu sehen war, das Hemd bis zur Mitte des Rückens hoch geschoben und die Hosen auf den Knöcheln, und er lag bäuchlings direkt auf dem Boden, am Fuße eines riesigen Wandbettes, dessen Vorhänge halb geöffnet waren. Unter ihm breitete sich eine dunkle, klebrige Blutlache aus, die von dem Stroh auf den Fliesen aufgesogen wurde. Ohne sein Gesicht zu sehen, wusste Uther, dass dies Gorlois war. Gorlois auf der Erde, während sein Blut entwich, halb nackt, erbärmlich. Und bereits tot, zum Teufel noch mal! Er wandte den Blick ab und machte sich ein Bild vom Rest der Szene. Eine Frau in dem Bett, deren langes blondes Haar in Wellen über ihre Schultern floss. Igraine. In der Hand einen von geronnenem Blut verkrusteten Dolch. Den Dolch Gorlois'.

Neben ihr ein schlafendes Baby und der zaudernde Lilian, dann das Aufblitzen seiner hoch erhobenen Klinge, drauf und dran niederzusausen.

Uther stieß einen Schrei aus, der den Elf erstarren ließ, und warf sich auf ihn. Sein Dolch durchbohrte ihn vollständig, und das Blut spritzte auf die weißen Laken von Igraines Bett.

XVI

Die letzte Nacht

Überall in der Burg Schreie, Wut- oder Angstgebrüll, der Widerhall vereinzelter Kämpfe, Hilferufe und das Gepolter bewaffneter Trupps, die kreuz und quer durch die Gänge liefen – alles in allem ein höllischer Lärm, der es ihnen erlaubte zu schweigen. Es schien so schwierig, einander irgendetwas zu sagen.

Uther hatte seinen elfischen Dolch zu Boden geworfen und verharrte dort, sprachlos, mit hängenden Armen, immer noch außer Atem von seinem rasenden Lauf; seine Rippen schmerzten, die Verletzungen an seinem Arm und am Bein pulsierten im Rhythmus seines Herzschlags, und er war unfähig, die passenden Worte zu finden, und auch nicht zu der geringsten Geste imstande, von Igraine getrennt durch die leblosen Körper des Regenten und des Elfen. Er hätte nicht da stehen bleiben sollen. Er hätte sie in die Arme schließen sollen in dem Moment, als er Lilian getötet hatte; aber jetzt war es zu spät, und je länger er wartete, desto mehr blieben ihm die Worte im Halse stecken. Und dann war da noch dieses Baby, das Kind von Gorlois, das zu Tode erschrocken war von den Schreien draußen und wimmernd seine kleinen Hände nach seiner Mutter ausstreckte.

Igraine wandte abrupt den Blick von ihm ab, packte Morgause, und, den mit dem Blut ihres Gemahls besudelten Dolch nach wie vor in der Hand, lief sie bis zur Tür ihres Gemachs, um sie zu schließen. Zu spät. Wahre Bären von Wachen mit ihren gefütterten Lederwämsern und ihren eisernen Kettenhauben, die die Hälfte ihres Gesichtes verdeckten, hatten den Leichnam ihres Kameraden vor dem königlichen Schlafgemach entdeckt. Einer von ihnen stieß die Tür mit der Schulter wieder auf, wodurch er Igraine und ihr Kind in Uthers Arme schleuderte, und eine Meute bewaffneter Männer stürmte ins Zimmer herein.

So fanden sie die Königin und den Pendragon eng aneinander gepresst vor dem reglosen Körper des Regenten Gorlois. Ihn ohne Waffen oder Rüstung, gekleidet wie ein Elf und ohne irgendeine Insignie, die ihn als König ausgewiesen hätte – er trug weder eine Krone noch eine goldene Tresse, weder Schmuck noch einen Hermelinmantel. Sie, so zerbrechlich und bleich in ihrem langen linnenen Hemd und mit ihrem blonden Haar, das in Wellen bis auf ihre Taille hinabfloss und einen wasserfallartigen Schleier vor dem Baby bildete, welches sie an ihre Brust geschmiegt hielt. Die Männer schnauften wie die Walrosse, ihre Stirn glänzte vor Schweiß, und ihr Blick leuchtete noch von der Aufregung des Kampfes, doch sie rührten sich nicht. Einigen fehlte in diesem Moment der Mut, um noch einen Schritt weiter vorzutreten, nur einen einzigen, und diesen vermaledeiten Uther niederzumetzeln, der zwar ganz offensichtlich wehrlos war, über den man sich jedoch so viele schreckliche Dinge erzählte. Andere warteten auf einen Befehl, gleich welchen, denn das ist das, worauf Soldaten stets hoffen. Und wieder andere hatten schließlich, ohne überhaupt zu begreifen, warum, das Gefühl, Zeugen eines Sieges zu sein.

Igraine las in ihren Augen die Unentschlossenheit, die Erwartung und dieses seltsame Gefühl der Begeisterung. Sie löste sich von Uther, lüftete das Betttuch und enthüllte den Leichnam Lilians, der vollständig durchbohrt war.

»Dieser Elf hat den Regenten getötet«, sagte sie. »Und der Ritter Uther hat den Elfen getötet. Was mich anlangt, so bin ich gesund und wohlbehalten, genau wie Prinzessin Morgause.«

In den Reihen der Wachen war für einen Augenblick ein Schwanken zu merken. Die meisten von ihnen wünschten nichts sehnlicher, als Igraine zu glauben, aber ihre Lüge schien doch ein wenig dreist. Sie zögerten immer noch, als einer von ihnen, der den prunkvollen roten Mantel eines Kommandanten trug, sie unsanft zur Seite stieß und sich vor ihnen aufbaute.

»Auf die Knie vor der Königin!«, knurrte er, die kräftige Faust um einen mit Eisenstiften beschlagenen Morgenstern geballt, der gewaltig genug war, um selbst die Unentschlossensten dazu zu bringen, sich zu beugen.

Igraine warf mit einer Kopfbewegung ihr langes Haar nach hinten und schenkte Uther ein flüchtiges Lächeln. Ein Lächeln, das ihn im Innersten berührte und das Feuer in seinen Lenden entfachte. Ungeachtet der Wachen, ungeachtet des Babys, das sie an sich gepresst hielt, und ungeachtet der Kälte in jenem so schrecklich zugigen Zimmer sowie der auf das Stroh hingestreckten Leichen loderte in dem Moment in ihm ein flammendes Begehren nach ihr auf.

Sie war bis zu dem Gardisten im roten Mantel vorgetreten und hatte ihm die Hand auf die Schulter gelegt. Der Mann war so groß, dass er sie mit einer Hand hätte zerquetschen können, und doch war er derjenige, der zitterte, rot vor Verlegenheit wie ein kleiner Junge.

»Dein Name?«, fragte sie.

»Antor, Majestät.«

»Deine Besitzung?«

»Ich besitze keine Ländereien, Majestät. Ich bin Sergeant der Wachen in Loth, meine Familie stammt von dort ...«

Igraine bedachte ihn mit einem Lächeln, und ihre zierliche Hand wanderte bis zu der Kapuze aus Kettengeflecht, die sein Gesicht zur Hälfte verdeckte. Energisch schob sie die Kettenhaube nach hinten und enthüllte einen kurz geschnittenen und krausen braunen Schopf sowie ein jugendliches Gesicht, auf dem gerade die ersten zarten Barthaare sprossen. Sie betrachtete ihn eine Weile, dann wandte sie sich wieder der Gruppe Soldaten zu und herrschte einen von ihnen an.

»Gib mir dein Schwert!«

Der Mann fügte sich schweigend und zog sich dann mit respektvoll gesenktem Blick zurück. Die Waffe war dermaßen schwer, dass Igraine sie mit beiden Händen packen musste, um sie Uther zu überreichen, der sie ergriff, die Königin jedoch verständnislos ansah. Dann wandte sie sich mit wohl einstudierter Grazie an Antor.

»Messire Antor, auf die Knie vor Eurem König!«

Uther verstand endlich. Antor riss die Augen auf und blickte ihn an, als sähe er einen vom Himmel gefallenen Engel vor sich; er zitterte derartig, dass man hätte befürchten können, er würde in Stücke gehauen. Er setzte ein Knie auf den Boden und beugte den Nacken in Erwartung des Schlages, der aus ihm einen Ritter machen würde, wobei er vor Glück zuckte wie ein junger Hund.

Die Klinge in Uthers Faust war noch mit Blut befleckt. Dem eines Elfen, vielleicht sogar dem Blut Dorians oder Kevins … Uther warf das Schwert mit einer ungestümen Bewegung fort, und es fiel scheppernd auf die Steinplatten des königlichen Schlafgemachs.

Antor blickte verängstigt zu ihm auf, Igraine presste die Fäuste an ihren Leib, ihre Augen schwammen plötzlich in Tränen, und die Wachen starrten ihn in einer Mischung aus Furcht und Bestürzung an.

»Diese Klinge ist besudelt, Antor«, erklärte er, während er dem Sergeanten besänftigend die Hand auf die Schulter legte. »Sie würde Euch Unglück bringen … «

In den Augen des jungen Mannes war erneut das blinde Vertrauen eines seinem Herrn ergebenen Hundes zu lesen …

»Man hole mir Excalibur!«

Die Männer verzogen das Gesicht und wechselten ratlose

Blicke, als hätten sie nicht die geringste Ahnung, wovon er sprach, doch blitzschnell schaltete Igraine sich ein.

»Das goldene Schwert mit den kostbaren Edelsteinen, in Gorlois' Truhe … Du da gehst. Los, mach schnell.«

Sie sah ihn nicht an, ja sie drehte ihm sogar den Rücken zu, um Morgause der Amme anzuvertrauen und sich selbst einen Umhang aus Zobelpelz umzulegen, aber Uther spürte die Erleichterung in ihrer Stimme. Einen Moment hatte sie geglaubt, indem er das Schwert zurückwies, würde er sie zurückweisen. Sie und den Thron von Logres … Dann hätten sich Illtuds Befürchtungen bewahrheitet, und alles wäre verloren gewesen.

Illtud … Sie sah wieder vor sich, wie die Wachen ihn in der Nacht zuvor rücksichtslos aus ihrem Schlafgemach abgeführt hatten.

»Der Mönch!«, sagte sie völlig unvermittelt. »Wo steckt er eigentlich?«

Sie wusste noch nicht, dass man eine Frage nie an eine ganze Gruppe richten darf, vor allem nicht in einem vorwurfsvollen Ton. Die Männer schwiegen und mieden ihren Blick.

»Majestät, er sitzt im Kerker«, erklärte Antor im Aufstehen. »Sire Gorlois hat ihn unter Einzelhaft gestellt und hat die anderen hinausgeworfen …«

Igraine versuchte, nicht an das Schicksal jener Unglücklichen zu denken, die einfach auf die Straße hinausgejagt und den Unbilden des Winters ausgeliefert worden waren.

»Geh ihn holen«, befahl sie. »Und nehmt den Leichnam des Regenten mit … Richte Bruder Illtud aus, dass ich ihm zu Diensten stehe und dass ich ihn anflehe, für meine Seele zu beten.«

Sie räumten alle das Feld, wobei sie die Leiche Lilians hinter sich über den Boden herschleiften, die von Gorlois auf den Schultern trugen, und sie ließen die beiden allein.

Wieder ging Igraine bis zur Türe, und, als sie diese geschlossen hatte, wandte sie sich um und lehnte sich mit einem erleichterten Seufzer gegen ihre dicken, eisenbeschlagenen Eichenbohlen. Endlich konnte sie in aller Ruhe Uther mustern, der so anders war als der junge Mann, der einst Stoff ihrer Träume gewesen war, mit seinen Fältchen, die nun um seine Augen spielten, mit dieser langen Narbe, die über seine Wange lief, und dieser Aura von Macht, die ihn umgab … Er erwiderte ihr Lächeln, doch da er sich immer noch nicht rührte, tat sie etwas, dessen sie sich bis dahin niemals fähig geglaubt hätte. Sie senkte den Blick und öffnete die Fibel, die ihren Umhang zusammenhielt, löste die Verschnürung ihres langen Leinenhemdes und ließ beides über ihre Schultern und Arme, dann über ihre Hüften und Schenkel hinabgleiten. Reglos und nackt, errötend und zugleich schamloser, als je irgendeine Frau gewesen war, ließ sie es zu, dass Uther völlig betört ihre Rundungen und die bislang verborgenen Stellen ihres Körpers betrachtete. Sie hatte sich ebenfalls verändert. Das war nicht mehr das junge Mädchen, ja, halbe Kind, in das er sich in Loth verliebt hatte, sondern eine Frau – eine Frau, die bereits selbst einem Kind das Leben geschenkt hatte … Und die getötet hatte. Er fragte sich, wo sie ihren blutverschmierten Dolch versteckt haben mochte …

»Ich gehöre dir, Uther. Ich werde deine Königin oder deine Gefangene sein. Ganz wie es dir beliebt …«

Sie straffte den Körper, als seine eiskalten Hände ihren Rücken berührten, doch als er sie küsste, entspannte sie sich und sank gegen seine Brust. Sie schlugen beide gleichzeitig die Augen auf und fühlten verzückt die Erinnerung an den Geschmack ihres ersten Kusses zurückkehren, den sie so lange zuvor in Loth getauscht hatten.

»Ich nehme dich als Königin, Igraine, vorausgesetzt, dass du mich willst …«

»Wer würde dich nicht wollen, Uther?«, erwiderte sie, während sie mit dem Finger zärtlich über seine lange Narbe strich, die quer über seine Wange verlief, vom Ohr bis zum Kinn hinunter. »Du bist der Pendragon.«

Es klopfte, und sie löste sich von ihm, unschuldig und verschmitzt lächelnd, dann wandte sie dem sichtlich enttäuschten Uther den Rücken zu und zog sich wieder an, und zwar so langsam, dass es wahrhaftig übermenschlicher Stärke bedurfte, um der Versuchung zu widerstehen. Natürlich … Er war der Pendragon.

Ein letzter Blick, bevor sie öffnete, und erneut wurde das Schlafgemach gestürmt, diesmal allerdings von einer unterwürfigen Menschenschar, angeführt von Illtud, dem Abt, der magerer und düsterer wirkte denn je. Uther hatte sich in den hintersten Winkel des Raumes zurückgezogen, vor die Feuerstelle. Ihm war erneut kalt, seine verschmierten und eiskalten Kleider klebten ihm am Leib, als wiche die Hitze Llianes nach und nach von ihm. Hinter sich hörte er Gemurmel, vernahm das Trappeln einer Menge, Stoffrascheln und Waffenklirren, doch sein Herz schlug zu stark, als dass er den Mut gehabt hätte, sich zu ihnen umzudrehen. Den Leib von Schaudern geschüttelt und die Kehle vor Angst zugeschnürt, dachte er wieder an Dorian, an Kevin, den Bogenschützen, und an all jene, die ihm bis hier gefolgt waren. Vermutlich hatten sie alle ihr Leben gelassen bei diesem unsinnigen Unterfangen. Außer ihm … Er, der demnächst einen der Gardisten, die sie so brutal niedergemetzelt hatten, zum Ritter schlagen würde und der dabei keinerlei Gewissensbisse empfand. Das Schwert würde ebenfalls bald in seinen Händen liegen. Das Ziel seiner Suche war erreicht, selbst wenn diese Suche nun ihren Sinn verloren hatte. Weshalb erschien ihm die bloße Vorstellung, den Zwergen Excalibur zurückzugeben, auf einmal so absurd? Er schüttelte sich, verärgert über diesen Gedanken, und riss sich aus der träumerischen Betrachtung der Flammen, die ihn nur auf ungute Ideen brachte, um sich umzuwenden und die versammelte Menge zu erblicken, die respektvollen Abstand hielt.

Ein langes Elend in einer nachtschwarzen Kutte, dessen Miene genauso traurig wirkte wie sein Fegefeuer, schwenkte den Talisman der Zwerge, das Schwert Caledfwch, den »Harten Blitz«, das von dem Gott Nudd mit dem silbernen Arm geschmiedete Schwert – dasjenige, das die Menschen Excalibur nannten.

Die goldene Waffe funkelte im Halbdunkel des Raumes und war derart überladen mit kostbaren Steinen, dass man es für eine Reliquie hätte halten können. Uther vermied es, Illtud in die Augen zu sehen, packte den Griff und zog das Schwert mit einem lang gezogenen metallischen Knirschen aus der Scheide, bei dem umgehend sämtliche Gespräche verstummten. Das Schwert war schwer, die Schneide scharf und die Klinge über und über mit feinen, verschlungenen Ziselierungen versehen. Trotz seiner Schönheit, trotz der Rubine und Smaragde, die das Stichblatt am Ende des Griffes schmückten, und trotz der geflochtenen Goldfäden, die den Fingerbügel formten, war es eine Furcht erregende Waffe, die Waffe eines Gottes ...

»Auf die Knie, Sergeant.«

Antor trat vor und verneigte sich vor ihm. Jetzt war keinerlei Raunen mehr zu hören, nicht mehr ein einziger Laut außer dem Prasseln des Feuers und dem Pfeifen der Windböen draußen. Uther hob langsam das Schwert und berührte den jungen Mann mit dem flachen Teil der Klinge an den Schultern. Dann legte er Excalibur auf seinen eigenen Arm, und, da Antor sich bückte, um tapfer den Ritterschlag über sich ergehen zu lassen, hieb er ihm mit voller Wucht die flache Hand in den Nacken, so fest, dass er ihn zu Boden schleuderte – unter dem Gelächter und den Spottrufen der plötzlich gelösten Truppe.

»Dieser Schlag, Messire Antor, ist der letzte, den ihr empfangen werdet, ohne ihn zu erwidern«, sagte Uther, während er ihm auf die Füße half.

Er küsste ihn auf beide Wangen und auf den Mund, so wie es Sitte war, dann sah er zu, wie der junge Mann vor der Königin niederkniete und ihr voller Inbrunst die Hand küsste.

»Meine Königin, ich bin Euch ergeben. Mein Leben und mein Schwert liegen auf immer in Euren Händen.«

»So möge es geschehen!«, rief Illtud aus, und sämtliche Männer bekreuzigten sich, während sie den Segen des Abtes nachsprachen.

»Messire Antor«, sagte Igraine, »vergangene Nacht sind Mönche aus dieser Burg verjagt worden. Schickt Eure Leute aus, damit sie sie suchen. Seht zu, dass Ihr sie wieder findet, und bringt sie hierher zurück, gebt ihnen zu trinken und zu essen.«

»Zu Befehl, meine Königin.«

»Und man schicke Bedienstete«, fuhr sie fort. »Warmes Wasser, Kleider und Wein. Der König muss sich umziehen und ausruhen.«

Uther lächelte und sah wieder den nackten, an seinen eigenen Körper gepressten Leib der Königin vor seinen Augen. Sie musste gefroren haben ...

»Messire Uther«, sagte Illtud, der mit der Scheide Excaliburs auf ihn zukam. »Was gedenkt Ihr mit diesem Schwert zu tun?«

Der junge Mann packte die kunstvoll gearbeitete Hülle mit einer ungehaltenen Geste und schob die goldene Klinge langsam hinein. Die Frage war zu unvermittelt gekommen, es war eine Frage, die er, so gut er irgend vermochte, in den hintersten Winkel seines Herzens zu verbannen suchte. Und er würde sie sicherlich nicht ausgerechnet diesem traurigen Mönch mit dem langen Gesicht beantworten.

»Mein Vater, erlaubt, dass ich zunächst dem Befehl der Königin nachkomme«, antwortete er. »Mir ist kalt, ich bin hungrig und müde ... Und mir scheint, dass Ihr ebenfalls dringend ein wenig Ruhe und einen Schluck Wein nötig habt.«

Illtud öffnete den Mund, denn so leicht wollte er sich nicht abwiegeln lassen, doch er bemerkte die Ungeduld der Königin, und in gewisser Hinsicht hatte er die Antwort auf seine Frage ja erhalten, da Uther bei ihr blieb und sie allesamt noch am Leben waren ...

»Du wirst dich an mich nicht erinnern«, fuhr er in einem gänzlich veränderten Ton fort, der plötzlich leutselig und freundschaftlich war, »aber ich bin derjenige, der gekommen ist, um die Kapelle deines Vaters in Cystennin einzuweihen, damals als du noch ein Kind warst … Es tut mir leid.«

Er hielt inne, schenkte Uther ein flüchtiges Lächeln und steuerte auf die Tür zu.

»Ich wünsche dir eine gute Nacht, oder zumindest das, was davon noch übrig ist … Und ich werde zu Gott beten, damit er mir eine letzte Gnade erweist.«

»Und die wäre?«, konnte Uther sich nicht zurückhalten zu fragen.

»Morgen, wenn Gott mich erlöst, werden die Soldaten die Mönche, die mich begleitet haben, hierher zurückbringen. Und falls er noch unter den Lebenden sein sollte, werde ich dich mit einem von ihnen zusammenbringen, den du gut kennst. Einen, der dir vielleicht bei deiner Entscheidung behilflich sein wird.«

»Mein Vater«, erwiderte Uther in einem fast schon an Unhöflichkeit grenzenden Ton, »ich habe zu viele Prüfungen durchgestanden, um jetzt noch Rätselraten zu spielen. Wenn Ihr mir etwas zu sagen habt, so sprecht es aus.«

»Nicht ich bin es, der mit dir sprechen muss«, sagte Illtud, »sondern ein Mönch, der mir und dir lieb und teuer ist. Sein Name ist Elad. Er war dabei, als dein Vater starb, und er weiß, wer ihn getötet hat.«

Über Avalon ging die Sonne auf. Es war eine Morgendämmerung wie sonst auch, derselbe klare Himmel. Dieselbe Sonne zu jeder Jahreszeit, doch Lliane erwachte mit einem Gefühl der Leere im Herzen, mit dem intensiven Empfinden, dass etwas fehlte.

Myrrdin schlief noch, eingehüllt in seinen Mantel. Wenn er die Augen geschlossen hatte, war sein Antlitz nicht mehr ganz so jugendlich. Er wirkte erschöpft, aufgerieben von den Wochen der Prüfungen, die sie durchgestanden hatten, nach dem Verlust all der Energie, die sie das Ganze gekostet hatte, und Lliane fragte sich, ob sie genauso ermattet aussah wie er. Rhiannon schrie nach ihr. Sie musste sich um sie kümmern, ihr ihre ersten Beeren füttern, Blaubeeren und Himbeeren. Sie fügte sich und streichelte zärtlich das Haar ihrer Tochter, das bereits lang und von einem hellen Kastanienbraun war und in der Sonne von Avalon jeden Tag ein wenig blonder wurde, als bemühe sich die Natur, Morgane dem Kind ihrer Träume ähnlich zu machen, dem Feenkind, das eine Krone aus Buchsbaum trug ... Sie lächelte ihr zu, doch jede ihrer Gesten hatte etwas Gezwungenes und war von ihrer Trauer durchdrungen. In dem ruhigen Blick Morganes lag eine Kälte, die sie bisweilen verstörte. Die Kälte des Eises, die der Rune Is, die für ihr gegenwärtiges Schicksal stand:

Byth oferceald, ungemetum slidor,
Glisnath glmaeshluttur, gimmum gelicust,
Flor froste gewohruht, faeger ansyne.

Kalt und spiegelglatt ist das Eis,
Glänzend wie Glas, ja fast wie ein Juwel,
Ein Boden aus gefrorenem Wasser, angenehm anzuschauen.

Als »Rune des Wartens«, hatte Gwydion sie bezeichnet, die in sich den Keim für eine bessere Zukunft trug oder aber die Verheißung eines ewigen Winters. Und die Zukunft schien gegenwärtig so unbestimmt ...

Lliane bemerkte, dass Myrrdin erwacht war und sie schweigend betrachtete, wobei er ebenso verzweifelt dreinsah wie sie selbst. Da liefen der Königin die Tränen übers Gesicht.

Sie spürte, wie Uther sich löste, wie er gleich einer Wolke zerstob und sie und die Liebe zu ihr aus seinem Herzen verbannte. Und, da sie selbst ebenfalls der Macht des Pendragon beraubt war, fühlte sie sich einsamer denn je, trotz Morgane, trotz Merlin.

Es war vorbei.

Uther hatte sie verlassen. Sie waren gescheitert.

Einige Strahlen einer kalten Wintersonne drangen durch die Ritzen des Bettvorhangs und spielten bei jeder von Igraines Bewegungen auf den linnenen Betttüchern. Uther legte ihr die Hand auf die wohlgerundete nackte Hüfte, strich zärtlich und langsam über ihre schaudernde Haut, und sie begann zu stöhnen, als habe jede leise Berührung seiner Finger eine elektrisierende Wirkung. Sie schloss die Augen, doch er betrachtete sie mit einem verliebten Lächeln auf den Lippen und kostete jeden ihrer lustvollen Schauer, die sie in seinen Armen überkamen. Endlich packte er die vollen, festen Brüste seiner Geliebten, die so anders waren als die von Lliane. Vielleicht um diesen störenden Gedanken zu verscheuchen, vergrub er seinen Kopf in den angenehm warmen Schutz ihres Busens. Sie schlang die Arme um ihn, nahm ihn in diesem süßen Schraubstock gefangen und zwang ihn unvermittelt, sich auf den Rücken zu rollen. Auf ihm liegend stützte sie sich auf die Arme, um ihn zu betrachten, während ihr langes Haar einen geschlossenen goldenen Vorhang um sie herum bildete. So geschah es, dass ihre Körper sich zum ersten Mal vereinten.

So gelobten der König und Igraine in jener Nacht einander ewigliche Treue, und in selbiger Nacht ward der große König Artus gezeugt.

Ich danke Anne Quesemaud
für die lateinischen Übersetzungen.

Quellen und Dank

Die Bibel. Die heilige Schrift des Alten und Neuen Bundes. Deutsche Ausgabe mit den Erläuterungen der Jerusalemer Bibel. Hrsg. von Diego Arenhoevet, Alfons Deissler, Anton Vögtle, Herder, Freiburg/Basel/Wien 1968

›La Légende arthurienne‹, Bouquins Laffont.

Jean Markale, ›Petite Encyclopédie du Graal‹, Pygmalion.

Jean Markale, ›Paroles Celtes‹, Albin Michel.

Françoise Le Roux, Christian J. Guyonvarc'h, ›Les Druides et le druidisme‹, Ouest France.

Françoise Le Roux, Christian J. Guyonvarc'h, ›Les Légendes de Brocéliande et du roi Arthur‹, Ouest France.

Christian J. Guyonvarc'h, ›Magie, médecine et divination chez les Celtes‹, Bibliothèque scientifique, Payot.

Robert Delort, ›La Vie au Moyen Âge‹, Points Histoire.

Geneviève d'Haucourt, ›La Vie au Moyen Âge‹, Presses Universitaires de France.

Pierre Naudin, ›Les Fleurs d'acier‹, Trévise (pour les scènes de tournoi).

Philippe Jost, ›La Gourmandise‹, Le Pré aux Clercs.

Claude Lecouteux, ›Les Nains et les elfes au Moyen Âge‹, Imago.

Marijane Osborn et Stella Longland, ›Rune Games‹, Routledge and Kegan Paul.

Robert-Jacques Thibaud, ›La Symbolique des druides‹, Dervy.

Yann Goven, ›Brocéliande, un pays né de la forêt‹, Ouest France.

Nigel Pennick, ›The Sacred World of the Celts‹, Thorsons.

Nigel Pennick, ›Grimoires et rituels magiques‹, Belfond.

Dominique Viseux, ›L'Initiation chevaleresque dans la légende arthurienne‹, Dervy.

Horik Svensson, ›The Runes‹, Carlton.

Greg Stafford, ›Pendragon‹, Oriflam.

Agnès Gerhards, ›La Société médiévale‹, MA éditions.

Marie-Louise Sjoestedt, ›Dieux et héros des Celtes‹, Terre de Brume.

Robert Hardy, ›Le Grand Arc‹, Edita/Denoël.

Viviane Crowley, ›Celtic Wisdom‹, Thorsons.

James Harpur et Elizabeth Hallam, ›Le Moyen Âge‹, Solar.

Krystyna Weinstein, ›L'Art des manuscrits médiévaux‹, Solar.

J. R. R. Tolkien im dtv

»Tolkien hat das Verdienst, im nüchternen 20. Jahrhundert die Welt der Drachen, Elben, Zauberer und Könige wieder transparent gemacht zu haben.«
Salzburger Nachrichten

Der kleine Hobbit
Übers. v. Walter Scherf

ISBN 3-423-20277-7

Bilbo Beutlin, ein Hobbit aus guter Familie und von untadeligem Ruf, wird von dem Zauberer Gandalf animiert, einer Zwergenschar bei der Rückgewinnung ihres geraubten Schatzes zu helfen ... »Die (Vor-)Geschichte zum Fantasy-Helden-Epos ›Der Herr der Ringe‹. Absolut zu empfehlen, und auch für Nicht-Fantasy-Fans sind die Abenteuer des Bilbo Beutlin in Mittelerde ein Muss!« (Berliner Morgenpost)

Feanors Fluch
Übers. v. Wolfgang Krege

ISBN 3-423-20372-2

Feanors Meisterwerk, die Silmaril, bringen Unglück über Mittelerde. Sein Fluch gegen Morgoth wird zum Ausgangspunkt jenes endlosen, bitteren Krieges in Mittelerde, den Tolkien in seinem Hauptwerk beschreibt. Die vorliegende Geschichte ist damit der Schlüsselmythos zum Kultbuch ›Der Herr der Ringe‹.

Die Geschichte der Kinder Húrins
Übers. v. Hans J. Schütz

ISBN 3-423-20459-1

Es herrscht Krieg in Mittelerde, und Húrin, der Herr von Dor-lómin, fällt seinem ärgsten Feind in die Hände – dem grausamen Morgoth.

Tuor und seine Ankunft in Gondolin
Übers. v. Hans J. Schütz und Wolfgang Krege

ISBN 3-423-20278-5

Aus der Sagenwelt von Mittelerde.

Das Tolkien Lesebuch
Übers. v. Wolfgang Krege u. a.

ISBN 3-423-20669-1

»Für Neueinsteiger und Tolkien-Anhänger.« (Rheinischer Merkur)

Farmer Giles of Ham / Bauer Giles von Ham
Übers. v. A. Uthe-Spencker
Illustr. v. Pauline Diana Barnes
dtv zweisprachig

ISBN 3-423-09383-8

Aufstieg und Abenteuer des Bauern Giles.

H. G. Wells im dtv

»... der Mann, der schon gestern alles
von übermorgen wußte.«
Christian Ferber, Norddeutscher Rundfunk

Die Zeitmaschine
Roman
Übers. v. Annie Reney und
Alexandra Auer
ISBN 3-423-12234-X

Die ersten Menschen auf dem Mond
Roman
Übers. v. Werner von Grünau
ISBN 3-423-12237-4

Tono-Bungay
Roman
Übers. v. Grit Zoller und
Heinz von Sauter
ISBN 3-423-12238-2

Mr. Blettsworthy auf der Insel Rampole
Roman
Übers. v. Helene Maria Reiff
ISBN 3-423-12239-0

Die Insel des Dr. Moreau
Roman
Übers. v. Felix Paul Greve
ISBN 3-423-12264-1

Das Kristall-Ei
Erzählungen
Übers. v. Lena Neumann u.a.
ISBN 3-423-12428-8

Die Perle der Liebe
Erzählungen
Übers. v. M. Gridling, G. J.
Klett und L. Neumann
ISBN 3-423-12535-7

Wenn der Schläfer erwacht
Roman
Übers. v. I. Koch-Loepringen
ISBN 3-423-13128-4

Der Unsichtbare
Roman
Übers. v. Brigitte Reiffenstein
und Alfred Winternitz
ISBN 3-423-13175-6

Menschen, Göttern gleich
Roman
Übers. v. Paul von Sonnenthal
und Otto Mandl
ISBN 3-423-13242-6

Von kommenden Tagen
Roman
Übers. v. L. Nürenberger-
Körbler u. A. C. Körbler
ISBN 3-423-13299-X

Elmar Schenkel
H. G. Wells
Der Prophet im Labyrinth
ISBN 3-423-13243-4

Bitte besuchen Sie uns im Internet: www.dtv.de

T. C. Boyle im dtv

»Aus dem Leben gegriffen und trotzdem unglaublich.«
Barbara Sichtermann

World's End
Roman
Übers. v. Werner Richter
ISBN 3-423-11666-8

Greasy Lake und andere Geschichten
Übers. v. Giovanni Bandini u. Ditte König
ISBN 3-423-11771-0

Grün ist die Hoffnung
Roman
Übers. v. Werner Richter
ISBN 3-423-11826-1 und
ISBN 3-423-20774-4

Wenn der Fluß voll Whisky wär
Erzählungen
Übers. v. Werner Richter
ISBN 3-423-11903-9

Willkommen in Wellville
Roman
Übers. v. Anette Grube
ISBN 3-423-11998-5

Der Samurai von Savannah
Roman
Übers. v. Werner Richter
ISBN 3-423-12009-6

Tod durch Ertrinken
Erzählungen
Übers. v. Anette Grube
ISBN 3-423-12329-X

América
Roman
Übers. v. Werner Richter
ISBN 3-423-12519-5

Riven Rock
Roman
Übers. v. Werner Richter
ISBN 3-423-12784-8

Fleischeslust
Erzählungen
Übers. v. Werner Richter
ISBN 3-423-12910-7

Ein Freund der Erde
Roman
Übers. v. Werner Richter
ISBN 3-423-13053-9

Schluß mit cool
Erzählungen
Übers. v. Werner Richter
ISBN 3-423-13158-6

Italo Calvino im dtv

»Calvino ist als Philosoph unter die Erzähler gegangen, nur erzählt er nicht philosophisch, er philosophiert erzählerisch, fast unmerklich.«
W. Martin Lüdke

Die unsichtbaren Städte
Roman
Übers. v. Heinz Riedt
ISBN 3-423-10413-9

Wenn ein Reisender in einer Winternacht
Roman
Übers. v. Burkhart Kroeber
ISBN 3-423-10516-X

Der Baron auf den Bäumen
Roman
Übers. v. Oswalt v. Nostitz
ISBN 3-423-10578-X

Am 15. Juni 1767 erhebt sich Baron Cosimo von der Familientafel und klettert auf eine Steineiche. Er wird den Boden nie mehr betreten…

Der geteilte Visconte
Roman
Übers. v. Oswalt v. Nostitz
ISBN 3-423-10664-6

Dem Visconte hat das Leben übel mitgespielt: Nur seine schlechte Hälfte scheint aus dem Krieg zurückgekommen zu sein.

Der Ritter, den es nicht gab
Roman
Übers. v. Oswalt v. Nostitz
ISBN 3-423-10742-1

Zuletzt kommt der Rabe
Erzählungen
Übers. v. Nino Erné und Julia M. Kirchner
ISBN 3-423-11143-7

Unter der Jaguar-Sonne
Erzählungen
Übers. v. Burkhart Kroeber
ISBN 3-423-11325-1

Das Gedächtnis der Welten
Übers. v. Burkhart Kroeber
ISBN 3-423-11475-4

Auf den Spuren der Galaxien
Übers. v. Burkhart Kroeber
ISBN 3-423-11574-2

Die Mülltonne und andere Geschichten
Übers. v. Burkhart Kroeber
ISBN 3-423-12344-3

Die Braut, die von Luft lebte
und andere italienische Märchen
Übers. v. Burkhart Kroeber
ISBN 3-423-12505-5

Italo Calvino im dtv

»Calvino ist einer der letzten großen Zauberer der europäischen Literatur.«
Mary McCarthy

Wo Spinnen ihre Nester bauen
Roman
Übers. v. Thomas Kolberger
ISBN 3-423-12632-9
Pin, der verwahrloste Gassenjunge, fühlt sich magisch angezogen von der Welt der Erwachsenen. Doch keiner nimmt ihn ernst. So stiehlt er einem deutschen Soldaten die Pistole … Krieg, Sex, Heldentum und Politik enthüllen aus der Sicht eines Kindes ihre ganze Fragwürdigkeit. Calvinos erster Roman, der ihn früh berühmt machte.

Eremit in Paris
Autobiographische Blätter
Übers. v. Burkhart Kroeber und Ina Martens
ISBN 3-423-12723-6

Herr Palomar
Übers. v. Burkhart Kroeber
ISBN 3-423-12764-3

Marcovaldo oder Die Jahreszeiten in der Stadt
Der Tag eines Wahlhelfers
Übers. v. Nino Erné, Heinz Riedt und Caesar Rymarowicz
ISBN 3-423-12775-9

Heikle Erinnerungen
Erzählungen
Übers. v. Nino Erné, Julia M. Kirchner und Caesar Rymarowicz
ISBN 3-423-12840-2

Das Schloß, darin sich Schicksale kreuzen
Erzählungen
Übers. v. Heinz Riedt
ISBN 3-423-13120-9
Ein Weltentwurf aus alten Tarockkarten: Könige, Alchimisten, Gaukler, Lady Macbeth, Parsifal, Lear, Faust – sie alle sitzen rund um den Tisch und »erzählen« ihre Geschichte.

Umberto Eco im dtv

Ein Phänomen ersten Ranges.«
Willi Winkler

Der Name der Rose
Roman

ISBN 3-423-10551-8

Anno Domini 1327: Ein Mord erschüttert die Gemäuer des Benediktinerklosters an den Hängen des Apennin ...

Nachschrift zum ›Namen der Rose‹

ISBN 3-423-10552-6

Über Gott und die Welt
Essays und Glossen

ISBN 3-423-10825-8

Das Foucaultsche Pendel
Roman

ISBN 3-423-11581-5

Drei Verlagslektoren stoßen auf ein geheimnisvolles Tempelritter-Dokument ...

Platon im Striptease-Lokal
Parodien und Travestien

ISBN 3-423-11759-1

Wie man mit einem Lachs verreist und andere nützliche Ratschläge

ISBN 3-423-12039-8

Im Wald der Fiktionen
Sechs Streifzüge durch die Literatur

ISBN 3-423-12287-0

Die Insel des vorigen Tages
Roman

ISBN 3-423-12335-4

Vier moralische Schriften

ISBN 3-423-12713-9

Über Spiegel und andere Phänomene

ISBN 3-423-12924-7

Gesammelte Streichholzbriefe

ISBN 3-423-12970-0

Derrick oder die Leidenschaft für das Mittelmaß
Neue Streichholzbriefe

ISBN 3-423-12988-3

Baudolino
Roman

ISBN 3-423-13138-1

Anno Domini 1204: Konstantinopel brennt. Inmitten des Untergangs erzählt uns ein mit allen Wassern der mittelalterlichen Fabulierkunst gewaschener Schelm seine Lebensgeschichte. Sein Name: Baudolino. »Kalte Machtpolitik, saftige Erotik, pralle Lebensfreude. Ein prächtiger Lesestoff!« (Focus)

Alle Titel übersetzt von Burkhart Kroeber

Jostein Gaarder im dtv

»Geboren zu werden bedeutet, daß wir die ganze Welt geschenkt bekommen.«
Jostein Gaarder

Sofies Welt
Roman über die Geschichte der Philosophie
Übers. v. Gabriele Haefs

ISBN 3-423-12555-1

Ein Abenteuerroman des Denkens und eine Geschichte der Philosophie von den Anfängen bis zur Gegenwart. Der Roman, mit dem Gaarder Weltruhm erlangte.

Das Kartengeheimnis
Übers. v. Gabriele Haefs

ISBN 3-423-12500-4 und
ISBN 3-423-20789-2

Die Geschichte einer Reise nach Griechenland, einer phantastischen auf eine magische Insel und einer gedanklichen in die Philosophie.

Das Leben ist kurz
Vita brevis
Übers. v. Gabriele Haefs

ISBN 3-423-12711-2

Eine unmögliche Liebe: zwischen Floria und dem berühmten Kirchenvater Augustinus.

Der seltene Vogel
Erzählungen
Übers. v. Gabriele Haefs

ISBN 3-423-12876-3

Zehn Erzählungen zwischen Realität und Traum.

Durch einen Spiegel, in einem dunklen Wort
Übers. v. Gabriele Haefs

ISBN 3-423-12917-4

Ein unendlicher Kosmos tut sich der kranken Cecilie auf, als der Engel Ariel an Weihnachten mit ihr über die Wunder der Schöpfung spricht.

Maya oder Das Wunder des Lebens
Roman
Übers. v. Gabriele Haefs

ISBN 3-423-13002-4

Meeresbiologe Frank Andersen trifft auf eine Frau, die Goyas ›Maya‹ zum Verwechseln ähnlich sieht. Eine Laune der Natur? Ein Roman über die Evolution, über die Grenzen der Wissenschaft und über die Kraft der Fantasie.

Der Geschichtenverkäufer
Roman
Übers. v. Gabriele Haefs

ISBN 3-423-13250-7

»Der wahre ›Geschichtenerzähler‹ Jostein Gaarder hat mit diesem Roman ein Meisterwerk geschaffen.« (Peter Köhler im ›Tagesspiegel‹)

Henning Mankell im dtv

»Groß ist die Zahl der Leser, die ganze Nächte mit Mankell verloren – bzw. gewonnen – haben.«
Martin Ebel im ›Rheinischen Merkur‹

Mörder ohne Gesicht
Roman
Übers. v. Barbara Sirges und Paul Berf
ISBN 3-423-20232-7
Wallanders erster Fall
Auf einem abgelegenen Hof bei Ystad wird ein altes Paar grausam ermordet.

Hunde von Riga
Roman
Übers. v. Barbara Sirges und Paul Berf
ISBN 3-423-20294-7
Wallanders zweiter Fall
In Osteuropa gerät Wallander in ein gefährliches Komplott.

Die weiße Löwin
Roman
Übers. v. Erik Gloßmann
ISBN 3-423-20150-9
Wallanders dritter Fall
»Ein fesselnder Politthriller.« (NDR)

Der Mann, der lächelte
Roman
Übers. v. Erik Gloßmann
ISBN 3-423-20590-3
Wallanders vierter Fall
»Ein klassischer Mankell.« (Die Welt)

Die falsche Fährte
Roman
Übers. v. Wolfgang Butt
ISBN 3-423-20420-6
Wallanders fünfter Fall
Der Selbstmord eines jungen Mädchens ist der Auftakt zur Jagd nach einem Serienkiller.

Die fünfte Frau
Roman
Übers. v. Wolfgang Butt
ISBN 3-423-20366-8
Wallanders sechster Fall
»Bücher wie diese machen süchtig!« (Brigitte)

Mittsommermord
Roman
Übers. v. Wolfgang Butt
ISBN 3-423-20520-2
Wallanders siebter Fall
Drei junge Leute feiern zusammen Mittsommer. Danach sind sie spurlos verschwunden.

Die Brandmauer
Roman
Übers. v. Wolfgang Butt
ISBN 3-423-20661-6
Wallanders achter Fall
Hacker haben es auf die Datennetze der Weltbank abgesehen …

Henning Mankell im dtv

Wallanders erster Fall
und andere Erzählungen
Übers. v. Wolfgang Butt

ISBN 3-423-20700-0

Vier Erzählungen und ein kurzer Roman aus den Anfängen eines Top-Kommissars. »Für alle Fans von spannender und unterhaltsamer Literatur ein absolutes Muss!« (Cosmopolitan)

Die Pyramide
Roman
Übers. v. Wolfgang Butt
dtv großdruck

ISBN 3-423-25216-2

Roman aus ›Wallanders erster Fall‹ in augenfreundlicher Schrift.

Die Rückkehr des Tanzlehrers
Roman
Übers. v. Wolfgang Butt

ISBN 3-423-20750-7

Wer fordert einen toten Mann zum Tango auf? Stefan Lindmanns ehemaliger Kollege Herbert Molin ist ermordet worden. Am Tatort werden blutige Fußspuren gefunden, die wie Tangoschritte aussehen … Der Welt-Bestseller.

Der Chronist der Winde
Roman
Übers. v. Verena Reichel

ISBN 3-423-12964-6

Die bezaubernd-traurige Geschichte von Nelio, dem Straßenkind – dem Kleinen Prinzen Afrikas. »Wer immer dem Chronisten der Winde zugehört hat, wird Afrika anders sehen.« (Elmar Krekeler in der ›Welt‹)

Die rote Antilope
Roman
Übers. v. Verena Reichel

ISBN 3-423-13075-X

Die Geschichte eines schwarzen Kindes, das im 19. Jahrhundert von einem Weißen nach Schweden gebracht wird und sich dort nach seiner Heimat zu Tode sehnte.

Butterfly Blues
Ein Theaterstück
Übers. v. Claudia Romeder-Szevera

ISBN 3-423-13290-6

Der falsche Traum von einer besseren Welt: Zwei afrikanische Migrantinnen auf ihrem Kreuzweg nach Europa.